新 视 界

始于未知 去往浩瀚

语体新变

中国诗歌叙事传统的近代转型

中国诗歌叙事传统研究

杨绪容 晁冬梅
董乃斌 李翰 著

上海远东出版社

图书在版编目（CIP）数据

语体新变：中国诗歌叙事传统的近代转型／杨绪容等著．—上海：上海远东出版社，2023
（中国诗歌叙事传统研究丛书）
ISBN 978-7-5476-1943-8

Ⅰ.①语… Ⅱ.①杨… Ⅲ.①诗歌研究-中国-近代 Ⅳ.①I207.22

中国国家版本馆CIP数据核字（2023）第155058号

出品人　曹　建
责任编辑　王智丽
封面设计　观止堂_未氓

本书为国家社科基金重大项目"中国诗歌叙事传统研究"课题（15ZDB067）研究成果

本书获2022年度国家出版基金资助

中国诗歌叙事传统研究丛书
语体新变：中国诗歌叙事传统的近代转型
杨绪容　晁冬梅　董乃斌　李　翰　著

出　版	上海遠東出版社
	（201101　上海市闵行区号景路159弄C座）
发　行	上海人民出版社发行中心
印　刷	上海颛辉印刷厂有限公司
开　本	890×1240　1/32
印　张	13.125
插　页	4
字　数	295,000
版　次	2024年2月第1版
印　次	2024年2月第1次印刷
ISBN	978-7-5476-1943-8/I·379
定　价	88.00元

丛 书 说 明

"中国诗歌叙事传统研究"丛书一套七册，是国家社科基金重大项目"中国诗歌叙事传统研究"最终成果的结集。这七种书，由该课题六个子课题的成果（六册）和首席专家执笔的《诗心缘事：中国诗歌叙事传统研究引论》（一册，以下简称《引论》）组成。

感谢国家社科基金领导小组批准我们课题组以丛书形式结项。

感谢结项评审专家组不辞辛劳、认真负责地审阅本课题200万字左右的成果文本，特别感谢他们给予本成果的好评和提出的许多宝贵批评意见。这对我们增强信心继续修改以提高书稿质量，是巨大的鼓舞和帮助。

我们的课题偏于理论探讨的性质，特别应该充分发扬学术民主，百花齐放、百家争鸣，集思广益，乃至求同存异，所谓"旧学商量加邃密，新知培养转深沉"。课题的进行是科学研究的过程，即使课题结项，研究成果进入社会，也只是新的更大范围探讨商榷的开始。在将近六年的研究和写作过程中，我们一直抱持着这样的理念，也是这样实践的。我们的研究成果，从《引论》到所有子课题的文稿，均经个人钻研撰写，传阅互读，反复讨论斟酌修改甚至重写，终于形成几部（而不是一部）

学术专著。这些著作有一个共同的论题，有一致的理论基调和旨趣追求；而研究对象，除《引论》外，则各为中国诗史的某一段落。各子课题参与撰写的人数不等，学术水平也有参差，但各子课题负责人均认真组织，认真统稿，各自完成为一部独立的著作。毋庸讳言，各书在论述的结构安排，材料的选取运用，特别是文字风格上，是各具特色，各有短长，但都达到了一定的学术要求。鉴于这个情况，我们决定，各书保持自己的特色，不再进一步统一，而以丛书形式出版。丛书不设主编，各册相对独立，按撰写的实际情况署名，以体现对执笔人劳动和著作权的尊重，体现学术自由争鸣、文责自负的原则。

文史异同与关系问题，正在成为学界关注的热点，而叙事和叙事传统正是沟通文史的根本关键。深入研究叙事，绝不仅仅是对西方学界的呼应，而且是我国文史学术自身发展的需要。希望这套丛书对此有所贡献。

感谢上海远东出版社的大力支持，感谢诸位编辑的辛勤劳动。

感谢国家出版基金的有力资助。

感谢一切关心本书的学界同行和阅读本书、批评本书的所有读者。

中国诗歌叙事传统研究课题组
2022 年 10 月

目 录

绪论..1
  一 近代"新体诗"的产生及其叙事理念..................2
  二 宋诗派的叙事理论与实践..........................6
  三 新旧体诗坛"诗史"叙事传统的延续和发展............21
  四 新旧诗歌叙事传统的现代性融通....................28
  五 本书的主要内容..................................47

第一章 郑珍的儒者情怀与乡土叙事......................49
  第一节 宋诗派学人之诗的典范........................49
  第二节 儒者人格与情感表达..........................58
  第三节 现实诗的"诗史"品格..........................69
  第四节 山水诗与乡土叙事............................78

第二章 王闿运对"诗史"叙事传统的继承与创新............87
  第一节 拟古诗的"诗史"叙事..........................89
  第二节 时事诗的"诗史"叙事..........................98
  第三节 人物传记诗的"诗史"叙事......................107

第三章　陈三立的家国叙事及其现代性意蕴……115
- 第一节　"义宁公子"的早期创作……116
- 第二节　"国变家难"叙事的意义……122
- 第三节　从传统士大夫到现代公民……132
- 第四节　独立人格的现代精神……144

第四章　黄遵宪的"新体诗"及其叙事艺术……151
- 第一节　"新体诗"的理论建设……152
- 第二节　海外叙事及其"新理想"承载……159
- 第三节　借鉴"民歌"以突破"旧风格"……165

第五章　新文学的先声：近代"白话文言"与新体诗叙事传统……177
- 第一节　"五四""白话文学"的确立……178
- 第二节　从小仓山房到人境庐：诗语新变的自觉与深化……180
- 第三节　诗语新变在诗歌叙事传统中的意义……193
- 第四节　"五四"白话诗：历史多种可能性之一……202

第六章　近代论小说诗之创立——以"题红诗"为中心……211
- 第一节　程甲本之前的足本"《红楼梦》"情节述论……212
- 第二节　题红诗中的人物与故事述论……219
- 第三节　题红诗的思想艺术价值述论……227

第七章　大文本视阈下的近代时事诗叙事　238
第一节　近代时事诗及其大文本叙事属性　239
第二节　大文本叙事的概念及其适用性　243
第三节　近代时事诗大文本叙事之成形　251
第四节　近代时事诗大文本叙事之组构　256

第八章　鸦片战争诗歌大文本叙事　261
第一节　鸦片战争诗歌大文本叙事创作风貌　261
第二节　鸦片战争诗歌大文本叙事内涵　274

第九章　庚子国变诗歌大文本叙事　303
第一节　空前广泛的创作群体　304
第二节　空前繁荣的创作成果　306
第三节　庚子国变诗歌大文本叙事内涵　316

结语　351
一　从理论表述的角度观察　352
二　从创作实践来体察叙事观　364
三　从研究应用观察叙事观的深化　384

参考文献　391

后记　409

绪　论

本绪论概述近代诗歌与中国诗歌叙事传统的转型。

与前代相比，清代诗歌总体上具有更强的叙事性。钱仲联概括"叙事性是清诗的一大特色"，说：

> 从钱谦益、吴伟业、顾炎武、钱秉镫等人以易代之际政治历史作为主题的叙事诗歌，到施闰章、赵执信、胡天游、蒋士铨等人以抨击弊政、留心民瘼为主题的作品，到朱琦、鲁一同、姚燮等人以鸦片战争为主题的作品，乃至黄遵宪、丘逢甲、康有为、梁启超等人以清末朝政和国际时事为主题的作品，以诗歌叙说时政、反映现实成为有清诗坛总的风气。十朝大事往往在诗中得到表现，长篇大作动辄百韵以上。作品之多，题材之广，篇制之巨，都达到了前所未有的水平。……可以说，叙事性是清诗的一大特色，也是所谓"超元越明，上追唐宋"的关键所在。①

钱仲联所概括的近代诗叙事性涵盖了新体诗和旧体诗。钱仲联

---

① 钱仲联主编：《清诗纪事》之《前言》，第一册，凤凰出版社2004年版，第4—5页。

从叙事角度来概括近代诗史，开启了一个新视野。中国诗歌是大传统，中国诗歌叙事是小传统，两者是相互贯通的。这在近代也概莫能外。本书贯通近代新旧诗歌叙事传统，结合近代新旧诗歌叙事理论观念，具体探究新旧诗歌在主要诗派及其代表作家、中心事件叙事的成就和特点。这也可以视为对钱仲联以叙事统率近代诗史的进一步展开。

一　近代"新体诗"的产生及其叙事理念

和以往诗坛有所不同，近代诗坛产生了"新诗"，从而出现了"新体诗"与"旧体诗"传统的分立。而在近代诗坛，无论新旧诗歌传统还是新旧诗歌叙事传统都既相区别又相联系。为了描述近代诗坛叙事传统的方便，此处首先探讨"新体诗"。甲午战争之后，梁启超、谭嗣同、夏曾佑、黄遵宪等人开始尝试创作新诗，并同时使用了"新诗""新学诗""新派诗""新体诗"等概念。

"新诗"概念是逐渐出现的。1897 年，曾广钧为黄遵宪的《人境庐诗草》作序，称许黄氏诗"善变"，是诗歌之"变体"。黄遵宪《酬曾重伯编修》第二首云：

> 废君一月官书力，读我连篇新派诗。《风》《雅》不亡由善作，光丰之后益矜奇。文章巨蟹横行日，世变群龙见首时。手撷芙蓉策虬驷，出门悯悯更寻谁？①

---

① 黄遵宪：《酬曾重伯编修》（其二），黄遵宪著，钱仲联笺注：《人境庐诗草笺注》上册，上海古籍出版社 1981 年版，第 761—762 页。

黄氏直接标举自己的作品为"新派诗",学术界也把他的《人境庐诗草》视为"新派诗"中的代表作。如其卷三收录了黄遵宪从光绪三年到光绪七年(1877—1881)出使日本时期的诗作,使用了"欧罗巴"(《陆军官学校开校礼成赋呈有栖川炽仁亲王》)、"总统"(《罢美国留学生感赋》)、"维新"(《琉球歌》)等新词。卷四收录了黄遵宪从光绪八年到十一年(1882—1885)出使美国时期的诗作,《纪事》一首描述美国共和党与民主党竞选,用了"华盛顿""美利坚""独立""平等""自由"等新名词。《人境庐诗草》卷六叙写他跟随薛福成出使欧洲之见闻,其中《今别离》一诗,写到"轮船""火车""电报""照相"以及东西半球的地理知识,被梁启超视为"以旧风格含新意境"[①]的典范之作,受陈三立称赞为"千年绝作"[②]。显然,黄遵宪这些"新派诗"非如一般新体诗人只是"捋扯新名词以表自异"[③],而是具有现代西学新思想、新境界、新事物的基础的。总之,"新派诗"在叙事的内涵、语言和方式上都有自己的特色。黄遵宪是"新派诗"中成就最高的诗人,也足以为"新派诗"叙事性之表率。

维新变法失败后,梁启超逃亡海外,依赖《清议报》《新民丛报》《新小说》发动了"诗界革命""文界革命""小说界革命",正式举起了新文学的大旗,标志着新诗传统的正式成立。梁启超还对新诗理论做出总结和概括。他把"新诗"建立在"新学"的基础上,而与之相对应的是"旧学"。梁启超《三十自述》讲到自己18岁(1890)时始师事康有为,"先生乃以大

---

① 梁启超:《饮冰室诗话》,人民文学出版社1959年版,第2页。
② 梁启超:《饮冰室诗话》,人民文学出版社1959年版,第22页。
③ 梁启超:《饮冰室诗话》,人民文学出版社1959年版,第49页。

海潮音，作狮子吼，取其所挟持之数百年无用旧学更端驳诘，悉举而摧陷廓清之……自是决然舍去旧学"①。所谓"旧学"，主要指在乾嘉学术史占据主流地位的"汉学"。梁氏提出"我们要把当时垄断学界的汉学打倒"②，抨击与康有为《大同书》《公理通》相对立的"训诂词章学"，在当时诗坛主要针对的是倡导学人之诗的同光体。梁启超提倡的"新诗"创作，要求"非经典语不用"，而"所谓经典者，普指佛、孔、耶三教之经，故《新约》字面，络绎笔端焉"③。

其时被放归故里的黄遵宪，迅即致函梁启超，积极呼应"诗界革命"：

> 报中有韵之文，自不可少。然吾以为不必仿白香山之《新乐府》、尤西堂之《明史乐府》。当斟酌于弹词粤讴之间，句或三、或九、或七、或五，或长短句，或壮如《陇上陈安》，或丽如《河中莫愁》，或浓至如《焦仲卿妻》，或古如《成相篇》，或俳如俳伎词。易乐府之名而曰杂歌谣，弃史籍而采近事。④

黄遵宪首肯诗歌是有韵之文，内容要叙写时事，而形式则可不

---

① 梁启超：《三十自述》，梁启超：《少年中国说》，中国言实出版社2017年版，第124—125页。
② 梁启超：《亡友夏穗卿先生》，梁启超著，付祥喜、陈淑婷编：《梁启超集》，广东人民出版社2018年版，第119页。
③ 梁启超：《饮冰室诗话》，人民文学出版社1959年版，第49页。
④ 黄遵宪：《致梁启超书》（第四通），《黄遵宪集》下卷，天津人民出版社2003年版，第494页。

拘,可参照古代歌谣、乐府、俳句以及近代弹词、粤讴。而这些韵文都是俗体诗词,特别在语言上较为通俗。可见,黄遵宪对"五四"前后开始流行的白话诗具有一定的先知先觉。本书将有专章来探讨新诗白话的演变问题。

"新诗"之"新",在语言上多体现为"挦扯新名词",在思想内容上根基于"新学"。"新诗"的内涵不断发展变化,从康梁的"今文经学"、黄遵宪的"西学",到南社的"反抗满清"、辛亥革命家的"三民主义"、"五四"新文化运动的民主与科学,有一以贯之之道。其共同点在于:融汇西学,重释传统。表现这些新思想新文化的诗歌,都可视为新诗体系中的成员,从而树立了一个从晚清到"五四"的新诗传统。以梁启超、黄遵宪为首开创的"新派诗"也不是一蹴而就的。力主"尊情"[①]、张扬"怪魁"[②]个性的龚自珍,主张"师夷长技以制夷"[③]、论诗"主逆"[④]的魏源,已在今文经学和西学等方面奠定了"新诗"之基石。从明清以来流行的民间俗体诗,以及从袁枚、龚自珍始兴到梁启超、黄遵宪成熟的白话文言诗,则构成了一条贯通近代新派诗语体新变的命脉。

在晚清,"新诗"传统初步成立,"新诗"叙事传统也粗具

[①] 龚自珍:《长短言自序》,龚自珍:《定庵文集》卷三,商务印书馆1929年版,第135页。
[②] 转引自黄霖、袁世硕、孙静主编:《中国文学史》第四册,高等教育出版社2003年版,第447页。
[③] 魏源:《海国图志·原叙》,《魏源全集》第四册,岳麓书社2004年版,第1页。
[④] 魏源:《诗比兴笺序》,魏源:《古微堂集·外集》卷三,《魏源全集》第十二册,岳麓书社2004年版,第238页。

雏形。具体表现为：在抒情叙事主体方面更注意突出人物个性，在思想上更关注西学与社会变革，在技巧方法上更注意运用新名词、描写新事物。当然，晚清这些"新诗"叙事的特点都脱胎并依附于"旧诗"传统中，虽说打开了新局面，但尚没有全面开创出新思想、新内容、新体裁、新白话的风气。直到"五四"新文学运动中催生了现代新诗之后，"新诗"传统才算正式成熟。

二 宋诗派的叙事理论与实践

正如"旧学"为"新学"所定义，"旧体诗"也为"新体诗"所定义。因为有了"新体诗"之名，与之相对应的传统诗歌就统统成了"旧体诗"。清末民初的"旧体诗"虽为"新体诗"所定义，却并没有失去诗坛主流的地位，而主张"学人之诗"的宋诗派则是晚清"旧体诗"的主流。宋诗天生就带有叙事性强的特点，宋人魏泰概言诗歌"述事以寄情，事贵详，情贵隐"[1]，显然更推重叙事而不是抒情。在晚明公安派领袖袁宏道心目中，宋诗最主要的特色就是叙事：

> 有宋欧、苏辈出，大变晚习，于物无所不收，于法无所不有，于情无所不畅，于境无所不取，滔滔莽莽，有若江河。今之人徒见宋之不唐法，而不知宋因唐而有法者也。[2]

---

[1] 魏泰：《临汉隐居诗话》，何文焕辑：《历代诗话》，中华书局1981年版，第322页。
[2] 袁宏道：《雪涛阁集序》，袁宏道著，钱伯城笺校：《袁宏道集笺校》第十八卷，上海古籍出版社1981年版，第710页。

他所谓"物""境"大体都与事有关,而"情"也不能脱离人事。相对于前人,晚清宋诗派诗学的叙事理论观念又有重要的变化和发展。

清人承"轶宋窥唐"①的明人之后,倾向于推崇宋诗,宋诗派在道咸之际崛起,到清末同光体掀起高潮。汪辟疆概言:"近代诗家,渊源两宋,最早则姚姬传之提倡山谷,而程春海、祁春圃、何子贞、郑子尹、曾文正继之。陈散原、沈子培、陈石遗尊宋尤力,天下诗人尽北面矣。"②指出了道咸宋诗派与同光体一脉相贯的特点。同光体诗学理论的灵魂人物陈衍还详细地勾勒出晚清宋诗派内部两派及其发展脉络:

> 前清诗学,道光以来一大关捩。略别两派:一派为清苍幽峭。……蕲水陈太初(陈沆字)……当时嗣响,颇乏其人。魏默深(源)之《清夜斋稿》稍足羽翼。……此一派近日以郑海藏(郑孝胥号)为魁垒,其源合也。……其一派生涩奥衍。……郑子尹(珍)之《巢经巢诗钞》为其弁冕,莫子偲足羽翼之。近日沈乙盦(沈曾植号)、陈散原(陈三立号)实其流派。③

陈衍认为,晚清宋诗派内部有"清苍幽峭""生涩奥衍"两派,

---

① 李东阳:《镜川先生诗集序》,转引自王筱云等主编:《中国古典文学名著分类集成·文论》卷二,百花文艺出版社1994年版,第352页。
② 汪辟疆:《近代诗派与地域》,汪辟疆:《汪辟疆说近代诗》,上海古籍出版社2001年版,第13页。
③ 陈衍著,郑朝宗、石文英校点:《石遗室诗话》卷三,人民文学出版社2004年版,第41—42页。

都从道咸贯穿到同光诗坛，且各有传人。

　　陈衍把"学人之诗"视为宋诗派的标志性特色，说："有清一代，诗宗杜韩者，嘉道以前推一钱箨石侍郎，嘉道以来则程春海侍郎、祁春圃相国。而何子贞编修、郑子尹大令皆出程侍郎之门，益以莫子偲大令、曾涤生相国诸公，率以开元、天宝、元和、元祐诸大家为职志，不规规于王文简之标举神韵、沈文慤之主持温柔敦厚，盖合学人、诗人之诗二而一之也。"① 晚清宋诗派提倡"学人之诗"，主要是把"学问"融入诗歌创作与批判之中，从而形成了成熟的宋诗学。由云龙《定庵诗话》云："迄于同光之交，郑子尹、莫子偲倡于前，袁渐西、林晚翠暨散原、石遗、海藏诸公继于后，他如诸贞壮、李拔可、夏剑丞，皆出入南北宋，标举山谷、荆公、后山、宛陵、简斋以为宗尚，清新警拔，涵盖万有。浅薄之夫，蹙眉咋舌，不能升堂而哜其胾。论者谓为诗学之颓波，余则以为诗家之真诣自今日而始显，固有可为知者道，难为俗人言者矣。"② 张仲谋总结清人"在宋诗文献的搜集整理、宋诗特征的体认与凝定、宋诗优劣的总结与扬弃等方面，清人都做了大量的工作。可以说，只有到了清代，宋诗学才真正形成"③。晚清宋诗派倡导"学人之诗"，主要是把"学问融入诗歌创作与批评之中，带动了诗歌叙事内容与风格的变化，且在诗歌叙事理念、叙事焦点、叙事风格、叙事主体等方面融汇了自己的特点。

---

① 陈衍：《近代诗钞》上册，商务印书馆1935年版，第1页。
② 由云龙：《定庵诗话》，张寅彭编：《民国诗话丛编》，第3册，上海书店出版社2002年版，第563页。
③ 张仲谋：《清代宋诗师承论》，苏州大学博士学位论文，1997年，第7页。

(一) 道咸宋诗派诗学及其叙事理念

为晚清诗坛开拓宋诗方向的人是程恩泽。他以高位主持诗坛，其一生交游尽显了晚清宋诗派发展的脉络与轨迹。他结交了祁寯藻、邓显鹤、梅曾亮、阮元等众多文人，培养了"西南大儒"郑珍、莫友芝、何绍基等弟子，这些人都是道咸文坛的核心人物，也是道咸宋诗派的中坚力量。程恩泽指出嘉道诗坛"文章至今日，积弱不可强。禀赋益以薄，风骨何其尪。必有扛鼎力，美丑斯可商"①，对康熙朝王士禛的"神韵说"及乾隆朝沈德潜的"格调说"、袁枚的"性灵说"之流弊均表示不满，而勇以复兴文道自任。程恩泽赞赏后被梁启超誉为"湘学复兴导师"②的邓显鹤"诗文道之余，实具龙象力。文得欧苏正，诗欲杜韩逼"③，明确表达了以诗文补充"道"的宗旨。他在为邓显鹤诗集所写序言中说："古今以诗传者，其本必不在诗，必其道与性情确然有以自立，然后其艺成，其言传"④，认为"道"与"性情"都能"自立"才是好诗。有时候，程恩泽把对"道"的表述换成"学问"二字，可见其心目中的为诗之"道"与"学问"的关联度之高。其《金石题咏汇编序》论述性情与学问二

---

① 程恩泽：《赠王大令香杜兼呈邓湘皋学博》，程恩泽：《程侍郎遗集》卷二，中华书局1985年版，第27页。
② 梁启超：《中国近三百年学术史》，山西古籍出版社2001年版，第285页。
③ 程恩泽：《订交诗赠邓湘皋同年学博》，程恩泽：《程侍郎遗集》卷二，中华书局1985年版，第21页。
④ 程恩泽：《南村草堂诗钞·序》，邓显鹤撰，弘征校点：《南村草堂诗钞》，岳麓书社2008年版，第2页。

者的关系以及学问在诗中的作用：

> 《诗》《骚》之原，首性情，次学问。诗无学问则《雅》《颂》缺，《骚》无学问则《大招》废。世有俊才洒洒，倾倒一时，一遇鸿章巨制，则瞀然无所措，无它，学问浅也。……况训诂通转，幽奥诘屈，融会之者，恍神游于皇古之世，亲见其礼乐制度，则性情自庄雅，贞淫正变。或出于史臣曲笔，赖石之单文只词，证据确然，而人与事之真伪判，则性情自激昂，是性情又自学问中出也。①

他提倡为诗"首性情次学问"，又把"性情""学问"相融的诗歌传统上溯至《诗经》《离骚》。由于人人都承认"性情"是诗词中应有之义，他对"学问"的张扬就更为人所重视。程恩泽对"学问"的认识有广有狭。广义而言，他本人曾从著名朴学大师凌廷堪游学，对"天算、地志、六书、训诂、金石，靡不精究"②，且在多个方面取得了令人瞩目的成果，这些都可说是"学问"的内容。狭义而言，他在上段引文中提出，"礼乐制度"的学问需要融会"幽奥诘屈"文字的"训诂通转"，"史臣曲笔"的学问则依赖于金石"单文只词"之"证据确然"，这就把诗中"学问"具体落实到诗歌叙事抒情的文字与风格等方面。总之，他所谓"学问"的核心是建立在汉学基础上的文字学，在创作中也多喜用生僻的古文字。

程恩泽与祁寯藻长期同僚，私交也笃，常以诗相酬唱。程

---

① 程恩泽：《金石题咏汇编序》，程恩泽：《程侍郎遗集》卷七，中华书局1985年版，第143页。
② 支伟成：《清代朴学大师列传》，岳麓书社1998年版，第233页。

恩泽死后，祁寯藻继续鼓吹宋诗。祁寯藻也主张学人之诗与诗人之诗合一，并在创作上加以体现。他"考古数典"而撰《痘诗付彭孙》一诗，引用《痘症理辨》《四库全书总目》《文苑英华》等描述治痘史，又引《医宗金鉴》及民风时俗分析痘症病因。全诗多用医学语言和学术考证，来展现诗人为彭孙出痘而题诗相赠一事，结尾希望彭孙顺利长大。孙之梅教授评价说："程恩泽、祁寯藻是晚清宋诗派的开创者，他们的诗学以同为主，主要表现为：第一，诗人之诗与学人之诗合一，落实到诗歌创作中为性情与学问合一；第二，对杜、韩、苏、黄诗学体系的确立。"[1]

在道咸间宋诗派中理论成就最高的代表人物是何绍基。黄霖先生在《中国文学批评通史》（近代卷）中评价说："从文学理论批评而言，在道、咸间的宋诗派中，还是要数何绍基的言论最为突出……不但大大充实了宋诗派的理论基础，而且其意义远远超出了宋诗派的范围，在近代诗论史上颇有光彩。"[2] 何绍基《题冯鲁月小像册论诗》云：

> 作诗文，必须胸有积轴，气味始能深厚，然亦须读书。看书时从性情上体会，从古今事理上打量。于书理有贯通处，则气味在胸，握笔时方能流露。盖看书能贯通，则散者聚，板者活，实者虚，自然能到腕下。如饾饤零星，以强记为工，而不思贯串，则性灵滞塞，事理迂隔，虽填砌满纸，更何从有气与味来。故诗文中不可无考据，却要从

---

[1] 孙之梅：《程恩泽、祁寯藻诗学异同》，《文学与文化》2014年第2期。
[2] 黄霖：《中国文学批评通史·近代卷》，上海古籍出版社1996年版，第115页。

源头上悟会。有谓作诗文不当考据者，由不知读书之诀，因不知诗文之诀也。①

他把唐宋以来文学理论中的"气味""性情（灵）""事理"诸说，统统归源于"读书"，并具体则落实到"考据"上来。这些意见虽发源于程恩泽等人，但他说得更为明确，对学人之诗的理论概括更为透彻。

何绍基在诗学中融合了他个人有关"学问"的独特见解。首先，何绍基十分重视写人之性情，提出了"文章本性情"②的概念。他以"性情"为重，尤其强调宋儒的修养功夫："平日明理养气，于孝悌忠信大节，从日常起居及外间应务，平平实实，自家体帖得真性情。"③ 可见，能"明理"者才是"真性情"。何绍基诗中写了大量思亲诗，其"客里怜佳节，频频梦老亲"④"梦中归来残月耿"⑤"思如海水不可详"⑥ 等句，分别为思念双

---

① 何绍基：《题冯鲁川小像册论诗》，何绍基著，龙震球、何书置校点：《何绍基诗文集》，岳麓书社1992年版，第815页。
② 何绍基：《送黄惺溪太史南旋》，何绍基著，龙震球、何书置校点：《何绍基诗文集》，岳麓书社1992年版，第8页。
③ 何绍基：《与汪菊士论诗》，何绍基著，龙震球、何书置校点：《何绍基诗文集》，岳麓书社1992年版，第817页。
④ 何绍基：《立春日作》，何绍基著，龙震球、何书置校点：《何绍基诗文集》，岳麓书社1992年版，第57页。
⑤ 何绍基：《禹城桥宿寄内》，何绍基著，龙震球、何书置校点：《何绍基诗文集》，岳麓书社1992年版，第63页。
⑥ 何绍基：《癸未重阳，武定试院寄子毅、子敬、诵华诸弟，即送舅氏行，并柬黄岵生、吴麟台、林泖庄、向筠舫诸君子》，何绍基著，龙震球、何书置校点：《何绍基诗文集》，岳麓书社1992年版，第62页。

亲、妻儿、诸弟和舅氏之作。他的赠友诗以及抒发民困的灾难诗，都是饱含深情而又事理明晰，具有生动感人的力量。其次，他对"学问"的认识相当宽泛，融入了多种艺术形式的实践经验，尤其是书画艺术。曹旭概括说："何绍基同样把诗歌、书法、绘画、金石审美集合在一起，融合读书、性情、江山之助和考据，拓展了诗学的疆域，确立了近代'宋诗派'的美学原则，成为'宋诗派'理论的倡导者和实践的开拓者。"① 最后，何绍基专注于追摹苏诗。金天羽称他为"晚清诗人学苏最工者"②，钱仲联称他为"晚清学苏第一人"③。何绍基也在多次诗歌创作中表达了对苏轼的特别尊崇之意。其《重谒三苏祠》云"回思全蜀游，江山粗可说。惟有三苏祠，时时梦魂结。翩然复戾止，渴思两年泄"④，描绘出心中炽热的"苏轼情结"。

道咸宋诗派名家还有郑珍、莫友芝，钱仲联论云："乾嘉以后，作者大都挹袁、赵之余波，轻靡流滑，至于不可遏止。郑、莫诸公，欲救其弊，乃力趋昌黎、东野、山谷、后山一路，若近日则既家西江而人宛陵矣。"⑤ 本书将以道咸宋诗派中创作成就最高的诗人郑珍为代表，探讨其叙事特色。

---

① 曹旭：《论何绍基诗歌美学创变》，《文学评论》2008年第5期。
② 金天羽：《艺林九友歌序》，金天羽著，周录祥校点：《天放楼诗文集》，上海古籍出版社2007年版，第220页。
③ 钱仲联：《梦苕庵诗话》，张寅彭主编，张寅彭等点校：《民国诗话丛编》第六册，上海书店出版社2002年版，第403页。
④ 何绍基：《重谒三苏祠》，何绍基著，龙震球、何书置校点：《何绍基诗文集》，岳麓书社1992年版，第323页。
⑤ 钱仲联：《梦苕庵诗话》，张寅彭主编，张寅彭等点校：《民国诗话丛编》，第六册，上海书店出版社2002年版，第403页。

（二）"同光体"诗学及其叙事艺术

同光体正式登台是在光绪以后，故而有人会认为同治诗坛出现了"断层"[1]。准确说来，同治朝不是宋诗派的断层期而是过渡期。道咸之际宋诗派的核心人物祁寯藻、何绍基、曾国藩等人，仍然活跃在同治诗坛。尤其是作为"晚清中兴四大名臣"之一曾国藩，集政治领袖、军事领袖与文化领袖于一身，他一力标举宋诗，受到广泛追捧，是宋诗派承上启下的关键人物。徐世昌称他"余事为诗，承袁、赵、蒋之颓波，力矫性灵空滑之病，务为雄峻排奡，独宗西江，积衰一振"[2]，陈衍亦说"湘乡出，而诗学皆宗涪翁[3]"，侯长生称曾国藩是"近代宋诗运动的发散中心"[4]，都表彰了他在扩大宋诗影响上的重要贡献。曾国藩自叙"每月作诗文数首，以验积理之多寡，养气之盛否"[5]，一语概括出道咸宋诗派诗论的核心是"积理"和"养气"。他又将"经济"融入为学术之中，在桐城派"义理、考据、辞章"之外，加上"经济"，说"经济者，在孔门为政事之科，前代典礼、政书及当世掌故皆是也"[6]。他十分重视诗歌对社会现实的

---

[1] 侯长生：《同光体派的宋诗学》，陕西人民出版社2008年版，第14页。
[2] 徐世昌：《晚晴簃诗汇》，中华书局1990年版，第1978页。
[3] 陈衍：《近代诗钞述评曾国藩》，陈衍著，钱仲联编校：《陈衍诗论合集》，福建人民出版社1999年版，第882页。
[4] 侯长生：《同光体派的宋诗学》，陕西人民出版社2008年版，第41页。
[5] 曾国藩：《日记·道光二十二年十二月初七日》，曾国藩：《曾国藩全集》第十六册《日记一》，岳麓书社1987年版，第137页。
[6] 曾国藩：《劝学篇示直隶士子》，《曾国藩全集》第十四册《诗文》，岳麓书社1986年版，第486页。

绪　论

关注,对清末"同光体"诗学影响甚大。

"同光体"名称的由来,源于在光绪九年(1883)至光绪十二年(1886)间,陈衍与郑孝胥"戏称同(治)光(绪)以来诗人不墨守盛唐者"①,随即开始标榜"同光体"之名。沈曾植谦称自己是"诗学深,诗功浅",陈衍则将此话粉饰为"诗学深者谓阅诗多,诗功浅者作诗少也"②,而笔者倒觉得可以借用此话大体来概括整个"同光体"诗学胜于诗作的特色。同光体诸人普遍推崇宋诗,乃至将宋诗推到了唐诗之上:"故诗至唐而后极盛,至宋而益盛。"③ 甚至有论者认为"同光体"在诗学成就上既超越了宋人本身,也超越了本可与之相颉颃的唐诗学。侯长生说:"宋诗学到清代才开始真正形成潮流,开始具有了与唐诗分庭抗礼的地位,并在晚清这样一个特殊的文化环境中,迅速地发展到了其历史高峰——同光体派宋诗学,并在同光体派手中渐渐有了超越唐诗的趋势。"④

"同光体"诗学对道咸宋诗派有继承,也有创新。无论是闽派陈衍的"三元说",浙派沈曾植的"三关说",还是赣派陈三立所主张的由黄庭坚溯源魏晋,都表现出了立足于宋诗,发扬"学问"与"理"的宗旨。陈衍在《近代诗钞序》和《石遗室诗话》中反复标举"学人之诗"的概念,为同光体张目。他

---

① 陈衍:《沈乙盦诗叙》,陈衍撰,陈步编:《陈石遗集》,福建人民出版社2001年版,第507页。
② 陈衍:《沈乙盦诗叙》,陈衍撰,陈步编:《陈石遗集》,福建人民出版社2001年版,第506页。
③ 陈衍:《自镜斋诗集序》,陈衍撰,钱仲联编校《陈衍诗论合集》,福建人民出版社1999年版,第1066页。
④ 侯长生:《同光体派的宋诗学》,陕西人民出版社2008年版,第5页。

推举道咸时期郑珍的《巢经巢诗钞》为"合学人之诗与诗人之诗二而一之"的"弁冕"①，此一观点在此后的郑珍研究中影响甚著，"学人之诗"几乎成了郑珍诗的一大标志。跟道咸间宋诗派郑珍等人一样，陈衍也认为"学问"出于"读书"："诗之为道，易能而难工。工也者，必有以异乎众人之为，则读书不读书之辨已。"②他认为"诗人学人二者，非肆力兼致不足以薄风骚、副雅材"③，而要使"诗人与学人合"，就需要"具学人之根底，诗人之性情"④。"学人之根底"包括"经史百家"，黄曾樾引陈衍的话说："求诗文于诗文中，末矣。必当深于经史百家以厚其基，然尤必其人高妙，而后其诗能高妙。"⑤另一同光体大家郑孝胥则强调多读古人诗。李肖聃《星庐笔记》说郑孝胥"有《海藏楼诗》数卷，自谓取境吴融、韩偓、唐彦谦、梅尧臣，而最喜王安石"⑥，《郑孝胥日记》中也随时可见"阅荆公诗，甚可爱""阅临川诗，极可喜"⑦的记述。郑孝胥指示年轻人的学诗门径说：

---

① 陈衍著，郑朝宗、石文英校点：《石遗室诗话》卷三，人民文学出版社2004年版，第42页。
② 陈衍：《李审言诗叙》，陈衍撰，钱仲联编校：《陈衍诗论合集》，福建人民出版社1999年版，第1073页。
③ 陈衍：《榕荫谈屑叙》，陈衍撰，陈步编：《陈石遗集》，福建人民出版社2001年版，第580页。
④ 陈衍：《聆风簃诗叙》，陈衍撰，钱仲联编校：《陈衍诗论合集》，福建人民出版社1999年版，第1076页。
⑤ 黄曾樾：《陈石遗先生谈艺录》，陈衍撰，钱仲联编校：《陈衍诗论合集》，福建人民出版社1999年版，第1018页。
⑥ 李肖聃：《星庐笔记》，郑孝胥撰，黄坤、杨晓波校点：《海藏楼诗集》，上海古籍出版社2003年版，第559页。
⑦ 郑孝胥撰，劳祖德整理：《郑孝胥日记》，中华书局1993年版，第321、434页。

> 君诚喜此，非用力数年不可。今宜取唐人诗二家，宋人诗三两家，国朝人一家，置案头常看之，久又易之。俟极斐然欲作时，便试下笔，务求瘦劲，避去俗氛为主。仍随时收罗诗料。如是久之，渐有把握，自成艺业矣。①

他着重倡导从宋人诗中求"瘦劲"，以"避去俗氛"。

建立在"学人之诗"基础上的同光体诗学，甚为重视对"理"的推崇。唐诗主调而宋诗主理，偏重宋诗的人都会重视其"理"，"同光体"对"理"的表达甚为丰富。"理"包含"理趣"之意。陈衍引唐杜牧《李贺集序》"贺生二十七年死矣。世皆曰：'使贺且未死，少加以理，奴仆命骚可也'"②，而加以阐释说："言昌谷俶诡之词，容有未足于理处也。理之不足，名大家常有之。"③ 杜牧强调了"理趣"在诗歌艺术中有决定性的地位，其意见得到陈衍的认同。"理"还包含"理性"之意。沈曾植较为重视诗歌评判的"理性"标准。袁昶、樊增祥曾就各自诗风发生争辩，请沈曾植评判，沈作诗《越老近日与樊袁酬唱往往齿及下走辄为两绝奉览效云门体》曰：

> 演雅巧知伴色称，善鸣当复寄澜翻。何因元祐诸贤集，只著焦明睫上观。

---

① 郑孝胥撰，劳祖德整理：《郑孝胥日记》，中华书局1993年版，第388—389页。
② 杜牧：《李贺集序》，吴在庆：《杜牧诗文选评》，上海古籍出版社2018年版，第41页。
③ 陈衍著，郑朝宗、石文英校点：《石遗室诗话·卷十七》，人民文学出版社2004年版，第263页。

> 脉脉幽丝一缕情，功裘女手可怜生。若为雨壁萦蜗字，
> 亦被诗翁体物情。①

沈曾植并没有明说樊袁二人孰优孰劣，只是把黄庭坚的"演雅"与"体物情"的评判标准列出来，由樊袁二人自己去衡量。

在更高的层面上来说，"理"包含为诗之"道"，即儒家义理。沈曾植在1918年的《与金潜庐太守论诗书》云：

> 凡诸学古不成者，诸病皆可以"呆"字统之。在今日，
> 学人当寻杜、韩；树骨之本，当尽心于康乐、光禄二家
> （所谓字重光坚者）。康乐善用《易》，光禄长于《书》（兼
> 经纬）。经训菑畬，才大者尽穮获。韩子因文见道，诗独不
> 可为见道因乎（欧文公有得于诗）？②

沈曾植从杜甫的新乐府、韩愈的古文中借鉴"道"，并通过汉魏六朝经学上溯至儒家原典，以充实其为诗之"道"。对此，李瑞明解释说："字重光坚""是沈氏的自造语"，"很明显是融经入诗的观念"，"是对陈衍有关'同光体'诗学理论的本源式说明"。③ 同光

---

① 沈曾植：《越老近日与樊袁酬唱往往齿及下走辄为两绝奉览效云门体》，沈曾植撰，钱仲联校注：《沈曾植集校注》，中华书局2001年版，第124—125页。
② 沈增植：《与金潜庐太守论诗书》，原载于《海日楼文集》，转引自陈伯海主编，查清华等编撰：《历代唐诗论评选》，河北大学出版社2003年版，第1052页。
③ 李瑞明：《字重光坚：沈曾植的"以经发诗"观念》，《古代文学理论研究》第二十一辑，华东师范大学出版社2003年版，第393—413页。

体另一理论家夏敬观强调诗歌既要彰扬儒家"义理",还要符合"温厚之旨":

> 曰思虑通审者,即予所言义理。求其通,求其审,必经思虑,与义理相背,即未通未审。曰志气和平者,诗言志,所志必合于义理,志定则气体得其正,而无过激之思想,志气乃归于和平。曰不激不厉者,属于辞气。诗旨主于温厚,激厉则失温厚之旨矣。曰风规自远者,言其度也。处人处己之道皆在于此。①

从这些意义而言,同光体对诗歌"义理"的强调,不仅与道咸宋诗派相承,也与清朝前中期的桐城派、格调说相关。

然而相对于前人,同光体对"理性"的强调尤为自觉。在今人眼中,宋诗之理性美原本就包含着近于现代理性的精神。周裕锴先生在《自持与自适:宋人论诗的心理功能》一文中曾说:宋诗学对"诗之为用"的认识,并未超出传统诗学的范围,不外乎以"美刺""讽谏"为主的政治功能,以"厚人伦,美教化,移风俗"为主的道德功能和以"遣兴怡神""陶冶性灵"为主的心理功能三个层次,然而宋人却以《中庸》的"中和"精神对诗学的"不平则鸣"观点提出了异议,强调了诗歌疏泄个人胸次、使之释然于怀的心理功能,是在中和状态下完成的,这是一种理性的化解,而非情绪的迸发②。此话本用来阐发宋诗

---

① 夏敬观:《刘融斋〈诗概〉诠说》,刘熙载撰,王气中笺注:《艺概笺注》,贵州人民出版社1980年版,第497—498页。
② 参见周裕锴《自持与自适:宋人论诗的心理功能》,《文学遗产》1995年第6期。

的文化精神，而体现在晚清宋诗派特别是同光体诸公身上则更为显著。本书将以陈三立的诗歌创作为代表，来具体探讨"同光体"对现代"理性"的追求及其叙事特色。

晚清宋诗派标举学问、义理、理性，既是中国诗歌传统的延续和发展，也是中国诗歌叙事传统的延续和发展。大致说来，学问关乎诗歌抒情叙事材料，义理关乎诗歌抒情叙事的宗旨，而理性则关乎诗歌抒情叙事主体。而从学理言，对宋诗的追捧便蕴含了对"叙事"的重视。同光体诗人袁昶论唐诗宋诗在叙事方法上的差异说：

> 唐人以诗为学，宋人以学为诗，根柢华实不同，音节和严亦异。唐诗近风，风多短言，里巷谣谚男女赠答之所为也。宋诗近雅，雅多长言，士大夫伤时述事，短言不足，故长言之，非老于国故事变者不能。[1]

袁昶明确说宋诗出于"士大夫"用"长言""伤时述事"，宋诗要求诗人皆是"老于国故事变者"，明确把对叙事性视为宋诗的主要特点。这话可谓是抓住了同光体乃至清代宋诗学的本质。

在宋诗派之外，近代传统诗坛还活跃着王闿运主导的汉魏六朝派，樊增祥、易顺鼎为代表的中晚唐诗派等。他们均在诗歌创作上取得了令人瞩目的成就，也为中国诗歌叙事传统的近代转型做出了重要贡献。其中，王闿运诗歌成就最高，影响最大，本书将予以重点关注。

---

[1] 袁昶：《渐西村人未刊稿》，陈左高：《历代日记丛谈》，上海画报出版社2004年版，第127页。

三　新旧体诗坛"诗史"叙事传统的延续和发展

从道咸到清末，外忧内患迭起，晚清人在学术上颇为注重经世致用。王国维在《沈乙庵先生七十寿序》中论清代学术变化路径云：

> 我朝三百年间，学术三变。国初，一变也；乾嘉，一变也；道咸以降，一变也。顺康之世，天造草昧，学者多胜国遗老，离丧乱之后，志在经世，故多为致用之学，求之经史，得其本原，一扫明代苟且破碎之习，而实学以兴。雍乾以后，纪纲既张，天下大定，士大夫得肆意稽古，不复视为经世之具，而经史小学专门之业兴焉。道咸以降，涂辙稍变，言经者及今文，考史者兼辽、金、元，治地理者逮四裔，务为前人所不为，虽承乾嘉专门之学，然亦逆睹世变，有国初诸老经世之志。①

王国维揭示了清代学术思想由经世—学问—经世的大循环。与近代学术思想的发展情况基本一致，晚清诗坛涌现了不少时事诗名篇名作，正是诗歌"叙事性"进一步强化的一大表现。钱仲联曾说，不仅以黄遵宪等人为代表的"新派诗"以"古人未有之物、未辟之境"写入诗中，体现了"诗界革命"的鲜明特征，"即便是属于复古诗派的王闿运、樊增祥以及杨圻、王国

---

① 王国维：《观堂林集》，王国维：《王国维先生全集·初编》第三册，大通书局1976年版，第1162页。

维、金兆蕃等，他们的诗集中也不乏叙说时政、反映现实的长篇叙事之作"①。在晚清，新旧诗歌创作均表现出对社会现实的强烈关注。如在本书中，晁冬梅博士对"大文本叙事"的提炼、概括和个案研究，是综合近代新旧体时事诗而论的，而杨绪容对郑珍、王闿运、陈三立等"旧体"诗人的专论也重点探讨了现实诗的创作。相对于"新体"诗而言，晚清"旧体"诗坛表现出更为浓厚的"诗史"意识，据此可以了解中国诗歌"诗史"叙事传统在近代的传承演变。

"诗史"之说，最早见于唐孟棨的《本事诗》"杜逢禄山之乱，流离陇蜀，毕陈于诗，推见至隐，殆无遗事，故当时号为诗史"②，意谓杜诗记录战乱，巨细毕陈，又蕴含君臣大义，暗寓对乱臣贼子的褒贬。这个"诗史"概念中含有史事、史识、叙事、春秋笔法等义。《新唐书·杜甫传》赞说"甫又善陈时事，律切精深，至千言不少衰，世号诗史"③，所谓"诗史"已变为"善陈时事"以及"律切精深，至千言不少衰"的铺叙方式。刘克庄在《后村诗话》中说杜诗是"其笔不恕，所以为诗史也"④，强调了史家笔法在诗歌中的运用，凸显了诗歌的社会批判功能。清代《四库全书总目提要》评论元好问"所撰《中州集》，意在以诗存史"⑤，直接把诗视为国史。

---

① 钱仲联：《清诗纪事》，凤凰出版社2004年版，第4—5页。
② [唐]孟棨：《本事诗》，古典文学出版社1957年版，第17页。
③ [宋]欧阳修、宋祁撰：《新唐书》第十八册，中华书局1975年版，第5738页。
④ [宋]刘克庄撰，王秀梅点校：《后村诗话》，中华书局1983年版，第58页。
⑤ [清]纪昀总纂：《四库全书总目提要》第四册，第一百六十六卷《遗山集提要》，河北人民出版社2000年版，第4244页。

绪　论

在晚清，固守"旧诗"传统的诗人都非常注意在创作中延续"诗史"传统并扩展题材范围，其"诗史"观念融汇了以上诸义而又更为复杂。具体包括如下诸端。

其一指真实记录当时的社会状况。张鸿《长安有狭邪行》诗云：

> 长安有狭邪，乃在城西隅。幽径辟朱邸，青楼夹通衢。入门玉作础，叩户金为铺。中有婵娟子，自名倾城姝。月珠约花额，虹璧融罗肤。金张诸豪贵，车马闲且都。百万碧玉钏，千万翠羽襦。黄金何足贵，难买颜欢娱。鞠跽升华堂，主人骄难扶。星眸睨左右，夜梦倚白榆。王母开口笑，莲骁共投壶。诸子非泰筮，吉语相为谀。尔茏开颜哂，荣赏如分符。主倦欲送客，众客容次且。云有不腆物，备赏苍头奴。得收为厚幸，夸耀及妻孥。宾朋相告语，指日登天涂。吁嗟世间人，狭邪诚足趋。①

该诗在小序中点明为"刺庆邸也"。庆亲王奕劻在慈禧太后晚年靠巴结逢迎之术官运亨通，由远支宗室进爵为亲王，历任总理各国事务衙门大臣、军机大臣、内阁总理大臣等要职。其为人巨贪，北京大小官员，无一不奔走于其门者，时人讥之"老庆记公司"，张鸿作此诗以刺之。钱仲联评价此诗："采藻艳发，泽古功深，描摹情态，曲尽其致，传之他年，足当诗史。"② 钱氏用"诗史"一

---

① 张鸿：《长安有狭邪行》，转引自钱仲联《梦苕庵诗话》，张寅彭主编，张寅彭等点校：《民国诗话丛编》第六册，上海书店出版社2002年版，第218—219页。
② 钱仲联：《梦苕庵诗话》，张寅彭主编，张寅彭等点校：《民国诗话丛编》第六册，上海书店出版社2002年版，第219页。

23

词,揭示张鸿诗描写人情世态详尽,且可以当作史实流传后世。

还有的诗人不仅是一个历史的见证人和描述者,还在诗中对历史现象进行归纳和总结,这在"诗史"观念上又进了一层。如陈宝琛少年闻达,据其在朝的亲身经历,在诗歌创作中描绘并概括了"同光""中兴"气象。用"吾年似汝登高日,四海兵戈望中兴"①"手定中兴四纪周,女中尧舜古无俦"②"盲僧能说同光盛,歌者何戡恐亦无"③"日辉风畅鸟雀喜,想望中兴验春气"④"儒效难为前辈继,朝班曾及中兴辰"⑤等等诗句,渲染出同光中兴的盛况。

其二指社会批判精神。"诗史"注重反映现实,现实诗的"美刺"传统在《诗经》中既已形成,并贯通了整个中国诗歌史。晚清诗人忧时之深,其讽刺往往更为尖锐。沈瑜庆创作了很多现实诗,大胆讥讽朝政、褒贬风云人物。如《咏史寄虚山师》讽刺身为帝师及自己座师的翁同龢,《贾谊》讽刺康有为谋事不周祸及国家,《晁错》为戊戌死难者而作,在题材和主旨上都表现得很为大胆。王揖唐评沈瑜庆诗"于同光以来朝政时局、

---

① 陈宝琛:《挈复儿登邻宵台》,陈宝琛著,刘永翔、许全胜校点:《沧趣楼诗文集》,上海古籍出版社2006年版,第66页。
② 陈宝琛:《大行太皇太后哀辞》,陈宝琛著,刘永翔、许全胜校点:《沧趣楼诗文集》,上海古籍出版社2006年版,第111页。
③ 陈宝琛:《畏庐爱苍招集江亭》,陈宝琛著,刘永翔、许全胜校点:《沧趣楼诗文集》,上海古籍出版社2006年版,第114页。
④ 陈宝琛:《除夕至金陵伯严有诗见及因答其意》,陈宝琛著,刘永翔、许全胜校点:《沧趣楼诗文集》,上海古籍出版社2006年版,第122页。
⑤ 陈宝琛:《八月廿八日沅叔招为蓬山话旧第二集视所藏明内府写本翰苑群书》,陈宝琛著,刘永翔、许全胜校点:《沧趣楼诗文集》,上海古籍出版社2006年版,第249页。

人物掌故多所纪述，可作史观"①，其"诗史"概念主要就反映现实而言。陈衍在《涛园诗集·正阳篇序》中评沈瑜庆甲午战争诗说："甲午中日战事既殷，南皮张尚书权督两江，涛园总筹防局，接应北军饷械，兼午夜草奏治军书，既益更事，而目击感愤，间形诸诗。一时初未卒业，今年榷盐淮北，乃记忆补缀。六月至沪，手一巨编相示，则长篇大叙，皆《诸将》《八哀》之遗也。"②所谓"目击感愤"即是描绘现实的"沉郁顿挫"，"长篇大序"指叙事篇幅较长，这两方面吻合了文学史上的杜甫"诗史"观念。如在光绪二十二年（1896），沈瑜庆受张之洞之命办皖北督销局，期间作《淮北行》诗云：

江淮自昔拥盐利，乱后公私叹重困。建瓴蜀船势莫御，齐豫捆输亦殊健。翳我追维陵替由，商而改票票改贩。……承平官吏病因陋，比量淮南更滋蔓。载盐即以船守轮，盐难周转船久顿。劳则思善逸则淫，盗卖夤缘毋乃混。积重忍隐成铤走，剜肉补疮亏巨万。典鬻俱尽且兔脱，始知水懦为民恨。……③

该诗揭露了当地盐政积弊，以及诗人襄助张之洞改革盐政的情景。该诗虽在陈衍所论沈瑜庆甲午中日战争"诗史"之外，亦

---

① 王揖唐著，张金耀校点：《今传是楼诗话》，辽宁教育出版社2003年版，第406页。
② 陈衍：《涛园诗集·正阳篇序》，沈瑜庆：《涛园集》，庚申(1920)年刊本，第5页。
③ 沈瑜庆：《淮北行》，沈瑜庆：《涛园集》，庚申(1920)年刊本，第15页。

当被视为"诗史"。

其三指个人历史记录。其中包括人物纪传诗对传主个人历史的记录。黄濬曾评价近代"西昆体"代表人物汪荣宝的《思玄堂诗集》"可供史料",并具体举例说:《魏武和旭初》乃"吊项城之作","典切沉至,集中最上乘";《题广雅诗集》五首"记南皮逸事";《百岁恩仇》"似指翁、张之隙";《无题》四首"咏民国十一年曹、吴之事"①。汪荣宝在这些人物传记诗中,各咏一到两位特定历史人物,并寄寓了辛辣的讽刺;黄濬用"史料"一词概括其"诗史"特性。从更大的范围来说,明清人编选的个人诗集,倾向于按时代编排,汇为全书就凸显了诗人的生活史。如本书重点探讨的近代诗人郑珍、王闿运、陈三立的诗集都是如此编排,从中可以了解诗人的生活史、家族史、社会史的诸多细节。沈曾植认为,按时序编排诗集的做法始于宋人,说:"以事系日,以日系月,史例也。宋人以之治诗,而东坡、山谷、后山之情际,宾主历然,旷百世若披帷而相见。彼谓诗史,史乎史乎!"②沈氏指出,宋人以史例来编排诗集,如苏轼、黄庭坚、陈师道的诗集可作为个人生活史来读,并具有考证诗人生平、还原历史面貌的作用。

其四指以"诗"存"史"的民族意识。沈瑜庆曾说:

> 人之有诗,犹国之有史。国虽板荡,不可无史。人虽

---

① 黄濬著,霍慧玲点校:《花随人圣庵摭忆》,山西古籍出版社1999年版,第706页。
② 沈曾植:《史例治诗词》,沈曾植撰,钱仲联辑:《海日楼札丛》,中华书局1962年版,第283页。

流离，不可无诗。①

沈瑜庆话中表达了以"诗"存"史"之意，尤偏重于国史和社会史，同时寄托了他对"戊戌六君子"之一的女婿林旭、殉夫的女儿沈鹊应的怀念之情。陈衍在《辽金元诗纪事总叙》中说：

> 诗纪事之体，专采一代有本事之诗，殆古人所谓诗史也。国可亡，史不可亡，即诗不可亡。有事之诗，尤不可亡。然或以为异族而主中国，则其国之诗可听其亡。②

陈衍话中也偏重于国史，认为亡诗之危害胜于亡国亡史。而他固守"华夷之辨"，认为异族之诗可任其亡，明显含有排满之意。

综上，在创作上，近代"旧体诗""诗史"题材范围更广，讽刺精神更强。在批评上，近代"诗史"观念更为复杂，有时候一句"诗史"批评兼备多种"诗史"内涵，更为重视个人史、家国史的记叙，其批判精神也显得更为大胆、更为有力。在总体上，近代"旧体诗"的创作与批评没有从根本突破传统意义上的"诗史"观念，从而赋予"诗史"以更多的现代意蕴。

"新体"诗人也创作了大量的现实诗，也揭露和批判了近代中国官府腐败、人民困苦、战乱灾变、人性愚昧的现实。如甲

---

① 沈瑜庆：《题崦楼遗稿》，沈鹊应：《崦楼遗稿》，林旭：《晚翠轩诗·附录》，墨巢丛刻本。
② 陈衍：《辽金元诗纪事总叙》，陈衍撰，钱仲联编校：《陈衍诗论合集》，福建人民出版社1999年版，第1131页。

午战争诗,旧派诗人有袁昶《近事书愤和友人作》《哀旅顺口》《哀威海卫》,沈瑜庆《哀余皇》、张鸿《游仙》等;新派诗人黄遵宪有《哀旅顺》《哭威海》《台湾行》《度辽将军歌》等诗篇。庚子国变诗,旧派诗人有樊增祥《庚子五月都门纪事》《晋阳》《闻都门消息》,文廷式有《落花》《庚子七月至九月感作》;新派诗人黄遵宪有《初闻京师义和团事感赋》《述闻》《再述》《天津纪乱十二首》《京乱补述六首》。钱仲联评黄遵宪《冯将军歌》是"《史》《汉》文法"①,明确揭示出黄遵宪诗歌的"诗史"品格。但不同的是,"新体"诗表达了更为强烈的变革思想,带有更多的世界观念与全球意识,寄托了更加激越悲壮的情怀。

四 新旧诗歌叙事传统的现代性融通

近代新旧诗歌传统既相区别又相联系。从区别而论,旧体诗人与新体诗人分属不同的阵营,在诗歌的题材内容、思想倾向、诗人的个性等方面大相径庭;从联系而论,新旧两派诗歌在体裁、格律、语言等方面大同小异,新旧两派诗人也存在相互交集、交流甚至同咏一事一题的情况。有人不以新旧区分道咸诗坛。如近代文学的先驱龚自珍,被陈衍纳入道咸宋诗派中的浙派:"吾乡林欧斋布政亦不复为张亨甫而学山谷,嗣后樊榭、定盦,浙派又中分两途矣。"② 近代中国较早"开眼看世界"

---

① 钱仲联:《梦苕庵诗话》评黄遵宪语,黄遵宪著,钱仲联笺注:《人境庐诗草笺注》下册,上海古籍出版社1981年版,第1290页。
② 陈衍著,郑朝宗、石文英校点:《石遗室诗话》卷一,人民文学出版社2004年版,第4页。

的魏源，也被陈衍纳入道咸宋诗派，指出在"清苍幽峭"一派中，有"魏默深之《清夜斋稿》稍足羽翼"[①]。而新体诗大家黄遵宪，"五古渊源从汉魏乐府而来，其言情似杜，其状景似韩"[②]，也与当时的同光体有着千丝万缕的关系。本文尝试从学术思想的现代性、叙事主体的个性、叙事语言的通俗性等方面探讨近代新旧诗坛的共通性，以探究近代文学发展的新旧中西之内在合力。

（一）现代性思想的积淀

龚自珍是近代中国改良主义运动的先驱人物，"新学"的开拓者之一。龚自珍在嘉庆二十四年（1819）在京师参加会试，落选后与魏源一起师事今文学家刘逢禄，研读《公羊春秋》。他一生追求"更法"，要求改革科举制，多方罗致"通经致用"的人才。后来梁启超正式提倡"新学"和西学，标榜与"汉学"的对立，自称是受到了龚自珍的启发。梁启超曰："晚清思想之解放，自珍确与有功焉。光绪间所谓新学家者，大率人人皆经过崇拜龚氏之一时期；初读《定盦全集》，若受电然。"[③]

晚清"旧学"家也特别重视人才培养，主张对传统思想文

---

① 陈衍论近代诗坛："前清诗学，道光以来一大关捩。略别两派：一派为清苍幽峭。……蕲水陈太初（陈沆字）……当时嗣响，颇乏其人。魏默深（源）之《清夜斋稿》稍足羽翼。……此一派近日以郑海藏（郑孝胥号）为魁垒，其源合也。……"见陈衍著，郑朝宗、石文英校点：《石遗室诗话》卷三，人民文学出版社2004年版，第41—42页。
② 温仲和：《人境庐诗草跋》，黄遵宪著，钱仲联笺注：《人境庐诗草笺注》下册，上海古籍出版社1981年版，第1088页。
③ 梁启超：《清代学术概论》，商务印书馆1987年版，第123页。

化及科举制度进行改造。晚清"中兴四大名臣"、同治光绪间宋诗派文坛领袖之一的张之洞倡议：

> 救时必自求人才始，求才必自变科举始……今废时文者，恶八股之纤巧苛琐浮滥，不能阐发圣贤之义理也；非废四书五经也……今日当详议者约有数端：一曰正名。正其名曰四书义、五经义，以示复古……二曰定题。四书义出四书原文，五经义出五经原文……三曰正体。以朴实说理，明白晓畅为贵，不得涂泽浮艳作骈俪体，亦不得钩章棘句作怪涩体。四曰征实。准其引征史事，博考群书，但非违悖经旨之言皆可引用，凡时文向来无谓禁忌，悉予蠲除。五曰闲邪。若周秦诸子之谬论，释老二氏之妄谈，异域之方言，报馆之琐语，凡一切离经叛道之言，严加屏黜，不准阑入。则八股之格式虽变，而衡文之宗旨仍与清真雅正之圣训相符。①

一方面，张之洞主张科举考试"蠲除时文"，具有明显的进步意义。另一方面，他坚持"衡文之宗旨仍与清真雅正之圣训相符"，其意仍不离"文以载道"之旨、桐城"雅洁"之义法和"格调"派温柔敦厚之"诗教"，并没有超越儒家思想文化的范围。他还要求严守"四书五经"之"义理"，屏黜"周秦诸子之谬论，释老二氏之妄谈，异域之方言，报馆之琐语，凡一切离经叛道之言"，对文学的思想内容和语言严加限制。

---

① 张之洞：《妥议科举新章摺》，张之洞：《张文襄公全集》之《奏议》卷四十八，中国书店1990年版，第2页。

而在同光体诸公中则有人更进一步，已在一定程度上脱离了儒家思想的藩篱。有些传统文人逐渐建立起非同以往的家国意识，开始有意与传统文化切割，在某些方面萌生了现代人文思想观念。譬如对爱国精神进行反思。陈衍曾抨击托言"忠君爱国、稷契许身"之类是"文人结习"：

> 论诗文者，每有大家、名家之分，此文人结习也。或以位尊徒众而觊为大家，或以寿长诗多而觊为大家，或以能为大言托于忠君爱国、稷契许身而亦觊为大家，其实传不传不关于此。①

其话堪比《红楼梦》第三十六回中贾宝玉驳斥"文死谏武死战"为"邀名"而"不知大义"②之义。同光体另一诗学理论名家夏敬观也表达了类似的意见。他说：

> 诗者，心之声也。所怀既异，安可比而论之？宋人立论，好偏重忠爱，以取悦于时君。其为李杜优劣之论，辄从"忠爱"二字下判断，苏子由至谓太白不知义，葛立方以其《永王东巡歌》为赞助逆谋，黄彻以为历考全集，爱国忧民之心，鲜有如子美语者，以李杜齐名为忝窃。是诚迂论，不足与言诗也。③

---

① 陈衍著，郑朝宗、石文英校点：《石遗室诗话》卷一，人民文学出版社2004年版，第16页。
② 曹雪芹等撰，脂砚斋评点：《脂砚斋重评石头记》，人民文学出版社1975年版，第三十六回。
③ 夏敬观：《唐诗说》，河洛图书出版社1975年版，第4页。

夏氏提出，宋人从"忠爱"二字判断李杜优劣，苏辙、葛立方、黄彻贬损李白的话，统统都是"迂论"，是"取悦于时君"的表现。

又如对变法、西学的追求。在同光体诸家中，陈三立具有比较强烈的现代思想意识。陈寅恪追述乃祖陈宝箴乃父陈三立的"变法"思想渊源，曰：

> 当时之言变法者，盖有不同之二源，未可混一论之也。咸丰之世，先祖亦应进士举，居京师亲见圆明园干霄之火，痛哭南归。其后治军治民，益知中国旧法之不可不变，后交湘阴郭筠仙侍郎嵩焘，极相倾服，许为孤忠宏识。先君亦从郭公论文论学，而郭公者，亦颂美西法，当时士大夫目为汉奸国贼。群欲得杀之而甘心者也。至南海康先生治今文公羊之学，附会孔子改制以言变法，其与历验世务欲借镜西国以变神州旧法者，本自不同。故先祖先君见义乌朱鼎甫先生一新《无邪堂答问》驳斥南海公羊春秋之说，深以为然，据是可知余家之主变法，其思想源流之所在矣。①

其意是说，变法是道咸以来的共同追求，但像陈宝箴、陈三立父子这样的传统文人，与康有为为首的维新派在道路选择上是截然不同的。前者因"历验世务欲借镜西国以变神州旧法者"，后者则"附会孔子改制以言变法"。其说法打破了我们今天大多数人对维新变法运动中新旧两派的刻板印象，揭示出某些传统旧文人在经历了近代文明洗礼之后，主张并实践变法、西学的

---

① 陈寅恪：《寒柳堂集》，生活·读书·新知三联书店2001年版，第167页。

积极性甚至不亚于维新派人士。

尽管如此，传统诗坛文人的进步性还是有限的，即使对新学、西学表达了关注，至多也出于借鉴之目的，其思想基本上还在"中体西用"上打转。同光体的代表人物陈三立信奉儒家文化，虽曾说过"三立意向阳明王氏，微不满朱子"，"然自揣当不至为叛道之人"①。陈三立《雨中谒周元公墓》诗曰："高磴烟如扫，荒林雨自吟。千峰初照酒，半碣欲亲襟。芜满残春色，花留死后心。无言证儒墨，天地更何寻。"②他描述自己站在周敦颐墓前，痛感在天地间再找不到周敦颐这样的人鼓吹儒墨，显得十分落寞而伤感。陈三立曾言：

  吾观国家一道德，同风俗，盖二百余年于兹矣。道咸之间，泰西诸国始大通互市，由是会约日密，使命往还，视七万里之地，如履户阈，然士大夫学术论议，亦以殊异。夫习其利害，极其情变，所以自镜也。蔽者为之溺而不返，放离圣法，因损其真。矫俗之士，至欲塞耳闭目，摈不复道。二者皆惑，非所谓明天地之际、通古今之变者也。君子之道莫大乎扩一世之才，天涵地蓄，不竭于用，傲然而上，遂滂然而四达，统伦类师万物而无失其宗。③

---

① 陈三立：《清故护理陕甘总督甘肃布政使毛公墓志铭》，陈三立著，李开军校点：《散原精舍诗文集》下卷，上海古籍出版社2003年版，第1077页。

② 陈三立：《雨中谒周元公墓》，陈三立著，李开军校点：《散原精舍诗文集》下卷，上海古籍出版社2003年版，第722页。

③ 陈三立：《振绮堂丛书序》，陈三立著，李开军校点：《散原精舍诗文集》下卷，上海古籍出版社2003年版，第828页。

他批评了两种人对待西学的迷失态度：保守者"塞耳闭目"，沉迷者"溺而不返"。他提出"明天地之际，通古今之变者"、要求"统伦类师万物而无失其宗"，还是强调中国文化本体。他还曾当面嘲笑其好友兼姻亲范当世"慕泰西"太过："范伯子益慕泰西学说，愤生平所习无实用，昌言贱之……余尝诵梅圣俞'谈兵究弊又何益，万口不谓儒者知'之句以谑之。"① 同光体诸公大部分人在清灭亡后成了遗老遗少，无论脑后的辫子还是心中的辫子都舍不得割去。他们中的绝大多数在思想上始终不能彻底超越传统文化，也难以脱净儒家人格的烙印。故此柳亚子斥同光体"保守"，指出"从晚清末年到现在，四五十年间的旧诗坛，是比较保守的同光体诗人和比较进步的南社派诗人争霸的时代"②，"保守"一语道破了同光体和维新派、革命派文人的本质区别。

梁启超谓新诗"熔铸新理想以入旧风格"，即把新学、西学的思想观念充实到传统诗歌的抒情叙事中加以具体表现。黄遵宪在诗歌中详细描述了他在日本、美国、欧洲等世界各地所见具有现代风情的名物、制度、文化，并大量使用新名词，被梁氏推举为新体诗的典范。其实旧体诗人更早注意用新名词而把新鲜事物写入诗中。如道咸宋诗派代表人物何绍基在《达奚司空像》一诗中追溯基督教在中国流布的历史，并表达了对当时基督教流遍中国的隐忧："习耶苏法重礼拜，风教正类西斑牛。

---

① 陈三立：《范伯子文集跋》，陈三立著，李开军校点：《散原精舍诗文集》下卷，上海古籍出版社2003年版，第1010页。
② 柳亚子：《介绍一位现代的女诗人》，柳亚子：《怀旧集》，上海书店出版社1981年版，第238页。

永乐朝贡王不返，司空殉主或有由。今日天主教，流传遍中国。"① 诗中用了"耶苏""礼拜""西斑牛""天主教"等新词。同治二年（1853），何绍基奉命到广东主持乡试，乘轮船途经澳门、香港，作诗《乘火轮船游澳门与香港作，往返三日，约水程二千里》，逼真描写了坐现代火力船的感受：

> 火激水沸水轮转，舟得轮运疑有神。约三时许七百里，海行更比江行驶。不帆不篙惟恃炉，炉中石炭气焰粗。有时热逼颇难避，海风一凉人意苏。一日澳门住，一日香港息。澳门半华夷，香港真外国。一层坡岭一层屋，街石磨平莹如玉。初更月出门尽闭，止许夷车荮驰逐。层楼迭阁金碧丽，服饰全非中土制。②

此诗可说是晚清"新诗"融汇新题材、新词汇的先声。何绍基在诗中流露出对香港英夷横行的深切忧虑，对西方科学文化怀着相当的戒备，不同于后来的新学派普遍礼赞西方文明的态度。

（二）现代性人格的熔铸

近代文学的先驱龚自珍主张"诗与人为一，人外无诗，诗

---

① 何绍基：《达奚司空像》，何绍基著，龙震球、何书置校点：《何绍基诗文集》，岳麓书社1992年版，第574页。
② 何绍基：《乘火轮船游澳门与香港作，往返三日，约水程二千里》，何绍基著，龙震球、何书置校点：《何绍基诗文集》，岳麓书社1992年版，第574页。

外无人，其面目也完"①，为追求诗人的个性解放开拓了方向。晚清宋诗派其实也十分看重诗人的"个性"。道咸宋诗派理论健将何绍基十分强调诗人自我形象，提倡"人与诗一，一以不俗"②。"人与诗一"与龚自珍"诗与人为一"的说法是一致的。何氏又说："诗是自家做的，便要说自家的话。凡可以彼此公共通融的话头，都与自己无涉。"③ 道咸宋诗派诗人代表郑珍在《论诗示诸生，时代者将至》中鲜明地主张诗歌创作要有"我"："我诚不能诗，而颇知诗意。言必是我言，字是古人字。"④ 所谓"说自家的话""言必是我言"云云，就是要求用个性化的语言表达自己内心真实的思想感情。

同光体诸家也普遍重视表现诗人的个性。陈衍主张诗中有人，说："求诗文于诗文中，末矣。必当深于经史百家以厚其基，然尤必其人高妙，而后其诗能高妙。"⑤ 所谓"其人高妙"就是要求诗歌之中有高妙的主体意志。陈衍反对做"他人之诗"，也表达了同样的意思：

> 孔子曰"信而好古"，昌黎曰"不懈而及于古"，好古

---

① 龚自珍：《书汤海秋诗集后》，龚自珍：《龚自珍全集》，上海人民出版社1975年版，第241页。
② 何绍基：《使黔草自序》，何绍基著，龙震球、何书置校点：《何绍基诗文集》，岳麓书社1992年版，第781页。
③ 何绍基：《与汪菊士论诗》，何绍基著，龙震球、何书置校点：《何绍基诗文集》，岳麓书社1992年版，第817页。
④ 郑珍：《论诗示诸生，时代者将至》，郑珍撰、白敦仁笺注：《巢经巢诗钞笺注·前集》卷七，巴蜀书社1996年版，第595页。
⑤ 黄曾樾：《陈石遗先生谈艺录》，陈衍撰，钱仲联编校：《陈衍诗论合集》，福建人民出版社1999年版，第1018页。

非复古，及于古非拟古也。有作必拟古，必求复古，非所谓"有意为诗，有意为他人之诗乎？"明之何、李、王、李，所以为世垢病也。①

郑孝胥也很重视"性情"，他在《书韦诗后》中说："性情之不似，虽貌合，神犹离也。夫性情受之于天，胡可强为似者。苟能自得其性情，则吾貌吾神，未尝不可以不似，则为己之学也。"②他认为"性情"是形成诗人个性的关键。金蓉镜在《论诗绝句寄李审言》中说："一回新胜一回新，卖货儿郎日日贫。李杜韩苏都道了，愿君翻转自家身。"③也表达了反对模拟，提倡自我个性之意。宋诗派一向推崇"学人之诗"，但学问妨碍性情，就需要对它有所节度。陈衍劝沈曾植少作考据诗：

> 余亦喜治考据之学，其实皆为人作计，无与己事。作诗尚是自家意思，自家言说。子培意不能无动，间一为之。④

既要有"自家意思"，又要有"自家言说"，就是从内容到语言都要有作者的个性。以诘屈聱牙著称的沈曾植，为陈衍之意所

---

① 陈衍著，郑朝宗、石文英校点：《石遗室诗话》卷三，人民文学出版社2004年版，第43页。
② 郑孝胥撰，劳祖德整理：《郑孝胥日记》，中华书局1993年版，第145页。
③ 金蓉镜：《论诗绝句寄李审言》，金蓉镜：《滮湖遗老集》卷二，1928年刻本。
④ 陈衍著，郑朝宗、石文英校点：《石遗室诗话》卷一，人民文学出版社2004年版，第43页。

胁迫,争辩只偶尔为考据诗。陈衍称赞其诗"雅尚险奥,聱牙钩棘中,时复清言见骨,诉真宰、荡精灵"[1],意思是说不过偶见其性灵而已,实持相当的保留态度。

宋诗派诗学将个性的核心内涵与"诗中有我""性情"相联系,而与"拟古"相反对,这样的认识当然不错,但并未脱离明清以往传统诗学的范围。"新体诗"诸家则与此不同。黄遵宪曾在给梁启超的信中说:

> 于文字中略喜为诗,谓可以言志,其体宜于文。……意欲扫词章家一切陈陈相因之语,用今人所见之理。所用之器,所遭之时势,一寓之于诗。务使诗中有人,诗外有事,不能施之于他日,移之于他人,而其用以感人为主。[2]

黄遵宪积极试验引俗语、新词入诗,旨在借富于时代特征的"新语汇"描绘新事物、开拓新意境,从而更好地反映日益变化的现实。他在《杂感》中表达其诗论云:

> 大块凿混沌,浑浑旋大圜。隶首不能算,知有几万年。羲轩造书契,今始岁五千。以我视后人,若居三代先。俗儒好尊古,日日故纸研;六经字所无,不敢入诗篇。古人弃糟粕,见之口流涎。沿习甘剿盗,妄造丛罪愆。黄土同

---

[1] 陈衍:《沈乙盦诗叙》,陈衍撰,陈步编:《陈石遗集》,福建人民出版社2001年版,第507页。
[2] 黄遵宪:《致梁启超书九通》(其一),黄遵宪撰,吴振清、徐勇、王家祥编校整理:《黄遵宪集》,天津人民出版社2003年版,第490页。

抟人，今古何愚贤。即今忽已古，断自何代前？明窗敞流离，高炉蒸香烟。左陈端溪砚，右列薛涛笺。我手写我口，古岂能拘牵！即今流俗语，我若登简编。五千年后人，惊为古斓斑。[1]

黄遵宪宣称："我手写我口，古岂能拘牵！"其强调自我个性之意与龚自珍、何绍基、郑珍等人并无不同，而在态度上异常鲜明。他不是在一般意义上反对拟古，而做到了心中无"古"，认识到"即今忽已古"。其"以我视后人，若居三代先"之论也完全打破了古今壁垒，认为自己的诗也会被"五千年后人，惊为古斓斑"。旧诗坛一般厚古薄今，他则厚今薄古，提倡使用"即今流俗语"，虽然尚没有明确提出"白话"的概念，也足称"白话"文学的先驱。黄氏的意见处处针对"旧诗坛"，尤其反对宋诗派以学问为诗，抨击其"六经字所无，不敢入诗篇"的刻板态度。他这些认识尽管尚未完全从明清以来传统诗学的语境和范畴中脱离出来，却已明显拉开了距离。

梁启超不仅仅只关注自己或某个诗人的现代性精神，而是着眼于培育全体国人的现代性精神，因此极大地开发并利用了文学的宣传作用。其《论小说与群治之关系》：

欲新一国之民，不可不先新一国之小说。故欲新道德，必新小说；欲新宗教，必新小说；欲新政治，必新小说；欲新风俗，必新小说；欲新学艺，必新小说；乃至欲新人

---

[1] 黄遵宪：《杂感五首》（其二），黄遵宪撰，钱仲联笺注：《人境庐诗草笺注》，上海古籍出版社1981年版，第43—43页。

心，欲新人格，必新小说。何以故？小说有不可思议之力支配人道故。①

在这段话中，梁启超勾勒了新小说对于新民、新道德、新宗教、新政治、新风俗、新学艺、新人心、新人格之间的重要作用。他在这篇文章的结尾说："故今日欲改良群治，必自小说界革命始！欲新民，必自新小说始！"明确提倡"小说界革命"。他将"诗界革命""文界革命""小说界革命"相协同，以新诗体、新文体、新小说相统合，以塑造全体"新民"的个性精神。梁启超在发展现代人格方面所体现的眼界和格局远超于诸新旧学家之上。

特别值得注意的还有近代女革命家、女诗人秋瑾对现代女性人格的塑造。她本为深闺女子，于1903年前住北京期间，亲眼感受到庚子国变对中国的影响，读到梁启超等人所办的报刊，在思想上发生了巨大变化。她逐渐养成不逊于男子的豪杰之气，具有浓厚的新女性意识，作词云："身不得，男儿列，心却比，男儿烈。"② 她与旧家庭决裂，只身前往日本留学。在1906年秋从日本返回祖国途中，作《黄湖舟中》云："万里乘风去复来，只身东海挟春雷。忍看图画移颜色？肯使江山付劫灰！浊酒不销忧国泪，救时应仗出群才。拚将十万头颅血，须把乾坤力挽回。"③ 诗中洋溢着出强烈的爱国情怀和为国尽忠的英雄豪气。

---

① 梁启超：《论小说与群治之关系》，梁启超著，付祥喜、陈淑婷编：《梁启超集》，广东人民出版社2018年版，第246页。
② 秋瑾：《满江红·小住京华》，秋瑾撰，刘玉来注释：《秋瑾诗词注释》，宁夏人民出版社1983年版，第269页。
③ 秋瑾：《黄海舟中日人索句并见日俄战争地图》，秋瑾撰，刘玉来注释：《秋瑾诗词注释》，宁夏人民出版社1983年版，第178—179页。

她作为一个女性中的先知先觉者，鼓励女同胞团结"爱群"，要立志与男子"平权"，勇于担当"国民责任"。作诗云："英雄事业凭身造，天职宁容袖手观？廿纪风云争竞烈，唤回闺梦说平权。""欲从大地拯危局，先向同胞说爱群。今日舞台新世界，国民责任总应分。"[1] 秋瑾在诗词中塑造了全新的现代女性形象，并以自己的人生树立了现代女性人格的典范。她被后人视为现代"中国女性文学的第一人"[2]，终结了中国古代闺阁文学的传统，开启20世纪中国女性文学的进程。

（三）现代诗歌艺术技巧的发育

新体诗出于旧体诗，两者之间具有密切的关联。梁启超称新体诗"熔铸新理想以入旧风格"，所谓"旧风格"主要指体裁、格律、音韵等艺术形式，当然也不排除传统的思想学术。梁启超、黄遵宪都曾究心"旧学"与"旧诗"。如清末"新体诗"最杰出的代表人物黄遵宪在《人境庐诗草自序》中云："其取材也，自群经三史，逮于周、秦诸子之书，许、郑诸家之注，凡事名物名切于今者，皆采取而假借之"[3]，自言其诗歌从群经三史、诸子百家、汉学中取材，这就跟倡导"汉学"的宋诗派在思想倾向上具有一致性。钱仲联称赞说，"公度诗正以使事用典擅长。……近体感时之作，无一首不使事精当"，"公度诗全

---

[1] 秋瑾：《赠浯溪女士徐寄尘和原韵》，秋瑾撰，刘玉来注释：《秋瑾诗词注释》，宁夏人民出版社1983年版，第231—232页。
[2] 阎纯德：《20世纪中国女性文学的发展》，《文学评论》1998年第4期。
[3] 黄遵宪：《人境庐诗草·自序》，黄遵宪撰，钱仲联笺注：《人境庐诗草笺注》，上海古籍出版社1981年版，第3页。

从万卷中酝酿而来"①,揭示出黄遵宪广泛借鉴古人诗、用典精当的特点,显示了与"旧诗"的密切渊源。

在新体诗"挦扯新名词以表自异"的同时,旧体诗也在语言上追求现代转型。陈衍说"为散原体者,有一捷径,所谓避熟避俗是也。言草木不曰柳暗花明,而曰花高柳大。言鸟不言紫燕黄莺,而曰乌鸦鸥枭。言兽切忌虎豹熊罴,并马牛亦说不得,只好请教犬豕耳"②。陈三立作诗"避熟避俗",主张诗歌语言要雅正,要有创新,符合传统诗坛一向强调的艺术精神,自有其合理性。但在清末民初这个特殊时期,就显得过时了,难怪陈衍语带讥讽。另一方面,"旧体诗"早已出现了求"俗"的传统。如徐中玉赞"经史学家、书法家何绍基用白话写了《与汪菊士论诗》十九则,比梁启超的时务文还显明,亦多合理之语,是理论专著中罕见的先例"③。还有俞樾,厌烦古体诗格律太规整,五七言诗歌"限于字句不能畅达其意",乃刻意作词,"为长短之句,抑扬顿挫以寄流连往复之思"④。俞樾以大量俗语入诗词,撰有"语音俚俗,意涉荒唐,殊非雅正之音"的《缪悠词》,并在《曲园自述诗》一诗中描述《缪悠词》创作与流传云:"衰翁白首卧吟窝,谚语谰言笔底多。正始雅音收拾起,一

---

① 钱仲联:《梦苕庵诗话》,张寅彭主编,张寅彭等点校:《民国诗话丛编》第六册,上海书店出版社2002年版,第160、291页。
② 钱锺书记:《石语》,陈衍撰,陈步编《陈石遗集》,福建人民出版社2001年版,第2182页。
③ 徐中玉主编:《中国近代文学大系·文学理论卷》,上海书店出版社1994年版,第31页。
④ 俞樾:《徐诚庵荔园词序》,《春在堂杂文一编》卷一第四册,俞樾:《春在堂全书》,凤凰出版社2010年版,第29页。

时传唱缪悠词。"在诗下自注云:"辛丑岁,年八十一矣。老境稍唐,诗境亦多率笔,有新年杂咏皆用俗语,又有《谬悠词》十二首,亦以谚语成诗也。"① 这些旧体诗词中的俗语也应看成是白话文学的先驱。本书也将用专章探讨中晚清"白话"在诗歌叙事传统转型中的价值和意义。

新旧体诗与戏曲小说在叙事上有密切关系。人们常说"唐诗宋词元曲明清小说",作为对中国文学发展史的简单概括,虽不完全贴切,却也大致不差。在诗词戏曲小说各种文类之间,既有明确的边界,又有隔不断的关联。其中,诗词关系最为密切。词又称"歌词",与散曲都被视为"合乐的诗"。诗词在体裁、句式、语言、风格等方面互有异同,而在叙事上的特点基本相通,故本书是把近代诗词合为一体来论述的。而近代诗歌叙事与小说戏曲叙事的关联性则较为复杂,需要对此予以关注。

明清小说与戏曲的发展繁荣超越了以往任何时代,近代诗歌与小说戏曲关系也较以往更为密切。现代文学批评中也注意到了近代诗歌与小说戏曲的密切关系。诗词中有一部分篇幅略长、叙事首尾完整之作,比如诗中歌行、词中慢词、曲中套数,在叙事上与小说戏曲的关系尤其密切。此一特点也颇受古今文学批评关注。中唐以后,以"长庆体"为标志,中国诗歌叙事传统发生了一个转向。苏辙说白居易《长恨歌》"寸步不遗,犹恐失之"②,话中满是批评,却准确抓住了长篇歌行体诗歌叙事详尽的特点。今人吴世昌认为周邦彦慢词《瑞龙吟》(章台路)

---

① 俞樾:《自述诗续》,俞樾:《春在堂全书》,光绪年间增订刊本。
② 苏辙:《诗病五事》,苏辙撰,陈宏天、高秀芳点校:《苏辙集》,中华书局1990年版,第1229页。

"颇似现代短篇小说的作法：先叙目前情事，其次追叙或追想过去的情事，直到和现在的景物衔接起来，然后紧接目前情事，继续发展下去，以至适可而止"①。在明清诗坛上，长篇歌行体的总体发展趋势是数量越来越多，字数越来越长。钱仲联说清初吴伟业的《永和宫词》《圆圆曲》等歌行乃"继承元白长庆体""熔冶四杰的藻采与明代传奇的特色于一炉"②。如此说来，晚清歌行体中"誉满艺林，无愧诗史"③ 的长庆体名作，诸如王闿运的《圆明园词》、杨圻的《天山曲》、王国维的《颐和园词》、樊增祥的前后《彩云曲》等，自然也不会与明代传奇这种戏曲形式无涉④。

论诗诗在唐宋元明一向流行，在晚清声势更大，同时论小说诗、论戏曲诗也多了起来。俞樾《观影戏作》自叙观演《白蛇传》弹词云：

　　湖楼良夜小排当，老尚童心兴欲狂。戏剧流传黑妈妈，弹词演说白娘娘。轻移韩寿折腰步，明露徐妃半面妆。曲

---

① 吴世昌：《论词的读法》，吴世昌著，吴令华编：《吴世昌全集》第四册《词学论丛》，河北教育出版社2003年版，第27页。
② 钱仲联：《三百年来江苏的古典诗歌》，钱仲联：《当代学者自选文库·钱仲联卷》，安徽教育出版社1999年版，第340页。
③ 钱仲联主编：《清诗纪事》第一册，凤凰出版社2004年版，第4—5页。
④ 明代传奇大多叙主人公悲欢离合的故事。离合剧以及其大团圆结局，都有首尾完整、叙事曲折而详尽的特点。毛奇龄曾说《西厢》是"离合词"："且《西厢》，闺词也，亦离合词也，不特董词由历不可更易，即元词十二科中有所谓悲欢离合者，虽《白司马青衫泪》剧亦必至完配而后已。公然院本，而离而不合，科例谓何？"参见杨绪容：《王实甫〈西厢记〉汇评》，人民出版社2014年版，第2页。

罢局阑人亦散，世间泡影总茫茫。①

俞樾诗中自叙家中排演《青蛇传》影戏的场景云：

偶乘良夜小排当，引得邻儿兴欲狂。都向俞楼看影戏，鱼青蛇白总荒唐。（自注：村落间有演影戏者，余从未一观也。壬辰秋，偶于俞楼一演之，所演为《青蛇传》。按：西湖旧传有白蛇、青鱼两怪，镇压雷塔下。此本无稽，今又做青蛇，则讹之又讹矣。②

本书把"题红诗"作为一个中国近代的新诗类型加以探讨。在乾隆年间《红楼梦》问世以来，品题、鉴赏与评论《红楼梦》的诗词大量涌现，催生了"题红诗"这种新文学类型。题红诗对《红楼梦》的文献批评、人物批评与文学史批评，既是中国诗歌史上论诗传统中的产物，又是近代诗坛叙事传统中的新生事物，并为近代文学批评带来了新的内容、理念和方法。

最后，本书对近代人的叙事理论和观念进行了总结和概括。文中重点探讨了近代诗歌叙事观的深化、近代诗歌叙事传统与抒情传统的互补与消长关系、诗歌传播方式等问题。在近代，"诗界革命"不仅给诗坛带来了创作与批评方式的改变，还带来了传播方式的改变。吴宓特别提及幼年所读诗歌多见于近代报

---

① 俞樾：《观影戏作》，《春在堂诗编》，《续修四库全书》第1151册，上海古籍出版社2014年版，第515—516页。
② 俞樾：《曲园自述诗续》，俞樾：《春在堂全书》第七册，凤凰出版社2010年版，第628页。

刊杂志：

> 中国旧俗，诗词文集，多由私人代作者刊刻，不加注释……不附事实及传记，偶有，亦甚简略。刻成则仅以赠送亲友，不肯发售，亦不以地址告人。致有志寻求而研究其诗者，恒患不易得，得之更不易明。……按今西国新兴诗人，其作品多见于杂志报章，读者可于此中寻求。中国亦略同，如宓幼所诵识近贤之诗，乃由《新民丛报》《庸言》《亚细亚日报》《东方杂志》等处得之。及宓主编《学衡杂志》及《大公报》文学副刊，复以此二者为今贤公布其佳诗之园地及机关，不但有益于人作者、读者，抑且自己因此得交识诸多贤俊诗友。①

指出在传统诗坛，诗歌作品主要由私家刻印，仅在亲友间传播；而在近代诗坛，不论新诗旧诗，其作品开始转载于杂志报章，传播迅急而广泛。

新学、新诗的流行和传播，最终给中国诗歌传统带来了颠覆性的影响。诚如樊增祥所云：

> 秋实春华迥不同，夷言扫尽汉唐风。龙头总属欧洲去，且置诗人五等中。②

---

① 吴宓：《空轩诗话》，张寅彭主编，张寅彭等点校：《民国诗话丛编》第六册，上海书店出版社2002年版，第89—90页。
② 樊增祥：《赋诗》，樊增祥著，涂晓马、陈宇俊校点：《樊樊山诗集》，上海古籍出版社2004年版，第673页。

因世界潮流"龙头总属欧洲去",在"夷言"的影响下,传统诗人地位迅速下降,旧诗也因此淡出文坛。特别是"五四"新文化运动后,"新"与"旧"在词的表层意义背后潜藏着更加明确的褒贬,"新"代表进步、先锋、主流,"旧"代表落后、陈旧、固守。"五四"文化不仅把古体诗视为"死文学",甚至把晚清新体诗也看成"旧文学"。我们今天来发掘、探究中国诗歌叙事传统,也在一定程度上具有重新认识和评价中国诗歌传统的意义。

五 本书的主要内容

概而言之,本书研究中国诗歌叙事传统的近代转型,共含以下内容。

第一,近代诗歌创作与诗歌叙事传统综论。在绪论部分,概要介绍了近代新体诗的形成以及新旧体诗歌传统的分立,并重点梳理了近代旧体诗叙事传统与新体诗叙事传统的主要内容、特点、发展状况及其相互关联。

第二,近代旧体诗创作对中国诗歌叙事传统近代转型的助力。分别以郑珍、王闿运、陈三立为代表,研究道咸宋诗派、汉魏六朝派、同光体派诗歌叙事的内容、特点与价值,重点考察了近代旧体诗在叙事主客体现代性方面的萌芽与发展。郑珍是承续传统体歌叙事的典范,今文学大家王闿运亦未能超越中国诗歌叙事传统的限制,而陈三立尽管基本沿袭传统诗歌叙事形式但在主体人格与社会意识上已具有相当浓厚的现代性精神,是中国旧体诗歌叙事传统向现代转型的典范。

第三，近代新体诗创作对中国诗歌叙事传统近代转型的助力。以黄遵宪为代表，研究新体诗叙事的内容、特点与价值，重点探讨支撑"新体诗"基础的"新学"内涵，即在诗中所展示的世界观念与主体人格的现代精神。再以近代诗歌创作的"白话文言"为中心，揭示"新体诗"对于奠定近现代新诗叙事传统的价值和影响。研究"题红诗"这个近代诗坛涌现的一个新题材类型，也是对深入探讨近代诗歌叙事传统与小说戏曲及文学批评关系的一个尝试。近代题红诗在叙事题材和内容、文学批评史价值、文学理论观念等方面都取得了重要突破和创新，足称"五四"新文学的先声。

第四，近代新旧体诗歌创作在诗歌叙事传统中的融通。依据近代诗坛所呈现的丰富性、复杂性特点，打通新旧体诗歌叙事传统的界限而加以综合的研究。近代诗人大多涉入了大文本叙事领域，且融合了新旧诗歌创作阵营，需要将新旧诗歌叙事传统综合而论。重点探讨了大文本视阈下的近代时事诗叙事，包括大文本叙事概念、近代时事诗大文本叙事综论，以及新体和旧体诗人共同创作的鸦片战争诗歌、庚子国变诗歌大文本叙事的个案研究。大文本叙事研究可说是深入探索近代诗歌叙事理论的一个新成果。

第五，近代新旧体诗歌叙事传统理论和观念的总结研究。在结语部分，从理论、创作、研究三个层面概括了诗歌叙事观念的近代呈现，及其对现代诗歌叙事传统的开创意义。

第一章

郑珍的儒者情怀与乡土叙事

郑珍在道咸间主盟贵州诗坛,被学术界公认为"宋诗派"的中流砥柱,"同光体"宗祖。郑珍(1806—1864),字子尹,号柴翁,别号五尺道人、子午山孩,贵州遵义人。道光五年(1825),郑珍获时任贵州学政的程恩泽青目,被选为拔贡生,并入程门受学。道光十七年中举人,咸丰间选荔波县训导,同治初补江苏知县,未行而卒。他先后主启秀、湘川书院讲席,培育了郑知同、黎庶昌、莫庭芝等一批俊彦。本章即以郑珍为道咸诗坛宋诗派的代表,详细探讨其诗歌叙事艺术的成就与特点,及其在中国诗歌叙事传统中的地位和贡献。

第一节 宋诗派学人之诗的典范

郑珍在道咸间以儒学和诗学并称于世,是贵州学术史和文学史上的一座高峰。当时人其实更看重郑珍的儒学成就。曾国藩把他和莫友芝并称为"西南硕儒",曾国藩《翰林院庶吉士遵义府学教授莫君墓表》云:"(莫与俦)门人郑珍与其第五子友芝，遂通许、郑之学，充然西南儒宗矣。"① 莫友芝论郑珍："平生著述，经训第一，文笔第二，歌诗第三。"②《清史稿》也把郑珍列入《儒林传》而非《文苑传》，称之"西南大师"③。作为一个儒家学者，郑珍学术的核心是汉学，尤以许慎文字学与郑玄经学为中心。他著有《仪礼私笺》《说文逸字》《说文新附考》等，其《巢经巢经说》一卷被李慈铭称赞为"精密贯串，尤多杰见"④。郑珍著述甚丰，但奠定其"西南巨儒"基础者主要不在于理论而在于实践，其儒学思想的精华可用"积理养气"与"身体力行"来概括。

郑珍很少直接在理论上阐述其儒学思想及心得体会，而主要通过诗歌理论尤其是创作来表达。郑珍论学和论诗的核心是"积理养气"，表现为强调性情，突出个性。其《论诗示诸生，时代者将至》树立了诗论的总纲："固宜多读书，尤贵养其气。气正斯有我，学赡乃相济。"⑤ 他认为性情的关键在于"气"，而气是性情与学问的统一。他主张性情贵真，作《次韵答吕茗香》诗曰："我吟率性真，不自谓能诗。赤手骑祖马，纵行去

---

① 曾国藩：《翰林院庶吉士遵义府学教授莫君墓表》，《曾国藩全集》第十四册《诗文》，岳麓书社 2011 年版，第 320—321 页。
② 莫友芝：《巢经巢诗钞序》，郑珍撰，白敦仁笺注：《巢经巢诗钞笺注》，巴蜀书社 1996 年版，第 1506 页。
③ 《清史稿·文苑三·莫与俦列传》，赵尔巽等：《清史稿》第四十四册，中华书局 1977 年版，第 13409 页。
④ 李慈铭：《越缦堂读书笔记》，转引自黄万机：《郑珍评传》，巴蜀书社 1989 年版，第 224—225 页。
⑤ 郑珍：《论诗示诸生，时代者将至》，郑珍撰，白敦仁笺注：《巢经巢诗钞笺注》前集卷七，巴蜀书社 1996 年版，第 595 页。

鞍鞯。"① 道出了他在诗歌创作中因强调"性真"而偏爱白描的审美意识。他在道光二十五年摄古州厅儒学训导时，作《诸生次昌黎〈喜侯喜至〉诗韵，约课诗于余，和之》："作诗诚余事，强外要中歉。膏沃无暗檠，根肥有新艳"②之语，强调了"养气"的重要性。在郑珍看来，"养气"的关键就是要读书，借以积累学问道理。其《跋黎鲁新〈慕耕草堂诗钞〉》云："才不养不大，气不养不盛；养才在于多学，养气在于力行。学得一分即才长一分，行得一寸即气添一寸。此事真不可解。故古人只顾学行，并不去管才气，而才自不可及。"③ 其师程恩泽说"首性情，次学问"④，郑珍也倡导以学问养性情，但两人还是有区别的："程氏是'性情自学问出'，郑珍强调的则是以学'其人'为先，而非以'学'为先。"⑤ 他强调先要全面学习古人，然后才是学其诗。他撰《邵亭诗钞序》云："学其诗当自学其人始，

---

① 郑珍：《旌德吕茗香（廷辉）明经，年六十余，以去年避寇来贵阳，课徒于东城人家，穷甚，余访得之，知早从洪稚存先生弟子孙源湘编修学，与同里姚仲虞（配中）相切究，故学问具有渊源。后见余诗文，枉赠长句，次韵奉答。茗香道仲虞年五十余卒，著有〈周易姚氏学〉及卦气配〈月令〉，驳惠定宇推郑氏爻辰为误之说，惜未见其稿也》，郑珍撰，白敦仁笺注：《巢经巢诗钞笺注》后集卷二，巴蜀书社1996年版，第1008页。
② 郑珍：《诸生次昌黎〈喜侯喜至〉诗韵，约课诗于余，和之》，郑珍撰，白敦仁笺注：《巢经巢诗钞笺注》前集卷七，巴蜀书社1996年版，第577页。
③ 郑珍：《跋黎鲁新〈慕耕草堂诗钞〉》，转引自郑珍撰，白敦仁笺注：《巢经巢诗钞笺注》前集卷七，巴蜀书社1996年版，第596页。
④ 程恩泽：《金石题咏汇编序》，程恩泽：《程侍郎遗集》卷七，《丛书集成新编》第69册，新文丰出版公司1985年版，第502页。
⑤ 罗宏梅：《郑珍"学人之诗"与"诗人之诗"合一的理论主张》，《文学评论》2014年第2期。

诚似其人之所学所志,则性情、抱负、才识、气象、行事皆其人所语言者,独奚为而不似?即不似犹似也。"① 郑珍在谈及"读书""养气"的时候特别注意突出诗中之"我"。他在《论诗示诸生,时代者将至》中鲜明地主张诗歌创作要有"我":"我诚不能诗,而颇知诗意。言必是我言,字是古人字。"② 他指出诗人不能"随俗","从来立言人,绝非随俗士"就是提倡要有个性。他的这些诗论也都在其诗歌创作中得到了完满的体现。

  相对于同时代人更看重郑珍的儒学成就,后人更看重郑珍在诗歌创作上的成就。有人评价说他是道咸诗坛乃至晚清最高成就的代表。陈声聪《兼于阁诗话》云:"清道咸间,郑子尹以经学大师为诗,奄有杜、韩、白、苏之长,横扫六合,跨越前代。"③ 梁启超《清代学术概论》说:"咸同后,竞宗宋诗,只益生硬,更无余味。稍有可观者,反在生长僻壤之黎简、郑珍辈,而中原更无闻焉。"④ 梁启超对郑珍的整体评价虽也不高,但也视之为晚清宋诗派最高成就的代表。甚至还有一些人认为他是清诗最高成就的代表。胡先骕《读郑子尹巢经巢诗序》云:"郑珍卓然大家,为有清一代冠冕。纵观历代诗人,除李、杜、苏、黄外,鲜有能远驾乎其上者。"⑤ 钱仲联在《梦苕庵诗话》中誉

---

① 郑珍:《邵亭诗钞序》,郑珍著,王锳等点校:《郑珍集·文集》,贵州人民出版社1994年版,第79页。
② 郑珍:《论诗示诸生,时代者将至》,郑珍撰,白敦仁笺注:《巢经巢诗钞笺注》前集卷七,巴蜀书社1996年版,第595页。
③ 陈声聪:《兼于阁诗话·附录》,上海古籍出版社1985年版,第358页。
④ 梁启超:《前清学风与欧洲文艺复兴的异点》,梁启超:《清代学术概论》,上海古籍出版社1998年版,第102页。
⑤ 胡先骕:《读郑子尹巢经巢诗集》,胡先骕著,张大伟、胡德熙、胡德焜合编:《胡先骕文存》上卷,江西高校出版社1995年版,第114页。

其为"清诗第一"①，形容为"有清三百年，王气在夜郎"。② 至今看来，说郑珍在清诗史上成就最高确实溢美过甚，而说他在道咸乃至晚清诗歌史上成就最高则是可以令人接受的。

郑珍为学、为诗皆出于程恩泽。郑珍之子知同在《勅授文林郎征君显考子尹府君行述》中记述郑珍与程恩泽交谊更为详细："乙酉（道光五年）拔贡成均，学使者为程春海（恩泽）侍郎。侍郎邃于古学，天下称文章宗伯，见先子文，奇其才。旋移视学湖南，先子廷试归，即招以去，期许鸿博，为提唱国朝师儒家法，令服膺许郑。先子乃博综五礼，探索六书，得其纲领。……居侍郎门下年余，戊子辞归，侍郎有'吾道南矣'之叹。"③ 启发郑珍治许、郑之学的人正是程恩泽。他曾对郑珍说："为学不先识字，何以读三代秦汉之书？"使郑珍"大感悟"④，遂潜心研究《说文解字》，以文字学为根本。他在《招张子佩》一诗中说："俗士不读书，取便谈性命。开卷不识字，何缘见孔孟？"⑤ 他秉承恩师意见，把识字看成学问的基础。

郑珍在道光八年离开程侍郎幕府由湘返黔之际，撰《留别程春海先生》一诗。该诗前半部分歌颂程恩泽的古诗文辞"宏

---

① 钱仲联：《梦苕庵诗话》，张寅彭主编，张寅彭点校：《民国诗话丛编》第六册，上海书店出版社2003年版，第398页。
② 钱仲联：《论近代诗四十首》，《社会科学战线》1983年第二期。
③ 郑知同：《勅授文林郎征君显考子尹府君行述》，郑珍撰，白敦仁笺注：《巢经巢诗钞笺注》，巴蜀书社1996年版，第1475—1476页。
④ 黎庶昌：《郑征君墓表》，郑珍撰，白敦仁笺注：《巢经巢诗钞笺注》，巴蜀书社1996年版，第1471页。
⑤ 郑珍：《招张子佩》，郑珍撰，白敦仁笺注：《巢经巢诗钞笺注》前集卷二，巴蜀书社1996年版，第160页。

肆而奥",后半部分叙两人的交往:

> ……黄钟一振立起瘘,伟哉夫子文章医。当今山斗非公谁?种我门墙籓以篱,臃肿卷曲难为枝。络之荆南驱使騑,野马复不受靮羁。锡我美名令我睎,以乡先哲尹公期。无双叔重公是推,道真北学南变夷。此岂脆质能攀追?敬再拜受请力之,头童牙豁或庶几。槐黄催人作丛羆,定王城下离舟维。春风冬雪惯因依,出送抚背莫涕挥。东流淙淙识所归,有质卖田趋洛师。①

该诗在叙事上也有令人称道之处,其述程恩泽的文章事业,与郑珍的师生之谊,内容全面又要点突出,堪比个人传记。程恩泽爱才识才,一力培养郑珍,加以录取并赐名"子尹",以东汉"尹珍"期之,又指引了汉代许慎、郑玄之学术方向。郑珍自言为不负乃师程恩泽的期盼,"脆质攀追""头童牙豁"在所不惜。该诗也是郑珍诗歌的代表作之一,既含有客观的事实和典故,也表达了主观的认识和理论,用了一连串的比喻,还带着山谷诗的幽默和俏皮。

有意见认为,道咸宋诗派在学问上甚至超越了宋人,而郑珍则代表了道咸"学人之诗"的最高成就。汪辟疆在《近代诗派与地域》中指出宋诗"惜多不学",而"近代诗家……学贵专门,偶出绪余,从事吟咏,莫不熔铸经史,贯穿百家",而其中"淹通经学"者"则有巢经、默深"。② 陈衍概括道咸间宋诗派

---

① 郑珍:《留别程春海先生》,郑珍撰,白敦仁笺注:《巢经巢诗钞笺注》前集卷一,巴蜀书社1996年版,第46页。
② 汪辟疆:《近代诗派与地域》,汪辟疆:《汪辟疆说近代诗》,上海古籍出版社2001年版,第14页。

"合学人诗人之诗二而一之",直接推举"语必惊人,字忌习见"的《巢经巢诗钞》为之"弁冕"①。作为道咸之际"学人之诗"的代表,郑珍主要从炼字与炼意两方面树立起了自己的特色。

从炼字而言,郑珍在诗歌创作中喜用古汉字以及生僻字入诗。郑珍写十里下南河之险:"仄行酸腿酥,俛睨刚胆战。顾后醋幸过,惊前呀猝转。"②其中"醋"字写人在经过山崖后回头一看,惊得吐舌头,极状山崖之险,既古朴又生动。自叙"读书亦何益,坐令骨变臡"③中"臡"字通"脔",形容枯肉,极为生僻。该字在汉代已不常用,《说文解字》卷四"肉部"已将其标注为"古文",释曰"今文臡皆作麋,麋系腜之误"。④还有用虚词入诗。如《柏容种菊盛开招赏》"君之种菊用何法?几日化为缨络云"⑤中的"之"与"日"也是以虚字对实字。再如"两月闻闹中,市嚣吾厌矣"⑥中的"中"字、"矣"字虚实不对称。再有用数字入诗。写梅花"当关一枝兀放入,鹊不及报呼之三"⑦。叙送弟外出

---

① 陈衍著,郑朝宗、石文英校点:《石遗室诗话》卷三,人民文学出版社 2004 年版,第 42 页。
② 郑珍:《南河渡》,郑珍撰,白敦仁笺注:《巢经巢诗钞笺注》前集卷七,巴蜀书社 1996 年版,第 546—547 页。
③ 郑珍:《胡子何来山中赠书此》,郑珍撰,白敦仁笺注:《巢经巢诗钞笺注》前集卷八,巴蜀书社 1996 年版,第 657 页。
④ 丁福保编:《说文解字诂林》四卷(下),中华书局 1988 年版,第 4571 页。
⑤ 郑珍:《柏容种菊盛开招赏》,郑珍撰,白敦仁笺注:《巢经巢诗钞笺注》前集卷二,巴蜀书社 1996 年版,第 121 页。
⑥ 郑珍:《与儿子登云中山,取间出绝顶,由石屏山后入城,憩四官殿,周览而归》,郑珍撰,白敦仁笺注:《巢经巢诗钞笺注》前集卷九,巴蜀书社 1996 年版,第 726 页。
⑦ 郑珍:《过紫云庵看梅》,郑珍撰,白敦仁笺注:《巢经巢诗钞笺注》前集卷三,巴蜀书社 1996 年版,第 251 页。

助己收汉碑,"洪娄著录汉碑二百七十六,至今三十九在余俱亡。其中阴侧匪别刻,实止廿八之石留沧桑。后虽新增三十种,已少娄录四倍强。"① 上面这些例句在用字上完全打破了诗歌的对称性,从而带有散文化的倾向,使人耳目为之一新。陈田在《黔诗纪略后编·郑微君传》中评曰:"又通古经训诂,奇字异文,一入于诗,古色斑斓,如观三代彝鼎。余尝论次当代诗人,才学兼全,一人而已。"② 认为正是这些"奇字异文"的运用,终使郑珍成为当时"才学兼全"唯一之诗人。

从炼意而言,郑珍常化用古人诗文。如叙在遵义城东桃花洞旁开满了桃花,"手可以提酒一壶,足可以向花林趋。好山好日不用一钱买,送到眼中皆画图"③,化用了李白《襄阳歌》"清风朗月不用一钱买,玉山自倒非人推"之意。又如将荷叶喻为婴儿,"绿荷扶夏出,嫩立如婴儿。春风欲舍去,尽日抱之吹"④,乃从黄庭坚《赣上食莲有感》"实中有么荷,拳如小儿手"中"夺胎换骨"而来。叙朋友千里之外来访之难得,"何况我与子,而必噬肯来"⑤,用了《诗经·唐风·有杕之杜》"彼君

---

① 郑珍:《腊月廿二日遣子俞季弟之慕江吹角坝取汉卢丰碑石,歌以送之》,郑珍撰,白敦仁笺注:《巢经巢诗钞笺注》前集卷八,巴蜀书社1996年版,第667页。
② 陈田:《黔诗纪略后编·郑微君传》,郑珍撰,白敦仁笺注:《巢经巢诗钞笺注》,巴蜀书社1996年版,第1486页。
③ 郑珍:《寒食游桃源洞至湘山寺醉歌》,郑珍撰,白敦仁笺注:《巢经巢诗钞笺注》前集卷五,巴蜀书社1996年版,第375—376页。
④ 郑珍:《春尽日》,郑珍撰,白敦仁笺注:《巢经巢诗钞笺注》前集卷五,巴蜀书社1996年版,第382页。
⑤ 郑珍:《胡子何来山中喜书此》,郑珍撰,白敦仁笺注:《巢经巢诗钞笺注》前集卷八,巴蜀书社1996年版,第657页。

子兮,噬肯来游"之典故。又如叙登山之高而险,"抟羊角而上,青壁帖橙几"①,乃化用自庄子《逍遥游》"抟扶摇羊角而上者九万里"之意。

他以"学问"加上"养气",养成了独特的人格精神,锤炼出自然真纯的诗风,成为晚清宋诗派的翘楚,其艺术成就差可比肩于李、杜、苏、黄等大诗人。汪辟疆说:"巢经巢却是清诗家之一大转捩,以学为诗而非填死语,以性情为诗而不落率滑。学杜,学韩,学东野、宛陵、学坡、谷,皆能哜其胾,啜其醇,而适为巢经之诗,元、虞而后只有巢经。"②

郑珍诗集中还有部分纯任自然不假雕饰之作。《云门墱》里的"眉水若处女,春风吹绿裙"③;《南阳道中》中的"林脚天光如野水,麦头风焰度晴沙"④;《重醉湘山寺歌》"晴风吹皱白练裙,春树翻杯摇绿云"⑤ 等,都是纯用白描,笔法平易之作。这些诗作已脱尽宋诗派藩篱,而具有汉魏六朝及唐诗神韵。研究郑珍诗歌的学者普遍注意到他善用白描的特点。胡先骕《读郑子尹巢经巢诗集》说:"巢经巢诗最足令人注意之处,即其纯用

---

① 郑珍:《与儿子登云中山,取间出绝顶,由石屏山后入城,憩四官殿,周览而归》,郑珍撰,白敦仁笺注:《巢经巢诗钞笺注》前集卷九,巴蜀书社1996年版,第726页。

② 汪辟疆:《展庵醉后论诗》,汪辟疆:《汪辟疆说近代诗》,上海古籍出版社2001年版,第285页。

③ 郑珍:《云门墱》,郑珍撰,白敦仁笺注:《巢经巢诗钞笺注》前集卷七,巴蜀书社1996年版,第544页。

④ 郑珍:《南阳道中》,郑珍撰,白敦仁笺注:《巢经巢诗钞笺注》前集卷三,巴蜀书社1996年版,第194页。

⑤ 郑珍:《重醉湘山寺歌》,郑珍撰,白敦仁笺注:《巢经巢诗钞笺注》前集卷五,巴蜀书社1996年版,第379页。

白战之法。"① 钱仲联《梦苕庵诗话》云："子尹诗之卓绝千古处，厥在纯用白战之法，以韩杜之风骨，而传以元白之面目，遂开一前此诗家未有之境界。"② 邵祖平《论新旧道德与文艺》曰："道咸间，遵义郑子尹为诗，善写真语，其白描处即白话。"③ 钱锺书夸赞郑珍"得昌黎以文为诗之传……妙能赤手白战"④。要之，郑珍诗继承了韩愈诗奇崛险怪，东坡、山谷诗生涩奥衍的一面，却又能自立一格，这也是他超越于一般宋诗派之处。

第二节 儒者人格与情感表达

郑珍所有的诗歌，都可以视为其个人生活史叙事下的具体展开。其诗集以每卷系年，具体以时间为经、以个人经历为纬，把所见所闻、所感所想在诗歌中展现出来。他在道光二十五年摄古州厅儒学训导，作《诸生次昌黎〈喜侯喜至〉诗韵，约课诗于余，和之》，中有"我懒无斗兴，触事多口占"⑤ 之语，可见他是自觉地把人生所历之景物、风尚、事件入诗的，尤以

---

① 胡先骕：《读郑子尹巢经巢诗集》，胡先骕著，张大伟、胡德熙、胡德焜合编：《胡先骕文存》上卷，江西高校出版社1995年版，第114页。
② 钱仲联：《梦苕庵诗话》，张寅彭主编，张寅彭点校：《民国诗话丛编》第六册，上海书店出版社2003年版，第401页。
③ 邵祖平：《论新旧道德与文艺》，《学衡》1922年第七期。
④ 钱锺书：《谈艺录》，中华书局1984年版，第177—178页。
⑤ 郑珍：《诸生次昌黎〈喜侯喜至〉诗韵，约课诗于余，和之》，郑珍撰，白敦仁笺注：《巢经巢诗钞笺注》前集卷八，巴蜀书社1996年版，第577页。

"事"为中心。其诗中不仅有"我",而且有清晰的线索。

郑珍诗歌的题材十分丰富。他的一生中,除了入京会试以及两次短期游幕湖湘、云南外,大部分时间都居于贵州一隅,或耕读乡间,或担任教职。而郑珍把自己的思想感情和亲身所见所闻的山川风物、人情世态一一熔铸于诗,以精深的艺术弥补了经历闻见之狭隘。唐炯《巢经巢遗稿序》云:"凡所遭际山川之险阻,跋涉之窘艰,友朋之聚散,室家之流离,与夫盗贼纵横,官吏割剥,人民涂炭,一见之于诗,可骇可愕,可歌可泣。"[1] 唐氏的概括显示郑珍诗中主要包含山水游旅诗、日常生活诗和社会现实诗等三类,都取得了高度的艺术成就,且都与他的亲身经历密切相关。陈衍说"子尹历前人所未历之境,状前人所难状之状"[2],在高度肯定郑珍诗歌艺术造诣的同时,也揭示出郑珍诗歌题材不脱离日常生活的特点。下文将分别对这三类诗歌的叙事特色加以探讨,重点关注郑珍日常生活诗的儒者人格、社会现实诗的"诗史"品格、山水游旅诗的乡土情怀等问题。

诗与学并重的郑珍,将其儒学心得践行于日常生活中,在接人待物上极具"儒者"人格典范。翁同书赞郑珍"其为人,坦白简易,粹然儒者"[3],其子郑知同描述他"持身恭洁廉静,刚果深醇,言必顾信,行必中礼,当处人接物,则和蔼之气,

---

[1] 唐炯:《巢经巢遗稿序》,郑珍撰,白敦仁笺注:《巢经巢诗钞笺注》,巴蜀书社1996年版,第1514页。
[2] 陈衍:《近代诗钞小传·郑珍》,《近代诗钞》第二册,商务印书馆1923年版,第104页。
[3] 翁同书:《巢经巢诗钞序》,郑珍撰,白敦仁笺注:《巢经巢诗钞笺注》,巴蜀书社1996年版,第1507页。

溢于颜面，人莫不与亲，而罔敢亵渎"①。郑珍在诗歌创作中自我塑造了一个纯儒的个性形象，既淡泊名利又深情绵邈。

郑珍的人生经过了青少年的壮怀激烈、中年的淡泊名利和晚年的乐天安命，并与其诗歌创作风格大致相应。郑珍早年的诗歌原本就有淡泊自然的一面。如其《步出东林》："摵摵树声响，满山黄叶飞。一双白蝴蝶，随我下翠微。独往竹西路，坐观忘是非。"②叙写诗人独行在傍晚的山色中物我两忘。其《夜江濯足》："凉飔动烟渚，净魄生夕林。浣衣人独归，余情含空砧。坐濯双白趺，真怀仍在襟。微浪蹙细沙，沙干浪旋侵。不见白石郎，谁见沙浪心。何意孺子歌，但为浊水吟。"③诗人把自己完全融汇到当前的山水人情之中，其淡泊宁静的"真怀"便自然而然地流露出来了。而郑珍早年诗歌中给人印象更深的是那些个性特别鲜明的内容。其中有李白和苏轼式的豪迈，如："明月本在东林间，不知何时走上天。……何如花间倾玉壶，壶空醉矣还歌呼！"④又如："呼奴添酒来，吾与老丹再饮三百杯"，"我有百练剑，醉中笑拔与尔看。"⑤也有张扬人情的激越，如：

---

① 郑知同：《敕授文林郎征君显考子尹府君行述》，郑珍撰，白敦仁笺注：《巢经巢诗钞笺注》，巴蜀书社1996年版，第1481页。
② 郑珍：《步出东林》，郑珍撰，白敦仁笺注：《巢经巢诗钞笺注》前集卷一，巴蜀书社1996年版，第58页。
③ 郑珍：《夜江濯足》，郑珍撰，白敦仁笺注：《巢经巢诗钞笺注》前集卷一，巴蜀书社1996年版，第57页。
④ 郑珍：《月下醉歌》，郑珍撰，白敦仁笺注：《巢经巢诗钞笺注》前集卷一，巴蜀书社1996年版，第74—75页。
⑤ 郑珍：《山阴江丹轮(延桂)从温水回，正月初六夜，与大醉雷雨中》，郑珍撰，白敦仁笺注：《巢经巢诗钞笺注》前集卷五，巴蜀书社1996年版，第365—366页。

第一章　郑珍的儒者情怀与乡土叙事

"岁暮天寒独倚楼，千秋亭畔古今愁。何人欲补情天破，我愿从君助石头。"①又如："性情一华岳，吐出莲花峰。"②郑珍很年轻就中了举人，怀抱青云壮志。他在《阿卯晬日作》中回忆"我年十七八，逸气摩空蟠。读书扫俗说，下笔如奔川。谓当立通籍，一快所欲宣"③，刻画出一个才华横溢的倜傥少年形象。

郑珍怀抱天赋异禀，却又一生命途多舛，在青壮年时期创作了一些激越而凌厉的诗歌。他体弱多病，一生几度遭遇濒危。他成年后不仅"十年养奇病"，还曾一度"前朝惊疟作，爪黑青照骨。凌晨抹额汗，满掌诧鲜血"④。多病之人本来多悲，且又因病影响发挥，使得他数次上京会试皆不得中。他逐渐产生了"愁苦又一岁，何时开我怀。欲死不得死，欲生无一佳"⑤的心境，消磨了雄心壮志，加深了功名蹭蹬的悲愤情怀。他在壮年时期勉强上京应试，主要是为报答父母养育之恩，实有不得已的苦衷。据诗人《平夷生日》诗自叙，他在道光十六年（丙申，1836）三十岁生日那天，表达了为报答老母"半世求禄"死而无憾之决心。其诗云："今年岁丙申，今日月初十。年是母生

---

① 郑珍：《恨词二首》（其二），郑珍撰，白敦仁笺注：《巢经巢诗钞笺注》前集卷二，巴蜀书社1996年版，第88页。
② 郑珍：《抄东野诗毕书后二日》（其二），郑珍撰，白敦仁笺注：《巢经巢诗钞笺注》前集卷五，巴蜀书社1996年版，第370页。
③ 郑珍：《阿卯晬日作》，郑珍撰，白敦仁笺注：《巢经巢诗钞笺注》前集卷一，巴蜀书社1996年版，第107页。
④ 郑珍：《至仁怀厅五日即病，几危，将取道重庆归，述怀与樾峰平公四首》（其三），郑珍撰，白敦仁笺注：《巢经巢诗钞笺注》前集卷六，巴蜀书社1996年版，第467页。
⑤ 郑珍：《愁苦又一岁赠邵亭》，郑珍撰，白敦仁笺注：《巢经巢诗钞笺注》前集卷五，巴蜀书社1996年版，第360页。

年，日是我生日。我年已三十，母寿六十一。母老儿亦老，儿悲何由说。半世求禄心，甘为古人拙。负母一生力，枯我十年血。维母天地眼，责命不责术。但母得如此，又敢自暇逸。千秋非所知，儿死此事毕。"①郑珍在道光十八年（1838）三十二岁时上京应乡试，来年在春闱考场中草拟《完末场卷，矮屋无聊，成诗数十韵，揭晓后因续成之》一诗，自称"所以来试者，亦复有至情。父母两忠厚，辛苦自夙婴"，同时表达了"安知上钓鲇，突作掉尾鲸"②的梦想。凌惕安在《郑子尹年谱》中据此诗认为"此足觇先生之应试，志在娱亲"③。他当年在交卷后续写成《完末场卷，矮屋无聊，成诗数十韵，揭晓后因续成之》一诗，详尽表达了自己此次应考中的经历与感受：

　　四更赴辕门，坐地眠薔薔。五更随唱入，阶误东西行。揩眼视达官，蠕蠕动两根。喜赖搜挟手，按摩腰股醒。携篮仗朋辈，许贿亲火兵。拳卧半边屋，隔舍闻丁丁。黄簾自知晚，蜗牛喜观灯。梦醒见题纸，细摩压折平。功令多于题，关防映红青。文字如榨膏，榖急膏亦倾。卷完自嗤笑，此又虫语冰。安知上钓鲇，突作掉尾鲸。自视此穷骨，何让稜等登。归去见儿女，夸我头衔增。但愁世上语，高

---

① 郑珍：《平夷生日》，郑珍撰，白敦仁笺注：《巢经巢诗钞笺注》前集卷三，巴蜀书社1996年版，第222页。
② 郑珍：《完末场卷，矮屋无聊，成诗数十韵，揭晓后因续成之》，郑珍撰，白敦仁笺注：《巢经巢诗钞笺注》前集卷四，巴蜀书社1996年版，第296页。
③ 凌惕安：《郑子尹年谱》，黄琴主编：《贵州乡贤年谱》，贵州大学出版社2018年版，第285页。

文真有灵。又愁邻舍翁，故生分别惊。寒蛩照秋馆，苦续号虫声。"①

该诗备述科考之苦，乃至被后人视为直面控诉科考之名作。胡先骕推许该诗"将科举时代应试情形，如候门、唱名、搜检、携食具、钉号板、出题、盖关防诸步骤，曲曲绘出，令人读之有如身历，诚科举一绝佳史迹也。……化臭腐为神奇，正足以彰作者之才力焉"②。

到了中年以后，郑珍的诗歌更多地体现出恬淡自然的人生态度。郑珍在道光二十四年（1844）最后一次进京应试，却因病重交了白卷，成为他从汲汲于功名到淡泊于名利的转折点。他那年交卷之日正是自己的生日，作诗云："鞘骥苍凉断鹤哀，廿年九宿试官槐。掷将空卷出门去，王式从今不再来。"③ 他在诗中表达了对科考的决绝态度，同时萌生了"归去誓携诸葛姊，锄花冢下过余生"④ 的归隐之志。郑珍从此便寄情于山水，以诗

① 郑珍：《完末场卷，矮屋无聊，成诗数十韵，揭晓后因续成之》，郑珍撰，白敦仁笺注：《巢经巢诗钞笺注》前集卷四，巴蜀书社1996年版，第296页。
② 胡先骕：《读郑子尹巢经巢诗集》，胡先骕著，张大伟、胡德熙、胡德焜合编：《胡先骕文存》上卷，江西高校出版社1995年版，第116—117页。
③ 郑珍：《自清明入都，病寒，遂夜疟。至三月初七二更，与乡人诀而气尽。三更复苏。以必一试，归始给火牌驰驿，明日仍入闱。卧两日夜，缴白卷出，适生日也。作六绝句》(其三)，郑珍撰，白敦仁笺注：《巢经巢诗钞笺注》前集卷七，巴蜀书社1996年版，第504页。
④ 郑珍：《自清明入都，病寒，遂夜疟。至三月初七二更，与乡人诀而气尽。三更复苏。以必一试，归始给火牌驰驿，明日仍入闱。卧两日夜，缴白卷出，适生日也。作六绝句》(其六)，郑珍撰，白敦仁笺注：《巢经巢诗钞笺注》前集卷七，巴蜀书社1996年版，第506页。

为乐。其好友平翰（字樾峰）因治下温水县发生民变，由遵义知府降仁怀同知，他作诗相赠云："乾坤清气一枝笔，不落人间得意场。官退却惊诗力进，晚凉携卷语山光。"① 郑珍在诗中称赞平翰遭贬官后诗艺大进，不仅为酬知己，亦为明己之志，洋溢着寄情山水的旷达态度。郑珍后来在荔波县担任教谕之类的小官，在余暇时修建菜园以自给，作诗云："余生山中人，少性爱丘壑。眼中去竹树，意辄似无著。官居屋三层，不啻笈俸鹤。曷以寄野怀，逍遥散腰脚。"② 内心充满了获得自由的快感。同时人杨恩元评价他"绝意干进，纯任自然，保存故我"③，指的应是郑珍此后的诗作。

郑珍在厌弃功名之后，在晚年的诗歌创作中更多地体现出儒者的人格魅力，更多地表现出"怨而不怒，哀而不伤"的艺术趣味。郑珍后半生中只以举人身份，大挑选作教职，做了几任县学的训导和教谕。他们一家人屡陷贫困之中，有时甚至无米下锅。其子郑知同曾感喟其父"抱不世之才，僻处偏隅，生出晚季，羁身贫窭，暂位卑官，文章事业，半得之忧虞艰阻之境"④，但却不作"郁不得志、嗒焉若丧⑤"之语。郑珍在三十岁

---

① 郑珍：《书樾峰诗稿后》，郑珍撰，白敦仁笺注：《巢经巢诗钞笺注》前集卷六，巴蜀书社1996年版，第485页。
② 郑珍：《修园》，郑珍撰，白敦仁笺注：《巢经巢诗钞笺注》后集卷二，巴蜀书社1996年版，第928—929页。
③ 杨恩元：《巢经巢诗集跋》，郑珍撰，白敦仁笺注：《巢经巢诗钞笺注》，巴蜀书社1996年版，第1524页。
④ 郑知同：《敕授文林郎征君显考子尹府君行述》，郑珍撰，白敦仁笺注：《巢经巢诗钞笺注》，巴蜀书社1996年版，第1483页。
⑤ 杨恩元：《巢经巢诗集跋》，郑珍撰，白敦仁笺注：《巢经巢诗钞笺注》，巴蜀书社1996年版，1524页。

第一章 郑珍的儒者情怀与乡土叙事

时写的《阿卯晬日作》一诗,感叹:"贫人养儿女,其苦安可言。计日喜存活,及岁能无欢?"他那时年"近三十",功名蹭蹬,生计维艰,"狂谋百不遂,亲老家益贫",生下儿子却"常恐力难活,呕噢行周年",与青年时的意气风发适成鲜明对比。但他并没有怨天尤人,而是殷切希望"儿其速长大,破楼思著鞭"①,拥有美好前程。郑珍到了晚年,屡逢战乱,又接连面对儿孙夭折,经受了常人难以承受的痛苦。咸丰四年,他被选为荔波教谕,而都匀发生了苗民起义,他带领一家人赴任以避难。那年在途中,不料除夕日四岁孙女如达痘亡,他刚陷入"同来忍竟捐"②的悲哀中,更不料数日后孙子阿庬又痘亡。作《是日庞孙痘忽变,逾时亦殇,明晨,亲埋之,与其姊同墓四首》云:"孙男继孙女,半月客中亡",而他自己"止有气俱塞,更无心可伤"③,正所谓哀莫大于心死。他在该诗中回想小孙子阿庬聪明可爱:"行省归来见,聪明隔月增。挽须牵更笑,捉耳咬还登,自解休悲念,兹堪慰寝兴。"却与其姊如达"终然俱不保,肝肺冷于冰"④。作者深感命运的不公,想对"天"发出质问,

---

① 郑珍:《阿卯晬日作》,郑珍撰,白敦仁笺注:《巢经巢诗钞笺注》前集卷二,巴蜀书社1996年版,第106—107页。
② 郑珍:《十三日出北郭视女孙葬所》,郑珍撰,白敦仁笺注:《巢经巢诗钞笺注》后集卷二,巴蜀书社1996年版,第913页。
③ 郑珍:《是日庞孙痘忽变,逾时亦殇,明晨,亲埋之,与其姊同墓四首》(其一),郑珍撰,白敦仁笺注:《巢经巢诗钞笺注》后集卷二,巴蜀书社1996年版,第914页。
④ 郑珍:《是日庞孙痘忽变,逾时亦殇,明晨,亲埋之,与其姊同墓四首》(其二),郑珍撰,白敦仁笺注:《巢经巢诗钞笺注》后集卷二,巴蜀书社1996年版,第914—915页。

却马上转入"莫对"的沉默中①。郑珍晚年诗歌更多地带有悲哀情绪，深沉却并不那么强烈。

郑珍诗集中有大量怀人的诗歌，寄寓了对父母兄弟、妻子儿孙、朋友至交的深情。他少时由母亲纺织以供读书，"虫声满地月上牖，纺车鸣露经在手"②，逼真地再现出母子俩常年灯下熬夜纺织、读书的场景。他成年后对母亲之情尤深，并在诗中反复地抒写渲染。姚永概说："生平怕读郑莫诗，字字酸入人肝脾。邵亭（莫友芝字）尚可老巢（指郑珍）酷，愁绝篇篇母氏思。"③ 姚氏用"酸""酷"概括了郑珍诗歌独有的悲凉意味，用"愁绝"来形容其思母之深情。

郑珍早年在与父母僦居垚湾的家门外有四棵大桂树，在某种程度上代表了他心目中"家"的印象。《山中杂诗四首》（其三）："绝怜乌子无朝暮，飞来飞去桂树间。不似群鸦止贪饱，直须日落始知还。"④ 诗中通过乌子恋家的意象，表达了自己对家庭生活的热爱。郑珍在成年后常常借助这些大桂树抒写对家庭、对母亲的思念，在叙事上很有特色。他在道光七年（丁亥，1827）去北京应试，作《芝女周岁》云：

---

① 郑珍：《是日厖孙痘忽变，逾时亦殇，明晨，亲埋之，与其姊同墓四首》（其四），郑珍撰，白敦仁笺注：《巢经巢诗钞笺注》后集卷二，巴蜀书社1996年版，第916页。
② 郑珍：《题黔西孝廉史蔺州（胜书）六弟〈秋镫画狄图〉》，郑珍撰，白敦仁笺注：《巢经巢诗钞笺注》前集卷五，巴蜀书社1996年版，第385页。
③ 姚永概：《书郑子尹诗后》，转引自郭绍虞：《中国文学批评史》，百花文艺出版社1999年版，第654页。
④ 郑珍：《山中杂诗四首》（其三），郑珍撰，白敦仁笺注：《巢经巢诗钞笺注》前集卷二，巴蜀书社1996年版，第138页。

> 忆我去年春，二月初四吉。将就礼部试，束装指京室。酸怀汝祖母，不忍见子别。倚槛饲么豚，泪俯麁盘抹。此时汝小蠢，尚是混沌物。艰苦徒万里，无才分宜黜。岂知出门后，慈念益悲切。前阡桂之树，朝暮指就齾。子身向北行，母目望南咽。旁人强欢慰，止令增感怛。所幸越七日，先生尔如达。半百甫为祖，忻忻那可说？乃令念儿心，渐为抱孙夺。吁嗟赖有此，不尔得今日。生女信为好，比邻不远出。为纪晬盘诗，悲忻共填结。①

他自叙临行时，其母不忍见儿子离别，佯装喂小猪而俯身拭泪。他走后母亲盼望归期，每天在门外大桂树上用手指刻下痕迹。该诗叙事细致而感情深厚，给人留下了深刻印象。郑珍道光十八年初在京应试期间，撰《思亲操》："乱曰：目极桂树兮翠一山，蔚葱畦兮在溪之干。他家有子兮乐团栾，朝出耕兮夕以还。乃独在余兮哽不可言。"② 诗人由"桂树"而"葱畦"，再想到团栾之乐，引发了作者"还家"之念。桂树还见证了诗人的友情。道光二十五年，郑珍授古州厅儒学训导，好友莫友芝闻讯，于正月初四日即来相贺。七日，两人在垚湾桂花树下联句，莫友芝唱以"手礼亲姻交"，郑珍和以"尾随婿侄从"③，共叙儿女姻亲之情。

---

① 郑珍：《芝女周岁》，郑珍撰，白敦仁笺注：《巢经巢诗钞笺注》前集卷一，巴蜀书社1996年版，第8页。
② 郑珍：《思亲操》，郑珍撰，白敦仁笺注：《巢经巢诗钞笺注》前集卷四，巴蜀书社1996年版，第330页。
③ 郑珍：《人日垚湾桂花树下联句，次韩韵》，郑珍撰，白敦仁笺注：《巢经巢诗钞笺注》前集卷七，巴蜀书社1996年版，第537页。

在郑珍诗歌中,"桂树"意象在多数情况下被专用来象征其母亲。郑珍在道光十八年会试落第返家后,应遵义知府平翰之请,与莫友芝一起到贵阳编纂《遵义府志》。在此期间他一年多次回僦居垚湾的家中看望父母,临行时其母黎氏次次相送,每坐于桂树下话别。不料道光十九年(己亥,1839)十月初四竟是其母有生之年的最后一次相送。其母于道光二十年三月初八病逝,郑珍在道光二十二年(壬寅,1842)禫祭母亲完毕后,写了《系哀四首并序》,其一《桂之树》云:

> 桂之树,树在僦宅前。三株离立各合抱,一株踞右独茂圆。其后大冢京兆阡,其前壁下蒋家田。乐安溪水绕田过,清浅可厉无桥船。年年负担指南走,次次涉此求涂便。丁酉以还食于郡,八十里岁八九旋。一回别母一回送,桂枝树下坐石弦。度溪越陌两不见,母归入竹儿登篗。此景何时是绝笔?十月初四己亥年。嗟嗟乎,桂之树,吾欲祝尔旦暮死,使我茫无旧迹更可怜;吾不祝尔旦暮死,使我自今抚尔长潸然。桂树止无情,永念对葱芊。①

诗中具体记述了大桂树的位置、数量、大小、生长环境,但着重点在衬托母子相望相送之事和母慈子爱之情。诗中叙及母子俩徘徊不忍别,"一回别母一回送,桂枝树下坐石弦",到他自己登篗度溪,母亲归入竹林中,两处茫然不见的情景,如在目前。如今母亲已逝而桂树犹存,诗人抚树潸然,其惆怅思念之

---

① 郑珍:《系哀四首并序》其一《桂之树》,郑珍撰,白敦仁笺注:《巢经巢诗钞笺注》前集卷六,巴蜀书社1996年版,第417—418页。

情深刻地感染了读者。郑珍对母亲感情之深，其浓厚程度甚至不亚于晚明心学家宣扬男女之爱的"至情"。在郑珍诗歌中，大有借鉴明人对爱情的张扬来反哺儒家亲情伦理的倾向。

第三节 现实诗的"诗史"品格

郑珍写有大量反映现实的优秀诗篇，其中既融汇了宋诗派的"经世"思想，又贯串起传统的"诗史"叙事理念。郑珍现实诗中最引人注目是战争纪实诗。蒋寅明白揭示了郑珍战乱诗的"诗史"品格："他同时还用杜甫式的纪实风格描绘了黔中战乱的一幕幕实景、记录了遵义一带战局多变、仓皇反复的历史时刻。他的诗由此而具有'诗史'的品格。"①

郑珍一生屡逢战乱，写下了大量战乱诗。道光十八年（1838），郑珍在遵义修府志之际，遭遇温水县民变乱，为战乱中的百姓发出了"命如鸡"②的感叹。咸丰三年（1853），太平军先攻占武汉、九江、安庆、芜湖、金陵。咸丰四年（1854），郑珍的好友湖北署按察使唐树义战败殉职，他在家中写了《闻新化邹叔绩（汉勋），以贰守从徽抚江忠烈（忠源）死难庐州二首》《闻唐子方方伯正月二十三日舟至金口，贼大上，募卒尽散，遂投江死》《四月望，设位山堂奠子方，酹以诗四首》等诗加以纪念。郑珍虽远在遵义，却深忧时局，"遐方且喜辛盘在，

---

① 蒋寅：《郑珍诗学刍议》，《中国文化》2008年第1期。
② 郑珍：《愁苦又一岁赠邰亭》，郑珍撰，白敦仁笺注：《巢经巢诗钞笺注》前集卷五，巴蜀书社1996年版，第360页。

隐虑空令白发生"①,所谓"隐虑",指即将发生的贵州民变②。果不其然,咸丰四年(1854)八月,遵义所辖桐梓县发生了杨隆喜响应太平军的起义,郑珍写了《十三日,官军败于板桥,贼遂趋郡》《廿八日,前开泰令陶(实卿)履诚出北门攻贼,与参将宝玉泉(山)同死》等诗反映遵义战况。郑珍在家中亲历贵州战乱,面对"狂寇起仓卒,土贱因肆行。处处闻夜劫,搜掘若鸟耕"的局势,他担心自己家的藏书被盗,无奈之下反而打开门窗去掉架上钥匙,"以示无用物",寄希望于"梁上亦君子,何必仇六经"③。在这场战乱中的老百姓更苦,他们怕粮食被抢走,贱价卖谷,每石"今乃至六钱,售者且无人"④。在遵义,安江畔雪公山上有座禹门寺,当地人们纷纷躲进禹门寨避祸,郑珍也身在其中,作《独游禹门》云:"意行无适去,遂至雪公山。独鹤与人立,松门长自关。老僧延客入,丛桂看人攀。扰攘兵戈里,愁心得暂闲。"⑤ 此诗写"扰攘兵戈"里暂得的安闲,反而衬托出在兵荒马乱之中"意行无适去"的仓惶。他的

---

① 郑珍:《甲寅元日》,郑珍撰,白敦仁笺注:《巢经巢诗钞笺注》后集卷一,巴蜀书社1996年版,第827页。
② 白敦仁援引郑珍当年正月初十日与胡长新书"海内兵戈骤难底定,本省各处地方光景,并是潜伏变端,有触即发"云云,加以指实。郑珍撰,白敦仁笺注:《巢经巢诗钞笺注》后集卷一,巴蜀书社1996年版,第827页。
③ 郑珍:《移书》,郑珍撰,白敦仁笺注:《巢经巢诗钞笺注》后集卷一,巴蜀书社1996年版,第855—856页。
④ 郑珍:《弃谷》,郑珍撰,白敦仁笺注:《巢经巢诗钞笺注》后集卷一,巴蜀书社1996年版,第853页。
⑤ 郑珍:《独游禹门》,郑珍撰,白敦仁笺注:《巢经巢诗钞笺注》后集卷一,巴蜀书社1996年版,第872页。

亲朋好友也经历了此番战乱，其好友莫友芝被困居于独山的家中，他写《十月望，莫九茎自郡至山中，始知郘亭数月在围城，寄之五首》以示安慰，叙及莫友芝"岂知烽火连三月，犹在愁城守一庐"①。

在咸丰四年（1854）四月，郑珍被任命为荔波县训导。他延挨到年底才挈家上任以避乱，作诗《十一月二十五日，挈家之荔波学官避乱，纪事八十韵》②，把途中看到的种种战争乱象都揭露出来。官军既贪财又浪费，"武官更爱钱，文臣尤惜死"，"调兵一万人，日费十千镪"。他们置老百姓于不顾，"何辜四乡民，坐餧蚕与蝗"，且变本加厉进行搜刮，"操刀入弱里，鸡彘任搜括"。官军虽怯于抵抗起义军却勇于烧毁民房："官军在西岸，坐甲遥相望。相望厌相碍，上策焚民房。阗阗四五里，荡为灰烬场。"而百姓纷纷响应起义军，甚至于献上粮食和女人："游惰日景从，纷如肉附蚁。遣徒劝四乡，谓我不汝伤。助我一石米，免汝三年粮。愚民顾身首，何惜竭盖藏。担负日麇至，露积高于岗。岗头娶子妇，歌舞陈优倡。朝杀千头豚，暮杀千头羊。"

郑珍在任荔波县训导那年还亲自参与了战事。咸丰五年（1855）八月，都匀发生了苗民起义，数千人围困了荔波县城。适逢知县蒋嘉谷生病，郑珍以荔波训导代领防守，募练设关防御，一度率众击退义军。九月，蒋知县病愈到任，他才弃训导

---

① 郑珍：《十月望,莫九茎自郡至山中,始知郘亭数月在围城,寄之五首》，郑珍撰，白敦仁笺注：《巢经巢诗钞笺注》后集卷一，巴蜀书社1996年版，第863页。

② 郑珍：《十一月二十五日,挈家之荔波学官避乱,纪事八十韵》，郑珍撰，白敦仁笺注：《巢经巢诗钞笺注》后集卷一，巴蜀书社1996年版，第874—876页。

之职挈家往南丹方向走避,作诗《九月十六日挈家发荔波》以记之。他们一路备尝千辛万苦。经过战乱的地方,无处投宿:"天晚投六寨,入店主驱客。谓'贼烧丰宁,此止廿里隔。全家拟即避,君请去他宅。'仓皇了无计,斗觉天地窄。街人方纷惊,此拒彼宁得?"① 而在无贼出没的地方,又有官扰民:"不知何官属,众向兰汉济。讹报贼渡河,举街急奔避",作者直叹"吁嗟乱世民,幸活胆亦碎"②。郑珍一家为避刀兵,只得选择山水险恶之路。过山时,"偷途越丛山,贼远终胆缩。戈坪晴无日,惨惨鬼门复"③;涉水时,"箩篰结小筏,稍踏没首尾。肩夫不释担,篮筥已淹底",在无奈中"笑视龙伯宫,仅隔蝉翼纸"④。至九月底终于辗转至贵阳,有诗《抵贵阳喜晤莫邵亭、莅升、唐鄂生,因怀黎伯容》纪其实。在到贵阳之前,郑珍曾在南丹停留两日,作了一首《南丹》诗,由南丹"去年烬贼燹,荆棘蒙瓦砾"的景象,联想到明代万历间土官莫仮抗击流寇之功:"仮也与平播,石楔岂犹绰。史志失记载,兹足补其略。"自注云:"旧署门外石坊,为明万历末土知州莫仮从平扬应龙立,其扁书'勋著西南'四字。"⑤该诗明确透露了以诗"补史"

---

① 郑珍:《六寨》,郑珍撰,白敦仁笺注:《巢经巢诗钞笺注》后集卷二,巴蜀书社1996年版,第962页。

② 郑珍:《橘里》,郑珍撰,白敦仁笺注:《巢经巢诗钞笺注》后集卷二,巴蜀书社1996年版,第962页。

③ 郑珍:《戈坪》,郑珍撰,白敦仁笺注:《巢经巢诗钞笺注》后集卷二,巴蜀书社1996年版,第963页。

④ 郑珍:《牙林渡》,郑珍撰,白敦仁笺注:《巢经巢诗钞笺注》后集卷二,巴蜀书社1996年版,第965页。

⑤ 郑珍:《南丹》,郑珍撰,白敦仁笺注:《巢经巢诗钞笺注》后集卷二,巴蜀书社1996年版,第961页。

第一章　郑珍的儒者情怀与乡土叙事

的创作主旨。其实，郑珍在所有战乱诗中细致地记录所见所闻，无不蕴含着"诗史"的观念。

郑珍还述及鸦片战争。其《五岳游侣歌送陈焕岩归南海》云：

> 声如风霆息如虎，自说生今六十五。耳聋不入世人言，日拉山灵相尔汝。羡君首枕五岳诗，羡君脚带五岳泥。十八省山看齐了，笑指蓬壶请君老。……何物蠕蠕一虮蝨，不值半矢天山弓。富哉中原亿万锱，拱手掷向波涛中！君归试看五色羽，迩来恐化青蚨去。更寻喑虎今在无，终古衔碑奈何许。因君一唱暗伤神，五岳何须有外臣。罗浮他日梅花发，子午山头忆散人。①

该诗写于1843年，时当鸦片战争刚息，送旅伴陈焕岩归南海。"何物"两句斥英帝国主义入侵，"富哉"两句讥讽了封建王朝的腐朽无能，"更寻"两句表达了守土的决心与英雄末路的愤恨。郑珍以其战乱诗一贯的笔调，揭露了官府的腐败，又痛斥了列强的侵略，激荡着强烈的爱国主义精神。但他对鸦片战争所带来的大变局以及中国已然开启的近代化基本无感，这就暴露出他作为一个传统诗人保守性的一面。

郑珍在现实诗中，还深刻揭露了官府苛政、资本压榨、自然灾害及迷信愚昧对人民百姓生活的影响。郑珍有多篇名作叙及因暴力征税而导致百姓家破人亡的惨剧。《绅刑哀》叙绅士被

---

① 郑珍：《五岳游侣歌送陈焕岩归南海》，郑珍撰，白敦仁笺注：《巢经巢诗钞笺注》前集卷六，巴蜀书社1996年版，第452页。

武官系在牢中追讨银子，竟至于"鸡飞狗上屋，田宅卖不足。搜尽小儿衣，无人买诰轴"①。《抽厘哀》叙官军以剿匪为名，大肆搜刮，在市场门口"官格高悬字如掌，物物抽厘助军饷"，以至于黎民童叟"东行西行总抽取，未及卖时已空手"②，无人能逃脱其害。其《经死哀》云：

> 虎卒未去虎隶来，催纳捐欠声如雷。雷声不住哭声起，走报其翁已经死。长官切齿目怒嗔："吾不要命只要银！若图作鬼即宽减，恐此一县无生人！"促呼捉子来，且与杖一百。"陷父不义罪何极，欲解父悬速足陌。"呜呼，北城卖屋虫出户，西城又报缢三五！③

诗人叙搜税的官吏在逼人吊死后还要挟尸向其子追债，对其凶残本性表达了强烈的愤怒。

郑珍还有不少诗歌表达了对民生疾苦的关切。在太平时期，他心忧百姓的贫困。其早年所作《晚望》诗云："向晚古原上，悠然太古春。碧云收去鸟，翠稻出行人。水色秋前静，山容雨后新。独怜溪左右，十室九家贫。"④ 这首诗与李商隐的《乐游

---

① 郑珍：《绅刑哀》，郑珍撰，白敦仁笺注：《巢经巢诗钞笺注》后集卷四，巴蜀书社1996年版，第1234页。
② 郑珍：《抽厘哀》，郑珍撰，白敦仁笺注：《巢经巢诗钞笺注》后集卷五，巴蜀书社1996年版，第1242页。
③ 郑珍：《经死哀》，郑珍撰，白敦仁笺注：《巢经巢诗钞笺注》后集卷四，巴蜀书社1996年版，第1233页。
④ 郑珍：《晚望》，郑珍撰，白敦仁笺注：《巢经巢诗钞笺注》前集卷二，巴蜀书社1996年版，第117页。

原》"向晚意不适，驱车登古原。夕阳无限好，只是近黄昏"有异曲同工之妙。李诗表达了美景稍纵即逝的惆怅，却不失美好的基调；而郑诗揭示了"十室九家贫"的现实，在美景之上涂了一层阴郁的色彩。他青年时游于舅氏黎恂（字雪楼）之幕，在云南写了《者海铅厂三首》①，反映在"百年无树影"、"鬼亦掉头还"（其二）的荒山野岭，工人们或赤裸着身体奔忙，或在深深的矿井里劳作，用血汗创造出大量财富。"灶甬边炉宿，煤丁依石炊。妻儿闲待养，乔罐死尤随"（其三），对炼铅工人的悲惨生活给予了深切的同情。这反映出他作为一个士大夫文人，对底层百姓生活的真切关怀，及对现实矛盾的敏锐把握。在道咸时期，民间采矿业还是个新事物，郑珍却从中看到了资本原始积累所固有的残酷性质，从中体现了一定的现代性意识。

郑珍还在诗中描述了各种灾荒对百姓贫困生活的影响。其集中有《灾三首》《饿四首》等名作，其长篇七古《江边老叟诗》更是一篇精品。其诗云：

> 甲午（道光十四年——引者注）骑羸宿公安，老荾缚壁芦作椽。今来不复一家在，城门出入惟乌鸢。戊戌（道光十八年——引者注）驰传经屏陵，鱼虾为谷罠网耕。今来驿徙李家口，旧道断没无人行。下马荒塍问田叟："此邦当年翁记得否？道光丙戌（道光六年——引者注）八月秋，我度江陵趋鼎州。公安南北二百里，平田若席人烟稠。红菱双冠稻两熟，枣赤梨甘随事足。路旁偶憩忆当时，主人

---

① 郑珍：《者海铅厂三首》，郑珍撰，白敦仁笺注：《巢经巢诗钞笺注》前集卷三，巴蜀书社1996年版，第232—233页。

馔我不受赟。鞠躬但言客难得,室后呱呱方洗儿。一变萧条遂如此,羡翁稼好为翁喜。"太息言:"从辛卯(道光十一年——引者注)来长江无年不为灾。前潦未收后已溢,天意不许人力回。君不见壬寅(道光二十二年——引者注)松滋决七口,间𰊕为江大波呦。北风三日更不休,十室登船九翻覆。老夫无船上树末,稚子衰妻复何有。可怜四日饥眼黑,幸有来舟能活得。他方难去守坏基,田土虽多歉人力。无牛代耕还自鉏,无钱买种多植蔬。今春宿麦固云好,未省收前堤决无。纵得丰成利能几,官吏又索连年租。租去老夫复不饱,坐看此地成荒芜。君自贵州入湖北,贵州多山诚福国。任尔长江涨上天,不似吾人生理窄。官家岁岁程堤功,而今江身与河同。外高内下溃尤易,善防或未稽《考工》。君看壁立两丈土,可敌万雷朝暮舂?洪波为患尚未已,老骨究恐埋鲛宫。"听翁此语良太苦,请翁遂止莫复语。太平不假腐儒术,吾亦盱衡奈何许!细雨苍茫生远悲,廿年欢悴同一时。谁欤职恤此方者,试听《江边老叟诗》。①

此诗为道光二十四年(1844)诗人北上赶考路经湖北公安所作,描绘了当地连年遭受水灾的情景。全诗结构完整。诗人在开头部分回忆了在二十年内四次路过公安的变迁。中间大半篇幅是诗人与江边老叟问答之言,叙事方法颇为新奇。老叟言及道光十一年(1831)后连年水患,原本富饶的公安变为无人耕种的

---

① 郑珍:《江边老叟诗》,郑珍撰,白敦仁笺注:《巢经巢诗钞笺注》前集卷六,巴蜀书社1996年版,第497—498页。

荒野，今年虽暂无水患而官府追索旧年宿租，使人民生计更加艰难。结尾叙及作者的悲叹及作诗意图。全诗不仅具有"诗史"的现实性内涵，且感情真挚，一唱三叹，有沉郁顿挫之美，在精神上也深得"诗史"之壸奥。

郑珍在诗歌中还探讨了农民的收益问题，对耕种农作物与种植经济林木的利弊做了比较。其《黎平木赠胡生子何长新》[①]云：

> 遵义竞垦山，黎平竞树木。树木十年成，垦山岁两熟。两熟利诚速，获饱必逢年。十年亦纡图，绿林长金钱。林成一旦富，仅忍十年苦。耕山见石骨，逢年亦约取。黎人拙常饶，遵人巧常饥。……

他在诗中对比遵义种粮、黎平种树两地产业的利弊，认为从长远利益上而言，种树优于毁林垦山。有晚辈学生胡子何"求指经用法"，郑珍告以亲身体会："我生为遵人，独作树木计。子黎长于遵，而知垦山弊"，体现出客观而科学的精神。郑珍期待胡子何"男儿用心处，但较遵与黎"，充分知晓农耕生产的利弊，将来才能做一个合格的父母官。郑珍关心地方经济的发展，是他关注现实、关心民生的一贯表现，尽管并未从根本上超越儒家人格，但确实带有某些新的时代精神。

郑珍在荔波县担任教谕时，当年恰逢天旱，至小满尚未种夏粮。当地农民没有挑水灌溉的习惯，"水要从天倒田内，誓不

[①] 郑珍：《黎平木赠胡生子何长新》，郑珍撰，白敦仁笺注：《巢经巢诗钞笺注》前集卷七，巴蜀书社1996年版，第552页。

巧取江与溪",只苦等下雨。终于"一夜雨声达明日",当地"官吏腾腾为农喜",以为农民会马上下田耕种。诗人自己也"行尽城南复城北",却发现"水满翻塍耕者无"。一问才知当地民俗,在"牛生"节期间不得驱遣耕牛,接连又遇浴佛节、雷忌日。作者痛恨旧俗让农民"宁令冻饿死,不得动锄耒",对"水渗田干怨天日"的后果深感忧虑①。该诗显然寄寓了诗人移风易俗的务实精神。郑珍反映经济与风俗、环境等现实问题的诗篇虽然数量不多,却体现了一定的科学精神,在郑珍诗集中具有特别的创新意义。

第四节　山水诗与乡土叙事

　　在郑珍诗集中,在日常生活诗、社会现实诗之外,还包括大量山水诗。如前所述,郑珍诗歌基本都是通过自己的亲历亲闻来呈现的,将其生活诗串联起来,自是一部个人生活史。其山水诗也不例外。诗人在以写景为主的山水诗中,不仅以事相贯,还以性灵相托,寄寓了特别浓厚的乡土情怀。

　　郑珍的山水诗基本都出于行旅和家居之作,贵州山水描写是其重点。贵州偏踞中国大西南,"山川自古征蛮地,博得登临写壮怀"②,在别人眼里是遭嫌弃的穷山恶水,在郑珍眼里是备

---

① 郑珍:《荔农叹》,郑珍撰,白敦仁笺注:《巢经巢诗钞笺注》后集卷二,巴蜀书社1996年版,第930—931页。
② 郑珍:《晓登铜崖》,郑珍撰,白敦仁笺注:《巢经巢诗钞笺注》前集卷三,巴蜀书社1996年版,第170页。

受珍爱的奇山异水。道光十四年（1834），他赴贵阳参加秋闱落选。十一月，他和二舅黎恺、表弟黎兆熙一道入京，看望留京候选的大舅黎恂（字雪楼），并拜访恩师程恩泽。一行经过铜仁时，他作有《铜仁江舟中杂诗六首》，其一云：

> 江行无百里，江景已多更。问地难为字，经滩不计名。败床眠白鲤，疏坞出黄橙。欲识铜仁近，奇山满眼生。[①]

叙舟行所见江景、江滩绵延多变，而重点聚焦于江中破败苓床（即鱼笱）里捕获的白鲤鱼，远处稀疏的村落中挂满金黄的橙子。诗人选取在舟中所见的铜仁独特风貌，勾勒出当地人的日常生活场景，洋溢着满足而愉悦的心情。

道光十六年（1836）春天，郑珍赴云南探望时任平夷知县的大舅黎恂，并出任幕宾。他把自黔赴滇的险峻道路，云贵两省的山水风景，一一现诸笔下。其中就有郑珍山水诗的名作《白水瀑布》：

> 断岩千尺无去处，银河欲转上天去。水仙大笑且莫莫，恰好借渠写吾乐。九龙浴佛雪照天，五剑挂壁霜冰山。美人乳花玉胸滑，神女佩带珠囊翻。文章之妙避直露，自半以下成霏烟。银虹坠影饮锳鏊，天马无声下神渊。沫尘破散汤沸鼎，潭日荡漾金熔盘。白水瀑布信奇绝，占断黔中山水窟。世无苏李两谪仙，江月海风谁解说。春风吹上观瀑亭，高岩

[①] 郑珍：《铜仁江舟中杂诗六首》（其一），郑珍撰，白敦仁笺注：《巢经巢诗钞笺注》前集卷三，巴蜀书社1996年版，第171页。

深谷恍曾经。手挹清泠洗凡耳，所不同心如白水。①

白水瀑布就是如今贵州省内闻名遐迩的黄果树瀑布，因其位于白水河上而得名。前两句反用李白"疑是银河落九天"之意，总叙瀑布之高绝。接着"水仙"十二句，用"九龙浴佛"等八个比喻，多方形容白水瀑布之美，而皆假托于水中仙人之口以"写乐"。后"白水"八句，诗人叙自己观瀑做诗之奇妙感受，一方面寄托了山水之志，一方面流露出对该诗的自赏态度。

郑珍早年的山水诗大多情绪乐观，晚年的山水诗大多情绪愁苦，其情感表现截然不同。郑珍后半生从垚湾迁居到子午山的经历，也用诗歌加以贯穿起来了。他幼年随父母搬到垚湾僦居，其母亲一直盼望有自己的家。道光十八年（1838），郑珍应邀修撰《遵义府志》，三年后完工后得到报酬，买下了离垚湾二里之遥的望山堂，因其方位为子午向，遂更名为子午山。其母在道光二十年（1840）去世，他葬母于子午山的中心，在墓旁修建了一所小小住宅。道光二十五年（1845）冬天，年已四十的郑珍在当了一任古州学官后回到望山堂，到家伊始就开工扩建望山堂，到次年九月新屋落成。当年四月三十日，其父去世，九月，郑珍一家随父柩迁入子午山新居。郑珍在安葬母亲五年后所作《子午山诗七首并序》，详细记录了自己买山、命名、改建、葬父、迁居、置园的经过。其一云：

午山千岁地，步步伤我心。昔时无寸毛，今日开园林。

---

① 郑珍：《白水瀑布》，郑珍撰，白敦仁笺注：《巢经巢诗钞笺注》前集卷三，巴蜀书社1996年版，第216页。

白水绕山阳,青岑拥山阴。流峤所环会,坐尽丘壑深。痛我圣善母,音形此沉沉。居生事事记,念之泪盈襟。一世井灶思,终老力不任。得此前十年,何啻值万金。①

此诗大体写景,而句句与事相关。作者自叙把不毛之地子午山,建成美丽的园林,从家中望到母亲的坟茔,联想到母亲一生的操劳,不禁潸然泪下。他晚年自号"子午山孩",其初衷也是为此。

郑珍把望山堂修成了远近闻名的"郑家林",园林内外风景优美。他撰有《子午山杂咏十八首并序》,叙山上山下一年四季每天早晚之美,有云:

屋上能看冢,堂边不筑墙。此生无去理,开户对西乡。
(其一《望山堂》)
明月上冈头,绿坠一湖影。来往不逢人,露下衣裳冷。
(其八《桐冈》)
旷望临高崖,溪塍绕其下。落景射松根,水光红洒洒。
(其十《松崖》)②

描述望山堂新居与庐墓相望,落日映红了松树而倒影又映红了溪流,月下桐冈清静至极,在美不胜收的风景中,寄托了对父母亲的哀思与守望之情。

郑珍在游旅诗中也大量叙写了沿途所见所思的人物和事件,

---

① 郑珍:《子午山诗七首并序》(其一),郑珍撰,白敦仁笺注:《巢经巢诗钞笺注》前集卷七,巴蜀书社1996年版,第513—514页。
② 郑珍:《子午山杂咏十八首并序》,郑珍撰,白敦仁笺注:《巢经巢诗钞笺注》前集卷八,巴蜀书社1996年版,第676、684、686页。

同样寄托了浓厚的乡土情怀。郑珍先后因赴试、拜访师长入京四次,是他一生中离家时间较长、距离较远的旅程。我们可以郑珍的儿时同学、终身密友莫友芝为线索,串联起他最后两次入京赴试的诗歌叙事。在道光十七年(1837)秋天,郑珍第五次参加乡试,考中举人。十二月初,他与挚友莫友芝一道,自贵阳启程赴京应试,真是一路行来一路歌。他们在镇远乘船,沿着舞阳河东行,郑珍写下《溆口晏起》《下滩》《观上滩者》《泊雷尾》等诗。在除夕之夜到达澧州,他作《度岁澧州寄山中四首》,叙吃着丰盛年夜饭苦思家人的情景。在继续北行途中,他写了《樊城感旧》《新野上元》《博望乘月赴裕州》《经叶县光武庙》《莫五题壁有"不若弃书学剑,扬旗万里封侯"句,因和》《过新郑》《出郑州》《渡河》《比干墓下作并序》《过黄粱祠》《沙河县》《夜趣邢台》《大风宿滹沱南岸》《夜趋安肃》《到京即病稍闲偶成》诸诗,沿途所历时间、地点、场景都十分清楚。两人落第归家后,郑珍在《愁苦又一岁赠邵亭》一诗中详细回忆了两人结伴上京赶考的艰辛:"愁苦又一岁,何时开我怀。欲死不得死,欲生无一佳。大雪满中夜,晓来四望迷……寒风剧刀剑,吹僵如舆尸。黄黄尘洞中,见舍尽掩扉……"[①]诗中与同行者莫友芝分享了在寒风中长途跋涉的辛劳困苦,表达了相互慰藉之情。钱仲联先生在《梦苕庵诗话》中评价道该诗"长篇叙事,古致历落,与昌黎《此日足可惜一首赠张籍》神貌俱合"[②]。

---

① 郑珍:《愁苦又一岁赠邵亭》,郑珍撰,白敦仁笺注:《巢经巢诗钞笺注》前集卷五,巴蜀书社1996年版,第360页。
② 钱仲联:《梦苕庵诗话》,张寅彭主编,张寅彭点校:《民国诗话丛编》第六册,上海书店出版社2003年版,第371页。

第一章 郑珍的儒者情怀与乡土叙事

郑珍在道光二十三年（1843）再次入京参加春闱。他甫一出门即写《三坡曲》诗云：

少年从何来，飘摇上三坡。一上一回老，红颜能几何。
（其一）
欲识三坡路，看侬纺若何。转转复转转，日斜棉尚多。
（其二）
出门止一步，何处非三坡。我本三坡人，君宁无奈何。
（其三）①

郑珍、莫友芝合编《遵义府志》有云："三坡，在城东六十里，有上天梯。"② 这里三山相继，来往旅客都要次第升降通过，最高的地方被称为"上天梯"。第一首中，诗人把三次赴试路过"三坡"的景象相叠加，虚实结合，营造出"一上一回老"的事境，延展了人生故事的时间结构。第三首中，他以"何处非三坡"比喻功名路步步艰险，从而强化了"三坡"与个人命运的关联。他经镇远河边的车家湾登舟，想起了六年前同莫友芝一同在此登舟赴京、一同思念家乡情景，作《车家湾登舟寄莫五》：

旁沟水落清见沙，湾头人语舟欲拏。东山五弟忆前度，今朝此处同思家。冻雪鬖鬖白胜银，天寒一老立江滣。林

---

① 郑珍：《三坡曲》，郑珍撰，白敦仁笺注：《巢经巢诗钞笺注》前集卷六，巴蜀书社1996年版，第482页。
② 郑珍等撰：《遵义府志》卷四《山川·桐梓县》，转引自郑珍撰，白敦仁笺注：《巢经巢诗钞笺注》，巴蜀书社1996年版，第482页。

83

塘办好却他去，多少闲鸥冷笑人。①

郑珍在此次赶考途中出门不久就开始生病，曾卧病旅中独自体会人生的悲凉况味，作诗云："一黑一黄芦幕底，半明半暗纸窗前。频频树影成迎送，细细沙瓶奏管弦"②。在道光二十四年（1844）新年之后，他的眼睛渐渐失明，写下"伤心未老先输眼，悔昔无功苦费精"③"庸子福所聚，志士病所欺"④ 之悲叹。三月初八日，郑珍强撑着病体进入号房，昏睡了三天两夜之后交了白卷。出考场那一天正是三月初十，是他三十九岁的生日，他写《下自清明入都，病寒，遂夜疟。至三月初七二更，与乡人诀而气尽。三更复苏。以必与试，归始给火牌驰驿，明日仍入闱。卧两日夜，缴白卷出，适生日也。作六绝句》六首，其一有云："一病天涯死更生，命存那复计浮名。"⑤

郑珍与莫友芝情谊甚笃，其命运也多交集。道光十八年郑、

---

① 郑珍：《车家湾登舟寄莫五》，郑珍撰，白敦仁笺注：《巢经巢诗钞笺注》前集卷六，巴蜀书社1996年版，第494页。
② 郑珍：《卧病旅中》（其一），郑珍撰，白敦仁笺注：《巢经巢诗钞笺注》前集卷七，巴蜀书社1996年版，第500页。
③ 郑珍：《自去年九月，目渐失明。及入都，至不辨壁间径尺字，而视秒发皆知有物，奇疾也》，郑珍撰，白敦仁笺注：《巢经巢诗钞笺注》前集卷七，巴蜀书社1996年版，第501页。
④ 郑珍：《君子何所悲》，郑珍撰，白敦仁笺注：《巢经巢诗钞笺注》前集卷七，巴蜀书社1996年版，第502页。
⑤ 郑珍：《自清明入都，病寒，遂夜疟。至三月初七二更，与乡人诀而气尽。三更复苏。以必与试，归始给火牌驰驿，明日仍入闱。卧两日夜，缴白卷出，适生日也。作六绝句》（其一），郑珍撰，白敦仁笺注：《巢经巢诗钞笺注》前集卷七，巴蜀书社1996年版，第502页。

莫两人受邀合编《遵义府志》。郑珍在道光二十四年落第回到贵州后，随即以大挑二等选了教职。莫友芝在道光二十六年（1846）、咸丰八年（1858），两度进京会试均落第，后入曾国藩幕。同治二年（1863），因祁隽藻荐于朝，郑珍、莫友芝等人特旨以知县征用，两人均辞不就。郑珍在应试过程中撰写的诗歌，反映了郑、莫两人友谊和人生的一个侧面。

在郑珍诗中，诸如垚湾家外的大桂树、子午山母亲墓、好友莫友芝这些重要的人物和风景，既是叙事的核心，又是用来构成叙事的线索。郑珍诗通过一个个具体的人物和风景，串联起他的整个人生大戏，描绘了一部生动的乡土生活画卷，时时散发出触手可及的亲切感。

作为中国文化中一个纯儒、一个传统诗人最后的典范，郑珍对同光诗坛产生了重要影响，被视为同光体派宗祖。陈衍曾评价说："前清诗学，道光以来一大关捩。略别两派：一派为清苍幽峭。……其一派生涩奥衍。……郑子尹（珍）之《巢经巢诗钞》为其弁冕，莫子偲足羽翼之。近日沈乙盦（沈曾植号）、陈散原（陈三立号）实其流派。"① 陈夔龙认为同光宋诗派真正学习的对象不是黄庭坚、陈师道，而是郑珍："又所为诗，奥衍渊懿，黝然深秀，屹然为道、咸间一大宗。近人为诗，多祧唐而祢宋，号为步武黄、陈，实则《巢经》一集，乃枕中鸿宝也。"② 从

---

① 陈衍著，郑朝宗、石文英校点：《石遗室诗话》卷三，人民文学出版社2004年版，第41—42页。
② 陈夔龙：《遵义郑征君遗书序》，郑珍撰，白敦仁笺注：《巢经巢诗钞笺注》，巴蜀书社1996年版，第1518页。

创作而言，如陈三立"茧丝岁月倚人怜"① 在语义上近于郑珍《次东坡密州除夕韵》中的"岁又茧头尽"②。李独清还指出，郑珍的"影响还不止同光体，如用俗话和新名词入诗，为后来的诗界革命也开了先路"③。郑珍"言必是我言""我吟率性真"的诗论主张，对"诗界革命"的旗手黄遵宪也是有启示的。如黄遵宪所提倡的"我手写我口"④ 和反对拟古主义的主张，就和郑珍很接近。

---

① 陈三立：《寒花一首》，陈三立著，李开军校点：《散原精舍诗文集》上卷，上海古籍出版社2003年版，第2页。
② 郑珍：《次东坡密州除夕韵》，郑珍撰，白敦仁笺注：《巢经巢诗钞笺注》前集卷九，巴蜀书社1996年版，第747页。
③ 李独清：《巢经巢诗说》，李独清：《洁园集》，云南出版社2013年版，第238页。
④ 黄遵宪：《杂感五首》(其二)，黄遵宪：《黄遵宪集》上册，天津人民出版社2003年版，第90页。

第二章

王闿运对"诗史"叙事传统的继承与创新

在宋诗派之外，近代传统诗坛还活跃着王闿运主导的汉魏六朝派，樊增祥、易顺鼎为代表的中晚唐诗派等。他们在诗歌创作上取得了令人瞩目的成就，也为中国诗歌叙事传统的近代转型做出了重要贡献。其中，王闿运诗歌成就最高，影响最大。他还是一位近代今文经学的大师，对中国思想学术的现代转型起了推动作用，被钱基博称赞说"张公羊，申何休，今文家言于是大盛也"①。他紧承魏源、曾国藩之后，维护了湖南作为全国学术与文化中心之一的地位，被钱基博盛赞"能开风气以自名家"，"有其独到以成湘学"②。在他培养的湖南弟子中，杨锐、刘光弟、宋育仁、杨度、齐白石等都卓有成就。王闿运曾主持成都尊经书院，又"以今文开蜀学"③，其成都受学弟子有廖平、戴光、岳森、刘子雄、胡从简等，一时彬彬之盛。谭嗣同著《仁学》，亦傅以公羊三世之说，与"专注《春秋》说民主"④的王闿运颇同声气。谭嗣同作《论艺绝句六首》其二曰："千年暗

---

① 钱基博：《近百年湖南学风》，岳麓书社2010年版，第50页。
② 钱基博：《近百年湖南学风》，岳麓书社2010年版，第96页。
③ 钱基博：《近百年湖南学风》，岳麓书社2010年版，第68页。
④ 杨度：《湖南少年歌》，杨度著，刘晴波主编：《杨度集》，湖南长沙出版社1985年版，第94页。

室任喧豗，汪（中）魏（源）龚（自珍）王（闿运）始是才。万物昭苏天地曙，要凭南岳一声雷。"① 对王闿运推崇甚力。而王闿运似乎在思想与文学上存在较大的矛盾，在学术上力主开拓新学，而在文学上专一强调拟古。

王闿运在《论文法——答张正旸问》中，对拟古诗的学习过程作了详细说明："故知学古当渐渍于古，先做论事理短篇，务使成章，取古人陈作，处处临摹，如仿书然，一字一句必求其似。如此者，家信账记，皆可摹古；然后稍记事，先取今事与古事类者比而作之；再取今事与古事远者比而附之；终取今事为古所绝无者改而文之。如是非十余年之专攻，不能到也。"② 这话基本上概括了王闿运本人诗歌创作的三个阶段：第一阶段，步步临摹，力求形神兼备；第二阶段，比附前人叙事诗而叙今事；第三阶段，创作自成一家的诗歌。这三个阶段大致对应着王闿运本人诗歌创作的三种类型：早年的拟古诗、中年以后开始写的时事诗和人物传记诗。三者之中，拟古诗主要学习前人的叙事名篇，多为当代女性代言并伤其遭际；时事诗和人物诗是在"尽法古人之美，一一而仿之，熔铸而出之"③ 后自成一家的代表作，最能体现王闿运诗歌的独特面貌。

王闿运在学术上立足于现实，在诗歌创作上也大量倾注了现实主义精神，在近代诗人中具有特别浓厚的"诗史"意识。

---

① 谭嗣同：《论艺绝句六首》其二，谭嗣同：《谭嗣同全集》，生活·读书·新知三联书店1954年版，第490页。
② 王闿运：《论文法——答张正旸问》，王闿运著，马积高主编，谭承耕、陶先淮副主编：《湘绮楼诗文集》，岳麓书社1996年版，第538页。
③ 王闿运：《说诗》卷三，王闿运著，马积高主编，谭承耕、陶先淮副主编：《湘绮楼诗文集》，岳麓书社1996年版，第2183页。

第二章 王闿运对"诗史"叙事传统的继承与创新

赵尔巽《清史稿》谓"其骈俪则揖颜、庾，诗歌则抗阮、左，记事之体、一取裁于龙门"①，概述王闿运在语言艺术上方驾于汉魏六朝大家，在叙事风格上则秉承了司马迁《史记》的"实录"精神。王闿运的拟古诗、时事诗、人物传记诗堪可代表其叙事诗创作的主要成就，且大多承载有浓厚的"诗史"意识。故本章将他作为宋诗派之外晚清诗坛的代表诗人，并侧重于从思想和艺术两方面探讨他如何实现对"诗史"叙事传统的继承与创新。

第一节 拟古诗的"诗史"叙事

王闿运把拟古视为学诗之唯一门径。《湘绮楼说诗》卷三中说："诗法既穷，无可生新，物极必返，始兴明派，专事摹拟。"② 其拟古诗集中在《湘绮楼诗文集·诗集》前四卷，也就是王氏二十六岁（1858）之前；第四卷到第七卷中，也就是王氏三十八岁（1870）以后，拟古之作渐少。王闿运拟古诗在模拟之外也有所创新，或是内容拟古而形式创新，或是形式拟古而内容创新。

王闿运在早年的第一阶段创作的拟古诗，主要是"取古人陈作处处临摹"之作，其内容和形式都力求近古，与古人诗几乎不能辨别。陈衍说："湘绮五言古沉酣于汉魏六朝者至深，杂

---

① 赵尔巽：《儒林三》，赵尔巽等撰《清史稿》第四十三册，中华书局1977年版，第13300页。
② 王闿运：《说诗》卷七，王闿运著，马积高主编，谭承耕、陶先淮副主编：《湘绮楼诗文集》，岳麓书社1996年版，第2327页。

之古人集中，直莫能辨。正惟其莫能辨，不必其为湘绮之诗矣。七言古体必歌行，五言律必《杜陵》《秦州》诸作，七言绝句则以为本应五句，故不作，其存者不足为训。盖其墨守古法，不随时代风气为转移，虽明之前后七子，无以过之也。"① 陈衍激烈指责王闿运诗没有创新，没有个性，在其"取古人陈作处处临摹"之作上表现得最为显著。王氏早年"取古人陈作处处临摹"之诗体现出一些共性。在题材方面，有的会在诗题或者序中交代所拟何人何篇，如《拟伤离新体》《拟美人梳头歌》《采桑秦氏女》等等；有的则直接沿用乐府旧题，如《当垆曲》《有所思》《今别离》《古别离》《长别离》《枣子曲》《怨诗》《燕歌行》《代薄命》等等，其模拟对象也是很清楚的。在体裁方面，王闿运早期拟古诗基本不脱离原作。如其起句一般直接模仿原诗原句，或略改数字使切题，作"张氏有好女"② "妾命为君薄"③ "璿房有静女"④ "荆钗绿鬓贫家女"⑤ "吴王娇小女"⑥ "胡

---

① 陈衍：《近代诗钞评王闿运》，陈衍编：《近代诗钞》上册，商务印书馆1923年版，第322页。
② 王闿运：《拟焦仲卿妻诗一首，李青照妻墓下作并序》，王闿运著，马积高主编，谭承耕、陶先淮副主编：《湘绮楼诗文集》，岳麓书社1996年版，第1141页。
③ 王闿运：《代薄命》，王闿运著，马积高主编，谭承耕、陶先淮副主编：《湘绮楼诗文集》，岳麓书社1996年版，第1170页。
④ 王闿运：《怨诗代彭笛先妇靳》，王闿运著，马积高主编，谭承耕、陶先淮副主编：《湘绮楼诗文集》，岳麓书社1996年版，第1152页。
⑤ 王闿运：《河畔浣衣歌》，王闿运著，马积高主编，谭承耕、陶先淮副主编：《湘绮楼诗文集》，岳麓书社1996年版，第1169页。
⑥ 王闿运：《紫玉歌》，王闿运著，马积高主编，谭承耕、陶先淮副主编：《湘绮楼诗文集》，岳麓书社1996年版，第1161页。

姬双鬟翠玲珑"①等。在内容方面，王闿运拟古诗多就女性容貌、服饰、境遇、情感进行描摹，如《拟美人梳头歌》对女性的容貌服饰细致摹写，近于齐梁宫体诗；《忆梅曲》《春别离》则以模仿《西洲曲》为能事，近于南朝乐府。在感情上，王闿运早期拟古诗多代拟女性抒写离愁别绪，借以表达对女性命运的同情。如《河畔浣衣歌》写贫家女新婚后即与奉命戍边的丈夫别离；《羽林闺人曲》写闺中人思念在羽林军中的丈夫；《采桑秦氏女》《织锦窦家妻》则塑造了两个边劳动边思远的勤劳而深情的女性形象。在方法上，王闿运早期拟古诗叙事笔法多变，如《怨诗代彭笛先妇靳》《古别离》《关山别荡子》模仿乐府民歌，以女性口吻代写思夫之情。

王闿运"取古人陈作处处临摹"之作，在思想艺术上也有一些创新之处。如其《咏千金公主》：

乾坤昔板荡，奸险相覆倾。宇文失统驭，跋扈乱威刑。六州既改献，社稷遂榛荆。弱息存宗女，远在突厥庭。穹庐日色寒，涕泣对纵横。北风吹黄沙，牛马尽嘶鸣。哀音感异类，为此热中情。戎狄无亲戚，何为慕中贞？义师三叩关，由来重精诚。何图孤茕志，难与时命争。使闻禅让时，劝进皆豪英。弱女既非男，纲纪独孤撑。岂伊不自度，精卫填沧溟。英风凛千古，奇节亮且清。投堂谁家子？幽愤复未宁。②

---

① 王闿运：《枣子曲》，王闿运著，马积高主编，谭承耕、陶先淮副主编：《湘绮楼诗文集》，岳麓书社1996年版，第1212页。
② 王闿运：《咏千金公主》，王闿运著，马积高主编，谭承耕、陶先淮副主编：《湘绮楼诗文集》，岳麓书社1996年版，第1633页。

全诗夹叙夹议，而以叙事为主，且不断变换叙事视角、叙事口吻，具有生动活泼的形式美。诗前半用了第三人称全知视角，首"乾坤"两句交代了和亲的背景，"板荡""覆倾"二词可看出时局之危急；"宇文"以下六句追叙南北朝时期北周宣帝懦弱无能，将堂妹千金公主以和亲的名义嫁给突厥沙钵略可汗。"穹庐"以下六句铺叙千金公主和亲后严酷的生活环境与悲伤的情绪。"戎狄"两句引出旁人突然向公主设问：戎狄本无亲戚观念，既已和亲，为何要在听闻杨坚夺取北周政权而建立隋朝、其父宇文招起兵反抗杨坚而遭灭族后，几次三番鼓动突厥向隋朝宣战？"义师"八句为公主代言，叙其"精诚"复仇报国之志，胜过多少殷勤劝进的男子。"弱女既非男，纲纪独孤撑"则是画龙点睛之笔，赞颂公主虽为弱女子却怀坚贞爱国之心。"岂伊"以后至末尾回归作者口吻，论赞了公主之"英风""奇节"，抒发了作者的幽愤感情。历代以和亲为题材的诗篇可谓是数不胜数，王闿运这首诗在承袭前人内容和主题的同时又有超越之处。他笔下的千金公主虽有令人同情的命运，却更具令人赞誉的英勇壮志和忠义气节。乐府诗中常见的代言、自言、设问等句法，在王闿运诗中被频繁地转换，在叙事方式上突破了诗歌与小说、戏曲的界限，也从一个侧面反映出王闿运诗歌被指为"俗"的原因。

王闿运拟古诗创作的第二阶段，即"取今事与古事类者比而作之"者，或"取今事与古事远者比而附之"者，在内容上的创新之处就比纯拟古之作更加显著了。王闿运经历了与古人相似的境遇，或听闻有与古诗文所记相似的事件，往往会刻意比附前人同类题材的叙事诗而叙写今事。所谓"今事"，大都具有现实意义，甚至反映了尖锐的现实问题。

第二章 王闿运对"诗史"叙事传统的继承与创新

在"取今事与古事类者比而作之"者中，又以吟咏女性的拟古诗最有代表性。王闿运的拟古诗尽管在总体上较少超越传统诗文中的思想主题和人物形象，但更集中、更丰富地表现了对女性群体命运的深刻关注，并对造成这种悲剧的社会和制度进行了深入的揭露和批判，反映出王闿运女性意识的进步性。当诗人听到一个类似于《孔雀东南飞》的悲剧故事，创作了《拟焦仲卿妻诗一首，李青照妻墓下作并序》，并在序中交代了作者的写作缘起："湖北佣人李青照妻，为主逼奸，复遇欺凌，携子赴湘而死，夫亦自经。经墓读碑，作诗云尔。"[1]《王氏诗》写也写了一个女子被权贵胁迫而亡的悲剧故事，其自序云："明齐王朱高煦猎游历城县标山，有妇汲水，见之而美，留问其姓，对曰'王氏'。问其夫家，不对。迫之不从，见杀，而莫敢尸。相传为东乡王氏云。尔后五百年，王闿运始为歌词以附乐府而传之。"[2]《妾薄命，为杨知县妾周氏作》写一名周姓小妾受丈夫和长妾压迫而死的悲剧，其自序云："杨知县妾周氏为长妾谋死，知县匿之，巡抚助杨。按察发其事，仅而得直。城中汹汹，欢动万人。余年十三，明年始为作《妾薄命》一首。"[3]在这些诗作中，王闿运特意标示乃有感其事"而作""为传""为作"，从中寄寓了浓厚的"诗史"情怀。他有感于此类哀感

---

[1] 王闿运:《拟焦仲卿妻诗一首，李青照妻墓下作并序》，王闿运著，马积高主编，谭承耕、陶先淮副主编：《湘绮楼诗文集》，岳麓书社1996年版，第1141页。

[2] 王闿运:《说诗》卷三，王闿运著，马积高主编，谭承耕、陶先淮副主编：《湘绮楼诗文集》，岳麓书社1996年版，第2170页。

[3] 王闿运:《说诗》卷三，王闿运著，马积高主编，谭承耕、陶先淮副主编：《湘绮楼诗文集》，岳麓书社1996年版，第2180页。

之"今事",乃"取古事相类者",主要是汉魏乐府诗里的相似篇章,在结构、语言和方法进行精心模拟、组织,其初衷也许不外乎为学诗,却由此而浸润了汉魏乐府民歌强烈的现实主义精神。

王闿运拟古诗的代表作《拟焦仲卿妻诗一首,李青照妻墓下作并序》,写于道光二十九年(1849),时年十七岁。此诗延续了《孔雀东南飞》的叙事手法,从语言到内容都足以相称。首句"双凫不能飞,十步两连翩"是从"孔雀东南飞,五里一徘徊"化出,乃以比兴起下文,并为整首诗设下了悲剧基调。下文从"张氏有好女"到"谁能不称姝",诗人以全知全能的视角,模仿《孔雀东南飞》和《陌上桑》语言来写人物的装饰打扮,刻画了女主人公的美丽形象。诗人用"无衣犹可寒,无食难为生"和"东邻贵家女,十指不拈线"进行比较,从正面表现了女主人公的勤劳品质,也从侧面突出了她的贫穷,并为下文出任佣工而被主家逼死一事做了铺垫。从"暮发石头驿,早至洞庭湖。不闻夫婿言,但听主君呼"等语[1],又有学习《木兰诗》语言的痕迹。在女主人公受逼迫而死后,对使君、长官、县令等人物形象的刻画,又学习了《陌上桑》里的侧面描写方法。从选辞造句、节奏音律、渲染修饰等手法来看,此诗融合《孔雀东南飞》《陌上桑》《木兰诗》的叙述手法,结撰成一篇惟妙惟肖的拟古之作。

比之在情节和语言上大体出于模拟,此诗在叙事方法上有

---

[1] 王闿运:《拟焦仲卿妻诗一首,李青照妻墓下作并序》,王闿运著,马积高主编,谭承耕、陶先淮副主编:《湘绮楼诗文集》,岳麓书社1996年版,第1141页。

第二章 王闿运对"诗史"叙事传统的继承与创新

一定创新。首先，作为"故事外而异故事的叙事者"[①]，诗人在全知全能叙述角度下，不仅是整个故事的知情者，还能深入到人物的内心世界。叙主君见到李青照妻子后惊叹其美，继而有了要李青照妻顺从的想法，便是作者深入主君的内心进行心理描写。李青照妻回答主君的话则是作者站在女主人公的立场进行叙述的。李青照妻受胁迫后与夫相见，"怅怅至明发，各各成惊疑"，到后来其夫自挂南枝，诗人都仿佛身历其境，故能娓娓道来。其次，王闿运也会对全知视角的运用加以限制。从"妾是贫家妇"到"作我家中饭"则是诗人有意识改变叙事声音，让女主人公李青照妻自己来叙述，是一个"故事内而同故事"的叙事者。王闿运还善于运用诗歌的韵律变化来把握叙事脉络，从而使其音律节奏显得抑扬顿挫。如在叙写李青照妻被逼迫后与夫相见，两人惊疑不定、心怯胆寒的感受时，所用的多是音节较短的"西""期""痴""疑""巇"韵，节奏紧促。而写李青照夫妻死前在山长水阔间的迷茫和迟疑时，押的是"藏""长""黄""皇"韵，节奏更悠长缓慢一些。总的来说，王闿运在单线叙述时习惯于使用一韵到底的韵律，在双线交织叙事口吻发生变化时韵律亦有所变化。可见，技巧创新是王闿运拟古诗的重要特色，也是其拟古诗艺术魅力之体现。

《生理篇》乃是"取今事与古事远者比而附之"的名篇。该

[①] 林宗正："一般而言,故事外而异故事的叙事者,常以无所不在而无所不知的观点,完全并且权威地掌控叙事,譬如巨细靡遗掌握故事发展的细节与原委,或是熟谙人物的背景、内在情感、心理状态,或是评断人物的是非善恶、事件的利害得失,或是对读者提出告诫的警语等等。"林宗正：《抒情下的叙事传统：孔雀东南飞聚焦叙事与书写》,《中山大学学报》2012年第6期。

语体新变：中国诗歌叙事传统的近代转型

诗作于咸丰三年癸丑（1853），王氏时年二十二岁，写他前两年（咸丰元年辛亥）由江西乐平两次返湖南长沙的经历与感受。《湘绮楼说诗》卷三述其事曰："壬子，李伯元[①]邀余至乐平。……其年八月，长沙被（太平军）围，余间行缒城入觐（吾母）。"[②]《生理篇》第一章写自己在乐平县署居住，"宵寐不暖席，朝坐亦对窗"。第二章写自己由乐平第一次返湘，"蛮越构祸端，矜戟乱边屯"，描写太平天国起义场景。"故乡郁霾氛"，指长沙被围；"永衡绝通轨"，指永州和衡州之间道路不通。第三章怀念邓辅纶，"我友在远方"。第四章写癸丑夏自己第二次由乐平返湘所见战乱景象，"殊音非我亲"是占领者，"经日见鹑结"是老百姓。第五章写自己归故乡后，闻亲知故旧散走他乡，深叹"良会不可期"。第六章写"棲棲果何求，默默长自遗"，"谋身尚难工"，惶惶不可终日。第七章叙自己萌发了投笔从戎之志，"投笔起三叹，知我庶勿尤"[③]，希望得到知交好友的赞成。该诗名为模拟，所模拟的只是诗法，其内容则是"与古事远者"的当下时事。所谓"拟曹子建体"，是指摹仿曹植《赠白马王彪七章》逐章蝉联的辘轳体，使首尾一气贯通，具回环往复的韵调美。

[①] 李仁元(1825或1826—1853)，字伯元，号静观，河南济源人，道光丁未年进士，王闿运友人。曾任内阁中书，乐平及鄱阳知县，咸丰三年夏在与太平军作战中战死。详情参考郭蓁：《王闿运诗中的李伯元考》，《文学遗产》1997年第2期。

[②] 王闿运：《说诗》卷三，王闿运著，马积高主编，谭承耕、陶先淮副主编：《湘绮楼诗文集》，岳麓书社1996年版，第2185页。

[③] 王闿运：《生理篇》，王闿运著，马积高主编，谭承耕、陶先淮副主编：《湘绮楼诗文集》，岳麓书社1996年版，第1164页。

第二章 王闿运对"诗史"叙事传统的继承与创新

《拟焦仲卿妻诗》《生理篇》等诗也可谓是王闿运五言拟古诗的代表作。他竭力强调从五言诗入手的重要性:"作诗必先学五言,五言必读汉诗,而汉诗甚少,题目种类亦少,无可揣摩处,故必学魏、晋也。诗法备于魏、晋,宋、齐但扩充之,陈、隋则开新派矣。自来推曹子建为大家,无一灵妙句。阮嗣宗稍后之,便高华变化,不可方物。而不为大家者,重意不重词也。"① 依据王闿运的说法,诗歌创作应从学习汉代的五言诗开始,但因为汉诗少,又必须学习魏、晋诗,待章法成熟后再学习七言诗。以此可知,对王闿运而言,学五言只是手段,作七言歌行才是目的:"然不先工五言,则章法不密,开合不灵,以体近于俗,先难入古,不知五言用笔法,则歌行全无步武也。既能作五言,乃放而为七言易矣。"② 他指出,杜甫和白居易的五言和七言歌行均出自魏晋六朝,但取法有异,效果也不同:"杜甫歌行自称庾、鲍,加以时事,大作波澜,咫尺万里,非虚夸也。五言惟《北征》学《蔡女》,足称雄杰,他盖平平,无异时贤……白居易歌行纯弹词,《焦仲卿妻诗》所滥觞也;五言纯用白描,近于高彪、应璩,多令人厌,无文故也。"③ 王闿运说杜甫和白居易的歌行都要好于五言较可,而说杜甫的五言诗只有《北征》"足称雄杰",则不大符合古今文学史家的共识。他批评白居易五言诗言之无文,显然亦带有抑五言而扬歌行的偏

---

① 王闿运:《说诗》卷六,王闿运著,马积高主编,谭承耕、陶先淮副主编:《湘绮楼诗文集》,岳麓书社1996年版,第2273—2274页。
② 王闿运:《说诗》卷六,王闿运著,马积高主编,谭承耕、陶先淮副主编:《湘绮楼诗文集》,岳麓书社1996年版,第2273页。
③ 王闿运:《说诗》卷一,王闿运著,马积高主编,谭承耕、陶先淮副主编:《湘绮楼诗文集》,岳麓书社1996年版,第2107—2108页。

见。他说杜甫七言歌行"加以时事,大作波澜",对其内容的现实性、叙事的曲折性大加赞美;又推崇"白居易歌行纯弹词",以音乐、叙事、语言为线索,把汉代乐府、唐代歌行等七言诗,与后世之"弹词"联系起来。他对歌行的认识在诗学上是有一定创造性的。他以白居易歌行"滥觞"自《焦仲卿妻诗》,很难说没有通过《拟焦仲卿妻诗一首,李青照妻墓下作并序》学作七言歌行并昭示学诗门径之意图。王闿运是一个自负的人,在主观上定然会把《拟焦仲卿妻诗一首,李青照妻墓下作并序》一类拟古诗也视为"雄杰"的。

第二节 时事诗的"诗史"叙事

王闿运在中年后进入诗歌创作的第三阶段,所谓"取今事为古所绝无者改而文之"之作,多为时事诗、人物传记诗。这些诗在内容和艺术上已少有依傍,具有很强的独立性,是王闿运在诗坛自成一家的标志。王闿运诗中所记人物事件,有的也见经传,可与历史相参照;有的不见经传,正可以补史之阙。

他所取"今事",大体皆时事。例如,在天平天国运动爆发后,王闿运先后进京入肃顺幕,南下广州入郭嵩焘幕,赴江淮会见曾国藩,积极寻找用世机会。他在辗转奔走的过程中,亲身体验了太平天国战争的全过程,其《湘绮楼诗集》中有三十多首叙及其事。其中包括《长沙被围,还归省觐,入城书所见》《得南中消息》《喜闻官军收复九江,寄胡巡抚五首》《建昌军中夜月感事作。赠曾侍郎,时有三河之败》《发祁门杂诗二十二首,寄曾总督国藩,兼呈同行诸君子》《盐井歌送两广盐运蒋司

第二章 王闿运对"诗史"叙事传统的继承与创新

使志章按察四川》《独行谣三十章,四百四十八韵,凡四千四百八十五字,感赠邓辅纶》《铜官行寄章寿麟,题感旧图》《和易藩台感事诗,因成长歌示谋国诸公》等。相对于拟古诗,王闿运的时事诗具有更为浓厚的"诗史"意识。《盐井歌送两广盐运蒋司使志章按察四川》诗中有云:"金田西夷未灾变,朝廷将相生茅棘。始闻三库搜金银,不数闾阎阙衣食……农桑利尽榷税严,播荡江湖转萧瑟"①,本着现实主义精神,批判揭露苛政之危害。《铜官行寄章寿麟,题感旧图》诗中有云:"空船坐守木关防,直置当锋寻死处"②,叙及曾国藩自咸丰二年奉诏襄办湖南军务,直至十年出任两江总督,办理军务皆用代表临时差遣的木质关防而非正式官印;湘军屡吃了败仗,曾国藩绝望在靖港投江被章寿麟救起等事。诗中语带讥讽,描写真实而细致。

王闿运的长篇五古名作《独行谣》,共三十章四百四十八韵,长达四千四百八十五字,加上自序与自注,长逾万言,是同时代反映太平天国运动的诗歌中规模最大、记叙最详的一套组诗。这组诗围绕个人经历以及时局变化而顺序铺衍展开,是诗人以史笔大作波澜叙写时事的杰作。从叙事方式而言,此组诗是"赠示"其亲友、著名诗人邓辅纶(字弥之)而作。首章为引子,王氏回忆自己年少经历,"忆我年十五,体羸志未修。呻吟穷巷内,学作康衢讴";次叙及与邓辅纶相识,"分题赋南阁,君独悟几超",邓氏预感到农民起义的发生;后以"荆澧连

---

① 王闿运:《盐井歌送两广盐运蒋司使志章按察四川》,王闿运著,马积高主编,谭承耕、陶先淮副主编:《湘绮楼诗文集》,岳麓书社1996年版,第1331页。

② 王闿运:《铜官行寄章寿麟,题感旧图》,王闿运著,马积高主编,谭承耕、陶先淮副主编:《湘绮楼诗文集》,岳麓书社1996年版,第1515页。

大浸，桂象亦无禾"（自注："道光二十九年，湖广水旱民饥"）表达自己的忧虑；次年果然发生太平天国起义："洪（秀全）杨（秀清）有名号，倡和连浔梧"（《独行谣》其一、其二）①。

王闿运从《独行谣》第二章起，详述金田起事、清政府派兵镇压失利、曾国藩湘军之兴、水师训练、太平军初步受挫、捻军起义、庚子事变、慈禧垂帘听政等军国大事，终笔于太平天国运动结束，历时较长，内容丰富。王闿运在诗中揭露了清军将帅的昏庸颟顸。第二章叙郑祖琛得知太平军起义消息，马上禀报朝廷。而身为首席军机大臣的穆彰阿怕担责任，竟然"秘不以闻"，向道光帝封锁消息，等到咸丰帝继位时才报知朝廷。"琛也起州县，奏草先中枢。彰云上厌事，调发烦军输。文宗既龙飞，其变乃具疏。"（其二）朝廷仓促差派官员围剿，不料林则徐死于赴任途中，又改派李星沅、周天爵等人讨捕太平军。"谁轻䁱鼠机，林死降李周。周刚意轻李，雁行始不和。奏用军二万，大臣舌拱咕。惜哉谋不用，足为后世模。"（其二）周天爵请募两万人的军队，可钦差李星沅轻敌不从，满朝文武皆以周天爵所需兵额太大，是小题大做，以此坐等起义之势蔓延。清军官员尽管擅长内斗，却怯于对敌。咸丰四年，太平军进攻长沙，钦差大臣赛尚阿、两广总督徐广缙之流毫无还手之力，"苍黄乃闭城，八十日其徂"（其三），导致长沙城整整被围了八十天。太平军攻下长沙后，随即北指武汉，沿途攻克清军防线，缴获大量渔船商船，"舟揖云盛，自古未有"，"洞庭

---

① 王闿运：《独行谣三十章，四百四十八韵，凡四千四百八十五字，感赠邓辅纶》，王闿运著，马积高主编，谭承耕、陶先淮副主编：《湘绮楼诗文集》，岳麓书社1996年版，第1420—1447页。

第二章 王闿运对"诗史"叙事传统的继承与创新

散渔筏,汉口聚商槎……浮桥连江汉,群盗始翔翱。行台坐倾亡,十万殉干戈"(其五)。王氏还结合自己的经历,叙及长沙城被围困后百姓与官兵皆缒以出入的现象。"余时自乐平(自注:济源李伯元知乐平,余居县斋三月),千里一肩舆。平行至城根,不见官贼徒。夜投渔船宿,烹菘肥似膏。明晨告府主,帖下架鹿卢(自注:城下无店舍,宿湘水洲旁渔舟。以书告长沙知府钟音鸿,无回信,迹不遣诘所往。明日城上呼余入者,毛丈运如也)。"(其五)诗人再加详注云:"塞大臣(尚阿)乘以入守,诸军人缒以出战。罗丈绕典治团防,好诙谑,题曰:'出将入相'。余姑子妻夏左嘲余曰:'城中买猪于近乡,亦缒而入,曰哑哑也。'"(其五)对清军之懦弱无能作了无情嘲弄。

　　王闿运的《独行谣》对曾国藩及其湘军则有褒有贬。曾国藩奉诏治团练,组建湘军,"布衣操土音,见帅不能趋"(其四自注),"不知富贵乐,岂暇谄与骄"(其八),军队风气为之一变,被朝野上下寄予厚望。曾国藩率领湘军与太平军多次激战,其忠直之气甚至感动了诗人:"每怀御将略,涕泪横矜袍"(其十)。作者也批评了曾国藩刚愎自用的一面。在咸丰四年,曾国藩不听王闿运留守武昌的建议,率队直下九江,与太平军交战,结果大败,连御服黄里貂裘马褂也被太平军劫去。诗人指斥"湘军不后劲,直弄洵阳潮。轻兵卒致败,盗获元戎貂"(其十一),"曾军弱始此,况彼西(凌阿)官(文)胡(林翼)"(其十一)。诗人指曾国藩才干不足,甚至听不进自己的计谋:"道穷世运极,将弱藩镇粗。余东窜祁门,建策击长蛇。收吴既鞭长,争徽又唇焦"(其十六),刻画出在战乱中奔忙献计的爱国诗人的自我形象。王闿运在诗中揭示,愈到后来湘军战斗力愈

101

弱，"湘军久益敝，外强中实痛"（其十五）。他认为，在石达开率军西走而导致太平军分裂时，"湘军已不能战"（其十五自注），能取得最终胜利纯属运气好，"是时，寇若直下攻长沙，湖南必可全有，而在外湘军皆气夺矣。军兴论天幸，惟有此役耳。"（其十五自注）

王闿运《独行谣》强烈谴责了列强对平定太平天国的介入。第四章写道："大舶乡番禺，和戎我所讳。"注释曰："初道光庚子（1840），两广总督耆英私许英吉利入内通商，期以十年。"（其四）他对中国和列强的兵器做了比较，在对比中表达了对国家命运的担忧之情："如何洋炮威，近欲欺中华。万阶蚩尤兵，矢石更磺硝。兵火终自焚，利器岂防躯？"（其五）王闿运在诗中寄寓了强烈的民族意识。一方面，江苏巡抚薛焕、道员杨坊勾结美英之"洋枪队"阻击太平军，遭到他的嘲讽："上海议会防，薛杨笑匈奴……洋枪响青浦，麟介尽冠缕。寇将已失势，奔命救江淮。"（其十七）另一方面，太平天国起义军将士的民族精神则受到他的肯定和赞扬，其诗自注有："夷军会攻，而华尔、白斋文皆易满洲衣冠，立洋枪队，克青浦……寇将或欲和夷，李秀成持不可。"（其十七自注）

《独行谣》最后三章作为结尾，叙战乱渐渐平息，诗人回顾往昔，知交沦落。王闿运表达了明确的"诗史"意识，"兹我若不述，一坠如牛毛"（其廿八），担心这段史实终将淹没在历史洪流中。王闿运还曾撰写历史著作《湘军志》，详尽记述清廷镇压太平天国运动的历史，正可与《独行谣》等叙太平天国的历史诗互证。曾国荃等人视《湘军志》为"谤书"，并迫其销版，反显得黎庶昌"不虚美，不曲讳，其是非颇存咸、同朝之真，深合子长叙事意理,近世良史也"① 之誉为不诬也。与《湘军志》一样,《独行谣》,亦可视为"诗中良史"。《独行谣》这类诗篇还有强烈的现实政治意义。陶先淮说,王闿运太平天国诗歌中,"那些凭吊阵亡将领的篇章,实际上参与了对太平天国的'文化围剿'。"②

英法联军在俄、美帝国的支持下发动了第二次鸦片战争,导致清代皇室苦心经营的"万园之园"——圆明园被英法联军抢劫并焚毁。圆明园的焚毁不仅是中国文物史上的巨大损失,也意味着中国已经处于被列强环伺并欺凌的屈辱地位。王闿运精心撰写了《圆明园词》③ 这一七言歌行体长篇叙事诗,通过叙写圆明园的兴废历史,反映清王朝国势的盛衰。"殷勤无逸箴骄念,岂意元皇失恭俭",批判最高统治者的骄奢淫逸;"袅袅四春随风辇,沉沉五夜递铜鱼",揭露作为国家象征的清朝太后和皇帝逃往承德;"鼎湖弓剑恨空还,郊垒风烟一炬间",描述圆明园被焚毁的情形;"总饶结彩大宫门,何如旧日西湖路",抒发圆明园被焚毁后的凄凉。钱仲联在《近百年诗坛点将录》中谓"七古《圆明园词》实为长庆体名作"④。该诗与王国维的《颐和园词》、樊增祥的前后《彩云曲》、杨圻的《天山曲》并为

---

① 黎庶昌:《续古文辞类纂》,转引自徐一士著,孙安邦点校:《一士类稿》,山西古籍出版社2007年版,第10页。
② 陶先淮:《一幅关于太平天国运动的历史画卷——试论王闿运的长篇组诗〈独行谣〉》,《中国文学研究》1987年第2期。
③ 王闿运:《圆明园词》,王闿运著,马积高主编,谭承耕、陶先淮副主编:《湘绮楼诗文集》,岳麓书社1996年版,第1399页。
④ 钱仲联:《近百年诗坛点将录》,《当代学者自选文库:钱仲联卷》,安徽教育出版社1991年版,第683页。

晚清歌行体的名篇佳制。

《圆明园词》是王闿运七言歌行体长篇叙事诗的代表作。他特别重视七言歌行体长篇叙事诗，在晚清诗坛是很有创识的。时当宋诗派盛行之际，他别出心裁，拈出七言歌行以承继唐诗，指其比五言易工，正是看中了其韵律流畅、叙事详尽的特点。其《湘绮楼说诗》卷六云："诗即乐也，有以五言持其志，即有七言以畅其气。七言之兴，在汉则乐府，在后为歌行……七言较五言为易工，以其有痕迹可寻，易于见好。李、杜门径尤易窥寻。"[①] 他以语言雅艳为七言歌行之正体，说："唐人好变，以骚为雅，直指时事，多在歌行，览之无余，文犹足艳，韩、白不达，放弛其词，下逮宋人，遂成俳曲。"[②] 认为连韩愈、白居易都俗而不雅。他描述唐代歌行的发展过程曰："李白始为叙情长篇，杜甫亟称之，而更扩之，然犹不入议论。韩愈入议论矣，苦无才思，不足运动，又往往凑韵，取妍钓奇。其品亦卑，骎骎乎苏、黄矣。元、白歌行全是弹词，微之颇能开合，乐天不如也……张籍、王建因元、白讽谏之意，而述民风……李商隐之流又嫌晦涩，其中如叙事抒情诸篇，不免辞费，犹不及元、白之自然也。"[③] 王闿运推崇元稹歌行之意甚明。他说元白歌行体"全是弹词"，已明确把说唱文学的叙事观念融入到七言歌行中。他使用"叙情长篇""叙事抒情""讽谏""述民风"等语，

---

① 王闿运：《说诗》卷六，王闿运著，马积高主编，谭承耕、陶先淮副主编：《湘绮楼诗文集》，岳麓书社1996年版，第2273页。
② 王闿运：《说诗》卷三，王闿运著，马积高主编，谭承耕、陶先淮副主编：《湘绮楼诗文集》，岳麓书社1996年版，第2219—2220页。
③ 王闿运：《说诗》卷三，王闿运著，马积高主编，谭承耕、陶先淮副主编：《湘绮楼诗文集》，岳麓书社1996年版，第2161—2162页。

第二章 王闿运对"诗史"叙事传统的继承与创新

显然是有意识地把唐代歌行体时事诗纳入叙事文学范畴来进行整体观照的。他又使用"议论""才思""运动""自然"等语,概括了他本人对七言歌行美学特征的主观认识。用王闿运这些观念来解读其《圆明园词》,正可相得益彰。

王闿运还写有一些隐性的时事诗,诸如《泰山诗孟冬朔日登山作》,表面叙"登山"之作,却句句落实于时事。

> 崇高极富贵,岩壑见朝廷。盘道屯千乘,列柏栖万灵。伊来圣皇游,非余德敢升。良月躅吉朔,攀天叩明庭。时雨应泠风,开烟出丘陵。仙华润春丹,交树盖秋青。肃肃洗神志,坦坦跻玄扃。既知中天峻,不待超八纮。翼如两嶂趋,纬彼四岳亭。将睹三光正,端居心载宁。[①]

该诗可说是王闿运"极为得意之作"[②]。他有意把该诗视为自己一生创作成就的标志,说:"余廿年与龙大、邓二登祝融,相角为诗。弥之每出益奇,余心憓焉。其警句今了不记,但记'土石为天色',可谓一字千金矣!又卅年独游东岱,心未尝不忮弥之才笔,竭思凝神,忽得'升'韵,喜曰:'吾压倒白香亭矣[③]!'即升仙门踞石,写寄夸之。"[④] 该诗并非仅有名句可圈可

[①] 王闿运:《泰山诗孟冬朔日登山作》,王闿运著,马积高主编,谭承耕、陶先淮副主编:《湘绮楼诗文集》,岳麓书社1996年版,第1536—1537页。
[②] 刘世南:《论王闿运诗的摹拟》,《江西师范大学学报》1994年第3期。
[③] 邓辅纶字弥之,著有《白香亭诗集》《白香亭文集》等。此处应指《白香亭诗集》。因作者家乡有白香湖,故以"白香亭"名集。
[④] 王闿运:《说诗》卷三,王闿运著,马积高主编,谭承耕、陶先淮副主编:《湘绮楼诗文集》,岳麓书社1996年版,第2165页。

点，整篇亦是佳制。其意妙在双关。从表层意义来说，"盖此乃登岳诗，非游岳，更非游山也，从容包举，又焉用石破天惊为哉?"① 从深层意义而言，王闿运形容汉武帝当年登封泰山的宏伟场面，意在暗指光绪帝受制于母后，不能效法汉武帝而有所作为。他怀抱"帝王师"之志而登泰山，"将睹三光正，端居心载宁"，期待能使光绪帝、慈禧太后、臣僚各正其位。该诗托物言志，通过登泰山一事，把国运、帝运与己运紧密联系在一起。其晦涩艰深丝毫不亚于同光体诸家，王闿运亦自言"诗隐而难知"②，甚至得不到其好友邓辅纶的理解。他说："邓弥之，吾所师也，自知才力不逮，恒以为歉。及登泰山，得一篇，喜曰：'压倒弥之矣！'即石上写稿寄之，以为必蒙奖赏，其回信乃漠然若未见也。嗟乎！知音之难如此。"③ 其不被首肯的遗憾之情跃然纸上。

王闿运素来服膺邓辅纶，而自认《泰山诗孟冬朔日登山作》已"压倒弥之矣"，此一评价在文学史上站得住脚的。王氏从模拟古诗入手，逐渐抛开古人古诗的约束，"取今事为古所绝无者改而文之"，终能自立一家，撰写了《独行谣》《圆明园词》《泰山诗孟冬朔日登山作》等名篇。他同时在理论上亦有经由拟古而"成家"的要求，指出"成家不在字句摹拟，而在于得其神理"④。其《湘

---

① 王闿运：《说诗》卷三，王闿运著，马积高主编，谭承耕、陶先淮副主编：《湘绮楼诗文集》，岳麓书社1996年版，第2165页。
② 王闿运：《湘绮老人论诗册子》，王闿运著，马积高主编，谭承耕、陶先淮副主编：《湘绮楼诗文集》，岳麓书社1996年版，第2380页。
③ 王闿运：《湘绮老人论诗册子》，王闿运著，马积高主编，谭承耕、陶先淮副主编：《湘绮楼诗文集》，岳麓书社1996年版，第2380页。
④ 王闿运：《论唐诗诸家源流——答陈完夫问》，王闿运著，马积高主编，谭承耕、陶先淮副主编：《湘绮楼诗文集》，岳麓书社1996年版，第532页。

绮楼说诗》卷七又说："但有一戒，必不可学，元遗山及湘绮楼。遗山初无功力而成大家，取古人之词意而杂糅之，不古、不唐、不宋、不元，学之必乱。余则尽法古人之美，一一而仿之，镕铸而出之。功成未至而谬拟之，必弱必杂，则不成章矣。故诗有家数，犹书有家样，不可不知也。"[1] 他在此对自己的评价似抑实扬，怀有自诩"成家"之意。

第三节 人物传记诗的"诗史"叙事

王闿运在创作生涯第三阶段"取今事为古所绝无者改而文之"之作，还包括人物传记诗。其中有自传诗，也有"他传"诗，在思想和内容上都很有特色。王闿运诗中所记人物事件，有的已见经传，可以诗史参照；有不见经传，正可以补史之阙。

《周甲七夕词六十一绝句》组诗可以看作王闿运的自传诗。其创作时间长达六十年，这在整个诗歌发展史上是很罕见的。他从道光二十六年（1846）开始，每年七夕写一首绝句，一直写到光绪三十二年（1906），刚好一个甲子年。该组诗以王闿运一生中的七夕为线索，串联起六十年的国史，巧妙地将个人微观叙事与国家宏大叙事串联起来[2]。该组诗可以看作是王闿运

---

[1] 王闿运：《说诗》卷七，王闿运著，马积高主编，谭承耕、陶先淮副主编：《湘绮楼诗文集》，岳麓书社1996年版，第2327—2328页。
[2] 王闿运：《周甲七夕词六十一绝句》，王闿运著，马积高主编，谭承耕、陶先淮副主编：《湘绮楼诗文集》，岳麓书社1996年版，第1742—1761页。

"一生的忠实记录"①。第一首简要交代了自己十五岁开始学习吟咏并于七夕节作诗的缘起。第二、三两首承接第一首的内容写友朋之间的交往。从第四首开始，诗人以亲历者的笔调，将近代中国的兴亡盛衰史全部纳入到这一组诗中。该组诗结尾小注云："丙午秋，小居无事，偶检箧笥，得此卷纸，似是李雨农所寄以索余书者，赊哉！贪哉！谁能毕此？既置案头，偶思余七夕诗兼年谱史表之用，可作长卷，以诒好事。因用卷尾起学法，每日书一段，自中秋至寒露毕录，仅将万言，八日间功，不废他事。然欲满此卷，尚余十分之三也。比之牵风筝线者固已劳矣，甚宝之。"② 由此可见，王闿运是以非常严肃的态度来看待该组诗的，认为可资其个人年谱之用。该组诗也可以看作王闿运对六十年国史的忠实记录。如其作于庚子年的七夕词就详细反映了庚子国变事。八国联军侵华之际，慈禧太后先对多国同时宣战，失败后又诏示要"量中华之物力，结与国之欢心"③，致使海内哗然。王闿运用"红灯影里看天仙，一霎渔阳战鼓传。银汉隔墙飞不渡，尚凭瓜果结良缘"，讽刺了当朝统治者奴颜婢膝的媚外行径。他在诗后自注中详细交代了所亲历的庚子事变始末："庚子，北行至济南迎女。五月，还至淮上。已传洋商依战船自卫，中外将构兵。又闻京师大发兵，及征外军攻夷使馆，月余不克。七月中，或言夷兵将至，宜且修好，称敕传送夷使

---

① 黄世民：《传统题材下的开拓与创新——论王闿运七夕诗的艺术创新》，《文史博览》2005年第12期。
② 王闿运：《周甲七夕词六十一绝句》，王闿运著，马积高主编，谭承耕、陶先淮副主编：《湘绮楼诗文集》，岳麓书社1996年版，第1761页。
③ 1901年2月14日，清政府批准《议和大纲》，转引自王开玺《晚清变局》下册，东方出版社2019年版，第205页。

瓜果，而兵围不解。八月，夷兵自天津向京城以渐徐进，无敢阻者。大驾西幸，京师遂陷。张之洞等言：'九国敌强，势不可当，亟请议和。'起用李鸿章，自粤督授全权，于是停战。其初，攻教堂者曰红灯教，自言有神术。刚毅等大臣惑之，故倚以战；又召降将董福祥为帅云。"[1] 该诗及其小注从个人视角记述了当年义和团兴起、八国联军攻入北京、慈禧太后西巡、李鸿章议和等大事，可与正史记录相参照。黄世民在《传统题材下的开拓与创新——论王闿运七夕诗的艺术创新》论及该组诗在思想艺术上的突破："七夕诗也写日常生活和人情风俗，他以文人、学者、朋友、师长等不同身份、多重视角去体察世事，并融入个人喜怒哀乐、愁怨幽思，反映自己的生命意识和毕现其个性品格，从而突破传统节日诗的游宴、祝贺、赠答、赋物、怀古诸端，极大地拓展了七夕诗的表现范围。"[2]

王闿运一生行迹广布，交友广泛，撰写了不少人物诗（为与"自传诗"相对，我们姑且将这类诗称为"他传诗"）。他拓展了人物诗的传统题材范围，记录了大量人物的生平事迹，形成了非常成熟的人物纪传诗。其中包括大量的酬唱赠别诗。这些诗多是基于特定时间地点人物而发，在叙事方法上不拘一格。有的以组诗的形式出现，如《弥之领军罢归奉赠》三首同叙邓辅纶一人；《五君咏》五首，一诗一咏，或截取生活片段，或采用聚焦特写，以旁观者视角来分别称颂彭嘉玉、龙汝霖、李寿

---

[1] 王闿运：《周甲七夕词六十一绝句》庚子年自注，王闿运著，马积高主编，谭承耕、陶先淮副主编：《湘绮楼诗文集》，岳麓书社 1996 年版，第 1759 页。

[2] 黄世民：《传统题材下的开拓与创新——论王闿运七夕诗的艺术创新》，《文史博览》2005 年第 12 期。

蓉、邓辅纶、邓学绎五人的才学德行。有的诗托物喻人，如《答赠陈怀庭钟英诗》通过吟咏竹子的高风亮节，借以赞美陈钟英的美好品行。有的诗借古喻今，如《咏古赠今人四首》名义上是吟咏四个古人，实际上意在歌颂和古人经历相似的四个今人。其中《莫提督秋集，因论湘军战事，酒罢作歌》叙述了莫将军的生平与战绩，塑造了一个忠勇果敢的将军形象，更像是一篇专叙莫提督的人物纪传诗。王闿运在莫将军一生的早中晚三个阶段各选取最具典型性的事迹来展现其一生赫赫战功。诗的前四句"将军昔事南越周，矫如快鹘当清秋。练军三百敌十万，数奇功少不得侯"，用夸张的手法展现莫将军早年在南越的卓越军事才能。"长沙太守胆如斗，独携一剑登华不。将军卷旗始一战，桑哥惊叹胜帅愁。从此湘军冠河、沛，睥睨陈、宋欺潘、刘"，用传奇的手法集中描绘了莫将军领湘军在湖南抗敌的英勇场面。"丁公壮心老不休，将军复着貂兜鍪。腰下锦带横吴钩，秋日高高壁垒静。凉风猎猎旌旗柔，忆昔斫阵禽生彪"，抒写了丁宝帧和莫将军两人晚年老骥伏枥之壮志。整首诗所写事件并不多，但妙在选材剪裁有方，塑造了丰满的人物形象。王闿运也非常讲究炼字，如上引"矫""卷旗""横"等字的使用，其语言精当而富有表现力。[①]

其中也有悼亡诗。王闿运在悼亡诗中全面地回顾死者的出身、成名、学问、德行、仕宦、功业、行谊等情况，明显融合了诗歌与传记的叙事功能。《马将军歌》堪称此中名篇。其诗序

---

① 王闿运：《莫提督秋集，因论湘军战事，酒罢作歌》，王闿运著，马积高主编，谭承耕、陶先淮副主编：《湘绮楼诗文集》，岳麓书社1996年版，第1501页。

交代了作诗缘由："河南马德顺者，前为湘军马队将。余在祁门，从问牧马方。别十九年，遂不相闻，以为留江、浙，补镇将矣。及阅阵亡册，乃知其于十二年前战死甘肃，愕然伤之，为作一诗。往曾侯议立马队，何应祺利之，而怯于败，漫取几上书占之，正得杜集，诗云：'苦战身死马将军'，丧气而止。余尝笑之：'君定不战死，诗妖无验耶。'此唯余识之，将廿年，乃悟其谶。意者德顺名不当泯，不然何精神往来于吾心也。德顺官提督，谥武毅。"[1]诗人念及马将军战死十几载，"名不当泯"，颇有为马将军立传的意味。诗中先写马将军之率众对敌，"腰镰执梃五千众，大捷湘上名天知"，"当时提督一马竿，突阵横贼风电驰"，正面聚焦马将军战场上的英姿，烘托出一个英勇神武的将军形象。接着交代敌对双方的战备状态："南人好船不好马，水师万舸横江湄。三河一败兵如灰，虽有舟楫无由施。陆军气夺贼马蹄，都统扬扬建两旗。始知骑步定天下，曹公不敌董卓儿。"因战场转移到了南方，陆军和水军的优劣互现，直接攸关战局的胜负。"马侯将马识马性"，突出了马将军的长处。"是时王师苦不利，曾侯避地黄山陲"，说明其时曾国藩率领的湘军正经处于劣势。再叙王闿运近二十年未闻马将军音信，忽知其死讯感到震惊："尔来廿年不问事，死生贵贱和天倪。偶从蠹牍见名姓，使我心热神伫疑。"诗人抒发了对马将军之死的惋惜之情："松阴长簟恍未冷，苦战身死真何为。忆尔伊凉骋千里，郁气一吐月晕亏。"最后结尾写道："战马长嘶饮河水，谁甘老死皂隶笞。余亦放马衡山阳，梦中不听晓角吹。马侯马侯

---

[1] 王闿运：《马将军歌》自注，王闿运著，马积高主编，谭承耕、陶先淮副主编：《湘绮楼诗文集》，岳麓书社1996年版，第1473页。

身死莫论功成败,君不见湘乡石马青苔滋!"① 表达了诗人对马德顺将军的崇敬和怀念之情,意味悠长,语言隽永。

王闿运诗集中还有部分吟咏近代新女性之作。他对同时代为国捐躯的"烈女"秋瑾表示了崇高的敬意,写了《钰丰馆设醴,感事和百花韵》二首等诗。王闿运一改拟古诗中对女性形象的同情态度,以秋瑾与须眉男子相对照,嘲讽满朝文武大臣竟不如一个柔弱女子。"知君谈笑成诗史,文武衣冠涕泪多"②,描述了秋瑾受到文武百官及衣冠世家纪念的情形,认为她的事迹可载"诗史"。从主观性而言,诸如王闿运这样的传统文人,持有如此进步的女性观,是难能可贵的。从客观性而言,随着社会的发展,女性的社会角色逐渐发生了改变,她们不再局限于深闺,也不再是可怜的弱者,而是具备了强烈的独立品格,乃至出现了秋瑾这样跻身忠臣烈士之列而毫无愧色的女英雄。

综上,王闿运诗歌尽管包蕴着一定的新文学精神,但基本上属于旧文学传统。结合王闿运的生平来看,他此生高寿,历经咸丰、同治、光绪、宣统四朝及民国初年。而此时正值中国历史上最具重大转型意义的时期,鸦片战争、太平天国运动、中法战争、甲午海战、戊戌政变、洋务运动、义和团运动、庚子事变、辛亥革命等一系列重大历史事件纷至沓来。作为一个文人,一个

---

① 王闿运:《马将军歌》,王闿运著,马积高主编,谭承耕、陶先淮副主编:《湘绮楼诗文集》,岳麓书社1996年版,第1472—1474页。
② 王闿运:《钰丰馆设醴,感事和百花韵二首》(其二),王闿运著,马积高主编,谭承耕、陶先淮副主编:《湘绮楼诗文集》,岳麓书社1996年版,第1872页。

学者，他能够自觉地以"诗史"意识来反映现实、叙写时事，以博大的心胸表现对天下百姓的同情，并对国家前途和文化前景做出独立思考，无疑在历史画卷上留下了浓墨重彩的一页。但王闿运毕竟是一个旧文人，尽管身体已踏入现代，其精神还是传统的，在骨子里还保留着传统儒家士人身上所特有的精神气质。他的最高人生理想是"帝王师"[1]，而在现实生活中又精于为个人打算，曾因"语不离势利"而被人"面斥其鄙"[2]。可以说，王闿运其人其诗甚至比同处于旧文学传统的同光体诸人更为保守。反映在诗学传统上，王闿运致力于向旧传统中的典范回归；而同光体诸子认为诗歌应该反映时政，更有如陈三立等人倡导勇于担当中国文化命运，从而更主动地融入了清末民初的现代性变革。

也正因此，王闿运及其汉魏六朝派亲历了从辉煌走向衰落的过程。作为汉魏六朝派的领袖和中坚，王闿运个人的诗歌创作成就有目共睹；但他所主导的汉魏六朝派在咸同间达到高峰后，便后继乏力，在光绪年间被同光体取代。此即汪辟疆所谓"（王闿运）门生遍湘蜀，而传其诗者甚寡，迄同光体兴，风斯微矣"[3]。而"五四"以后的文学史对王闿运的评价也逐步走低。

---

[1] 王闿运自称："春秋表仅传，幸有佳儿学诗礼；纵横志不就，空留高咏满江山。"（《自挽》）王闿运著，马积高主编，谭承耕、陶先淮副主编：《湘绮楼诗文集》，岳麓书社1996年版，第2027页。他的学生杨度誉之"旷古圣人才"，"平生帝王学"。（《挽王湘绮师联》）杨度著，刘晴波主编：《杨度集》，湖南长沙出版社1985年版，第615—616页。

[2] 文廷式：《湘行日记·光绪十四年三月二十日》，转引自马卫中、董俊珏：《陈三立年谱》之"光绪十四年戊子"，苏州大学出版社2010年版，第122页。

[3] 汪辟疆：《光宣诗坛点将录》（新校本），汪辟疆著，张亚权编撰：《汪辟疆诗学论集》上册，南京大学出版社2011年版，第67页。

胡适在《五十年来中国之文学》中说："王闿运为一代诗人，生当这个时代，他的《湘绮楼诗集》卷一至卷六，正当太平天国大乱的时代，我们从头读到尾，只看见无数拟鲍明远、拟傅休奕、拟王元长、拟曹子建……一类不痛不痒的诗，但竟寻不出一些真正可以纪念这个惨痛时代的诗。这是什么缘故呢？我想这都是因为这些诗人大都只会做模仿诗的，他们住的世界还是鲍明远、曹子建的世界……"[①] 胡适意见有刻意贬低王闿运之嫌，也难免带有新文化与旧传统争夺文坛主流的门户之见。确实说来，时当近现代之交，王闿运依违在传统与现代、新与旧、保守与激进之间，缺乏奔赴现代的智慧与勇气，从而限于进退失据的境地。因而在清末民初诗人群中，王闿运其人其诗确实更容易被视为旧传统的典型。

---

① 胡适：《胡适说文学变迁》，上海古籍出版社1999年版，第86页。

第三章

陈三立的家国叙事及其现代性意蕴

陈三立（1853—1837）字伯严，号散原，江西义宁（今修水）人，近代同光体诗派重要代表人物。陈三立出身名门世家，为晚清维新派名臣陈宝箴长子，著名画家陈衡恪、国学大师陈寅恪之父。义宁陈氏会通宋明，融合新旧，注重事理、学理、文理，在近现代政治、文化和学术各方面均取得了标志性的成就。吴宓说："义宁陈氏一门，实握世运之枢轴，含时代之消息，而为中国文化与学术德教所托命者也。"[1] 此话概括了陈氏一门对于中国文化学术的特殊意义。陈三立的主要成果在于诗歌创作，正合于吴宓心目中"中国文化"与"德教"之"托命者"。陈三立是晚清民国诗坛领袖之一，汪辟疆《光宣诗坛点将录》点为"天魁星及时雨宋江"[2]，钱仲联在《近百年诗坛点将录》中点为"托塔天王晁盖"[3]。陈三立在文学史上具有特定的

---

[1] 吴宓：《读散原精舍诗笔记》，转引自陈三立著，李开军校点：《散原精舍诗文集》下卷，上海古籍出版社2003年版，第1246页。

[2] 汪辟疆撰，王培军笺证：《光宣诗坛点将录笺证》，中华书局2008年版，第16页。

[3] 钱仲联：《近百年诗坛点将录》，《当代学者自选文库·钱仲联卷》，安徽教育出版社1999年版，第669页。

地位，张慧剑誉之"为中国诗坛近五百年来之第一人"①，章培恒、骆玉明主编之《中国文学史》说他"堪称中国古典诗歌传统中最后一位重要的诗人"，②刘纳称之为"中国最后一位古典诗人"③。故此本章以陈三立为近代诗人的典型代表之一，考察中国诗歌叙事传统向现代转型的路径和特点。简言之，陈三立诗歌在家国认同以及叙事主体人格的现代化方面尤有标志性意义。

第一节 "义宁公子"的早期创作

徐一士概括陈三立"以贵公子为真名士"④。陈三立的早期诗歌之路与其"贵公子"身份密切相关。光绪八年（1882）他参加南昌乡试，考卷不按八股文而用古体散文形式来写，被主考官陈宝琛"破格录取"⑤ 为举人。此事凸显了他的"名士"个性、强烈的变革意志并勇于付诸实践的魄力。陈三立年轻时即有"名士"之目，"讥议得失辄自负，诋诸公贵人，自以才识当

---

① 张慧剑：《辰子说林》，转引自陈三立著，李开军校点：《散原精舍诗文集》下卷，上海古籍出版社2003年版，第1214页。
② 章培恒、骆玉明主编：《中国文学史》下卷，复旦大学出版社2005年版，第590页。
③ 刘纳：《陈三立：最后的古典诗人》，《文学遗产》1999年第6期，第84—92页。
④ 徐一士：《谈陈三立》，徐一士著，孙安邦点校：《一士类稿》，山西古籍出版社2007年版，第111页。
⑤ 陈小从：《先祖散原老人轶事数则》，转引自宗九奇：《陈三立传略》，中国人民政治协商会议江西省委员会、文史资料研究委员会编：《江西文史资料选辑》，1982年第三辑，总第十辑，第114页。

出诸公贵人上"①。最显著的例子是在1895年甲午中日战争后，李鸿章代表清政府签署了《马关条约》，引来国人痛骂，陈三立致电张之洞"力请先诛合肥，再图补救"②，显示出天不怕地不怕的个性。陈三立"讥议"的对象还有儒家圣人孔子，人称"散原狂狷之士，有'世无孔子，不当在弟子之列'之概"③。

陈三立善于交友，尤好交接俊杰之士。他于光绪十二年（1886）会试中式，易顺鼎自叙中云："丙戌会试入都，四方之士云集，如陈伯严、文芸阁、刘镐仲、杨叔乔、顾印伯、曾重伯、袁叔舆辈，友朋文酒，盛极一时。"④陈三立晚年在哭悼余肇康的诗作中忆及当年："自怃过从各少年，乡贡都试题名联。跌宕朋酒交辐辏，宦辙所至踪仍连。道义文字相磨研，虽异出处期孤骞。"⑤该诗与易顺鼎的自叙适相表里。他于光绪十五年（1889）参加殿试，以较低名次中三甲四十五名进士，授吏部主事。他颇感失意，旋即离职，"未尝一日居官"⑥，又回归"名士"身份。陈三立返回长沙，参加了王闿运牵头发起的碧湖诗

---

① 陈三立：《故妻罗孺人状》，陈三立著，李开军校点：《散原精舍诗文集》下卷，上海古籍出版社2003年版，第762页。
② 陈三立：《致张之洞电》，陈三立著，李开军校点：《散原精舍诗文集》下卷，上海古籍出版社2003年版，第1189页。
③ 陈曾寿：《读广雅堂诗随笔》，王侃等著，王培军、庄际虹辑校：《校辑近代诗话九种》，上海古籍出版社2013年版，第166页。
④ 易顺鼎：《诗钟说梦》，《庸言》1912年第1卷，第9期。
⑤ 陈三立：《哭余倦知同年》，陈三立著，李开军校点：《散原精舍诗文集》下卷，上海古籍出版社2003年版，第711页。
⑥ 吴宗慈：《陈三立传略》，转引自陈三立著，李开军校点：《散原精舍诗文集》下卷，上海古籍出版社2003年版，第1195页。转引自《国史馆馆刊》创刊号。

社，和郭嵩焘、文廷式、罗顺循、曾广钧、涂稚衡、朱次江、释敬安等一干湘中名流相与酬唱，极一时之雅。陈三立在诗社中表现积极，有时还充当召集人。诗僧敬安时有《赠陈伯严》诗云：

> 陈侯亦洒落，对酒每高歌。好客黄金尽，论交白发多。云深三楚树，梦绕九江波。乘兴且行乐，浮生能几何？①

诗中刻画了陈三立这位潇洒好客、意气风发的贵公子形象。

陈三立早期诗歌追随王闿运，从学汉魏六朝入手。汪辟疆说："散原早年习闻湘绮诗说，心窃慕之，颇欲力争汉魏，归于鲍谢。"② 文廷式日记云：

> 偕星海入城，重伯招饮，王壬秋、俞恪士、陈伯严、罗顺循正钧在座。壬秋语不离势利，余面斥其鄙，罗、陈诸人，王氏之仆隶也，闻之极为不平。席散后仍与星海宿伯严家。伯严词多悖谬，余以故交聊优容之……③

文廷式言及面斥王闿运"势利"，遇陈三立护之太过而"词多悖谬"，斥之为"王氏之仆隶"。于此可知陈三立早年与王闿运及其汉魏六朝派渊源之深。陈三立所作《咏佳人》一诗云：

---

① 释敬安：《赠陈伯严》，《八指头陀诗集》卷三，民国影印本。
② 汪辟疆：《近代诗派与地域》，转引自陈三立著，李开军校点：《散原精舍诗文集》下卷，上海古籍出版社2003年版，第1266页。
③ 文廷式：《湘行日记·光绪十四年三月二十日》，转引自马卫中、董俊珏：《陈三立年谱》之"光绪十四年戊子"条，苏州大学出版社2010年版，第122页。

第三章 陈三立的家国叙事及其现代性意蕴

> 金屋有佳人，阿那闲好春。晓妆聊自整，深坐若为颦。刀尺思何减，楼台恨转真。鸳鸯三十六，凭汝教相亲。①

该诗情致深婉，音调浏亮，颇似汉魏初唐诗。

在诗社之外，身为"义宁公子"的陈三立与两湖士林的接触更加频繁。陈宝箴担任湖北提刑按察使司，从光绪十七年（1891）到二十二年（1896），陈三立基本上随父寓居于武昌。沈成式《沈敬裕年谱》云："十九年癸巳……时鄂督南皮张文襄公之洞、臬司义宁陈右铭中丞宝箴皆好客，名流毕集，文酒欢会。"②湖广总督张之洞"尝聘三立校阅经心、两湖书院卷，先施往拜，备极礼敬"③。陈三立还与张之洞幕下心腹汪康年、梁鼎芬等人交密，易顺鼎称"其间余与节庵、伯严，又时时侍抱冰相国师游燕赓和，是为诗事极盛之时也"④。陈宝箴臬台官署之后有"乃园"，陈三立以主人身份，多次于该园中与易顺鼎、程颂万、顾印伯等挚友饮赏高会。陈三立忆云："昔卧乃园栖山坳，官梅下上赤白鹮。朝哦暮赏绕百匝，辄邀车骑供刍茭。"⑤

---

① 陈三立：《咏佳人》，陈三立著，潘益民、李开军辑注：《散原精舍诗文集补编》，江西人民出版社2007年版，第5页。
② 沈成式：《沈敬裕年谱·光绪十九年癸巳》，转引自马卫中、董俊珏：《陈三立年谱》之"光绪十九年癸巳"条，苏州大学出版社2010年版，第162页。
③ 钱基博：《现代中国文学史》，吉林人民出版社2013年版，第256页。
④ 易顺鼎：《霭园诗事叙》，《琴志楼诗集》附录二《序跋题辞》，上海古籍出版社2004年版，第1484页。
⑤ 陈三立：《人日樊园探梅限三肴韵》，陈三立著，李开军校点：《散原精舍诗文集》上卷，上海古籍出版社2003年版，第348页。

119

形容交游盛况。程颂万赋诗"乃园梅花真好客，五月来时冬月别"①。

单纯的交友会诗并不足以形容陈三立作为"义宁公子"的独特个性。其最为重要的成就是襄助乃父陈宝箴推行"湖南新政"。陈三立在给俞氏夫人所撰墓志铭中言及，从其父起官湖北时起，他就开始"侍侧预校捡"②了。在荣禄等大臣的保奏之下，陈宝箴于光绪二十一年（1895）七月诏授湖南巡抚。陈三立述乃父之新政曰：

> 府君承困弊之后，纲纪放弛，吏益杂进，贪虐窳偷之风相煽，而公私储藏既耗竭，万事坏废待理，方不可胜数。府君以谓其要者在董吏治、辟利源，其大者在变士习、开民智、敕军政、公官权。③

所谓"要者""大者"可以分别代表"湖南新政"的两个层次、两个阶段。陈宝箴父子先用两年的时间大举兴办洋务，采用官办、商办、官商合办方式，设矿务局、官钱局、铸钱局、铸洋圆局等，又通电竿接鄂至湘潭。在洋务初见成效的基础上，陈

---

① 程颂万：《湖北臬署乃园宴集赠陈主事三立同座者范中林、易中实、黄修园》，转引自马卫中、董俊珏：《陈三立年谱》之"光绪十九年癸巳"，苏州大学出版社2010年版，第157页。
② 陈三立：《继妻俞淑人墓志铭》，陈三立著，李开军校点：《散原精舍诗文集》下卷，上海古籍出版社2003年版，第1025页。
③ 陈三立：《皇授光禄大夫头品顶戴赏戴花翎原任兵部侍郎都察院右副都御史湖南巡抚先府君行状》，陈三立著，李开军校点：《散原精舍诗文集》下卷，上海古籍出版社2003年版，第853页。

第三章 陈三立的家国叙事及其现代性意蕴

宝箴父子于光绪二十四、二十五年（1898、1899）间重点推行政治革新，仿照西方体制，开课吏馆、筹练新军、建保卫局，创办时务学堂，并聘梁启超、李维格分任中学西学总教习。湖南成为全国维新运动的中心，陈宝箴父子也成为维新运动地方实力派之翘楚。受其感召，晚清改革派人士黄遵宪、谭嗣同、熊希龄、江标、徐仁铸、皮锡瑞、唐才常等齐集湖南，共襄盛举。短短数年时间内，湖湘地区在政治、经济、军警、文化、教育上全面打开了新局面，成为"全国最富朝气的一省"①。梁启超"观于湖南之事，乃知陈宝箴、黄遵宪等之见识，远过李鸿章、张之洞万万矣"②。

陈三立以"义宁公子"的身份参与湖南新政，襄助其父陈宝箴进行谋划与实施。梁启超《饮冰室诗话》说："陈伯严吏部，义宁陈抚军之公子也，与谭浏阳齐名，有'两公子'之目。义宁湘中治绩，多其所赞画。"③ 徐一士《谈陈三立》："其父右铭翁在湖南巡抚任，励精图治，举行新政。丁酉戊戌间，湘省政绩烂然，冠于各省，散原之趋庭赞画，固与有力。"④ 甚至有人说陈三立是湖南新政的主导者。欧阳渐《散原居士事略》："改革发原于湘，散原实主之。"⑤ 一度与陈三立交往密切的王闿

---

① 范文澜：《中国近代史》上册，生活·读书·新知上海联合发行所 1938 年版，第 314 页。
② 梁启超：《戊戌政变记》，中华书局 1927 年版，第 143 页。
③ 梁启超：《饮冰室诗话》，人民文学出版社 1959 年版，第 10 页。
④ 徐一士：《谈陈三立》，徐一士著，孙安邦点校：《一士类稿》，山西古籍出版社 2007 年版，第 112 页。
⑤ 欧阳渐：《散原居士事略》，欧阳渐：《欧阳竟无集》，中国社会科学出版社 1995 年版，第 202 页。

运甚至讽刺陈宝箴父子一如王安石王雱、严嵩严世蕃的关系，"江西人好听儿子说话"①。梁启超在《广诗中八贤歌》说"义宁公子壮且醇"②，指的大概就是他在人生最辉煌时的气概。总之，陈三立早年作为"义宁公子"在文坛的广泛交游，及其在湖南新政中所发挥的地位和影响，奠定了他后来成为诗坛领袖的坚实基础。

第二节 "国变家难"叙事的意义

光绪二十四年（1898）戊戌政变爆发，"百日维新"宣告失败，作为地方维新派代表的陈宝箴以"滥保匪人"被革退，"永不叙用"。其子陈三立以"招引奸邪"被"一并革职"③。此事是陈三立从"贵公子"到"真名士"转折点，也是其所遭"家国之变"的触发点。陈三立被革职后一度痛不欲生，吴宗慈称"先生既罢官，侍父归南昌，筑室西山下以居，益切忧时爱国之心，往往深夜孤灯，父子相对欷歔，不能自已"④。不久，陈宝箴在写给陈三立内兄俞明震的信中述及："立儿自经此家国巨

---

① 胡思敬：《国闻备乘》卷二，"王壬秋诙谐"条，上海书店出版社1997年版，第55页。
② 梁启超：《广诗中八贤歌》，转引自陈三立著，李开军校点：《散原精舍诗文集》下卷，上海古籍出版社2003年版，第1270页。
③ 光绪二十四年十月六日上谕，转引自马卫中、董俊珏：《陈三立年谱》之"光绪二十四年戊戌"条，苏州大学出版社2010年版，第234—235页。
④ 吴宗慈：《陈三立传略》，转引自陈三立著，李开军校点：《散原精舍诗文集》下卷，上海古籍出版社2003年版，第1197页。

第三章　陈三立的家国叙事及其现代性意蕴

变，痛疾万状，虽病不肯服药，日前进药，竟将药碗咬碎，誓不贪生复活……"① 使陈三立"痛疾"的当然不是被革职，而是湖南新政之倾覆。陈宝箴被革职后，湖南新政之举措次第寝罢，"独矿务局已取优利，得不废"；黄遵宪总办的保卫局"仅立数月，有奇效，市巷尚私沿其法，编丁役自卫"②。陈三立自言："论者谓府君之于湖南，使得稍假岁月，势完志通，事立效著，徐当自定。时即有老学拘生、怨家仇人，且无所置喙。"③ 足见其"忧时爱国"之深。陈三立光绪二十六年（1900）遭遇了更大的"家国之变"。六月底，移居江宁的陈三立突然闻父死讯，随后中国陆续发生了义和团起义、八国联军入京、两宫西狩等事，史称"庚子国变"，其"家国之痛益深矣"④，陈三立亦自言"国变家难，萃于一时，集于一身"⑤。

庚子年的"家国之变"，构成了陈三立后期诗歌创作的重心，也是陈三立开始进入诗坛核心的标志。郑孝胥在《散原精舍诗序》

---

① 陈宝箴：《致俞明震（节录）》，陈宝箴撰，汪叔子、张求会编：《陈宝箴集》下卷，卷三十五《书札一》，中华书局2005年版，第1680—1681页。陈宝箴信中"家变"即陈三立之母亲在陈宝箴父子被革职后不久去世等家庭变故，陈宝箴写信时他本人尚健在。
② 陈三立：《皇授光禄大夫头品顶戴赏戴花翎原任兵部侍郎都察院右副都御史湖南巡抚先府君行状》，陈三立著，李开军校点：《散原精舍诗文集》下卷，上海古籍出版社2003年版，第854—855页。
③ 陈三立：《皇授光禄大夫头品顶戴赏戴花翎原任兵部侍郎都察院右副都御史湖南巡抚先府君行状》，陈三立著，李开军校点：《散原精舍诗文集》下卷，上海古籍出版社2003年版，第856页。
④ 吴宗慈：《陈三立传略》，转引自陈三立著，李开军校点：《散原精舍诗文集》下卷，上海古籍出版社2003年版，第1197页。
⑤ 陈三立：《与汪康年书》其十四，陈三立著，李开军校点：《散原精舍诗文集》下卷，上海古籍出版社2003年版，第1180页。

中云："大抵伯严之作，至辛丑（1901）以后，尤有不可一世之概。"① 陈三立逝世之后，胡小石为题挽诗三首，其一曰：

> 绝代贤公子，经天老客星。毁家缘变法，阅世凤遗型。沧海吞孤愤，讴歌役万灵。纤儿那解事，唐宋榜零丁。②

诗中概述陈三立从"贤公子"到"老客星"的经历，"毁家缘变法"两句概括了陈三立家国之变的原因，"孤愤"则为其诗歌叙事抒情的内容，"纤儿"两句赞美其诗歌艺术为天下绝步。

陈三立在诗歌中大量述及庚子"国变"。其《书感》云：

> 八骏西游问劫灰，关河中断有余哀。更闻谢敌诛晁错，仅觉求贤始郭隗。补衮经纶留草昧，干霄芽蘖满蒿莱。飘零旧日巢堂燕，犹盼花时啄蕊回。③

该诗记录了庚子事变这一近代史上重大事件，讽刺慈禧太后携光绪帝西狩，诛杀维新派大臣，革退国家栋梁。

其《孟乐大令出示纪愤旧句和答二首》云：

> 九门白日照铜驼，烽火秦关惨淡过。庙社英灵应未泯，

---

① 郑孝胥：《散原精舍诗序》，转引自陈三立著，李开军校点：《散原精舍诗文集》下卷，上海古籍出版社2003年版，第1216页。
② 胡光炜：《散原先生挽诗》，钱仲联编：《近代诗钞》第3册，江苏古籍出版社1993年版，第2110页。
③ 陈三立：《书感》，陈三立著，李开军校点：《散原精舍诗文集》上卷，上海古籍出版社2003年版，第1页。

亲贤夹辅定如何？早知指鹿为灾祸，转见攀龙尽婫娴。恍惚道旁求豆粥，遗黎犹自泣恩波。

八海兵戈仍禹甸，四凶诛殛出虞廷。匹夫匹妇仇谁复，倾国倾城事已经。蚁穴河山他日泪，龙楼钟鼓在天灵。愚儒那有苞桑计，白发疏灯一梦醒。①

前一首叙慈禧太后打算废掉光绪帝，立溥儁为皇帝而未果；后一首叙八国联军入京、太后和皇帝西巡之事。诗中还刻画了攀龙附凤指鹿为马的官僚、流离失所却感恩戴德的百姓、万无一计的腐儒与清醒无奈而痛悔不已的诗人。

他后来还有不少追忆庚子国变的诗篇。如作于光绪三十年除夕（1905年2月3日）之夜的《除夕被酒奋笔书所感》，是陈三立对变法维新以来国势进行总结和反思的重要诗作。

纪年三十日已除，儿童鹅鸭相喧呼。高烛照筵杂羹饼，被酒突兀增长吁。国家大事识一二，今夕何夕能追摹。西南寇盗累数载，出没蹂躏骄负嵎。东尽黄海北岭徼，蛟鲸搏噬豺虎趋。雌雄彼此迄未决，发祥郡县频见屠。群岛万酋益翾我，阴阳开阖方龃龉。当今事势岂不瞭，奈何余气同尸居。自顷五载号变法，卤莽剽剿滋矫诬。中外拱手徇故事，朝暮三四绐众狙。任蒿作柱亦已矣，僵桃代李胡为乎？宏纲钜目那訾省，限权立宪供挪揄。何况疲癃塞钧轴，嗳嚅溴涊别有图。剜肉补疮利眉睫，举国颠倒从嬉娱。公

---

① 陈三立：《孟乐大令出示纪愤旧句和答二首》，陈三立著，李开军校点：《散原精舍诗文集》上卷，上海古籍出版社2003年版，第9页。

然白日受贿赂,韩愈所愤犹区区。吾属为虏任公等,神明之胃嗟沦骨。极念禹域数万里,久掷身命凭鞭驱。朋兴众说有由致,欲扫歧异归夷涂。士民覆幕出至痛,地方自治营前模。事急即无万一效,终揭此义开群愚。岁时胸臆结垒块,今我不吐诚非夫。闻者慎勿嗤醉语,点滴泪血霑衣襦。①

诗中叙述,日俄战争在大清的龙兴之地开打,西南人民起义持续延烧,列强环伺中国。政府倡导维新变法已五年,政策朝三暮四徒贻人笑柄。到处充斥着李代桃僵的官员、昏庸糊涂的百姓。作者满腔愤懑不得不一吐于诗,伴随着血泪交迸满衣襟。诗中视"立宪"为"宏纲钜目",说明他是支持变法的。"奈何余气同尸居"说明他眼中的清末社会,已是"无一毫精神动人之心、作人之气,故无论如何只觉有死气而无生机耳"②。他认为清末的"立宪"运动不过是一场闹剧,对其前景甚为悲观,"事急即无万一效",国家大局已不可收拾。

光绪二十六年(1900)六月陈宝箴在崝庐辞世,是"家变"之尤者,对陈三立打击也最大。陈三立葬父于西山,开始致力于以诗明志。西山,《水经注》作"散原山",陈三立晚年自号"散原",并题所居曰"散原精舍",名集为"散原精舍诗文集",主要原因是为了"识隐痛也"③。他又作《崝庐记》曰:"崝庐

---

① 陈三立:《除夕被酒奋笔书所感》,陈三立著,李开军校点:《散原精舍诗文集》上卷,上海古籍出版社2003年版,第147—148页。
② 陈三立:《与汪康年书》其十八,陈三立著,李开军校点:《散原精舍诗文集》下卷,上海古籍出版社2003年版,第1182页。
③ 吴宗慈:《陈三立传略》,转引自陈三立著,李开军校点:《散原精舍诗文集》下卷,上海古籍出版社2003年版,第1196页。

者,盖遂永永为不肖子烦冤茹憾、呼天泣血之所矣。"① 陈三立纪念父亲的诗可统称"崝庐诗"。正是通过崝庐诗叙事,他从"义宁公子"过渡到"散原老人",并始而执诗坛之牛耳。陈三立的儿女亲家范当世《近代诸家诗评》云:"伯严文学本我之匹亚,加以戊戌后变法至痛,而身既废罢,一自放于文学间,襟抱洒然绝尘,如柳子厚也。此其成就且大于苏堪矣。伯严诗已到雄伟精实、真力弥满之时,所欠者自然超脱之一境。"② 意谓经此"至痛",陈三立的诗歌成就不仅高于范当世自己,也高于郑孝胥。

陈三立后半生频繁创作的悼念父亲的述哀诗,是其诗集中成就最为突出的代表作。诚如吴芳吉所言:"散原精舍诗集但看其西山哭墓之多,其天性之高已非今人所及。"③ 章士钊《论近代诗家绝句》亦曰:"至情不碍开云手,第一崝庐谒墓时。"④ 父亲去世后,陈三立在诗中屡以"孤儿"自况:"终天作孤儿,鬼神下为证"⑤,"孤儿犹认啼鹃路,早晚西山万念存"⑥,"壁色满斜阳,照照孤儿泣。登楼望高坟,微醉草木气。一片好山川,

---

① 陈三立:《崝庐记》,陈三立著,李开军校点:《散原精舍诗文集》下卷,上海古籍出版社2003年版,第859页。
② 范当世:《近代诸家诗评》,转引自陈三立著,李开军校点:《散原精舍诗文集》下卷,上海古籍出版社2003年版,第1251页。
③ 吴芳吉撰、周光午校:《吴白屋先生遗书》,民国二十三年刊,清末民初史料丛书本。
④ 汪辟疆:《汪辟疆说近代诗》,上海古籍出版社2001年版,第53页。
⑤ 陈三立:《崝庐述哀诗五首》其一,陈三立著,李开军校点:《散原精舍诗文集》上卷,上海古籍出版社2003年版,第35页。
⑥ 陈三立:《返西山墓庐将过匡山赋别》,陈三立著,李开军校点:《散原精舍诗文集》上卷,上海古籍出版社2003年版,第35页。

冥然接窅寐"①。陈三立年年来父亲墓前凭吊，总是痛不欲生。他于光绪二十七年（1901）十一月十二日："翠华终自返，碧血更谁邻。万恨成残岁，余生看负薪。子孙身外物，今古墓旁人。为解冥冥意，乌啼霜露晨"②。诗人写他在雨中省墓时，"可似陪翁卧双井，吟魂破碎永思堂"③；在月下省墓时，"飘飘新月见，暧暧众山寒。枯草眠烟薄，疏松夹鬓残。岁时存独夜，魂影弄归翰。四野虫声去，萧峰不忍看"④。他从父亲旧居崝庐远望西山之墓时，"苍苍云雾梦魂处，了了山川生死哀"⑤；"我自楼头悲往事，十年听尽鸟呼风"⑥。似乎父亲一死，陈三立的人生一下子就变成了"余生"。面对父墓，他常常发出垂暮之叹："年年窥我鬓丝白，无数坟头夕照山"⑦，"如此江山相向老"⑧，"余

---

① 陈三立：《壬申长至抵崝庐谒墓》，陈三立著，李开军校点：《散原精舍诗文集》上卷，上海古籍出版社2003年版，第55页。
② 陈三立：《长至抵崝庐上冢》，陈三立著，李开军校点：《散原精舍诗文集》上卷，上海古籍出版社2003年版，第37页。
③ 陈三立：《雨中题崝庐壁》，陈三立著，李开军校点：《散原精舍诗文集》上卷，上海古籍出版社2003年版，第39页。
④ 陈三立：《月夜墓上野望》，陈三立著，李开军校点：《散原精舍诗文集》上卷，上海古籍出版社2003年版，第38页。
⑤ 陈三立：《登楼望西山二首》其一，陈三立著，李开军校点：《散原精舍诗文集》上卷，上海古籍出版社2003年版，第20页。
⑥ 陈三立：《崝庐楼望》其一，陈三立著，李开军校点：《散原精舍诗文集》上卷，上海古籍出版社2003年版，第66页。
⑦ 陈三立：《清明日墓上二首》其二，陈三立著，李开军校点：《散原精舍诗文集》上卷，上海古籍出版社2003年版，第65页。
⑧ 陈三立：《次韵答宾南并示义门》，陈三立著，李开军校点：《散原精舍诗文集》上卷，上海古籍出版社2003年版，第12页。

第三章 陈三立的家国叙事及其现代性意蕴

生上冢何能问,残梦寻春共未醒"①。诗人把父亲旧居崝庐视为唯一的家园,回来时"遭世迷归计,衔杯赎此身"②,离开时"赢得九原念游子,春风吹泪湿西山"③。陈三立的谒墓诗抒发了痛彻心扉之情,叙述了无穷无尽的想念和悔恨,此情此意完全可以称之为"崝庐情结"。

  陈三立崝庐诗中,屡屡有自"罪"之语。胡先骕就说:"戊戌政变,散原实主张之,其父因以罪废,此散原最为疚心之事,故其崝庐《述哀诗》沉痛入骨。其句云'呜呼父何之,儿罪等枭獍'(《崝庐述哀诗五首》之一),若非内疚,通常哭父,何得有此等语。"④ 陈三立究竟何"罪"之有,其说有二:有一些学者认为,陈三立为带累其父被"革退"而痛悔。如其《崝庐述哀诗五首》之五:"平生报国心,只以来訾毁。称量遂一施,堂堂待惇史。维彼夸夺徒,浸淫坏天纪。唐突蛟蛇宫,陆沈不移晷。朝夕履霜占,九幽益痛此。儿今迫祸变,苟活蒙愧耻。颠倒明发情,踯躅山川美。百哀咽松声,魂气迷尺咫。"⑤ 诗中言及其"愧耻"。胡先骕评该诗云:"愤痛郁勃之情跃然纸上,不

---

① 陈三立:《次答吴董卿赠别》,陈三立著,李开军校点:《散原精舍诗文集》上卷,上海古籍出版社2003年版,第408页。
② 陈三立:《崝庐宿》,陈三立著,李开军校点:《散原精舍诗文集》上卷,上海古籍出版社2003年版,第303页。
③ 陈三立:《别墓绝句》,陈三立著,李开军校点:《散原精舍诗文集》上卷,上海古籍出版社2003年版,第21页。
④ 胡先骕:《四十年来北京之旧诗人》,转引自陈三立著,李开军校点:《散原精舍诗文集》下卷,上海古籍出版社2003年版,第1264页。
⑤ 陈三立:《崝庐述哀诗五首》,陈三立著,李开军校点:《散原精舍诗文集》上卷,上海古籍出版社2003年版,第17页。

但为披肝沥血之言，亦诗史也。"① 俞大纲引述该诗而评曰："（陈三立）未尝不以庚子之祸，种因于戊戌新党以激进取败，反令老朽昏庸之辈盘穴中枢，徒败国事也。"② 如力主引维新派领袖梁启超入湘担任时务学堂总教习的人正是陈三立③。另有一些学者认为，陈三立为带累其父被慈禧太后"赐死"而痛悔。1982 年，宗九奇在《陈三立传略》一文中公布了近人戴明震之父远传翁（字普之）《文录》中的一条材料："光绪二十六年六月二十六日，先严千总公（名闳炯）率兵弁从巡抚松寿驰往西山靖庐，宣太后密旨，赐陈宝箴自尽。宝箴北面匍匐受诏，即自缢。巡抚令取其喉骨，奏报太后。"④ 又如汪荣祖《陈寅恪评传》中转载有陈三立在光绪二十六年庚子六月十月日由南京发给梁鼎芬的一封"密札"的全文，希望张之洞和刘坤一联合"勤王"⑤。此事确实容易引发慈禧太后的猜忌，更强化了"赐死"说之合理性。

---

① 胡先骕：《四十年来北京之旧诗人》，转引自陈三立著，李开军校点：《散原精舍诗文集》下卷，上海古籍出版社 2003 年版，第 1265 页。
② 俞大纲：《廖音阁诗话》，收入俞大纲纪念基金会主编《俞大纲全集》，台北幼师文化事业公司 1987 年版，第 149 页。
③ 陈寅恪：《读吴其昌撰梁启超传书后》，《陈寅恪全集》之《寒柳堂集》，生活·读书·新知三联书店 2015 年版，第 167 页。
④ 陈宝箴"赐死说"出于宗九奇《陈三立传略》，《江西文史资料选辑》第 3 辑，江西人民出版社 1982 年版。也有人反对"赐死说"：张求会在其《陈寅恪的家族史》（广州：广东教育出版社 2000 年版），胡迎建在其《一代宗师陈三立》（南昌：江西高校出版社 2005 年版）中，都以为宗九奇所提供的"赐死"记载为孤证，不可遽信。
⑤ 陈三立：《与梁鼎芬》，转引自马卫中、董俊珏：《陈三立年谱》之"光绪二十六年庚子"条，苏州大学出版社 2010 年版，第 157 页。

第三章　陈三立的家国叙事及其现代性意蕴

陈三立崝庐诗中"国变家难"是互相交织在一起的，可以说具有深沉的"家国情结"。光绪二十七年（1901）十一月陈三立乘船回乡赴西山祭扫时所作《江行杂感五首》其一云：

> 暮出北郭门，蹴蹋万柳影。载此岁晏悲，往泝大江永。涛澜翻星芒，龙鱼戛然警。峨艑掀天飙，万怪伺俄顷。中宵灯火辉，有涕如縻绠。胶漆平生心，撼碎那复整。人国所仇耻，曾不一瞥省。狠就羁散俦，唧啾引吭颈。低屋杂瓮盎，日月留耿耿。睨之云水间，吾生固飘梗。①

诗人在汹涌波涛中心碎涕泣，感到国家如狂飙巨浪中的大船，列强如万怪窥伺，他自己的人生亦如漂泊在波涛中的一芥草木。在日俄战争前，他得知日本与英国、俄国与德国在东北问题上达成侵华协议警报，他赶紧告诉九泉下的父亲，"惊耗排天入，奇哀进酒浇。沉泉定张目，云叶答萧萧"②。他人在崝庐，却忧心国家，"卤莽极陵夷，种族且歼圮。天道劣者败，中夜起拊髀。体国始经野，歌以俟君子"③。江西有知县陈凤翔，得知陈三立来西山扫墓，特意来崝庐相访。陈三立感其情，作七言歌行名篇《由崝庐寄陈芰潭》：

---

① 陈三立：《江行杂感五首》（其一），陈三立著，李开军校点：《散原精舍诗文集》上卷，上海古籍出版社2003年版，第35页。
② 陈三立：《长至墓下作》，陈三立著，李开军校点：《散原精舍诗文集》上卷，上海古籍出版社2003年版，第84页。
③ 陈三立：《崝庐书所见》，陈三立著，李开军校点：《散原精舍诗文集》上卷，上海古籍出版社2003年版，第37页。

……前年朝政按党锢,父子幸得还耕钓。分应亲故不相收,万口訾謷满嘲诮。独君放船就游衍,感昔伤今谈舌掉。无何昊天示灾凶,坐使孤儿仆且叫。昏昏泣血西山庐,奔忙重辱君临吊。寻声索迹行哭悲,助丧成坟费量料。先公宾客散九州,君也风谊特清劭。尔时北乱逼京阙,西巡方下哀痛诏。臣民悔祸露机缄,公卿陈言仍窃剽。君论时变究新法,动得本根中窾窍。提携孤愤到荒山,更剖大义督不肖。瑰才自合老卑冗,安问蹭蹬失津要。今来榆柳换春风,满目川原坐孤陗。雉呴鸦啼朝暮间,思君罄颏渺云峤。国忧家难正迷茫,气绝声嘶谁救疗?岩坳水涯明月空,共君肝胆一来照。①

"坐使孤儿仆且叫"一句写出对其父去世的悲痛之深。诗中描写陈凤翔刻意青目被革职的陈宝箴父子、助葬陈宝箴、督促陈三立的高情厚意,刻画了陈凤翔鲜明的个性形象。时当庚子国变之后,陈三立提出了与陈凤翔一道"救疗""国忧家难"的期待。王揖唐说:"散原诗中,凡涉崝庐诸作,皆真挚沉痛,字字如迸血泪。苍茫家国之感,悉寓于诗,询宇宙之诗文也。"②

第三节　从传统士大夫到现代公民

陈三立被革职后,随后即移居南京,在西华门头条巷建造

---

① 陈三立:《崝庐寄陈芰潭》,陈三立著,李开军校点:《散原精舍诗文集》上卷,上海古籍出版社2003年版,第18页。
② 王揖唐:《今传是楼书话》,张寅彭编:《民国诗话丛编》第三册,上海书店2002年版,第276页。

"散原精舍"。陈灨一《新语林》记载："三立家于金陵，日与端方之流评品书画，端将具疏复其官，陈闻而坚辞，高洁匪人可及矣。"① 其实，与朋友辈作诗品画的"名士"生活是陈三立被革职后生活的一部分。他出于对朝廷政治感到灰心而"吟边闲却功名手"②，或出于对隐逸生活的热爱而"来作神州袖手人"③，都不过是一时激愤之言。他从来就不是一个真正的"袖手人"，反而在被革职之后，通过家国叙事成为吴宓心目中"中国文化"和"德教"之"托命者"。陈三立在被革职后，仍对清末民初政治经济文化教育事业建设给与全面关注，并在诗歌创作中表达出来。

在政治上，陈三立的诗歌几乎记录了1901年后所有的国家大事，表达了自己对国家命运的深切关注。光绪二十九年（1903），日俄战争在中国土地上爆发。清王朝竟以"日俄构兵，中国守局外中立例，宣谕臣民"，陈三立对此种局面感到极为痛愤。他在《小除后二日闻俄日海战已成作》一诗中写道：

> 万怪浮鲸鳄，千门共虎狼，早成鼾卧榻，弥恐祸萧墙。举国死灰色，流言缩地方。终教持鹬蚌，泪海一回望。④

---

① 陈灨一：《新语林》卷三《文学》，转引自陈三立著，李开军校点：《散原精舍诗文集》下卷，上海古籍出版社2003年版，第1251页。
② 陈三立：《访西观察次韵见怡复和酬之》，陈三立著，李开军校点：《散原精舍诗文集》上卷，上海古籍出版社2003年版，第80页。
③ 陈三立：《高观亭春望》，陈三立著，潘益民、李开军辑注：《散原精舍诗文集补编》，江西人民出版社2007年版，第82页。
④ 陈三立：《小除后二日闻俄日海战已成作》，陈三立著，李开军校点：《散原精舍诗文集》上卷，上海古籍出版社2003年版，第96页。

陈三立作为清醒的士大夫，对未来祸端予以预警，并为之老泪纵横。在《园馆夜集闻俄罗斯日本战事甚亟感赋作前韵》一诗中，他又以"鹬蚌旁观安可幸，豕蛇荐食自相寻"[1]，讽刺那些为迷醉于谎言而自取其祸的国人。果如其料，后来日本侵吞东北，又全面发动侵华战争。光绪三十年（1904），中国成立了红十字会，并加入了万国红十字会组织，时任江西巡抚的杨叔玫受命加入红十字会，并赴东北观察日俄战局。陈三立寄杨叔玫诗云：

　　海涎千斛鼋龙语，血浴日月迷处所。吁嗟手执观战旗，红十字会乃虱汝。天帝烧掷坤舆图，黄人白人烹一盂。跃骑腥云但自呼，而忘而国中立乎，归来归来好头颅。

该诗打破了诗歌对仗、韵律，以虚词散句入诗，在嘻笑怒骂中流露出强烈的感情。

光绪三十二年（1906）九月一日，清廷颁布了《宣示预备立宪谕》，陈三立《除日祭诗和剑丞》评论说：

　　奎蹄缘蠕蠕，不避燀沃灭。棘丛飞翻翻，不戒网罟设。寰壤著大群，颠挤得跛蹩。指掌白马岁，灾变固已烈。四张麒麟楦，辉我炎黄国。宪法顿输灌，合彼海裔辙。猥以资汹汹，霆电诡一掷。吾衰泛江湖，向人有瘖舌。刺取剩

---

[1] 陈三立：《园馆夜集闻俄罗斯日本战事甚亟感赋作前韵》，陈三立著，李开军校点：《散原精舍诗文集》上卷，上海古籍出版社2003年版，第78页。

第三章　陈三立的家国叙事及其现代性意蕴

余景,咀嚼吐楮墨。①

诗中指出国家灾变跌起,而国内到处是"麒麟楦"一样虚有其表的庸才。所以当宪法输灌之时,反对之声汹汹不已。陈三立虽身处江湖,却倾力宣扬立宪而"向人有瘖舌",又在诗文中表达出来。

在光绪三十四年(1908),光绪皇帝和慈禧太后先后一日崩卒,陈三立写下题为《纪哀答剑丞见寄时将还西山展墓》的诗:

> 两宫隔夕弃臣民,地变天荒纪戊申。万古奔腾成创局,五洲震动欲归仁。月中犹暖山河影,剑底难为傀儡身。烦念九原孤愤在,忍看宿草碧燐新。②

诗中叙及中国局势在震动纷纭中走向民主宪政,光绪帝变法受民拥戴而遭慈禧太后迫害,并纪念其父亲因力行变法而殉命。全诗用典深切,寄托遥深。"万古奔腾成创局,五洲震动欲归仁"二句,肯定民权将在中国兴起,再度让人见证了陈三立诗歌的预言价值,也是他积极参与并担当社会的表现。"隔夕"两字特别暗示光绪皇帝死得蹊跷,从中寄寓了陈三立特殊的家国情结,反映了幽微隐曲的"诗史"。

陈三立诗中还对清帝逊位、辛亥革命、日本侵华的历史一

---

① 陈三立:《除日祭诗和剑丞》,陈三立著,李开军校点:《散原精舍诗文集》上卷,上海古籍出版社2003年版,第208页。
② 陈三立:《纪哀答剑丞见寄时将还西山展墓》,陈三立著,李开军校点:《散原精舍诗文集》上卷,上海古籍出版社2003年版,第250页。

一加以记录。清帝下逊位诏后，他撰《无题》诗云："生逢尧舜为何世，微觉夷齐更有山。"① 诗人以伯夷叔齐自况，宣示了遗民之志。在《潜楼读书图题寄幼云》一诗中，陈三立描述辛亥革命"坐令神器改，圣法随颠覆"②，一面对旧王朝感情深厚，一面认可民主国家为世界大趋势。辛亥革命后，和王国维一样，陈三立以"晚清遗老"的身份出现，但他很快便剪掉了发辫，并不排斥民国的建立。陈三立从传统士大夫渐次转变而为现代公民，并成为中国民族魂的象征。他强烈反对日本侵略中国。吴宗慈《陈三立传略》载：1932年，日寇侵占上海闸北，发生了淞沪会战。陈三立每日定阅航空沪报，"读竟则愀然若有深忧。一夕忽梦中狂呼'杀日本人！'全家惊醒。"③ 1937年8月，北平沦陷，陈三立"胸中千秋临大节，自谓老夫唯一死"，拒绝进食，至9月14日殉国。陈三立所殉者非一家一姓，一朝一代，亦非如王国维所殉之"独立之精神，自由之思想"④，而是整个中华民族。

在经济上，闲居后的陈三立最显著的业绩是亲自策划、筹资修建南浔铁路。为了抵制日本人修建南（南昌）浔（九江）铁路而进入中国腹地的野心，江西士绅决定自行筹建南浔铁路，

---

① 陈三立：《无题》，陈三立著，李开军校点：《散原精舍诗文集》上卷，上海古籍出版社2003年版，第320页。
② 陈三立：《潜楼读书图题寄幼云》，陈三立著，李开军校点：《散原精舍诗文集》上卷，上海古籍出版社2003年版，第330页。
③ 吴宗慈：《陈三立传略》，陈三立著，李开军校点：《散原精舍诗文集》下卷，上海古籍出版社2003年版，第1195页。转引自《国史馆馆刊》创刊号。
④ 陈寅恪：《清华大学王观堂先生纪念碑铭》，《陈寅恪全集》之《金明馆丛稿二编》，生活·读书·新知三联书店2015年版，第246页。

第三章　陈三立的家国叙事及其现代性意蕴

陈三立与其襟兄李有棻勇任帮办。光绪三十一年（1905）秋，陈三立亲赴武昌谒见张之洞，求张氏以及鄂中士绅故旧襄助以资金，但收效甚微。在武汉期间，他与张之洞以及易顺鼎、程颂万、梁鼎芬等一干旧交把酒言欢，连夕诗会。他在与易顺鼎同往看戏之后和诗云："迷离傍地谁能辨，老大逢场意自哀。"①叙优伶逢场作戏之艰辛，照出他当日屈身周旋于达官贵人间的尴尬。他自嘲为桑梓之情而奔忙之无奈："竟书驴券亦何为"？②"自哂驽钝信碌碌"③。他偶发狂兴，吟诗"作健逢辰领元老"④而让素性倨傲的张之洞老大不快。

至光绪三十二年（1906）冬，经各种渠道所募集的全部资金极其有限。在万般无奈之下，李有棻、陈三立与上海"大成工商会社"达成了借款白银一百万两的协议，促进南浔铁路在光绪三十三年（1907）初正式开工兴建。但不幸随之而来，先是光绪三十三年八月，李有棻在夜间冒雨乘船巡视南浔铁路九江段工程时撞上一艘轮船，不幸与船上家人、仆从全部罹难。在李有棻死后的第二年，"大成工商会社"所属日本兴业银行的日本政府背景被披露，舆论为之哗然，陈三立一时之间成了众

---

① 陈三立：《和实甫怡园观女优》，陈三立著，李开军校点：《散原精舍诗文集》上卷，上海古籍出版社2003年版，第165页。
② 陈三立：《汉上旅馆坐雨时方订南浔铁路债券》，陈三立著，李开军校点：《散原精舍诗文集》上卷，上海古籍出版社2003年版，第165页。
③ 陈三立：《霭园公宴赋别分韵得菊字》，陈三立著，李开军校点：《散原精舍诗文集》上卷，上海古籍出版社2003年版，第169页。
④ 陈三立：《九日从抱冰宫保至洪山宝通寺饯送梁节庵兵备二首》（其一），陈三立著，李开军校点：《散原精舍诗文集》上卷，上海古籍出版社2003年版，第162页。

矢之的。陈三立感受到"汹汹仰一吓，万口播鸺媒。猥持不赀躯，供彼阿与排"①之委屈与无奈，俨然因积极推行维新变法被革职之情景再现。他多次为民请命却反受其累，对国中官商乃至新派各阶层人士的理解就更为深刻。他把其襟兄李有棻罹难的原因归结为遭受谣诼而"自戕其生"②，正是他内心的真实反映。陈三立在为李有棻撰写墓志的时候，对关涉南浔铁路的"乡人"的人性进行了深刻的剖析：

> 乡之人以非隶于官，众可自便，要权利、私干朋、挟无纪，不获则造作讪谤、拒投资者，牵掣排挠，使即于败。异国留学群少年，侈假民权，益起与应和，势甚张。……以是知一端之兴，一业之就，皆基于人心风俗，否则贸然树之的，徒以资无艺不逞之夫快其私臆，拱手以待俱尽而已。③

他在帮办南浔铁路过程中看到，乡人往往只知逐利，留学青年又好泄其私愤，易于导致社会革新一事无成，从而加深了对民族性格消极方面的认识。他对当时人性弱点的批判，不仅早于"五四"时期的鲁迅等人，而且在今天看来也并不过时。

---

① 陈三立:《墓上三首》其二，陈三立著，李开军校点:《散原精舍诗文集》上卷，上海古籍出版社2003年版，第226页。

② 陈三立:《清故太子少保衔江宁布政使护理总督李公墓志铭》，陈三立著，李开军校点:《散原精舍诗文集》下卷，上海古籍出版社2003年版，第892页。

③ 陈三立:《清故太子少保衔江宁布政使护理总督李公墓志铭》，陈三立著，李开军校点:《散原精舍诗文集》下卷，上海古籍出版社2003年版，第892页。

民国成立以后，南得铁路即由商办改为了官商合办，至民国五年（1916）终于全线竣工，全长一百二十八公里。当年陈三立首次由九江乘火车往南昌谒墓，抵达南昌之后口占一首七绝云：

> 十载摩挲缩地方，金根翠楯列成行。溪山处处逢头白，一转车轮一断肠。①

面对新修的铁路，他回顾自己十年来的艰辛，百感交集，悲痛断肠。陈三立作为先知先觉而有行政经验的士大夫，革职后以一个普通公民的身份积极参与地方经济建设，体现出勇于担当的精神。这与他在助推湖南新政用"商办"的方式办矿务局、用"官绅商合办"的方式办保卫局及其在体制内"公官权"的理念和做法一脉相承。

在文化上，陈三立为中国文化现代化前景做出了规划。陈三立提出两个根本：人性要以要以"宁静淡泊之天怀为根柢"②，学术要以"达于世用为本"③。他阐明应以儒学元典精神为依归，"上契圣典，旁包百氏"④，而一归于经世致用的学术思想。光绪

---

① 陈三立：《南浔铁道初成由九江附车至南昌口占》，陈三立著，李开军校点：《散原精舍诗文集》上卷，上海古籍出版社2003年版，第450页。
② 陈三立：《廖笙陔诗序》，陈三立著，李开军校点：《散原精舍诗文集》下卷，上海古籍出版社2003年版，第833页。
③ 陈三立：《与廖树蘅书》，《国闻周报》第十四卷第二十五期，陈三立著，李开军校点：《散原精舍诗文集》下卷，上海古籍出版社2003年版，第1160页。
④ 陈三立：《船山师友录叙》，陈三立著，李开军校点：《散原精舍诗文集》下卷，上海古籍出版社2003年版，第768页。

三十年（1904）作《感春五首》，其二有云："杂置王霸书，其言综治乱"，"巍巍孔尼圣，人类信弗叛"，"吾欲衷百家，一以公例贯。与之无町畦，万派益输灌"①。陈三立于佛教极具热忱，光绪三十四年（1908）七月的《神州日报》还有报道说，是时陈三立等人公然宣称"提倡佛教，当视凡百事业为尤急"②。陈三立晚年甚至把恢复人们"本性"的希望寄托于宗教：

　　老向一切佛，梦中开锡兰。为言菩提树，枯尽忽纠蟠。西去饰徒众，东归飞鹫窝。光明还震旦，初念已弥漫。③

诗中描述了当时他心目中佛教复兴之理想蓝图。

　　陈三立在一系列散文中，对中国传统文化经典进行清理和改造。其《读论语四首》之第一首开篇，强调"圣人之心"的核心是"乐"，是否以乐为道是"古今升降圣俗之大辨"④。陈三立强调"孔子周流以明用，老子养晦以观变，其志一也"⑤；"孟子言

---

① 陈三立：《感春五首》其二，陈三立著，李开军校点：《散原精舍诗文集》上卷，上海古籍出版社2003年版，第97—98页。
② 光绪三十四年七月初九日（1908年8月5日）《神州日报》，转引自杨天石：《陈三立》，中国社会科学院近代史研究所编《民国人物志》第三卷，第323页。
③ 陈三立：《过杨仁山居士方与居士营梵校赍生徒赴印度兼图学毕先布教锡兰各岛》，陈三立著，李开军校点：《散原精舍诗文集》上卷，上海古籍出版社2003年版，第234页。
④ 陈三立：《读论语四首》其一，陈三立著，李开军校点：《散原精舍诗文集》下卷，上海古籍出版社2003年版，第779页。
⑤ 陈三立：《老子注叙》，陈三立著，李开军校点：《散原精舍诗文集》下卷，上海古籍出版社2003年版，第753页。

第三章　陈三立的家国叙事及其现代性意蕴

仁义以塞天下之利,墨子言兼爱以矫天下之自私,其趣一也"①。陈三立还对中国传统文化精神进行了清理,对愚忠愚孝愚节愚义思想都有所批判②。他持有十分开明的女性观。他热情赞颂积极传播西学、提倡女权的南昌新女性康爱德、周衍巽:

> 亲受仙人海上方,探囊起死自堂堂。更烦煮尽西江水,滴入雏鬟爱国肠。(《题寄南昌二女士》其一《康爱德》)
> 日手东西新译编,鸾姿虎气镜台前。家庭教育谈何善,顿喜萌芽到女权。(《题寄南昌二女士》其二《周衍巽》)③

陈三立很重视教育。他退职后侨居南京,在南京办家学,聘请外国教师,教授算学、物理等新科目,名流弟子争相入读。光绪三十年(1904),陈三立在感叹近代日本国力之突飞猛进,并主张"携取太和魂,佐以万金药"以振兴国家,而他认可的"万金药"则有两种:"曰举国皆兵,曰无民不学"④。在清末"四海学校昌,教育在厘正"之际,大部分中国人还在痴迷旧学,"去圣日久远,终古一陷阱。礼乐坏不修,侈口呓孔孟"。

---

① 陈三立:《读墨子》,陈三立著,李开军校点:《散原精舍诗文集》下卷,上海古籍出版社2003年版,第812页。
② 陈三立:《书晏孝子》《书张贞女》,陈三立著,李开军校点:《散原精舍诗文集》下卷,上海古籍出版社2003年版,第764、810页。
③ 陈三立:《题寄南昌二女士》,陈三立著,李开军校点:《散原精舍诗文集》上卷,上海古籍出版社2003年版,第87页。
④ 陈三立:《感春五首》其四,陈三立著,李开军校点:《散原精舍诗文集》上卷,上海古籍出版社2003年版,第98页。

而"东瀛唇齿邦,泱泱大风盛"①,适逢"人伦焕斗柄"且积极"创设师范章"的嘉纳治五郎来华助学,使陈三立燃起"起死海外方,抚汝支那病"的激情。②他也很支持女性受教育。他见家中女婴入塾,而写诗加以鼓励云:"安得神州兴女学,文明世纪汝先声。"③

陈三立在49岁那年被革退后,以一个公民的身份,在政治、经济、文化、教育上均有所创建树,可以说,他本人基本上已走出了旧学的"陷阱",打破了传统文化,特别是儒家文化的桎梏。比起晚清旧臣张之洞和李鸿章,维新变法主导者康有为和梁启超,陈三立在思想文化上的更接近于胡适、鲁迅等"五四"学人。张慧剑曾把陈三立与托尔斯泰就思想进步性进行比较,认为陈三立与托尔斯泰都是人道主义者,而散原"其诗中满含悲悯之旨,惜陈义过高,不易为一般人所了解耳"④。张慧剑说陈三立"陈义过高",意谓他比托尔斯泰更为进步。依托于传统文化学术的陈三立,不激进、不偏执,没有中西新旧之成见,为中国制度和文化探索了一条务实而稳健的现代化道路,而且积极将之投诸实践并取得了一定成功。他把个性与思想贯

---

① 陈三立:《日本嘉纳治五郎以考察中国学务来江南既宴集陆师学堂感而有赠》,陈三立著,李开军校点:《散原精舍诗文集》上卷,上海古籍出版社2003年版,第51页。
② 陈三立:《日本嘉纳治五郎以考察中国学务来江南既宴集陆师学堂感而有赠》,陈三立著,李开军校点:《散原精舍诗文集》上卷,上海古籍出版社2003年版,第52页。
③ 陈三立:《视女婴入塾戏为二绝句》(其二),陈三立著,李开军校点:《散原精舍诗文集》上卷,上海古籍出版社2003年版,第8页。
④ 张慧剑:《辰子说林》,转引自陈三立著,李开军校点:《散原精舍诗文集》下卷,上海古籍出版社2003年版,第1215页。

注到诗歌创作中,折射出现代性思想的闪光。

与其内容的现代性相适应,陈三立诗歌在叙事艺术和旨趣上也具有现代意义。日本学者吉川幸次郎惊叹于陈三立"对自然的感觉之新"[1],认为杜甫等古代诗人"从诗人的角度向自然寻求象征的态度"[2],而陈三立"由于过分敏感的神经,使人感到自然在朝着诗人挤压、覆盖而来"[3]。吉川先生例举陈三立《十一月十四夜发南昌月江舟行》诗:"露气如微虫,波势如卧牛。明月如茧素,裹我江上舟。"[4] 分析说:"露和波都像活的生命那样蠕动着涌来,月光束缚着诗人。诗人感到苦闷,在抗拒。"[5] 吉川先生又例举陈三立《春晴步后园晚望》其三:"鬓丝是何物,影我春风前。脱袂拂寥廓,晴天横纸鸢。"[6] 分析说:"鬓丝就是白发,寥廓指天空。但是天空并不在遥远的地方,它正波涛汹涌地逼近诗人。向上摆动长袖然后收回来,横着的是一根风筝的线。这已经完全是近代的感觉了。"[7] 吉川氏所谓

---

[1] [日]吉川幸次郎著,章培恒、骆玉明等译:《中国诗史》,复旦大学出版社2012年版,第319页。

[2] [日]吉川幸次郎著,章培恒、骆玉明等译:《中国诗史》,复旦大学出版社2012年版,第319页。

[3] [日]吉川幸次郎著,章培恒、骆玉明等译:《中国诗史》,复旦大学出版社2012年版,第319页。

[4] 陈三立:《十一月十四夜发南昌月江舟行》,陈三立著,李开军校点:《散原精舍诗文集》上卷,上海古籍出版社2003年版,第85页。

[5] [日]吉川幸次郎著,章培恒、骆玉明等译:《中国诗史》,复旦大学出版社2012年版,第319页。

[6] 陈三立:《春晴步后园晚望》,陈三立著,李开军校点:《散原精舍诗文集》上卷,上海古籍出版社2003年版,第107页。

[7] [日]吉川幸次郎著,章培恒、骆玉明等译:《中国诗史》,复旦大学出版社2012年版,第319页。

"近代"就是我们通常所说"现代"之意。推而广之，陈三立明确表达景物对诗人压迫感的诗句还有不少，例如"冻压千街静"①"西山剩压一痕青"②"补履光阴灯下笑，压湖楼阁眼中明"③等等，同样体现出陈三立诗歌在叙事境界上的创新价值。

第四节 独立人格的现代精神

作为一个诗人，一个叙事抒情的主体，陈三立在个性气质上也走出了传统文化的苑囿，树立起了一个现代人格的典范。他身处中国社会由古代向现代的转折点上，加之一生历事丰富，故深谙中国传统社会各阶层人性的优缺点。如其《感春五首》之三云："国民如散沙，披离数千岁。近儒合群说，哓哓强置喙。日责爱国心，反唇笑以鼻。疴痒本非我，我爱焉所寄。生今探道本，亦可决向避。天地有与立，绸缪非细事。吾尤痛民德，繁然滋朋伪。东掖踬于西，宁独窒厥智……"④他批评中国国民如散沙，儒生夸夸其谈却嗤笑爱国心，诗人"尤痛民德"之愚昧虚妄，积极探寻"绸缪"之策，甚至不惜借镜于"宗教"

---

① 陈三立：《园居看微雪》，陈三立著，李开军校点：《散原精舍诗文集》上卷，上海古籍出版社2003年版，第154页。
② 陈三立：《次答吴董卿赠别》，陈三立著，李开军校点：《散原精舍诗文集》上卷，上海古籍出版社2003年版，第408页。
③ 陈三立：《次韵酬曹范青舍人》，陈三立著，李开军校点：《散原精舍诗文集》上卷，上海古籍出版社2003年版，第270页。
④ 陈三立：《感春五首》（其三），陈三立著，李开军校点：《散原精舍诗文集》上卷，上海古籍出版社2003年版，第98页。

以开启民智。作为一个文化精英，陈三立直接批评中国人性弱点的诗文数量不多，其在道德人格上的自我树立更值得关注。

1927年一代大师王国维逝世，陈三立之子陈寅恪为其撰写碑文，揭示出王国维乃"以一死见其独立自由之意志，非所论于一人之恩怨，一姓之兴亡"①，并标举其"独立之精神，自由之思想"②。与其说是为王国维明志，毋宁说道出了陈寅恪自己的心声，也反映了"义宁陈氏"自陈宝箴起数代人的整体价值观。陈三立在《关季华遗集跋》中写道："有志于学者，因其言益得其人之真，又幸能矫厉末俗，示所向往，而坚其艰贞树立。"③ 其话中包蕴了一个现代知识分子独立自由的精神内涵。

陈三立以自己实际行动践行了"独立之精神，自由之思想"，并展示出了现代人格的独特魅力。他自戊戌政变获罪以后就拒绝出仕，成为一个"雅望清标，耆年宿学，萧然物外，不染尘氛"④ 的学者型诗人。特别是经过庚子年家国之变后，更无心于仕途，对朝廷举荐"迭征不出"⑤。庚子国变后，传朝廷有赦免戊戌罪臣之意，有人直接向朝廷推荐陈三立。陈三立作《遣兴二首》以明志：

---

① 陈寅恪：《清华大学王观堂先生纪念碑铭》，《陈寅恪全集》之《金明馆丛稿二编》，生活·读书·新知三联书店2015年版，第246页。
② 陈寅恪：《清华大学王观堂先生纪念碑铭》，《陈寅恪全集》之《金明馆丛稿二编》，生活·读书·新知三联书店2015年版，第246页。
③ 陈三立：《关季华遗集跋》，陈三立著，李开军校点：《散原精舍诗文集》下卷，上海古籍出版社2003年版，第895页。
④ 徐一士：《谈陈三立》，徐一士著，孙安邦点校：《一士类稿》，山西古籍出版社2007年版，第111页。
⑤ 陈隆恪等：《散原精舍文集识语》，转引自陈三立著，李开军校点：《散原精舍诗文集》下卷，上海古籍出版社2003年版，第1217页。

九天苍翮影寒门，肯挂炊烟榛棘村。正有江湖鱼未脍，可堪帘几鹊来喧？啸歌还了区中事，呼吸凭回纸上魂。我自成亏喻非指，筐床乌綦为谁存？

　　刺绣无如倚市门，区区思绕牧牛村。晓移舠楂溪桥稳，晨听篝车田水喧。俯仰已迷兰芷地，伶俜余吊属镂魂。江长海断风雷寂，阴识雄人草泽存。①

前一首叙崝庐人去楼空，诗人为父亲招魂，并表达自己不愿再出仕，厌弃功名富贵的决绝态度。后一首叙湖南新政功败垂成，诗人孤身往吊父亲亡魂，并表达了隐居于美丽的乡村，不求富贵的心愿。

　　光绪三十二年（1906），清廷"预备立宪"而设资政院，陈三立被举为议员"推卸不就"。袁世凯借"立宪"之名义拉拢陈三立，邀请他入京。陈三立独"窥见袁氏之隐"在于谋求他日"自任内阁首相"，因不便直接拒绝便事先声明"绝不入帝城"②。他北上至天津来回均择道河北保定③，事后还对人评价袁世凯"非英雄"④，以揭露其私欲。陈宝琛教读溥仪时欲引陈三立为溥

---

① 陈三立：《遣兴二首》，陈三立著，李开军校点：《散原精舍诗文集》上卷，上海古籍出版社2003年版，第33—34页。
② 陈寅恪：《寒柳堂记梦未定稿》，《陈寅恪全集》之《寒柳堂集》，生活·读书·新知三联书店2001年版，第204—205页。
③ 南京至天津去途所作诗，可参见《（光绪三十二年丙午）四月下旬至保定越闰月二日实君布政兄宴集莲花池》及《赠顺循》两诗，陈三立：《散原精舍诗》卷下。天津至南京归途复过保定所作诗，可参见《保定别实君顺循三日至汉口登江舟望月》一诗，陈三立：《散原精舍诗》卷下。
④ 朱德裳：《三十年闻见录》"方厚卿"条，转引自张求会：《陈寅恪的家族史》，广东教育出版社2007年版，第251页。

仪讲授古文，他"辞以不能操京语"①。通过这些事实，可见陈三立无意仕进之坚决态度。

另一方面，陈三立对依附权贵者满含鄙薄与嘲讽。民国初，袁世凯意图"帝制自为"，一群宵小之辈纷纷"劝进"，其故旧中郑孝胥、张謇、严复等都与袁世凯有不同程度的合作。他作《消息》一诗对此类人痛加挞伐：

> 消息迷苍狗，雕龙稷下儒。安知从左袒，争睹效前驱。刺谬三家说，依稀两观诛。狙公几朝暮，面壁捋髭须。②

杨声昭说："（陈三立）辛亥以后之作，颇涉时事，而意义均极储蓄。《侯府街张氏园六朝二栝树歌》云：'歧幽空闻归工老，绵蕞何由屈两生。'刺遗老之归附袁氏者。他如《上赏》《双鱼》诸绝，似皆为袁氏作。又《行园戏占》云：'薇蕨不生金粉地，欲从夷叔乞新苗。'造语深曲，耐人发味。"③

陈三立对王闿运受聘袁世凯一事给予了特殊关注。王闿运受袁世凯之邀入都，没有立即北上，而是先东游上海以探舆论口风。陈三立积极与之周旋，相约于1913年1月25日在愚园举办东坡生日集会，与会者还有沈曾植、瞿鸿禨、吴庆坻、樊增祥、易顺鼎、李瑞清、曾广钧等人。陈三立作诗《湘绮丈莅沪

---

① 陈寅恪：《寒柳堂记梦未定稿·弁言》，《陈寅恪全集》之《寒柳堂集》，生活·读书·新知三联书店2015年版，第188页。
② 陈三立：《消息》，陈三立著，李开军校点《散原精舍诗文集》上卷，上海古籍出版社2003年版，第486页。
③ 杨声昭：《读散原诗漫记》，转引自陈三立著，李开军校点：《散原精舍诗文集》下卷，上海古籍出版社2003年版，第1237页。

越旦为东坡生日亲旧遂迎集愚园张宴纪以此诗》相赠:"……侧闻谢弓招,北辙折东趋。孤衷喻删述,不为束帛污。苦聘弃柱下,两生谁谓迂。列烛沉清醑,硕果一世无。且欣缵喁唱,矜式昌吾徒。"① 他殷切希望王闿运能保持名节,以为士林之"矜式"。王闿运因此暂时打消了北上念头。后在1914年王闿运应袁世凯之聘,终以耄耋之龄进京担任国史馆馆长。袁氏为了表现自己的礼贤下士,以自备车相迎,又大开宴席示以优渥。陈三立赋《得长沙友人书答所感》诗云:

名留倾国与倾城,奇服安车视重轻。已费三年哀此老,向夸泉水在山清。②

诗中以"佳人"比拟王湘绮,讥刺他奔走于权利之间,毫无节操,却自夸为林泉高洁之士。

与之相反,坚决拒绝出任袁世凯政府参议的于式枚则受到陈三立表彰。所作《哭于晦若侍郎三首》其二云:

国家昔改制,争尸宪政名。君时使瀛寰,洞视乖背情。移疏列利害,剖抉苏狂酲。秉钧卒不悟,矫厉掩精诚。戏具殉一掷,四海沸飞蚊。乘敝发群盗,大命随之倾。迫撄崩圮痛,担簦竢河清。泗鼎鲁阳戈,寤寐相逢迎。置身夷

---

① 陈三立:《湘绮丈莅沪越旦为东坡生日亲旧遂迎集愚园张宴纪以此诗》,陈三立著,李开军校点:《散原精舍诗文集》上卷,上海古籍出版社2003年版,第346页。
② 陈三立:《得长沙友人书答所感》,陈三立著,李开军校点:《散原精舍诗文集》上卷,上海古籍出版社2003年版,第494页。

第三章 陈三立的家国叙事及其现代性意蕴

惠间，微言表儒生。谁何助张目，今益涕纵横。①

诗中叙及，清廷下诏预备立宪，朝野舆论倾向于急躁冒进。其时于式枚被钦命为考察宪政大臣出使德国，闻讯向清帝传书，直言赞同实行立宪，但要稳步推行，因而受立宪派排挤。诗中刻画了于式枚耿直、务实又具有独立思想的个性精神。

陈三立特别关注诗人自我人格的修养。他说："观世益深，而自处益审，当愈放于溪壑寂寞之乡，优游老寿，以蕲工其诗。"②此话说出了他本人的心声。辛丑以后，不仅自己无意仕进，还抨击嘲讽朝三暮四的文人，其核心就是强调坚守知识分子的人格独立。陈三立作为一个诗人，一个"近世之楷模，文化之贵族"③，在中国近现代转型之际，对于传统士大夫应当如何自处，及其转变为一个现代知识分子后应该承担怎样的社会职责和历史使命等大是大非问题，做出了自己的思考和选择，并亲自践行了一个"矜式"。这对陈三立也好，对中国文化也好，都是有特殊意义的，也是其人其诗在其身前身后受人追捧乃至拔高的真正原因之所在。

陈三立是否宋诗派，是否属于同光体，在学界也是一桩公案。大多数学者对此是认同的。但陈三立本人对于被列入宋诗派有所不满，他曾私下抱怨道："人皆言我诗为西江派诗，其实

---

① 陈三立:《哭于晦若侍郎三首》(其二)，陈三立著，李开军校点:《散原精舍诗文集》上卷，上海古籍出版社2003年版，第482页。
② 陈三立:《廖笙陔诗序》，陈三立著，李开军校点:《散原精舍诗文集》下卷，上海古籍出版社2003年版，第833页。
③ 吴宓:《读散原精舍诗笔记》，转引自陈三立著，李开军校点:《散原精舍诗文集》下卷，上海古籍出版社2003年版，第1246页。

我四十岁前,于涪翁、后山诗且未尝有一日之雅,而众论如此,岂不冤哉?"[1] 郑孝胥在《散原精舍诗序》中也说:"大抵伯严之作,至辛丑以后,尤有不可一世之概。源虽出于鲁直,而莽苍排奡之意态,率然大家,非可列之江西社里也。"[2] 支持和反对的学者基本都从诗歌风格是否瘦硬生新上去分析体会,而在笔者看来,如从诗歌新旧传统上加以辨别更能切中肯綮。陈三立与一般同光体诸人最大的差异在于,其诗在内容和审美上更近于新派诗,其人在思想和性格上也更近于新派诗人,乃至形成了成熟的现代性人格。然而,由于中国社会在"五四"运动之后选择了新文化道路,陈三立所标志的"矜式"转而成了被抛弃的旧学。在这个意义上来说,陈三立不仅为中国文化之"托命",也最终成了彼此的宿命。

---

[1] 张慧剑:《辰子说林》,转引自陈三立著,李开军校点:《散原精舍诗文集》下卷,上海古籍出版社2003年版,第1214页。
[2] 郑孝胥:《散原精舍诗序》,转引自陈三立著,李开军校点:《散原精舍诗文集》下卷,上海古籍出版社2003年版,第1216页。

第四章

黄遵宪的"新体诗"及其叙事艺术

黄遵宪是近代"新体诗"创作成就最高的代表。梁启超说："近世诗人，能熔铸新理想以入旧风格者，当推黄公度。"① 黄遵宪（1848—1905），字公度，号人境庐主人，广东嘉应（今梅州市）人。光绪二年（1876）中举人，在其三十岁至四十七岁的十数年间，先后出任日本参赞官、美国旧金山总领事、英国二等参赞官、新加坡总领事等职务，"过着外交僚属生活"②，并游历了法国、意大利、比利时诸国。黄遵宪一生经历了第二次鸦片战争、天津教案、中法战争、甲午战争、庚子之变、太平天国起义、义和拳运动等民族危机和国家动乱，在内忧外患的时代剧变中，他将自己的人生抱负倾注在外交上，苦求维新变法的良方。"所谓'非留心外交难以安内'者，故赴全力于外交，即以国民生计、挽救主权为安内之要旨。"③ 在维新变法期间，黄遵宪受湖南巡抚陈宝箴陈三立父子之邀，作为骨干参与建设

---

① 梁启超：《饮冰室诗话》评黄遵宪语，黄遵宪著，钱仲联笺注：《人境庐诗草笺注》下册，上海古籍出版社1981年版，第1257页。
② 钱仲联：《人境庐诗草笺注·前言》，黄遵宪著，钱仲联笺注：《人境庐诗草笺注》上册，上海古籍出版社1981年版，第2页。
③ 黄遵楷：《先兄公度先生事实述略》，黄遵宪著，吴振清、徐勇、王家祥整理：《黄遵宪集》下卷，天津人民出版社2003年版，第816页。

"湖南新政"。维新变法失败后，黄遵宪受到牵连，归居乡里，以著述讲学为业。"自是久废无所用，益肆力于诗。上感国变，中伤种族，下哀生民。"[1] 把对世界的认识、对政治的思考、忧国爱民的情怀、人生经历的波澜一一体现于诗。黄遵宪作有《日本杂事诗》《人境庐诗草》，在文学史上深受推重。梁启超《饮冰室诗话》说："要之公度之诗，卓然自立于二十世纪诗界中，群推为大家，公论不容诬也。"[2] 吴宓说："嘉应黄公度先生，为中国近世大诗家。"[3] 在晚清民国形成了"近人撰著诗话，靡不争收公度先生遗作"[4] 的局面，如今更有"黄学"研究之兴。本文主要从新派诗叙事的角度来对黄遵宪诗歌做一探讨。

第一节　"新体诗"的理论建设

黄遵宪的人生理想是在政治上有所作为。但他的政治报负不是求富贵而是建功业，曾言："自吾少时，绝无求富贵之心，而颇有树勋名之念。"[5] 黄遵宪的同时人都首先认可黄遵宪政治

---

[1] 康有为：《人境庐诗草序》，黄遵宪著，钱仲联笺注：《人境庐诗草笺注》上册，上海古籍出版社1981年版，第1页。
[2] 梁启超：《饮冰室诗话》评黄遵宪语，黄遵宪著，钱仲联笺注：《人境庐诗草笺注》下册，上海古籍出版社1981年版，第1260页。
[3] 吴宓：《跋〈人境庐诗草自序〉》，黄遵宪著，钱仲联笺注：《人境庐诗草笺注》下册，上海古籍出版社1981年版，第1302页。
[4] 潘飞声：《在山泉诗话》评黄遵宪语，黄遵宪著，钱仲联笺注：《人境庐诗草笺注》下册，上海古籍出版社1981年版，第1278页。
[5] 黄遵宪：《致梁启超书》第五通，黄遵宪著，吴振清、徐勇、王家祥整理：《黄遵宪集》下卷，天津人民出版社2003年版，第498页。

家身份,谓其诗歌创作乃"出其余技","在君为余事"①。其弟黄遵楷在《人境庐诗草跋》中悲叹:"先兄之不忍为诗人,而又不得不有求于自立之道,其怆怀身世为何如耶!"② 康有为曰:"公度岂诗人哉!而家父、凡伯、苏武、李陵及李、杜、韩、苏诸巨子,孰非以磊砢英绝之才郁积勃发而为诗人者耶?"③ 梁启超说:"彼其劬心营目憔形,以斟酌损益于古今中外之治法,以忧天下,其言用不用,而国之存亡种之主奴教之绝续视此焉。吾未见古之诗人能如是也。"④ 黄遵宪晚年,对自己仅仅在诗歌这一"无用"之物上有所成就表达了强烈不满。他在给五弟黄遵楷的信中说:"平生怀抱一事无成,惟今古体诗能自立耳。然亦无用之物,到此已无甚可望矣。"⑤ 他自诩"惟今古体诗能自立",其实主要成就体现于"今体诗"而非"古体诗",在理论和创作上并有建树。

"新派诗"正式成名,乃出自黄遵宪之口。他在《酬曾重伯编修》其二中云:"废君一月官书力,读我连篇新派诗。"⑥ 他敏

---

① 陈三立:《人境庐诗草跋》,吴德潇:《人境庐诗草跋》,黄遵宪著,钱仲联笺注:《人境庐诗草笺注》下册,上海古籍出版社1981年版,第1083页。
② 黄遵楷:《人境庐诗草跋》,黄遵宪著,钱仲联笺注:《人境庐诗草笺注》下册,上海古籍出版社1981年版,第1091—1092页。
③ 康有为:《人境庐诗草序》,黄遵宪著,钱仲联笺注:《人境庐诗草笺注》上册,上海古籍出版社1981年版,第4页。
④ 梁启超:《人境庐诗草跋》,黄遵宪著,钱仲联笺注:《人境庐诗草笺注》下册,上海古籍出版社1981年版,第1086页。
⑤ 黄遵宪:《致五弟牖达书》,黄遵宪著,吴振清、徐勇、王家祥整理:《黄遵宪集》下卷,天津人民出版社2003年版,第485页。
⑥ 黄遵宪:《酬曾重伯编修·其二》,黄遵宪著,吴振清、徐勇、王家祥整理:《黄遵宪集》上卷,天津人民出版社2003年版,第229页。

感地意识到，自己创作的诗歌从内容到风格上都有鲜明的特色，与古体诗差异很大，因命之"新派诗"。黄遵宪有时又称之"今体诗""近体诗""新诗"。在文学史上，"新派诗"还有"新体诗""新学诗"等名字。黄遵宪的"新派诗"理论成果主要包含如下内容。

其一是强调诗人个性。在清末，诗歌领域出现了多个流派，如王闿运为代表的汉魏六朝派，沈曾植、陈三立、郑孝胥、陈衍为代表的同光体派，樊增祥、易顺鼎为代表的中晚唐派，他们都主张从古人诗歌中寻找学诗路径。黄遵宪则反对拟古，强烈要求突出诗人的个性。他在时同治七年（1868）21岁就提出了自己的诗歌主张，在《杂感》中宣称："我手写我口，古岂能拘牵。即今流俗语，我若登简编。五千年后人，惊为古斑斓。"[1] 这种不受古诗束缚、以"我"为主体的诗歌主张，在他后来的诗歌理论中得到深化。如他在同治十一年（1872）所作《与朗山论诗书》云：

> 遵宪窃谓诗之兴，自古至今，而其变极尽矣；虽有奇才异能英伟之士，率意远思，无有能出其范围者。虽然，诗固无古今也，苟能即身之所遇，目之所见，耳之所闻，而笔之于诗，何必古人？我自有我之诗者在矣……汉不必三百篇，魏不必汉，六朝不必魏，唐不必六朝，宋不必唐，惟各不相师，而后能成一家言。[2]

---

[1] 黄遵宪：《杂感》，黄遵宪著，吴振清、徐勇、王家祥整理：《黄遵宪集》上卷，天津人民出版社2003年版，第90页。
[2] 黄遵宪：《与朗山论诗书》，黄遵宪著，吴振清、徐勇、王家祥整理：《黄遵宪集》下卷，天津人民出版社2003年版，第412页。

第四章　黄遵宪的"新体诗"及其叙事艺术

黄遵宪强调"诗无古今",从诗歌流变史中找到历代诗歌"何必古人"的诀窍,自然得出"我之诗"亦不必同于古人的结论。他提出了"各不相师成一家言""我自有我之诗"的目标,主要针对徒事拟古的汉魏六朝派、中晚唐派、宋诗派。

其二是提倡诗歌格律和语言的通俗化。黄遵宪"我手写我口"就是主张用自家的话表达自己的个性,明确说明其中包含"弹词粤讴"的俗语。光绪二十八年(1902),他与梁启超讨论借鉴杂体歌谣来建设新诗体制的问题,说:

> 报中有韵之文,自不可少。然吾以为不必仿白香山之《新乐府》、尤西堂之《明史乐府》。当斟酌于弹词粤讴之间,句或三、或九、或七、或五,或长短句,或壮如《陇上陈安》,或丽如《河中莫愁》,或浓至如《焦仲卿妻》,或古如《成相篇》,或俳如俳伎词。易乐府之名而曰杂歌谣,弃史籍而采近事。①

他虽不排斥有韵之文,但更强调"易乐府之名而曰杂歌谣",就是要在体裁上打破古诗格式韵律;"弃史籍而采近事",就是要在叙事上写时事而不用典。所举《成相篇》、《焦仲卿妻》、俳句、(竹)枝词、弹词、粤讴,不仅在句式格调上比较随意,在语言上也倾向于通俗化、口语化。

在《与朗山论诗书》中,黄遵宪对生活中的日常语言大为称赏:"夫声成文谓之诗,天地之间,无有声皆诗也。即市井之

---

① 黄遵宪:《致梁启超书》第四通,黄遵宪著,吴振清、徐勇、王家祥整理:《黄遵宪集》下卷,天津人民出版社2003年版,第494页。

155

谩骂，儿女之嬉戏，妇姑之勃谿，皆有真意以行其间者，皆天地之至文也。"① 他将市井百姓争吵、嬉戏时的语言推举为"天地之至文"，比前人单纯赞赏俗语文学又进了一大步。他虽然没有提出白话诗的概念，但已经包含了现代诗歌的诸多因素，被胡适推举为"白话文学"的先驱②。

其三是开拓诗歌思想内容的新境界。光绪十七年（1891），黄遵宪调任英国使馆参赞，闲暇之余在伦敦寓所开始自辑《人境庐诗草》，撰《跋引》云：

> 人各有面目，正不必与古人相同。吾欲以古文家抑扬变化之法作古诗，取《骚》、《选》、乐府、歌行之神理入近体诗，其取材，以群经三史诸子百家及许、郑诸注，为词赋家不常用者。其述事，以官书会典方言俗谚，及古人未有之物、未辟之境，举吾耳目所亲历者，皆笔而书之。要不失为以我之手，写我之口。③

他说所作"近体诗""取材"的范围，包括"群经三史""周秦诸子之书""许、郑诸家之注"，这在表面上与宋诗派并无明显

---

① 黄遵宪：《与朗山论诗书》，黄遵宪著，吴振清、徐勇、王家祥整理：《黄遵宪集》下卷，天津人民出版社2003年版，第412页。
② 胡适在：《五十年来中国之文学》第六章："(黄遵宪《杂感》)这种话很可以算是诗界革命的一种宣言。末六句竟是主张用俗语作诗了。他那个时代的诗，还有《山歌》九首，全是白话的。"李玲《黄遵宪文学地位的形成与奠定(1899—1949)》据此提出胡适"推黄遵宪为白话诗的始祖"。郑子瑜撰写《新文化运动的先驱黄遵宪》一文也持此说。
③ 黄遵宪：《人境庐诗草跋引》，黄遵宪著，吴振清、徐勇、王家祥整理：《黄遵宪集》下卷，天津人民出版社2003年版，第485页。

第四章 黄遵宪的"新体诗"及其叙事艺术

不同。但他有完全不同于古体诗的新目标，就是"古人未有之物、未辟之境"，也就是说，要体现完全不同于古人的新思想、新诗境、新语言、新风格。而这新思想、新诗境的基础就是"新学"。

不仅黄遵宪诗，所有的新体诗之"新"的本质在于新学。近代"新学"自龚自珍启其端，到梁启超倡其义，后经南社、辛亥革命到"五四"中全面转向"新文化"，其内涵互有差异，但均不脱离变法和西学这两个根本①。黄遵宪心目中的"新学"主要是"西学"。他长期从事外交工作，游历于西方发达国家之间，深刻认识到西方国家政治经济法律各方面的先进性，萌生了借鉴西方进行社会变革的强烈愿望。他在诗歌中大力描绘西方社会图景，因此具有与传统诗歌截然不同的"新"境界。他在维新变法期间，参与陈宝箴父子"湖南新政"中用"西法"建立吏制、警制等方面的实践，依据的也主要是"西学"。到晚年，黄遵宪发表过另一番言论：

> 尝曰：诗可言志，其体宜于文，其音通于乐，其感人也深。惟晋、宋以后，词人浅薄狭隘，失比兴之义，无兴观群怨之旨，均不足学。意欲扫去词章家一切陈陈相因之语，用今人所见之理、所用之器、所遭之时势，一寓之于诗。务使诗中有人，诗外有事，不能施之于他日，移之于他人；而其用以感人为主。②

---

① 详情参见本书绪论第一部分"近代'新体诗'的产生及其叙事理念"。
② 黄遵楷：《先兄公度先生事实述略》，黄遵宪著，吴振清、徐勇、王家祥整理：《黄遵宪集》下卷，天津人民出版社2003年版，第814页。

所谓"今人所见之理、所用之器、所遭之时势",结合黄遵宪个人的经历与思想倾向来看,主要指借鉴西法来应对中国形势。他把"新派诗"创作和理论自觉融汇到梁启超主倡的"诗界革命"中,俨然成为一大家。

黄遵宪《人境庐诗草自序》中综括他自己所作"近体诗"云:

> 仆尝以为诗之外有事,诗之中有人。今之世异于古,今之人亦何必与古人同?尝于胸中设一诗境:一曰复古人比兴之体,一曰以单行之神运排偶之体,一曰取《离骚》乐府之神理而不袭其貌,一曰用古文家伸缩离合之法以入诗。其取材也,自群经三史,逮于周秦诸子之书,许、郑诸家之注,凡事名物名切于今者,皆采取而假借之。其述事也,举今日之官书会典方言俗谚,以及古人未有之物,未辟之境,耳目所历,皆笔而书之。其炼格也,自曹、鲍、陶、谢、李、杜、韩、苏讫于晚近小家,不名一格,不专一体,要不失乎为我之诗。诚如是,未必遽跻古人,其亦足以自立矣。①

这段话中囊括了黄遵宪对于"近体诗"所有内涵,综合了抒写现实、突出自我个性、用俗体诗的格式和语言、创造新思想新境界等等。这段话可以视为他的理论和创作的纲领,如果单从叙事的角度来理解,就关涉到叙事内容、叙事主体、叙事方法等内容。

---

① 黄遵宪:《人境庐诗草序》,黄遵宪著,吴振清、徐勇、王家祥整理:《黄遵宪集》上卷,天津人民出版社2003年版,第79页。

第四章 黄遵宪的"新体诗"及其叙事艺术

第二节 海外叙事及其"新理想"承载

黄遵宪一生跨越欧、美、亚三洲，亲闻亲见了中西社会政治、风俗民情、风景名物的差异。他以西方世界作为"新理想"的载体，将之全面细致深入地展现于诗歌，为当时诗坛别创一境，使人为之耳目一新。曾习经《人境庐诗草跋》说他"以古诗饰今事，为诗世界中创境"①。温仲和《人境庐诗草跋》云："境皆为古人所未历之境，诗遂为古人所未有之诗。"②黄遵宪之"新境界"主要表现于发现并抒写了一个西方世界。高旭曰："黄公度诗独辟异境，不愧中国诗界之哥伦布矣。近世洵无第二人。"③他不仅赞美其诗歌中的新境界，还把黄遵宪比作诗坛之哥伦布，视之为新世界之开拓者。

黄遵宪描述海外世界的诗作主要包括旅日诗和旅欧美诗。光绪三年（1877），黄遵宪随何如璋出使日本。其间他着手起草《日本国志》，在搜集材料的过程中，"辄取其杂事，衍为小注，串之以诗"④，完成《日本杂事诗》154首。光绪十六年（1890）

---

① 曾习经：《人境庐诗草跋》，黄遵宪著，钱仲联笺注：《人境庐诗草笺注》下册，上海古籍出版社1981年版，第1085页。
② 温仲和：《人境庐诗草跋》，黄遵宪著，钱仲联笺注：《人境庐诗草笺注》下册，上海古籍出版社1981年版，第1088页。
③ 高旭《愿无尽庐诗话》评黄遵宪语，黄遵宪著，钱仲联笺注：《人境庐诗草笺注》下册，上海古籍出版社1981年版，第1282页。
④ 黄遵宪：《日本杂事诗自序》，黄遵宪著，吴振清、徐勇、王家祥整理：《黄遵宪集》上卷，天津人民出版社2003年版，第6页。

又重新增删，最后定为200首。

《日本杂事诗》对于新旧诗坛皆有重要意义。黄遵宪对之前写日本史实的诗歌颇为不满，认为数量既少，质量也不佳。他在《日本杂事诗》自注中云："宋濂集有《日东曲》十首，《昭代丛书》有沙起云《日本杂咏》十六首。宋诗自言：问之东海僧，僧不能答，亦可知矣。起云诗仅言长崎民风，文又甚陋。至尤西堂《外国竹枝词》，日本止二首。然述丰太阁事，已谬不可言。"①《日本杂事诗》内容涉及日本国时事、天文、地理、政治、文学、风俗、服饰、技艺、物产等方面，是我国第一部详细介绍日本政治社会、历史地理的诗歌集，在同题材诗歌中出类拔萃。他自称《日本杂事诗》"每七绝一首，括记一事，后系以注，考记详核，上自国俗遗风，下至民情琐事，无不编入歌咏"②。黄遵宪将诗稿完成后，示之于日本友人源桂格（大河内辉声），源氏珍视不已，将诗稿埋藏于自家园中，并立石碑作纪。黄遵宪题"日本杂事诗最初稿冢"其上，源桂格作《葬诗冢碑阴志》，一时传为文坛佳话。

《日本杂事诗》是黄遵宪诗歌"辟一境界"的首次尝试。他认为中国文人对日本知之甚少，且好作诞语，对此深表感慨。在《日本国志叙》中说："以余观日本士夫，类能读中国之书，考中国之事，而中国士夫好谈古义，足己自封，于外事不屑措意。无论泰西，即日本与我仅隔一衣带水，击柝相闻，朝发可

---

① 黄遵宪：《日本杂事诗》自注，黄遵宪著，吴振清、徐勇、王家祥整理：《黄遵宪集》上卷，天津人民出版社2003年版，第75页。
② 钱仲联：《黄公度先生年谱》，黄遵宪著，钱仲联笺注：《人境庐诗草笺注》下册，上海古籍出版社1981年版，第1258页。

第四章 黄遵宪的"新体诗"及其叙事艺术

以夕至,亦视之若海外三神山,可望而不可即,若周衍之谈九州,一似六合之外,荒诞不足论议者也。"① 又在《日本杂事诗》自注中云:"日本与我仅隔衣带水,彼述我事,积屋充栋,而我所记载彼,第以供一噱。"② 黄遵宪自己对日本的认识,也经历了从"足己自封"到肯定明治维新成功的转变。他的《日本杂事诗》是中国文人打开眼界,重新认识日本的一个缩影。他对此加以形容说:"海外偏留文字缘,新诗脱口每争传。草完明治维新史,吟到中华以外天。"③

《人境庐诗草》卷四至卷七,收录黄遵宪游历美、英、法、意、比、新等国期间创作的诗,叙事内容大量涉及"西洋制度名物""声光电化诸学"④,还有对中西国际关系的思考。丘逢甲《人境庐诗草跋》视黄遵宪的这部分为新旧诗歌的分野:"四卷以前为旧世界诗,四卷以后乃为新世界诗。茫茫诗海,手辟新洲,此诗世界之哥伦布也。"⑤ 黄遵宪的这部分"新世界诗"深刻体现了"新体诗"的精神内涵。如《纪事》八首,写美国总统选举过程中"两党哄争"的情形,《逐客篇》写美国下令禁止

---

① 黄遵宪:《日本国志叙》,黄遵宪著,吴振清、徐勇、王家祥整理:《黄遵宪集》上卷,天津人民出版社2003年版,第383页。
② 黄遵宪:《日本杂事诗》自注,黄遵宪著,吴振清、徐勇、王家祥整理:《黄遵宪集》上卷,天津人民出版社2003年版,第75页。
③ 黄遵宪:《奉命为美国三富兰西士果总领事留别日本诸君子·其三》,黄遵宪著,吴振清、徐勇、王家祥整理:《黄遵宪集》上卷,天津人民出版社2003年版,第148页。
④ 钱锺书《谈艺录》评黄遵宪语,黄遵宪著,钱仲联笺注:《人境庐诗草笺注》下册,上海古籍出版社1981年版,第1088页。
⑤ 丘逢甲:《人境庐诗草跋》,黄遵宪著,钱仲联笺注:《人境庐诗草笺注》下册,上海古籍出版社1981年版,第1088页。

华工赴美,《春夜招乡人饮》写他从日本回国后其乡人听信日本传闻异说的"足已自封",《锡兰岛卧佛》写印度佛教与政治,《番客篇》写南洋华侨的生活民情,《以莲菊桃杂供一瓶作歌》从佛学、植物学、化学角度写花,还有《伦敦大雾行》《登巴黎铁塔》《苏彝士河》则描写了英国、法国、埃及的风景名胜。

在黄遵宪描写西洋民情风物的"新世界诗"中,以《今别离》四首最脍炙人口。

其一

别肠转如轮,一刻既万周。眼见双轮驰,益增中心忧。古亦有山川,古亦有车舟。车舟载离别,行止犹自由。今日舟与车,并力生离愁。明知须臾景,不许稍绸缪。钟声一及时,顷刻不少留。虽有万钧柁,动如绕指柔。岂无打头风?亦不畏石尤。送者未及返,君在天尽头。望影倏不见,烟波杳悠悠。去矣一何速,归定留滞不?所愿君归时,快乘轻气球。

其二

朝寄平安语,暮寄相思字。驰书迅已极,云是君所寄。既非君手书,又无君默记。虽署花字名,知谁箝缄尾?寻常并坐语,未遽悉心事。况经三四译,岂能达人意!只有斑斑墨,颇似临行泪。门前两行树,离离到天际。中央亦有丝,有丝两头系。如何君寄书,断续不时至?每日百须臾,书到时有几?一息不相闻,使我容颜悴。安得如电光,一闪至君旁!

其三

开函喜动色,分明是君容。自君镜奁来,入妾怀袖中。

第四章 黄遵宪的"新体诗"及其叙事艺术

临行剪中衣,是妾亲手缝。肥瘦妾自思,今昔得毋同?自别思见君,情如春酒浓。今日见君面,仍觉心忡忡。揽镜妾自照,颜色桃花红。开箧持赠君,如与君相逢。妾有钗插鬓,君有襟当胸。双悬可怜影,汝我长相从。虽则长相从,别恨终无穷。对面不解语,若隔山万重。自非梦来往,密意何由通!

其四

汝魂将何之?欲与君追随。飘然渡沧海,不畏风波危。昨夕入君室,举手搴君帷。披帷不见人,想君就枕迟。君魂倘寻我,会面亦难期。恐君魂来日,是妾不寐时。妾睡君或醒,君睡妾岂知。彼此不相闻,安怪常参差!举头见明月,明月方入扉。此时想君身,侵晓刚披衣。君在海之角,妾在天之涯。相去三万里,昼夜相背驰。眠起不同时,魂梦难相依。地长不能缩,翼短不能飞。只有恋君心,海枯终不移。海水深复深,难以量相思![1]

在该组诗中,前三首所咏事物分别为轮船与火车、电报、照片,第四首写相隔于地球两端的相思情景。以现代科技成果入诗极易干瘪乏味,但黄遵宪将它们融入诗中人物的日常生活中,以女性思夫的口吻代言,显得情真意切,别出心裁。该组诗歌用五古体裁,借鉴汉魏六朝民歌的浏亮韵律,显得情思宛转,语

---

[1] 黄遵宪:《今别离》,黄遵宪著,吴振清、徐勇、王家祥整理:《黄遵宪集》上卷,天津人民出版社2003年版,第180—182页。

言隽永，从而超越了一般新诗仅仅"捃扯新名词以表自异"①的缺点。该组诗深受时人赞赏，潘飞声谓之"雄奇飘逸"②，袁祖光称其"古意沉丽"③。何藻翔《岭南诗存》评曰："《今别离》四章，以旧格调运新理想，千古绝作，不可有二。"④梁启超说："黄公度集中名篇不少，至其《今别离》四章，度曾读黄集者无不首记诵之。陈伯严推为千古绝作，殆公论矣。"⑤梁启超还援引同光体代表诗人陈三立"千古绝作"之誉。陈三立与黄遵宪分属新旧文学阵营，其变革精神与路径选择实为同气连枝，故相推许甚至。

晚清时期，处于世界格局变化中的诗人并非黄遵宪一人，但成就最大者却非他莫属。丘逢甲《人境庐诗草跋》亦云："海内之能于诗中开新世界者，公外，偻指可尽。"⑥袁祖光《绿天香雪簃诗话》："海外景物，近人入诗者多。求其雄阔淋漓，不负万里壮游者，惟黄公度一人而已。"⑦陈衍《石遗室诗话》："然皆未至裨海瀛海而遥

---

① 梁启超：《饮冰室诗话》，时代文艺出版社1998年版，第52页。
② 潘飞声《在山泉诗话》评黄遵宪语，黄遵宪著，钱仲联笺注：《人境庐诗草笺注》下册，上海古籍出版社1981年版，第1276页。
③ 袁祖光《绿天香雪簃诗话》评黄遵宪语，黄遵宪著，钱仲联笺注：《人境庐诗草笺注》下册，上海古籍出版社1981年版，第1278页。
④ 何藻翔《岭南诗存》评黄遵宪语，黄遵宪著，钱仲联笺注：《人境庐诗草笺注》下册，上海古籍出版社1981年版，第1301页。
⑤ 梁启超《饮冰室诗话》评黄遵宪语，黄遵宪著，钱仲联笺注：《人境庐诗草笺注》下册，上海古籍出版社1981年版，第1259页。
⑥ 丘逢甲：《人境庐诗草跋》，黄遵宪著，钱仲联笺注：《人境庐诗草笺注》下册，上海古籍出版社1981年版，第1089页。
⑦ 袁祖光《绿天香雪簃诗话》评黄遵宪语，黄遵宪著，钱仲联笺注：《人境庐诗草笺注》下册，上海古籍出版社1981年版，第1278页。

也。中国与欧、美、诸洲交通以来,持英籥与教槃者,不绝于道。而能以诗鸣者,惟黄公度。其关于外邦名迹之作,颇为夥颐。"[1] 他们都对黄遵宪诗歌评价甚高。

黄遵宪成为近世新体诗大家,既有主观原因,也有客观原因。在客观上,当时西方国家在政治经济军事文化各方面发展很快,相互间的联系日益紧密,中国也很快融入其中。高旭《愿无尽庐诗话》:"世界日新,文界诗界当造出一新天地,此一定公例也。"[2] 此话中揭示了新体诗创生的时代因素。在主观上,黄遵宪对西方社会文化怀有同情之理解,对中国社会文化怀有赤子之热忱,故在诗歌创作能"熔铸新理想以入旧风格"而无碍,终致"其意象无一袭昔贤,其风格又无一让昔贤也"[3]。

第三节 借鉴"民歌"以突破"旧风格"

黄遵宪诗歌多用五七言古体,既借鉴"旧风格",又打破诗歌旧体,不受格律、句式、音韵限制,在融合新旧诗歌叙事艺术的基础上成为新体诗的代表诗人。他在叙事上的创新主要体现在大量创作长篇叙事诗、借鉴民歌艺术技巧、语言的口语化散文化等方面。

---

[1] 陈衍《石遗室诗话》评黄遵宪语,黄遵宪著,钱仲联笺注:《人境庐诗草笺注》下册,上海古籍出版社1981年版,第1282页。
[2] 高旭《愿无尽庐诗话》评黄遵宪语,黄遵宪著,钱仲联笺注:《人境庐诗草笺注》下册,上海古籍出版社1981年版,第1282页。
[3] 梁启超《饮冰室诗话》评黄遵宪语,黄遵宪著,钱仲联笺注:《人境庐诗草笺注》下册,上海古籍出版社1981年版,第1258页。

（一）大量创作篇叙事诗

长篇叙事诗虽古已有之，但比起短篇诗歌在数量和质量上显然大为不足。梁启超曾言：

> 中国事事落他人后，惟文学似差可颉颃西域。然长篇之诗，最传诵者，惟杜之《北征》，韩之《南山》，宋人至称为日月争光。然其精深盘郁，雄伟博丽之气，尚未足也。古诗《孔雀东南飞》一篇，千七百余字，号称古今第一长篇诗。诗虽奇绝，亦只儿女子语，于世运无影响也。中国结习，薄今爱古，无论学问文章事业，皆以古人为不可几及。①

梁启超认为，对长篇叙事的评价上，一般人薄今爱古，而他本人显然更推重描写"世运"的当代作品，以彰显其"颉颃西域""影响世运"的新文学史观。他高度赞赏黄遵宪五言古体的鸿篇巨制《锡兰岛卧佛》说：

> 生平论诗，最倾倒黄公度，恨未能写其全集。顷南洋某报，录其旧作一章，乃煌煌二千余言，真可谓空前之奇构矣。荷、莎、弥、田诸家之作，余未能读，不敢妄下比跸。若在震旦，吾敢谓有诗以来所未有也。……有诗如此，中国文学界足以豪矣……②

---

① 梁启超《饮冰室诗话》评黄遵宪语，黄遵宪著，钱仲联笺注：《人境庐诗草笺注》下册，上海古籍出版社1981年版，第1257页。
② 梁启超《饮冰室诗话》评黄遵宪语，黄遵宪著，钱仲联笺注：《人境庐诗草笺注》下册，上海古籍出版社1981年版，第1258页。

第四章 黄遵宪的"新体诗"及其叙事艺术

在黄遵宪诗集中，长篇叙事诗为一大特色。其中长篇七言歌行体数量最多，有《铁汉楼歌》、《乌之珠歌》、《西乡星歌》、《樱花歌》、《都踊歌》、《冯将军歌》、《度辽将军歌》、《聂将军歌》、《伦敦大雾行》、《赤穗四十七义士歌》、《八月十五夜太平洋舟中望月作歌》、《登巴黎铁塔》、《台湾行》、《述闻》（八首）、《三哀诗》（三首）等作品。五言长篇古诗篇目少而佳作多，如《罢美国留学生感赋》、《逐客行》、《番客篇》、《拜曾祖母李太夫人墓》、《为同年吴德潇寿其母夫人》、《锡兰岛卧佛》（六首）。三言长篇有脍炙人口的《哭威海》。他还曾经设想过写一篇上万字的古诗，叙"庚子之变，欲为一空前未有之长篇古诗，名曰《拳团篇》，材料已搜集，惜未成篇"①。这些诗歌在内容上多关乎时运，展现了黄遵宪心目中新世界的理想蓝图。

在黄遵宪诗歌中，五言古诗成就很高。他曾自负地对梁启超说："吾之五古诗，自谓凌跨千古。"② 俞明震说："公诗七古沉博绝丽，然尚是古人门径。五古具汉魏人骨髓，生出汪洋诙诡之情，是能于杜韩外别创一绝大局面者。"③ 温仲和说："五古渊源从汉魏乐府而来，其言情似杜，其状景似韩。"④ 何翔藻《岭南诗存》说："《人境庐》五古，奥衍盘礴，深得汉、魏人神

---

① 钱仲联：《梦苕庵诗话》，黄遵宪著，钱仲联笺注：《人境庐诗草笺注》下册，上海古籍出版社1981年版，第1293页。
② 黄遵宪：《致梁启超书》第六通，黄遵宪著，吴振清、徐勇、王家祥整理：《黄遵宪集》下卷，天津人民出版社2003年版，第502页。
③ 俞明震：《人境庐诗草跋》，黄遵宪著，钱仲联笺注：《人境庐诗草笺注》下册，上海古籍出版社1981年版，第1084页。
④ 温仲和：《人境庐诗草跋》，黄遵宪著，钱仲联笺注：《人境庐诗草笺注》下册，上海古籍出版社1981年版，第1088页。

髓。"① 大家均表示，黄遵宪五古诗在继承汉魏乐府、杜甫、韩愈诗歌的基础上，又能自立一家。

试看其五古长篇《拜曾祖母李太夫人墓》之片段：

> 郁郁山上松，呀呀林中乌。松有荫孙枝，乌非反哺雏。我生堕地时，太婆七十五。明年阿弟生，弟兄日争乳。太婆向母怀，伸手抱儿去。从此不离开，一日百摩抚。亲手裁绫罗，为儿制衣裳。糖霜和面雪，为儿作饦馄。发乱为梳头，脚腻为暖汤。东市买脂粉，馥面日生香。头上盘云髻，耳后明月珰。红裙绛罗襦，事事女儿妆，牙牙初学语，教诵《月光光》。一读一背诵，清如新爇簧。三岁甫学步，送儿上学堂。知儿故畏怯，戒师莫严庄。将出牵衣送，未归踦闾望。问讯日百回，赤足足奔忙。②

诗中采用比兴手法开篇，从"我"出生写起，叙述曾祖母对我的养育、疼爱之情。"牙牙初学语，教诵《月光光》。一读一背诵，清如新爇簧"，生动描写出"我"跟随曾祖母学习歌谣的场景。"将出牵衣送，未归踦闾望。问讯日百回，赤足足奔忙"，传神地描绘出曾祖母对"我"的牵挂心理。诗歌语言融合了"呀呀""月光光"等口语，语句浏亮，具有新鲜活泼的特点。

（二）借鉴"民歌"的口语

黄遵宪从小生活在民歌盛行的梅州，其曾祖母通文解诗，

---

① 何翔藻：《岭南诗存》评黄遵宪语，黄遵宪著，钱仲联笺注：《人境庐诗草笺注》下册，上海古籍出版社1981年版，第1301页。
② 黄遵宪：《拜曾祖母李太夫人墓》，黄遵宪著，吴振清、徐勇、王家祥整理：《黄遵宪集》上卷，天津人民出版社2003年版，第166—167页。

且对民间文学十分爱好,给了他重要影响。黄遵宪的诗歌中有很多民歌、民间文化的影子,如在《拜曾祖母李太夫人墓》中所写的《月光光》,即是嘉应儿歌:"月光光,秀才娘。骑白马,过莲塘。莲塘背,种韭菜,韭菜花,结亲家。亲家门口一口塘,放个鲤鱼八尺长,长个拿来炒酒食,短个拿来娶姑娘。"①他自己还曾收集、研究民歌。《人境庐诗草》中收录《山歌》九首,而罗香林藏公度手写本《人境庐诗草》录《山歌》十五首,该手写本诗后有黄遵宪题记五则,其一曰:

> 十五国风妙绝古今,正以妇人女子矢口而成,使学士大夫操笔为之,反不能尔。以人籁易为,天籁难学也。余离家日久,乡音渐忘,辑录此歌谣,往往搜索枯肠,半日不成一字。因念彼冈头溪尾,肩挑一担,竟日往复,歌声不歇者,何其才之大也?②

黄遵宪认为,民间歌谣是挑夫女子"矢口而成",不同于文人士大夫诗歌创作的经营构思,因而是自然灵动的"天籁"之作。

黄遵宪积极借鉴歌谣体,创作了军歌和上学歌。所作《出军歌》《军中歌》《旋军歌》各八章,每章五句,各章末字相连为"鼓勇同行,敢战必胜,死战向前,纵横莫抗,旋师定约,张我国权",洋溢着强烈的爱国主义精神。这三首军歌受到梁启超的高度

---

① 黄遵宪:《拜曾祖母李太夫人墓》注,黄遵宪著,钱仲联笺注:《人境庐诗草笺注》中册,上海古籍出版社1981年版,第430页。
② 黄遵宪:《山歌题记》,黄遵宪著,吴振清、徐勇、王家祥整理:《黄遵宪集》上卷,天津人民出版社2003年版,第384页。

赞扬:"吾中国向无军歌,其有一二,若杜工部之前后《出塞》,盖不多见。然于发扬蹈厉之气尤缺……其精神之雄壮活泼、沉浑深远不必论,即文藻亦二千年所未有也。诗界革命之能事,至斯而极矣。"① 梁启超明确把黄遵宪视为"诗界革命"之极致。

黄遵宪在晚年创作《幼稚园上学歌》十首、《小学校学生相和歌》十九首,内容别具一格,也属于"别创一境"。前者写父母对幼儿上学的寄盼:"娘去买枣梨,待儿读书归。上学去,莫迟迟。"幼儿对读书的懵懂认识:"阿师抚我,抚我又怒我;阿师詈我,詈我又媚我。"② 后者是对小学生的寄望,表达了"欲求国强先自强""开卷爱国心,掩卷忧国泪"③ 的忧国爱国之情。

黄遵宪的诗歌语言不少采自民歌中的口语,正是《人境庐诗自序》所说的"方言俗谚"。如《八月十五夜太平洋舟中望月作歌》"几家儿女怨别离,几处楼台作歌舞"④ 化用广东民歌"月子弯弯照九州,几家欢乐几家愁"⑤,《下水船歌》"三朝三暮见黄牛"⑥ 化用民谣"朝发黄牛,暮宿黄牛,三朝三暮,黄牛如

---

① 梁启超《饮冰室诗话》评黄遵宪语,黄遵宪著,钱仲联笺注:《人境庐诗草笺注》下册,上海古籍出版社1981年版,第1261—1262页。
② 黄遵宪:《幼稚园上学歌》,黄遵宪著,吴振清、徐勇、王家祥整理:《黄遵宪集》上卷,天津人民出版社2003年版,第352—353页。
③ 黄遵宪:《小学校学生相和歌》,黄遵宪著,吴振清、徐勇、王家祥整理:《黄遵宪集》上卷,天津人民出版社2003年版,第355页。
④ 黄遵宪:《八月十五夜太平洋舟中望月作歌》,黄遵宪著,吴振清、徐勇、王家祥整理:《黄遵宪集》上卷,天津人民出版社2003年版,第159页。
⑤ 吴之振等辑,管廷芳、蒋光煦补:《宋诗钞》,生活·读书·新知三联书店1984年版,第407页。
⑥ 黄遵宪:《下水船歌》,黄遵宪著,吴振清、徐勇、王家祥整理:《黄遵宪集》上卷,天津人民出版社2003年版,第166页。

故"。再如《己亥杂诗》"看到须臾图万变，终愁累却自家山""指渠堕地呱呱处，老屋西头第四房""一路春鸠啼落花，十龄学步语牙牙""一声声道妹相思，夜月哀猿和《竹枝》"①，使用方言"自家""渠"，口语"呱呱""牙牙""一声声"。《今别离》《拜曾祖母李太夫人墓》《新嫁娘诗》《幼稚园上学歌》也是化用民歌、口语的佳作。如《新嫁娘诗》中的几首：

  洞房四壁沸笙歌，伯姊诸姑笑语多。都道一声"恭喜也"，明年先抱小哥哥！
  香糯霏屑软于绵，纤手搓来个个圆。玉碗金瓯分送后，大家齐结好姻缘。
  玉钩青帐放迟迟，细腻风光应独知。生怕隔墙人有耳，嘱郎私语要呢呢。
  鸳衾春暖久勾留，红日三竿已上楼。蓦听笑声窗外闹，"新人今尚未梳头！"
  袖中携得绿荷包，戏与藏讴赌那宵。还是枣仁是莲子？道郎果甚是推敲。②

诗中有不少词句出自人们日常口语，如"恭喜也""明年先抱小哥哥""搓来个个圆"，双关语"绿荷包""枣仁""莲子"，具有浓厚的生活气息。这些富有民歌风味的语言，流利自然，清新

---

① 黄遵宪：《己亥杂诗》，黄遵宪著，吴振清、徐勇、王家祥整理：《黄遵宪集》上卷，天津人民出版社2003年版，第237、242、242、241页。
② 黄遵宪：《新嫁娘诗》，黄遵宪著，吴振清、徐勇、王家祥整理：《黄遵宪集》上卷，天津人民出版社2003年版，第297—302页。

活泼，消解了古诗语言的深奥、艰涩，打通了向粗通文墨的普通读者传播的障碍。

（三）叙事语言的散文化

为了扩大诗歌的表现力度，实现"我手写我口"的创作目标，黄遵宪提出"以古文家伸缩离合之法以入诗"（《人境庐诗草序》）、"以古文家抑扬变化之法作古诗"（《人境庐诗草跋引》），认为诗歌表达不应被固定的格律、字数束缚，而应根据表达需要"伸缩离合""抑扬变化"，提倡用散文化的语言写作诗歌。

黄遵宪诗歌不拘字数的散文化十分常见，其《哭威海》通篇为三字句，《田横岛》《五禽言》则杂糅多种句式。试看《田横岛》：

生王头，死士垄，一毛轻等丘山重。臣头百里走见王，王自趋前头不动。五百人头共一丘，人人视头问赘疣，背面事仇头亦羞。横来横来大者王小者侯，臣戴头来王勿忧。呜呼死士垄，乃为生王头！[①]

诗中有三言、五言、六言、七言、十言，句式的长短并不由诗歌的体式决定，而是随作者的情感起伏而变化。诗首的三字句短而有力，感情凝重。在中间七字句、十字句中情绪渐次趋于高潮。"呜呼"是散文化的语言，此处用以抒发内心的强烈感

[①] 黄遵宪：《田横岛》，黄遵宪著，吴振清、徐勇、王家祥整理：《黄遵宪集》上卷，天津人民出版社2003年版，第115—116页。

受。"生王头""死士垄"分别在诗的首尾重复出现，形成了情感的循环与升华。

黄遵宪诗歌惯于使用散文句式来进行铺叙。如《和周朗山琨见赠之作》："噫嘻乎儒生读书不识羞，动夸虎头燕颔径取万户侯。万户侯耳岂足道，乌知今日裨瀛大海还有大九州。"①《庚午中秋夜始识罗少珊文仲于矮屋中遂偕诗五共登明远楼看月少珊有诗作此追和时癸酉孟秋也》："我方掀帘促膝坐，昂头有月来屋檐。此人此月此楼岂可负此夕，辄邀吾友同追探。"②《西乡星歌》："人不能容此嶔崎磊落之身，天尚与之发扬蹈厉之精神""死于饥寒死于苛政死于暴客等一死，徒死何如举大计""此外喑呜叱咤之声势，化为妖云为沴气""吁嗟乎！丈夫不能流芳千百世，尚能遗臭亿万载"③。诸如此类，均是散文的叙述语言，不讲究意境、格调、韵律、字数、对偶，其句式伸缩自如，句意清新流畅，生动感人。

黄遵宪在使用散文化语言的同时，还借鉴古文叙事的场面描写、细节描写、人物描写、事件描写等方法，增强诗歌的叙事性，《铁汉楼歌》、《冯将军歌》、《度辽将军歌》、《聂将军歌》、《降将军歌》、《三哀诗》（三首）、《为同年吴德溥寿其母夫人》、《拜曾祖母李太夫人墓》等堪为代表。

---

① 黄遵宪：《和周朗山琨见赠之作》，黄遵宪著，吴振清、徐勇、王家祥整理：《黄遵宪集》上卷，天津人民出版社2003年版，第99页。
② 黄遵宪：《庚午中秋夜始识罗少珊文仲于矮屋中遂偕诗五共登明远楼看月少珊有诗作此追和时癸酉孟秋也》，黄遵宪著，吴振清、徐勇、王家祥整理：《黄遵宪集》上卷，天津人民出版社2003年版，第102页。
③ 黄遵宪：《西乡星歌》，黄遵宪著，吴振清、徐勇、王家祥整理：《黄遵宪集》上卷，天津人民出版社2003年版，第123—124页。

如《冯将军歌》塑造的冯将军形象:

>冯将军,英名天下闻。将军少小能杀贼,一出旌旗云变色。江南十载战功高,黄袇色映花翎飘。……将军剑光初出匣,将军谤书忽盈箧。将军鲁莽不好谋,小敌虽勇大敌怯。将军气涌高于山,看我长驱出玉关。平生蓄养敢死士,不斩楼兰今不还。手执蛇矛长丈八,谈笑欲吸匈奴血。左右横排断后刀,有进无退退则杀。奋梃大呼从如云,同拼一死随将军。将军报国期死君,我辈忍孤将军恩。将军威严若天神,将军有令敢不遵,负将军者诛及身。将军一叱人马惊,从而往者五千人。五千人马排墙进,绵绵延延相击应。①

诗中反复使用"将军"一词,层层渲染出冯子材将军的英名、气度、服饰、佩剑、受谤、鲁莽、气势、威严、号令等。王蘧常《国耻诗话》谓之:"刻画将军,虎虎如生。连叠十六'将军'字,盖效史公《魏公子无忌列传》。"② 钱仲联《梦苕庵诗话》评曰:"连用'将军'字,此《史》《汉》文法,用之于诗,壁垒一新。"③ 王蘧常和钱仲联都揭示出黄遵宪诗歌的"《史》《汉》"文法。

---

① 黄遵宪:《冯将军歌》,黄遵宪著,吴振清、徐勇、王家祥整理:《黄遵宪集》上卷,天津人民出版社2003年版,第156—157页。
② 王蘧常《国耻诗话》评黄遵宪语,黄遵宪著,钱仲联笺注:《人境庐诗草笺注》下册,上海古籍出版社1981年版,第1283—1284页。
③ 钱仲联《梦苕庵诗话》评黄遵宪语,黄遵宪著,钱仲联笺注:《人境庐诗草笺注》下册,上海古籍出版社1981年版,第1290页。

第四章 黄遵宪的"新体诗"及其叙事艺术

再如《铁汉楼歌》写宋代名臣刘安世临危不惧的情节:

> 岂知章蔡恨未雪,谓臣虽死犹余辜。如飞判使暗挟刀,来取逐客寒头颅。梅州太守亦义士,告语先生声呜呜。先生湛然色不变,倔强故态犹狂奴。有朋诬诼细料理,对客酣饮仍歌呼。呜呼先生真铁汉,品题不愧眉山苏。①

这段诗句化用了《宋史·刘安世传》的文字:

> 惇与蔡卞将必置之死,因使者入海岛诛陈衍,讽使者过安世,胁使自裁。又擢一土豪为转运判官,使杀之。判官疾驰将至梅。梅守遣客来劝安世自为计,安世色不动,对客饮酒谈笑。徐书数纸付其仆曰:"我即死,依此行之。"顾客曰:"死不难矣。"客密从仆所视,皆经纪同贬当死者之家事甚悉。判官未至二十里,呕血而毙,危得免。②

黄遵宪从史书中借鉴题材,将散文叙事与诗歌结合,在诗中融入情节描写、语言、神态、动作描写,用"细料理"和"仍歌呼"衬托刘安世"湛然色不变",突出其胸襟坦荡、将生死置之度外的豪迈之气。最后两句点出"铁汉"二字由苏轼品题,直接抒发对刘安世铮铮铁骨的敬意。

---

① 黄遵宪:《铁汉楼歌》,黄遵宪著,吴振清、徐勇、王家祥整理:《黄遵宪集》上卷,天津人民出版社2003年版,第98页。
② 脱脱等撰:《宋史》(第三一册)卷三百四十五,中华书局1977年版,第10953—10954页。

综上所述,在晚清近代诗歌史上,黄遵宪占有重要地位。他提出"我手写我口"的诗歌创作主张,在取材上以"今人所见之理、所用之器、所遭之时势"为抒写对象,不名一格,不专一体,在叙事艺术上采用长篇体制、口语俗语、散文句式,对传统诗歌叙事艺术有明显的突破和创新。他的诗受到梁启超等"诗界革命"派的热情赞颂,也受到过胡先骕、夏敬观、钱锺书等人的质疑,被指"然过欠剪裁,瑕累百出"[①]"以铺叙为长,乏于韵味"[②]"有新事物,而无新理致"[③],其中难免带有新旧阵营的偏见。我们实事求是来看,黄遵宪的诗歌叙事为旧体诗传统的转型、新体诗传统的创新做出了巨大贡献,在近代文学研究史上具有不可抹煞的意义。

---

① 胡先骕《读郑子尹巢经巢诗集》评黄遵宪语,黄遵宪著,钱仲联笺注:《人境庐诗草笺注》下册,上海古籍出版社1981年版,第1305页。
② 夏敬观《映庵臆说》评黄遵宪语,黄遵宪著,钱仲联笺注:《人境庐诗草笺注》下册,上海古籍出版社1981年版,第1308页。
③ 钱锺书《谈艺录》评黄遵宪语,黄遵宪著,钱仲联笺注:《人境庐诗草笺注》下册,上海古籍出版社1981年版,第1309页。

第五章

新文学的先声：近代"白话文言"与新体诗叙事传统

近代文学的起止，学界一般参照近代史的分期，以第一次鸦片战争为起点，而以"五四"新文学为结点。也有人依循"五四"思想启蒙的逻辑，将近代文学的起点延伸到龚自珍那里。如果承认"五四"作为近代文学的结点，则在思想启蒙这一维度之外，还应包含文学史从文言到白话的演进逻辑。清代诗歌"白话文言"的新变，开启了近代诗学的进程，在梁启超、黄遵宪等新体诗派那里达到高潮，并影响到"五四"白话诗的成熟。在思想和美学趣味上，新派诗在叙事传统上天然贴近现实和民间。晚清诗歌叙事传统勃兴，又使作诗不必依赖典籍，自有丰满、充实之内容，且新时代、新事物，也无典籍可凭依，遂使"我手写我口"[①] 成为可能和必需，这极大地促进了诗歌的"白话文言"之新变。

[①] 黄遵宪：《杂感五首》(其二)，《黄遵宪集》上册，天津人民出版社2003年版，第90页。

第一节 "五四""白话文学"的确立

文学语言的新变,同时也是思想的新变,新语言乃是新思想在为其自身寻求恰当的表达方式;而新的形式也将进一步促进思想的更新。"五四"的启蒙思想与白话文学唇齿相依、相得益彰,就是最好的说明。"五四"新文学是"白话文言"演变的一个现实结果,但并不意味着就是新文学的终点。新文学、现代汉语新诗,至今仍然是未完成的探索。

"五四"一代学者,以白话作为文学史的目的和方向,并以此去追溯新文学的传统和渊源。胡适《白话文学史》,便以《诗经》、汉乐府中的民歌为新文学之远源。《白话文学史》只有上半部,他如何看待近世文学,无从得知,然而,作者在该书自序中列了一个提纲,以明代为"白话小说的成人时期"[1],或者这就是胡适所认为的新文学的近源。以明代为近世之始,且将其与现代相关联,是当时很多学者的共识。郑振铎《插图本中国文学史》,将明嘉靖元年(1522)看成近代文学的开始,他的依据是"近代文学的意义,便是指活的文学,到现在还并未死灭的文学而言",而明中期是"小说、戏剧的大时代"[2],该时代的文体形式及语言贯穿至现代。周作人《中国新文学的源流》将公安、竟陵派称为"明末的新文学运动",并认为"那一次的文学运动,和民国以来的这次文学革命运动,很有些相像的地

---

[1] 胡适:《白话文学史》之《自序》,上海古籍出版社1999年版,第3页。
[2] 郑振铎:《插图本中国文学史》,人民文学出版社1957年版,第828、831页。

第五章 新文学的先声：近代"白话文言"与新体诗叙事传统

方。两次的主张和趋势，几乎都很相同。更奇怪的是，有许多作品也都很相似"①。

"五四"一代学者以"白话"作为文学发展方向，以平民观作为文学史的道德尺度。明代中后期小说、戏剧的繁盛，文人诗文创作风气的转向，使得他们在古典文学传统中找到新文学的渊源。不过，明代的"新文学运动"，入清后又有中断和反复，周作人谓之"清代文学的反动"②。此外，中国古典文学习惯上以诗文为正宗和主体，诗文语言和风气的近现代转向，才更具观察意义。与小说、戏曲不同的是，诗歌从文言雅语到白话，有一个"白话文言"的过渡阶段，且这一阶段也是动态发展的。"白话文言"成为反传统的语言武器，与新思想的发展相呼应。

在此期间，诗歌叙事传统的发扬，进一步促进了语言的变革。钱仲联先生说"叙事性是清诗的一大特色，也是所谓'超元越明，上追唐宋'的关键所在"③。这一叙事性，在清代后期得到进一步的发展，且更贴近现实，语言也更接地气。而在叙事、语言的背后，蕴含着近代新的人文精神。这种新的人文精神，既有袁枚、龚自珍那样从内部反思、省察而来，也有陈三立那样在国门洞开之后，受外来文化冲击、刺激，在中西文化的比较中酝酿而成。

语言、叙事、新的人文精神，三者相互作用、纠缠，对中

---

① 周作人：《中国新文学的源流》，华东师范大学出版社1996年版，第7、28页。
② 周作人：《中国新文学的源流》，华东师范大学出版社1996年版，第29页。
③ 钱仲联：《清诗纪事》，江苏古籍出版社1988年版，第5页。

国诗史从古典走向现代，起到重要的推动作用。而在清初"文学的反动"中承继明人的余绪且有所发扬扩张，将其从小说、戏剧接引到诗文，并连接到新文学的，当以小仓山房主人袁枚最为突出，影响也最大。因此，以"五四"为结点的近代文学，不妨从袁枚讲起。

第二节　从小仓山房到人境庐：诗语新变的自觉与深化

严迪昌先生《清诗史》将清代后期的一些五七言体诗句式的口语化现象，称为"白话文言"形态，并认为这种形态"从特定意义上说也是更接近社会现实生活，更抒情化的表现，同时无疑又是对诗的贵族化的反拨"[①]。严氏将语言和思想相关联，提出新旧体诗在语体上存在因变关系的命题，予本文以极大的启示。

自东汉以来中国的文人诗，所应用之语言多为文言雅语，这种语言以历代文化典籍为渊薮，有着深厚的历史、文化积淀。尽管历代作者百千万计，诗歌风格也千汇万状，然文言雅语，毕竟为其主流，贯穿了整个古典诗史。文人做诗，要有典故、出处，要有文化积累与传承的痕迹，要显示学问，以及由此种学问而培育出的性情……所有这些，都通过语言、修辞表现出来，或蕴涵于语言、修辞之中，与格律音韵一起，形成古典诗歌的艺术特质。

其间，虽也不乏偶用村言俗语，或戛戛独造者。以唐诗而

---

① 严迪昌：《清诗史》，人民文学出版社2011年版，第886页。

第五章 新文学的先声：近代"白话文言"与新体诗叙事传统

论，如白居易作新乐府，一度衡以"老妪能解"[①]，致有"元轻白俗"[②]之谓。然元、白并未对文人雅言诗构成有效冲击，且在白氏本人而言，亦未贯彻始终。又有韩愈、李贺等推陈出新，然也多是熔铸经典，有本可循，且其自身很快以一种新的雅言，加入到文人诗的大传统中。至明代中后期，在心学思潮所导引的思想解放的大背景下，公安、竟陵反复古、尊性灵，重俚歌小说，一时蔚为风气。循此而往，或也能走出一条通往新诗之路。然清廷继立，又打断了这一更新趋势。乾、嘉之际，正值传统文化的总结期，经史考据之风大盛，余波所及，复古、雅言、学问、道统，等等，复炽于诗文。沈德潜、翁方纲等所倡导的格调、肌理诗学，可以说就是周作人所谓的"清代文学的反动"。在这一背景下，袁枚提出性灵说，上承继明中后期诗歌的新思潮，促进了"清代文学的反动"的反动，成为古典向近现代过渡的重要桥梁。

就新思想而言，袁枚直接影响到龚自珍，而龚自珍被公认为是近代思想文化的开端；就新诗风而言，从袁枚到黄遵宪，勾画出清诗反古典的演化路径，可以说是现代白话诗的本土文学渊源。而袁枚的新思想，与其新的诗风、语言是形影相随的。"性灵说"是袁枚的诗学标帜，其内涵及文学史、文论史乃至思想史的意义，学界多有深入而透彻的揭示，兹不赘述。"性灵说"的核心是自我真实而独立的情感与个性，于诗文而言，最重要的就是摆脱古典，以时语、己语写出真实的生活与情感。

[①] 惠洪：《冷斋夜话》卷一，上海古籍出版社2013年版，第14页。
[②] 苏轼：《祭柳子玉文》，苏轼著，孔凡礼校：《苏轼文集》，中华书局1986年版，第1938页。

"作诗,不可以无'我',无'我',则剿袭敷衍之弊大。韩昌黎所以'惟古于词必己出'也。北魏祖莹云'文章当自出机杼,成一家风骨,不可寄人篱下'。"而当时诗坛流弊,就是依附经史之下,"填书塞典,满纸死气,自矜淹博"①。实际上,以书典为作诗的文字资源,是清代中叶诗坛在语言与修辞上的重要特点。所谓"雅言",就是由书典所熔铸、陶冶的语言,而语典、事典则为普遍的修辞与写作方式。只要是写古典诗歌,很难完全避免书典。从这个角度看,袁枚反对书典,倡导语言与写作上的新变,针对的不仅仅是当时的诗风,而是古典文人诗整体上的写作传统。

袁枚之诗,正是其诗学主张的实践与新思想的承载。他自题其诗云:"不矜风格守唐风,不和人诗斗韵工。随意闲吟没家数,被人强派乐天翁。"②又云:"独来独往一枝藤,上下千年力不胜。若问随园诗学某,三唐两宋有谁应?"③师心任性,突破流派家数,从而摆脱了文人诗的文化病累,获得极大的创作自由。袁诗清浅、俗白,其近体诗,有时甚至连古诗中绝不可错的平仄规律都不遵守。如《偶作五绝句》"偶寻半开梅,闲倚一竿竹。儿童不知春,问草何故绿"④,其中"闲倚""儿童"失

---

① 袁枚:《随园诗话》卷七第一八条,《随园诗话补编》卷三第四条,人民文学出版社1982年版,第216、626页。
② 袁枚:《自题》,袁枚撰,周本淳标点:《小仓山房诗文集》卷二十六,上海古籍出版社1988年版,第661页。
③ 袁枚:《遣兴》(之六),袁枚撰,周本淳标点:《小仓山房诗文集》卷三十三,上海古籍出版社1988年版,第932页。
④ 袁枚:《偶作五绝句》(之二),袁枚撰,周本淳标点:《小仓山房诗文集》卷十九,上海古籍出版社1988年版,第436页。

第五章 新文学的先声：近代"白话文言"与新体诗叙事传统

粘；《所见》"牧童骑黄牛，歌声振林樾。意欲捕鸣蝉，忽然闭口立"[1]，其中"歌声""意欲"也失粘。袁枚非不擅格律，只是不愿刻意为其所缚而已。袁枚曾自道不喜作词，"余不耐学词，嫌其必依谱而填故也"[2]。其于格律诗，态度亦类似。在实际上，袁枚近体诗出律的并不多，然虽偶尔为之，即能有效强化其诗自由、轻松的风格。

格律是语言的一个方面，在废书典、弃雅言的背面，是生动谐谑的俚语俗言，这也是袁枚反文人诗"雅言"传统最为着力处。朱庭珍批评袁诗"以鄙俚浅滑为自然，尖酸佻巧为聪明，谐谑游戏为风趣，粗恶颓放为雄豪，轻薄卑靡为天真"，"眼前琐事，口角戏言，拈来即是诗句"[3]，反而揭示了袁枚诗的重要特色及其对文学史的贡献。在《小仓山房诗文集》中，器用服馔、齿痛染须等生活琐细，皆能絮絮道来，题材上不避细俗，语言上，方言口语、市井俗话等，也屡见之于诗篇。比如吴地"阿爷""阿母""阿姊""阿婆"等俗称，"鼻涕""苍蝇"等日常名物，均原本采用，略无修饰；再如"忽然暴雨来，人天一齐洗。避登千寻塔，正对一条水"[4] 中的"一齐洗""一条水"，"急抄诗与诸公读，省得衰翁说不清"[5] 中的"省得"，等等，纯

---

[1] 袁枚：《所见》，袁枚撰，周本淳标点：《小仓山房诗文集》卷二十五，上海古籍出版社1988年版，第597页。
[2] 袁枚：《随园诗话》卷十一第二六条，人民文学出版社1982年版，第383页。
[3] 钱仲联：《清诗纪事》，江苏古籍出版社1988年版，第5102页。
[4] 袁枚：《行十里至黄厓再登文殊塔观瀑》，袁枚撰，周本淳标点：《小仓山房诗文集》卷三十，上海古籍出版社1988年版，第670页。
[5] 袁枚：《新正十一日还山》（之五），袁枚撰，周本淳标点：《小仓山房诗文集》卷三十一，上海古籍出版社1988年版，第846页。

为口语；"临行两下私房订，还要同舟泛五湖"[1]，写西施、范蠡事，全然市井口吻；"生时招不来，死时带不去"[2] 写财富，径用俗谚。此类诗句很多。这里须强调的是，袁枚这种反雅言的诗学风格，应是有意为之。

  在对诗的地位与功用的认识上，袁枚一反言志教化的历史传统，而多了消遣娱乐精神。他有不少诗，直接以"戏笔""戏题"名题，便是宣明自己的态度。使诗歌消解崇高，走下神坛，方能融入世俗。袁诗展现日常生活的诸般琐细，却又不同于以往隐逸诗人，在隐逸生涯的书写中，寄寓着一份孤高和倔强。比如和陶渊明比起来，哪怕是相类的题材和笔调，袁俗而陶雅，袁低而陶高，区别非常明显。说到底，陶渊明所代表的隐逸传统，乃孔子"邦有道，则仕，邦无道，则可卷而怀之"[3] 的实践，和出仕用世，不过是一体两面。故陶诗总体上仍在言志教化系列，乃至成为文人诗歌传统的一大高标。袁枚则不然，也因此被尊崇传统诗学观的学者所诋毁，视之为"异端"[4]。

  在写作上，袁枚的俗白、直切，每每有鲜明的针对性，稍作比较就一目了然。比如同是写江村渔家，王士禛《真州绝句》（其五）："江干多是钓人居，柳陌菱塘一带疏。好是日斜风定

---

[1] 袁枚：《自笑》，袁枚撰，周本淳标点：《小仓山房诗文集》卷三十二，上海古籍出版社1988年版，第927页。
[2] 袁枚：《钱》，袁枚撰，周本淳标点：《小仓山房诗文集》卷三十二，上海古籍出版社1988年版，第682页。
[3] 杨伯峻：《论语译注》，中华书局1980年版，第163页。
[4] 陈廷焯"小仓山房诗，诗中异端也"，最为精炼地概括了士大夫阶层对袁诗的认识。见《白雨斋词话》卷八，人民文学出版社1959年版，第203页。

第五章　新文学的先声：近代"白话文言"与新体诗叙事传统

后，半江红树卖鲈鱼。"① 以景语叙情事，韵味悠长，体现了王诗的"神韵"美学。再看袁枚的《七里泷》："七里泷深草树疏，青山匼匝水环纡。老翁白发手双桨，同着女儿唤卖鱼。"② 通过场景和叙事，一方面与文人诗的美学传统拉开了距离，一方面融入市井的烟火地气，俗白而亲切。

《小仓山房诗文集》卷三有一首七古《登泰山》，可谓是从思想精神与写作方法上针对文人诗传统，反其道而行之的代表③。该诗多处化用前人名句，然语言、格调迥异。如写泰山之位势云"欲知齐鲁形如何，几丛蜗角攒蜂窝"，前句化杜甫《望岳》"岱宗夫如何，齐鲁青未了"④，后句化李白《游泰山》"千峰争攒聚，万壑绝凌厉"⑤；再如杜甫《望岳》结句"会当凌绝顶，一览众山小"，袁诗则云"不登泰山高，哪知天下小"；又如写山势之险及草木随山高下分布，袁诗云"后人头接前人踵，径寸草压千尺松"，前句出马第伯《封禅仪记》"人相牵，后人见前人履底，前人见后人顶，如画重累人矣"⑥，后句则自左思

---

① 王士禛：《真州绝句》，章培恒、安平秋、马樟根、王小舒、陈广澧编：《王士禛诗选译》修订版，凤凰出版社2011年版，第132页。
② 袁枚：《七里泷》，袁枚撰，周本淳标点：《小仓山房诗文集》卷三十一，上海古籍出版社1988年版，第876页。
③ 袁枚：《登泰山》，袁枚撰，周本淳标点：《小仓山房诗文集》卷三，上海古籍出版社1988年版，第40页。
④ 杜甫：《望岳》，杜甫著，仇兆鳌注，《杜诗详注》卷一，中华书局1979年版，第3页。
⑤ 李白：《游泰山》（之五），傅东华选注：《李白诗》，商务印书馆1928年版，第121页。
⑥ 马第伯：《封禅仪记》，裴晋南、李漱卿：《汉魏六朝文译释》，黑龙江人民出版社1983年版，第122页。

《咏史诗》"以彼径寸茎,荫此百尺条"①;写泰山之高及登临之旷云"脚底叶飞高鸟背,眼前海走胸怀间",前一句写落叶令人联想到王勃《山中》"山山黄叶飞"②,写山高则融化了杜诗"荡胸生层云,决眦入归鸟",直白、通俗,既无王勃的画意美,也无杜诗的高格,然无妨其形象、生动;后一句则显然有李白"黄河落天走东海,万里写入胸怀间"的影子③。袁枚对前人名句的借鉴、改编,其特点就是化雅为俗,化婉曲为直切。当然,更值得重视的是诗人极具个性化的语言创造,比如写诗人由仆从肩舆登山,云"土人结绳为木篮,令我偃卧同春蚕。两夫负之走若蟹,横行直上声喃喃",既通俗形象,又幽默生动;结尾"不见金轮捧出扶桑来,但见峰头壁月银盘大"写晚上月出,词语极为粗率鄙直。无论是名句翻新还是个性化的创造,袁诗用贴近生活与时代的活语言,以其巨大的影响,探索出一条有别于文人诗传统的新路径。④

袁枚搅动时代的风潮,追从者遍及各个阶层。"上自名公巨卿,下至贩夫走卒,贱至倡优,莫不依附门墙,竞言袁氏弟子"⑤。这里既有赵翼、蒋士铨这样的羽翼,以"乾嘉三大家"

---

① 左思:《咏史诗》(其二),萧统编,李善等注:《六臣注文选》卷二十一,中华书局1987年版,第387页。
② 王勃:《山中》,王勃著、谌东飚校点:《王勃集》,岳麓书社2001年版,第32页。
③ 李白:《赠裴十四》,傅东华选注:《李白诗》,商务印书馆1928年版,第92页。
④ 袁枚诗的通俗化的分析、例证,可参见李秋霞:《异端与才子——袁枚诗歌研究》,南京师范大学博士论文(2013年)。
⑤ 刘声木:《黄蛟门面质袁枚诗》,刘声木:《苌楚斋随笔》卷十,中华书局1998年版,第221页。

第五章 新文学的先声：近代"白话文言"与新体诗叙事传统

的标识屹立诗坛，也有王文治、张问陶、郭麐这样的大家，前后延续着"性灵"的主脉。更重要的，是袁枚对那些"贩夫走卒"、中下层文士的影响力。罗时进先生观察到明清文学创作主体的一个重要嬗变，即"文柄下移""文在布衣"[①]，这对文学史从古典走向近现代至关重要。袁枚在民间的广泛影响，对明清文学创作主体的下移，无疑起到非常积极的作用。

也正因此，袁枚及其追随者在保守派那里，被视为"异端"，乃至直斥为"谬种蔓延不已，流毒天下"[②]。只是历史恰恰迎合了这"谬种"的蔓延，是顺着袁枚的方向，而非他的反对者。从乾、嘉到道、咸，中国社会在内忧外患中，发生深刻的质变，传统诗学的社会文化基础，渐次崩塌，龚自珍的出现，使得以袁枚为导向的诗歌路径变得更加清晰和坚实。只是与赵翼、张问陶等不同，龚自珍是以一种二律悖反的方式，确证了袁枚所导引的诗路。

龚自珍虽非性灵诗派，然却和袁枚有着千丝万缕的联系。社会关系上，袁、龚家族均于乾、嘉间由安徽黟县迁杭，与以"振绮堂"名于世之汪氏有密切联姻[③]。思想精神以及个性气质上，袁、龚实也表现出浓厚的血脉关联，如尊情、贵真、重自我，对传统文士价值观的反叛，等等。当然，由于时代的变化，龚氏所重的"性情"，有着更多的社会现实、国计民生的内容。严迪昌先生说："人们惯以龚自珍为近代文化包括诗文化的开

[①] 罗时进：《"文在布衣"：明清创作主体的嬗变》，编入氏著《文学社会学——明清诗文研究的问题与视角》，中华书局2017年版，第88—91页。
[②] 钱仲联：《清诗纪事》，江苏古籍出版社1988年版，第5102页。
[③] 详情参见严迪昌：《清诗史》，人民文学出版社2011年版，第669页。

山,然而龚定庵潜在性格中正有着袁随园的隔代熏陶。"① 是极有见地的史论。

龚自珍与袁枚等在精神品格与思想趣味上表现出一种正相关,然而,就诗歌创作而言,龚自珍却表现出特有的复杂性。一方面,龚诗以情充之,以气行之,风流倜傥,与性灵诗派非唐非宋、重视独创有一致性。龚诗师心使气、自由超迈的精神,也有新锐进取的生气。除了不主"家数",龚诗每每还"豪不就律",被论者认为"终非当家"②。刘世南先生统计《己亥杂诗》中用仄声韵者有二十八首之多,而这二十八首诗还全不讲平仄规矩。龚的近体诗中还有以同一字重复入韵的情况,都不合诗律规则。另外,龚诗中还有以词法为诗法,诗的散文化等现象③。这里可能有所误解,龚诗用仄声的是古体,《己亥杂诗》中用平声韵的,基本都符合格律。不过,龚古、律不拘,杂取文法为诗,自由随性的写作倾向,与袁枚也颇有类似。另一方面,龚自珍又有逞才炫学、恢奇奥僻的一面,与袁枚等俗白、谐趣并不相类。如果说,袁枚等以更接地气的"白话文言"承载其反传统的新思想,依托并融汇着民间与市民的文化力量,龚自珍的新思想,某种程度上还依附旧的形式。这一旧形式,反过来又会消蚀其新思想的光芒。严迪昌先生说龚诗中"流露的士大夫气和名士颓唐情调不止是内容,而且形之于诗的语言。这说明,文化的超越和自新比起思想政治的锐新要艰难、缓慢

---

① 严迪昌:《清诗史》,人民文学出版社2011年版,第668—669页。
② 谭献:《复堂日记》,河北教育出版社2001年版,第45页。
③ 详情参见刘世南:《清诗流派史》,人民文学出版社2004年版,第426—427页。

第五章 新文学的先声:近代"白话文言"与新体诗叙事传统

得多","龚自珍在诗文化上反映出来的矛盾现象,何尝不证明着五七言形态的活力弹性的严重失落,与时代思潮间已缺乏同步适应性"[1]。也就是说,旧的五七言形态,对新思潮的表达,已构成一种阻碍。袁枚诗的"白话文言",以谐俗的时语剥离文人诗的积习,虽然采用五七言诗体,却在突破其顽固的惰性,而呈现出新的风貌。就诗体革新与语言新变而言,袁枚比龚自珍要走得远,沿袁枚的方向,传统诗歌就可以慢慢走向近现代,而龚自珍的诗歌创作路径则具有相当大的保守性。

龚自珍的思想与诗歌对近代中国社会产生重大的影响,"光绪甲午以后,其诗盛行,家置一编,竞事模拟"[2]。对维新派来说,龚诗乃案头必备,康有为、谭嗣同等,都曾受到龚的影响,而直到南社诸人,达到学龚的高潮。不过,近代诗人学龚而特出者,多是有变革的传承,对龚诗恢奇奥僻的一面有所革新。比如杨象济,"才气横溢,有不可一世之概""疏狂忤俗"的个性思想与身世遭际,与龚自珍极为相似,然杨氏治学及写诗,"私淑桐城铅山,亲炙长水娄江",门径甚广且不取定庵。杨氏私淑之"铅山",乃词曲家蒋士铨,诗名不及词、曲,然其近体诗写人伦亲情、山水乡思,情味轻盈隽永,深契"性灵"一派的清新切近。杨象济的诗,以近体最佳,有"流利凄清"[3]之评,其审美情调更接近"性灵"一派。陈衍曾将近代诗人分为樊榭、定庵两派,一则冷僻,一则流易,效龚自珍者如"人境

---

[1] 严迪昌:《清诗史》,人民文学出版社2011年版,第915—916页。
[2] 徐世昌:《晚晴簃诗汇》卷一百三十五,退耕堂本,1929年刊本。
[3] 余宣:《菱溪诗话》,转引自钱仲联:《清诗纪事》,江苏古籍出版社1988年版,第11457页。

庐（黄遵宪）、樊山（樊增祥）、琴志（易顺鼎）诸君"，便属"丽而不质，谐而不涩，才多意广"者[1]。陈衍将龚自珍诗统归为流易一派，未免欠妥，龚诗原有涩僻的一面，然肖龚者能变之以流利，此现象是客观存在的。这实际上是调和袁、龚而探索出的诗路。当龚之艰僻妨碍诗人表达新思想、叙写新事物时，袁的平易通俗就可适时纠偏矫正。樊增祥学诗之初，即"嗜袁（枚）赵（翼）""积诗千数百首，大半小仓、瓯北体"[2]，樊诗肖晚唐和龚自珍，得之风流绮丽，然樊诗流畅而不晦涩，其学诗之初所受袁、赵的影响当是一直存在的。

易顺鼎、黄遵宪等也是陈衍所称学龚而"丽而不质，谐而不涩"者。易顺鼎深于情、痴于诗、骋于才，既有袁枚的"痴"，也有龚自珍的"狂"。易氏之诗，格律诗对仗谨严、工巧，堪称近人之冠；但他的歌行体长诗，又不拘一格，每每采用大量散文化的句法，极为自由、恣肆，乃至有人谓之"格调粗犷"[3]，则有"白话文言"的因素。

肖龚而化袁，开辟古典诗歌新境且产生广泛影响的，当属黄遵宪。时隔六十年，黄遵宪也有《己亥杂诗》计八十九首，组诗内容丰富，有写家居生活、民间传说、时尚风气、域外见闻的，尤其能以山歌格调入诗，如其三十、三十一、三十六、三十七诸首，清新流畅，令人耳目一新。然黄遵宪之所以能开辟新境，扛起"诗界革命"之大旗，亦在其调和袁、龚，将袁

---

[1] 陈衍：《石遗室诗话》卷三，人民文学出版社2004年版，第42页。
[2] 樊增祥：《樊山续集·自序》，《清代诗文集汇编》，第762册，上海古籍出版社2010年版，第509页。
[3] 徐一士：《一士谭荟·樊增祥与易顺鼎》，中华书局2007年版，第358页。

第五章 新文学的先声:近代"白话文言"与新体诗叙事传统

枚不主唐宋、真实表达自我的精神进一步落实到文本中。黄氏具有通达的诗学观念与进步的政治思想,他在《与朗山论诗书》中说:"诗固无古今也,苟能即身之所遇,目之所见,耳之所闻,而笔之于诗,何必古人?我自有我之诗者在矣。"[1] "无古今"当然"无唐宋","我之诗"就是"我"之所见所感的真诗,与袁枚诗论一脉相承。与前辈相比,黄遵宪对诗歌语言革新,有着更自觉的意识。黄遵宪少时读古书,就曾感受到语言的困境:"古文与今言,旷若设疆圉。竟如置重译,象胥通蛮语。"[2] 这种困境实际上就是言、文分离。以文人为主体的诗文写作,建立起相对稳定的书面语言体系。古典时代,由于社会发展变化同样缓慢,诗文大都为同一语境中的文士的内部交流,因此这一问题尚不突出。至黄遵宪生活的光绪朝,西方器物与文化一并涌来,中国遭遇三千年未有之变局,黄氏所面对的写作对象,殆非古人所可比。黄遵宪又是杰出的外交家,足迹遍及欧、亚、美三大洲,所见所闻远比时人广阔。面对如许之多的"古人未有之物,未辟之境",其于中国古典诗文言、文不合的问题,会有更深切的感受。他为印尼华侨、梅州同乡所编乡邦文集《梅水诗传》作序,有云:"语言者,文字之所从出也。语言与文字合,则通文者多;语言与文字离,则通文者少。……吾部洲文字,以中国为最古。上下数千年,纵横数万里,语言或积世而变,或随地而变,文字则亘古至今,一成而不易。……

---

[1] 黄遵宪:《与朗山论诗书》,《黄遵宪集》下册,天津人民出版社2003年版,第412页。

[2] 黄遵宪:《杂感》(其一),黄遵宪著,钱仲联注:《人境庐诗草笺注》卷一,上海古籍出版社1981年版,第13页。

盖文字语言扞格不入，无怪乎通文字之难也。"① 该序作于戊戌变法失败后三年（1901），维新派人士逐渐认识到全体国民文化素质的提高，对于国家制度变革的重要性。文、言分离不仅只是关乎对现实世界的叙写，还关乎到思想的传播，国民的教化。

因此，黄遵宪提出"新派诗"的概念②，这既因其进步的诗学观念，也是时势使然。而现实社会的变化，黄氏自身丰富的阅历，广阔的见识，使之成为可能。此外，民间文学对黄遵宪新派诗的写作，也具有重要的影响。黄遵宪出生于广东嘉应（今梅州），"牙牙初学语，教诵《月光光》"③，自小熟悉且热爱客家民歌。在他的诗集中，采录客家民歌有好几十首。他的《山歌》《新嫁娘诗》等，被"五四"学者奉为白话诗的典范。黄对民歌的吸收、借鉴，随时间的推移不断自觉。1902年，他致信梁启超，探索一种"斟酌于弹词粤讴之间，或三，或九，或七，或五……弃史籍而采近事"的杂歌谣的创作④。其民歌情结，可谓自始至终。

与龚自珍相比，黄遵宪没有所谓"士大夫气"，这既是因黄氏的新思想，历史包袱比龚少；也由于黄遵宪在诗歌上，同样

---

① 黄遵宪：《梅水诗传·序》，《黄遵宪集》上册，天津人民出版社2003年版，第390页。
② 黄遵宪第一次提出"新派诗"的概念是在1897年湖南新政期间，其时诗作《酬曾重伯编修》"废君一月官书力，读我连篇新派诗。"钱仲联注：《人境庐诗草笺注》卷八，上海古籍出版社1981年版，第761页。
③ 黄遵宪：《拜曾祖母李太夫人墓》，《黄遵宪集》上册，天津人民出版社2003年版，第167页。
④ 黄遵宪：《致梁启超函》，《黄遵宪集》下册，天津人民出版社2003年版，第494页。

第五章　新文学的先声：近代"白话文言"与新体诗叙事传统

没有那么多的传统包袱。与袁枚比，黄氏诗歌在语言、体式与风格上的突破，得到更多的肯定，乃至被目为新派诗的领袖，引领"诗界革命"的哥伦布，起到大得多的影响。这当然反映了一种历史的趋势。

　　从袁枚到黄遵宪，他们诗学观念的传承、发展，对诗歌语言、体式新变的突破，正是中国知识分子从传统向近现代的转型在文学上的表现。如果说，袁枚的"性灵"诗学观，多少还有传统高人逸士的痕迹，向上可与庄子、竹林七贤、陶渊明、苏轼、公安三袁等合辙。袁枚的写作，也是个人志趣性分所趋，未必有主观上的明确目。及至龚自珍、黄遵宪等，则显然已具备很多新因素。尤其是黄的新派诗，在历史的潮涌中，被不断修正、强化，成为一代人文化使命的担当。就"白话文言"的诗语发展而言，这也是一个不断自觉和深化的过程。当梁启超、黄遵宪等明确将对古典诗歌相对自由、俗白的改造，命名为新诗派，并谓之"诗界革命""文界革命"之时，诗语新变获得空前的文学史意义。

第三节　诗语新变在诗歌叙事传统中的意义

　　以"白话文言"为特征的诗语新变，与中国文学的叙事传统密切相关。中国文学中小说、戏剧等叙事类文学，以及民间文学，与诗文一直有雅俗之分，其所应用之语言，大抵也是与雅语相对的俗语。民间文学也多偏重叙事，叙事诗便以民间乐府最得擅场，成为文人诗叙事的模范。文人对乐府诗的仿效与改造，一在抒情增加而叙事减弱，二在语言的雅化，是以文人的雅言话语体系来写作①。雅言是以经典为主要资源的语言体系，在相对稳定、封闭的系统里代代相传。而民间叙事，因其无正统意义上的文化积累，反得以直接叙写劳食悲欢，依托于现实生活，语言随时随地灵动变化。因此，当部分文人意识到雅言所导致的言文分离，回归较本色的生活化语言，借重民间文学传统，尤其是叙事传统，也是极为自然的。

虽说雅言是文人诗最主要的语言体系，但并不意味文人诗完全与俗语白话隔绝，偶杂时语、白话者，代不乏人。如唐代元、白的新乐府，"其辞质而径""其言直而切""其事核而实"②，就是突出的例证。再如各地民歌《竹枝词》，也多有文人拟作。"东边日出西边雨，道是无晴还有晴"③，纯然土风。文人实录日常琐细，往往也多直叙之诗，闲适诗、田园诗中，近白话者最多。晋代陶渊明，唐代杜甫、白居易、陆龟蒙，宋代苏轼、范成大、辛弃疾，明代公安、竟陵等诗人群，以及前面述及的清代袁枚，同样有一条悠久的诗学传统。试读如下诗句：陶渊明"开荒南野际，守拙归园田。方宅十余亩，草屋八九间"④，杜甫"老妻画纸为棋局，稚子敲针作钓钩"⑤，范成大"昼出耕

---

① 详情参见李翰：《叙事抒情演进与五言诗体新变》，《文艺理论研究》2019年第1期。
② 白居易：《新乐府·序》，王志清：《白居易诗选》，商务印书馆2016年版，第53页。
③ 刘禹锡：《竹枝词》（之一），《刘禹锡集》，上海人民出版社1975年版，第253页。
④ 陶渊明：《归园田居》（之一），陶渊明著、王瑶编注：《陶渊明集》，作家出版社1956年版，第35页。
⑤ 杜甫：《江村》，杜甫著，仇兆鳌注，秦亮点校：《杜甫全集》，珠海出版社1996年版，第614页。

第五章　新文学的先声：近代"白话文言"与新体诗叙事传统

耘夜绩麻，村庄儿女各当家"①，辛弃疾"大儿锄豆溪东，中儿正织鸡笼"②……此类诗语，大抵同于钟嵘所谓"多非补假，皆由直寻"的"古今胜语"③。这类诗歌将日常生活的原本场景再现出来，或将抒情、说理包含在场景再现之中，不凭借经史故实，不使隐括、借代，语言很容易就变得自然朴实。叙事的现实性、生活化，天然地要求语言符合当时情形。这也是为何通俗文学、民间文学，以叙事类文体为多。

俗文学擅长从生活中吸收、提炼语言，故能成就其语言的本色化、生活化。在雅言传统中成长的文士，以俗抗雅，或以俗化雅，是对经典所树立的文化权威的反抗，也是知识人对文化淤塞的自我清理，唯抗行新锐之士能之。越到古典时代后期，文人反经典、重通俗的现象就越突出，如李贽、金圣叹等推崇白话小说，以致将其提高到与儒家经书同等地位。这固然由于叙事文学自身的艺术魅力，而通俗叙事能成为古典时代后期诸多"异端"离经叛道的凭藉，也说明其中原本包孕有新锐的思想因素。来自民间、生活的本色白话，与由官方推崇的历代经典所组构的语言系统，雅、俗相抗，就是最明显的表征。由叙事而白话，也是文人诗语言新变的内在理路。

作为近代文学的远端，"性灵派"诸大家与叙事文学、叙事传统同样渊源深厚。"乾嘉三大家"之一的蒋士铨，本以词曲闻

---

① 范成大：《四时田园杂兴》(之三十一)，范成大撰、刘逸生主编：《范成大诗选》，三联书店香港分店1986年版，第149页。
② 辛弃疾：《清平乐·村居》，辛弃疾著，邓广铭注：《稼轩词编年笺注》，上海古籍出版社2007年版，第199页。
③ 钟嵘：《诗品》，人民文学出版社1961年版，第4页。

名。他的诗算不得出色,但却能壮大"性灵"诗派的声势,或与词曲的助力有关。袁枚的追随者王文治、李调元等,均是戏曲家,王有多种杂剧,李则是戏曲理论大家,有《曲话》《剧话》等问世。袁枚自云其早年"不喜听曲",然在50岁之后,却开始亲近戏曲,与友朋观剧,与伶人、剧作家交往,并且多次就戏曲的故事、表演等发表观点。如其论《西厢记》,就显示了他对戏剧故事、情节、文本结构等的卓见,对叙事方式和技巧,均有高超领悟。[①] 戏剧的语言、叙事,乃至美学风格,对"性灵诗派"的诗歌创作,尤其是对诗语新变发生或潜或显的影响,当是可想而知的。

及至近代文学的近端,民间叙事传统对诗歌语言革新的作用日益显著。黄遵宪提出新派诗的艺术发展路径,就是要和各类文体融合:

> 其述事也,举今日之官书会典方言俗谚,以及古人未有之物,未辟之境,耳目所历,皆笔而书之。……不名一格,不专一体,而不失乎为我之诗。[②]

黄氏不仅创作、改编多首《山歌》,其新派诗在语言、风格上也受到客家山歌影响,此皆为学界共识。黄遵宪参酌戏曲、民歌的建议,为梁启超所听取,梁氏主编《新小说》专辟"杂

---

① 详情参见杜桂萍:《论袁枚与乾嘉戏曲作家的交往》,《学习与探索》2009年第6期。
② 黄遵宪:《人境庐诗草·自序》,黄遵宪著,钱仲联注:《人境庐诗草笺注》,上海古籍出版社1981年版,第3页。

第五章 新文学的先声：近代"白话文言"与新体诗叙事传统

歌谣"专栏。新派诗人还倡导学堂、军队乐歌的创作，黄遵宪有《军歌二十四章》《幼稚园上学歌》《小学校学生相和歌》等，梁启超、康有为等有《爱国歌》，已然是新的说唱文学的样式，通俗和叙事，体用相依、携手并进。

新派诗最为集中的阵地，是梁启超在《清议报》《新民丛报》开辟的专栏"诗文辞随录""诗界潮音集"。"诗界潮音集"所登诗歌以长篇叙事诗居多，而且大部分还是组诗。梁启超的《二十世纪太平洋歌》最初就刊登在这个专栏。黄遵宪的《度辽将军歌》《聂将军歌》《降将军歌》等有强烈的写实性，堪称时代史诗的作品，以及《番客篇》《樱花歌》《锡兰岛卧佛》等写异域风情民俗，有浓郁土风、叙事生动的诗作，均登载于该专栏。与黄遵宪并列，被梁启超誉为"近世诗界三杰"另两位蒋智由、夏曾佑，也多有通俗叙事歌谣。夏氏较早就进行新派诗的尝试，但在梁启超主持专栏时，诗风已有所改变。蒋智由发表于《清议报》的新派诗最多，如《终南谣》《梦飞龙谣》《奴才好》《醒狮歌》《北方骡》等，可以说是"杂歌谣"体的实践。

新派诗语言通俗化对于诗歌叙事传统的意义，还在于诗人的创作，都是建立在丰富的现实生活、深入的社会实践之上。黄遵宪尝谓"诗之外有事，诗之中有人"[①]，盖在此也。其时，在外而言，中国社会内忧外患，千年巨变，迫使进步文人不能不走出书斋。诗歌迫切介入对现实的反映、认识与思考，那种"游文章之林府"，穷极典籍搜罗表达的语式、词汇，追求无一字无来历的雅言传统，为诸多有识之士所抛弃。

---

① 黄遵宪：《人境庐诗草·自序》，黄遵宪著，钱仲联注：《人境庐诗草笺注》，上海古籍出版社1981年版，第3页。

语体新变：中国诗歌叙事传统的近代转型

钱仲联先生说叙事是清诗的特色，这在鸦片战争后的晚清近代，尤其如此。近代中国社会，发生了太多重大事件，扭转着历史的走向。从两次鸦片战争、太平天国运动、中法战争、中日甲午战争，到戊戌变法、辛亥革命，等等，重大事件成为诗人叙写对象，也在改造着诗人叙写的方式与风格。鸦片战争期间，贝青乔有《咄咄吟》两卷，共收诗一百余首，诗各有注，标明本事，是一组中英战事的记事诗。沈筠《乍浦集咏》，则是乍浦当地文人对英军在此烧杀屠戮的记录。太平天国战争时期，张汉有《鄂城纪事诗》五十四首，吴家桢有《金陵纪事杂咏》，马寿龄有《金陵癸甲新乐府》五十首……李映棻《兵差行》《穷人会》等写兵连祸结，给百姓造成的巨大苦难。此外，陈庆甲《金陵纪事诗》三十四首，金和《椒雨集》上下两卷，于桓《金坛围城纪事诗》一卷，陆筠《海角悲声》一卷，等等，数量巨大，从各个方面记叙、描写太平天国运动，呈现了丰富的历史细节。太平军内部，也有反映时代的大量诗文，如其领袖洪秀全、石达开、李秀成等，都有诗作问世，其中就有不少时事诗，民国时卢前辑有《太平天国文艺三种》，均有辑录。

甲午海战的相关诗作也极多，黄遵宪新派诗的高潮就作于此期，如《哀旅顺》《哭威海》《降将军歌》《度辽将军歌》等。郑观应在甲午战事中作《闻大东沟战事感作》，哀悼海战中殉国的将士。袁昶《闻金州陷》《哀旅顺口》《哀威海卫》等，记述甲午海战中金州、旅顺、威海等三场战事。潘飞声《秋感八首》叙写甲午战争中重要战事的经过，李欣荣、何桂林、沈宗略三人相继追和。此外，李葆恂的《感时四首》《闻旅顺炮台失守感赋》，王春瀛的《甲午三忠诗》（《左宝贵》《邓世昌》《戴宗骞》），成本璞的《辽东哀》《刘公岛为甲午海战覆军处》，张其

第五章 新文学的先声：近代"白话文言"与新体诗叙事传统

淦的《挽邓壮节公世昌》，等等，或叙战事，或颂英烈，或评时政，诗人将自己的写作与国家民族的命运，紧紧捆绑在一起。

其后的戊戌变法、庚子国变，也都有大量的诗歌创作。相关戊戌变法的诗作，如唐照青的《纪事诗》，黄遵宪的《感事诗》等叙写戊戌之变，鞠裳的《瀛台诗》叙写光绪被囚，皆为一时传颂。

庚子年八国联军侵入北京，近代时事诗也迎来一个高潮。如吴鲁《百哀诗》两卷，胡思敬《驴背集》四卷，延清《庚子都门纪事诗》六卷、补编一卷，郭则沄《庚子诗鉴》四卷、补一卷，无名氏《庚子时事杂咏》一卷，乌目山僧（黄宗仰）等《庚子纪念图题词》一卷，狄葆贤有《燕京庚子俚词七首》，王鹏运、朱祖谋、刘福姚合著《庚子秋词》二卷、《春蛰吟》一卷，等等。此外，文人别集中，纪咏时事的篇什，数量更多。如周绍昌《霖叔诗文稿》中有《庚子都门纪事》一百首，于齐庆《小寻畅楼诗钞》中有《纪事诗一百六十韵》《后纪事诗一百韵》，李宝琛《味古斋诗钞》中有《纪事诗四十首》（自庚子五月至辛丑正月）《后纪事诗十首》，黄遵宪《人境庐诗草》中有《初闻京师义和团事感赋》三首、《述闻》八首、《再述》五首、《七月二十一日外国联军入犯京师》《闻驻跸太原》《闻车驾又幸西安》《天津纪乱十二首》《京乱补述六首》《京师》《聂将军歌》《奉谕改于八月廿四日回銮感赋》《和议成志感》《启銮喜赋》《车驾驻开封府》等。据学者统计，近代叙写庚子国变，作者有160多位，诗作则3 300余首[1]。其规模之大，令人感慨[2]。

---

[1] 详情参见李柏霖：《庚子事变文学研究》，山东大学博士论文(2018年)。
[2] 关于近代时事诗的搜集、统计，可参见晁冬梅：《近代时事诗大文本研究》，上海大学博士论文(2018年)。

199

除了动乱、战事，社会的各种穷困苦痛，水旱蝗等天灾，赋役等人祸，进一步加重了近代社会的苦难。罗时进将清诗所叙事件分为自然环境事件、社会环境事件、文化环境事件等类，在《清代自然灾难事件的诗体叙事》一文中，对清代中后期各类自然灾害以及相关诗作，有全面的总结和深入的分析①。罗先生还将文学中的"事"和"事件"作了区分，认为"事"是常态化的日常生活，而"日常生活的突变和断裂"则构成"事件"，"事件"叙写有其特殊性，对清代诗史的建构有着重要意义②。本文拟从诗语新变的角度，来看"事件"叙事对于清诗的意义，这也是其建构清代诗史的一个重要方面。

上述诗作，所叙皆为重大时事，有的委曲详尽，有的则以议论、抒情居多，然都立基于真实的历史背景，生动地反映了当时的现实，以及现实中的人。由于现实本身的丰沛，感受体验的真实与深刻，不必在典籍和文献中搜罗灵感和写作材料，直书实叙，便可成章，这为诗语从文言走向白话提供了前提。诗歌以"事件"为对象，"事件"影响和波及广泛，"事件"叙事诗范围广、作者多，尤其是下层地方作者的加入，改变了诗歌的风格和面貌。"事件"具有"突变"和"断裂"性，故在写作上具有一定的应激性，是受现实即时刺激的写作，多无暇雕琢，这也使得此类诗在风格上偏向质实。比如延清《庚子记事杂咏》（其十六）：

夜半炮声起，听之心骇然。初疑我军起，几欲轰塌天。

---

① 罗时进：《清代自然灾难事件的诗体叙事》，《文学遗产》2021 年第 1 期。
② 罗时进：《基于典型事件的清代诗史建构》，《江海学刊》2020 年第 6 期。

第五章 新文学的先声：近代"白话文言"与新体诗叙事传统

晨兴起即视，弹落如珠联。无屋不掀破，有垣皆洞穿。争路勇已溃，守陴兵非坚。加以火药尽，势难张空弮。生不丽谯据，死多沟壑填。徒闻辘轳转，不断声连连。房炮隔城击，环攻东北偏。相持未终日，城阙难保全。①

诗人如扛着摄像机的随军记者，镜头扫过，夜晚的炮击，黎明之后硝烟未尽的战场，一一呈现眼前。诗以第一人称的听觉、视角，依次实录，语言平顺通俗，没有雕琢。开头几句，"夜半炮声起""初疑我军起""晨兴起即视"，几个"起"字冗赘重复，实为诗家大忌，然诗人无暇顾此，足见本诗写作的应激性。

此类战争、灾难类叙事诗，还具有一种公共性写作的特征，诗人要将所见所闻记录下来，告知社会，唤醒国人，或者引起当局注意。罗时进考察道光以降自然灾难诗，发现不少旨在救灾劝赈，故语言通俗，易于传播接受②。部分时事诗、战事诗的公共性特征同样突出。庚子国变之后，乌目山僧绘《庚子纪念图》，次年在《同文消闲报》连续刊登启事征诗，迅即得到四方志士响应，后得诗100余首，汇编成集，铅印出版。不过，《庚子纪念图题词》中的诗，形式上多为七绝，抒情、议论成分较多，叙事性不强，语言也算不得俗白。这也限制了这一公共文化事件的传播效果，使之仅限于部分文人间的唱和，而未能影响到更广泛的社会阶层。这从反面说明语言通俗，叙事生动，对于诗歌传播的重要性。社会更欢迎的，是像周乐的《鸦片烟

---

① 延清：《庚子都门纪事诗》，《清代诗文集汇编》第765册，上海古籍出版社2011年版，第154页。
② 罗时进：《清代自然灾难事件的诗体叙事》，《文学遗产》2021年第1期。

歌》，蒋敦复的《芙蓉谣》，狄葆贤的《燕京庚子俚词》，陈春晓的《守城谣》等类更接地气、更亲民的通俗诗。当然，这也与作者的文学修养、知识积累有关。晚清时事诗的作者，有黄遵宪、樊增祥、易顺鼎这样的大诗人，但更多的是周乐、蒋敦复这样普通的文士。无论是客观上的限制，还是主观上的追求，他们的时事诗总体上不得不呈现出浓郁的歌谣意味。歌谣的通俗性促进了诗歌的传播，也与黄遵宪后来提倡"杂歌谣"体，在艺术观念、风格上不谋而合。

近代社会的激烈动荡，使得诗人走出书斋；国门洞开，国际交往的频繁，更使得诗人走出国门，走向东南亚，乃至走到大洋的彼岸。西风东渐，世界物质、制度发生巨变。诗人的阅历，为古人所未曾经，而经典所未曾载。以"诗界革命"的巨擘梁启超、黄遵宪来说，皆有丰富的海外经历，中西文化的对比、冲突，促使他们对传统文化产生深刻反思，域外的先进器物、制度，乃至风土习俗，成为他们考察探索的对象，也构成其思考和写作的对象。而这些对象无典籍可循，无先例可参，只能据其闻见，征其实际情境、名目，直书而已。黄遵宪所谓"我手写我口"，既是自觉的追求，也是不得不尔，盖其无"他手"可凭藉也。可以说，是丰富的阅历，动荡、困难而又精彩的世界，近代的家国与世界叙事，塑造了一代新诗人，从而创作出古所未有的新派诗。

第四节 "五四"白话诗：历史多种可能性之一

近代诗歌"白话文言"的新变，与"五四"新文学在思想

第五章　新文学的先声：近代"白话文言"与新体诗叙事传统

上有前后关联。"五四"一代文人学者，多有将新诗派的探索，作为自己努力拓展的方向，文学史能为此提供很多例证。

比如黄遵宪感受深切的语言积世、随地而变，而文字一成不易的言文分割现象，也为新文化运动主将所深斥。鲁迅说："中国的文字艰深难写，古文难读难懂，妨碍老百姓说话。"[1]陈独秀在《文学革命论》中提倡"推倒雕琢的、阿谀的贵族文学，建设平易的、抒情的国民文学；推倒陈腐的、铺张的古典文学，建设新鲜的、立诚的写实文学；推倒迂晦的、艰涩的山林文学，建设明了的、通俗的社会文学"[2]，也是新派诗人所曾努力的方向。胡适在《文学改良刍议》中提出对白话文的八点建议，如言之有物、不模仿古人、不用典、不避俗字俗语等，黄遵宪、梁启超等也都曾论述过。有学者甚至认为"黄遵宪所设想的新文字文体，与胡适在1916年提出的关于白话文的八点建议大致相同，实际上就是我们今天所通行的白话文[3]"。

近代的新派诗体式上基本还是古典的，但也在尝试着突破，"杂歌谣"体就是最突出的表现，这对"五四"新诗影响极大。梁启超在《新小说》所开辟的"杂歌谣"专栏，载录新派诗人的"杂歌谣"诗，从某种程度上看，直接催生了现代白话诗。在胡适《尝试集》尚未出版的1918年，由刘半农、沈尹默、周作人担任编辑，钱玄同、沈兼士担任考定方言，在全国发起歌谣征集活动，是年五月，在《北京大学日刊》载录刘半农所编

---

[1] 鲁迅：《无声的中国》，《鲁迅全集》第4卷，人民文学出版社1973年版，第22页。
[2] 陈独秀：《文学革命论》，《独秀文存》，安徽人民出版社1987年版，第96页。
[3] 郑海麟：《黄遵宪传》，中华书局2006年版，第250页。

《歌谣选》共 148 则。其后因主持者的变动而停顿,1920 年复于北大成立"歌谣研究会",1922 年创立《歌谣》周刊。该刊的目的一在民俗学的研究,另一就是为文艺提供新的经验和方向。[①] 歌谣征集、编选者、作者很多都是新文化运动的干将,胡适、周作人都有专稿讨论民歌问题。胡适认为"一切新文学的来源都在民间",并断言"这是文学史的通例,古今中外都逃不出这通例"[②],因此,对民间歌谣极度重视,也将其视为新文学之源。《歌谣》周刊在 1925 年停刊之后,又在胡适推动下,于十年后复刊,胡适撰《复刊词》。对民谣的价值及其对新诗的意义,作了总结式的定位:"我以为歌谣的收集与保存,最大的目的是要提高中国文学的范围,增加范本。……民间歌谣是最优美的作品,往往有灵巧的技术,很美丽的音节,很流丽的漂亮语言,可以提供今日新诗人的学习师法。"[③] 而黄遵宪、梁启超等提倡的"杂歌谣",正是"五四"歌谣运动的先驱。胡适将黄遵宪不避时语俗谚、追求言文一致的诗歌主张,直接称为"白话诗",说:"'我手写我口,古岂能拘牵。即今流俗语,我若登简编,五千年后人,惊为古斓斑。'[④] 这种话很可以算是诗界革命的一种宣言。末六句竟是主张用俗语作诗了。他那个时代作的诗,还有《山歌》九首,全是白话的。"他还认为黄遵宪是"有意作

---

① 详情参见《歌谣周刊·发刊词》,《歌谣》周刊第 1 号,1922 年 12 月 17 日。
② 胡适:《白话文学史》,上海古籍出版社 1999 年版,第 15 页。
③ 胡适:《歌谣周刊复刊词》,《胡适文集》第 10 册,北京大学出版社 1998 年版,第 774 页。
④ 黄遵宪:《杂感五首》(其二),《黄遵宪集》上册,天津人民出版社 2003 年版,第 90 页。

第五章 新文学的先声:近代"白话文言"与新体诗叙事传统

新诗的人"①。

"五四"旗手将近代新派诗看成他们的先驱,给予极高的评价。这一方面是新派诗确对"五四"白话诗有启迪,二者相关联也是当时很多人的看法,吴芳吉谓"新诗之历程有五:始以能用新名词者为新诗,如黄公度《人境庐诗》是也;次以能用白话者为新诗,如留美某博士诗集是也"②,以新派诗、"五四"诗为前后之相续;另一方面,近代新派诗人,主观上也有强烈的诗歌改革意愿。"诗界革命"的明确号召,"诗界哥伦布"的使命自觉,文言合一的创作追求,等等,都见出他们的诗歌理论与实践,都是指向未来,且隐约就是指向白话诗。而且,早在"五四"之前,维新派文人裘廷梁在梁启超、黄遵宪的影响下,正式提出崇白话、废文言的主张③。第三个方面,"五四"学人鼓吹新派诗的声势与价值,为新文化运动壮大声势,也是一种文化策略。这也成为其后文学史家论述二者关系的一个基调。

近代新派诗与"五四"白话诗诚然有很多的共性和关联,但他们是否就是系统的历史进程中的两环呢?以"五四"白话文为方向,固可从诗歌观念、语言、体式的通俗化来向近代追溯其渊源,然近代新派诗是否就一定会走向"五四",其实是值得思考的问题。这对新派诗、白话诗以及将来中国诗歌的发展,都非常重要。长期以来,进化史观、理性历史主义总是将一切

---

① 胡适:《五十年来中国之文学》,《胡适文存二集》卷二,上海书店1989年版,第136页。
② 吴芳吉:《四论吾人眼中之新旧文学观》,《吴芳吉全集》上册,华东师范大学出版社2014年版,第428—458页。
③ 1897年,裘廷梁在《苏报》发表《论白话为维新之本》,提出崇白话、废文言的主张。

历史结局都看成必然与唯一，这种以结果来追溯因缘，并非不可，但如果绝对化，就是刘知几所谓"移的就箭，曲取相谐"①历史的规律性，应该有更宽泛的视野。古典诗歌在近代开始的语言、体式的通俗化，"五四"白话诗并不是终极结果，也不是唯一结果，这一过程或许仍在延续之中。

实际上，"五四"白话领袖对近代新诗派的看法并不统一，以"歌谣体"诗而言，胡适、鲁迅、周作人、沈尹默、刘半农等都予以高度肯定，并认为其对白话新诗的发展非常重要；但朱自清、林庚、朱光潜等，却颇多不同意见。朱自清认为歌谣是一种"幼稚的文体"，"缺乏细腻的表现力"，"从文字上，有时竟粗糙得不成东西"②，对歌谣的文学价值持全面的否定。朱光潜认为"诗的固定形式是表现诗的情趣所必须的"，"歌谣并不如一般人所想象的，全是自然的流露；它有它传统的技巧，有它的艺术的意识"③。朱光潜主张要从歌谣的源头来认识歌谣艺术上的形式特征，实际上又回到了古典诗歌的传统中。林庚则认为歌谣不是乐府，也不是诗，"对歌谣抱太大的希望，以为新诗可以从这里面找到出路"是行不通的，歌谣"是一件独立的东西"④。也就是说，对待新诗的发展，究竟应该走哪一条路，

---

① 刘知几著，白云译注：《史通译注·内篇·书志》，中华书局2014年版，第106页。
② 朱自清：《粤东之风·序》，《朱自清序跋书评集》，生活·读书·新知三联书店1983年版，第65页。
③ 朱光潜：《从研究歌谣后我对于诗的形式问题意见的变迁》，《歌谣》周刊第二卷第2期，1935年4月11日，上海文艺出版社，1962年影印版。
④ 林庚：《歌谣不是乐府亦不是诗》，《歌谣》周刊第二卷第11期，1936年6月13日。

第五章 新文学的先声：近代"白话文言"与新体诗叙事传统

"五四"一代学者一直在探索着。虽然文学史最终是以胡适所倡导的白话诗影响最大，然这未必就是近代新派诗的方向。

在近代历史背景下的新诗派，鉴于古典诗歌末流的饾饤琐碎，迂腐古板而提出语言、思想上的革新，其目的未必是要整体上否定古典诗歌。他们对诗歌革新的发展，也未曾预设明确的方向。今人以"五四"为目的来描绘诗歌史的逻辑，也是被"五四"按其需要所塑造的新派诗。如胡适说黄遵宪的"我手写我口"是关于白话文运动的一篇宣言书，显然就是对新诗派的策略性的解读。即便是"白话"，新诗派的"白话"可能与"五四"也不一样。新派诗既有其新，也有其旧，他们对诗歌的革新，并非蹈空独创，反而是托古求变。梁启超对诗歌改革的主张是"以旧风格含新意境"，"熔铸新理想以入旧风格"，"以新理想入古风格"[①]。黄遵宪对"诗界革命"的写作策略讲得更具体："一曰复古人比兴之体；一曰以单行之神，运排偶之体；一曰取《离骚》乐府之神理而不袭其貌；一曰用古文家伸缩离合之法以入诗。"[②] 新的思想，古的体式、风格，虽然在语言上不避俚俗，但总体上还是古典诗歌。而且新诗派诸人到后期，对其诗歌变革的实践，均有所反思和后撤。胡先骕说黄遵宪"旧学根底深，才气亦大，故其新体诗之价值，远在谭嗣同、梁启超诸人上。然彼晚年，亦颇自悔，尝语陈三立，天假以年，必当敛才就范，更有进益也"[③]。黄遵宪与陈三立，诗歌风格趣向

---

① 梁启超：《饮冰室诗话》，人民文学出版社1959年版，第51、2、107页。
② 黄遵宪：《人境庐诗草·自序》，黄遵宪著，钱仲联注：《人境庐诗草笺注》，上海古籍出版社1981年版，第3页。
③ 胡先骕：《评胡适五十年来中国之文学》，《胡先骕文存》，江西高校出版社2005年版，第206页。

不同，诗坛阵营新旧有别，然惺惺相惜。陈称黄诗"才思横轶，风格浑转，出其余技，乃近大家。此之谓天下健者"[1]；黄对陈也备极推崇，在新发现的陈三立早年诗稿中，有黄遵宪的诸多批语，堪称陈的并世知音[2]。黄遵宪晚年的诗作，就有向陈靠拢的迹象。《人境庐诗草》卷十、卷十一，皆二十世纪新作，以律诗居多，叙时事则多以典故隐括，与甲午前后的新派诗颇为异趣。在黄的自编诗集中，也不收所作军歌、校歌，或亦能反映他的态度。

梁启超晚期诗学观念也有较大转变。夏晓虹先生认为梁启超生命的后十年（1918—1929）向传统文学观念复归的阶段，他不再提"诗学革命"，而是开始"潜心于学术研究，注目于文学的永久价值[3]"。他批点《白香山集》，思考古典诗歌的现代转换，甚至拜同光派诗人赵熙为师，"一意学宋人"[4]。而这正是"五四"的前夜，在"五四"白话文轰轰烈烈展开之时，这位曾经主张通过诗歌、小说语言、文体的变革来促进社会进步的时代领袖，却退到幕后，重新在中国古典中寻找文学的方向。

其实，即便没有新诗派领袖的后期转向，"五四"白话诗也很难说是古典诗歌演变的终极结果，这与"五四"白话诗自身

---

[1] 陈三立：《人境庐诗草跋》，黄遵宪著，钱仲联注：《人境庐诗草笺注》，上海古籍出版社1981年版，第1083页。
[2] 详情参见陈正宏：《新发现的陈三立早年诗稿及黄遵宪手书批语》，《文学遗产》2007年第2期。
[3] 夏晓虹：《但开风气不为师——论梁启超的文学史地位》，《文艺研究》1990年第3期。
[4] 详情参见李成晴：《从〈白香山诗集〉未刊批点看梁启超诗学思想的转向》，《文艺研究》2019年第4期。

第五章 新文学的先声：近代"白话文言"与新体诗叙事传统

的局限有关。"五四"新文学因其文化政治目的，对文言传统水火不容，走向偏激，且白话文又处在初始探索阶段，很难说在艺术上达到怎样的高度。梁启超对白话文学的意见甚为中肯："至于有一派新进青年，主张白话为唯一的新文学，极端排斥文言，这种偏激之论，也和那些老先生（视白话为洪水猛兽的守旧者）不相上下。就实质方面论，若真有好意境好资料，用白话也作得出好诗，用文言也作得出好诗；如其不然，文言诚属可厌，白话还加倍可厌。"① 梁启超不是简单反对白话诗，而是希望看到真正有艺术价值的白话诗："白话诗将来总有大成功的希望，但须有两个条件。第一，要等到国语进化之后，许多文言，都成了'白话化'。第二，要等到音乐大发达之后，做诗的人，都有相当音乐知识和趣味，这却是非需以时日不能。"② 实际上，新文学中代表作家林庚、朱光潜等，也已经对白话文过于激进之处有所矫正，在二十世纪的二三十年代，闻一多、徐志摩等致力于新诗的格律化，也在理论与实践上予以纠偏。他们努力的方向，某种程度上或正是梁启超所期待的。

显然，"五四"只是近代诗派发展的诸多可能结果中的一种，因各种因素而成为历史事实，然这并不意味着它就是必然和终极。"五四"白话诗很难说是中国诗歌的高峰，它不过是一个转型期的开始，这一转型，直至今日，仍在持续。以现代汉语为载体的新诗写作，不能也不应脱离文言传统，必须综合一

---

① 梁启超：《晚清两大诗钞题辞》，《饮冰室合集》"文集之四十三"，中华书局1988年版，第73页。
② 梁启超：《晚清两大诗钞题辞》，《饮冰室合集》"文集之四十三"，中华书局1988年版，第75页。

切有益的文学因素，才能真正完成现代诗的转型，建立起能与古典相抗衡的现代诗学。

语言、体式走出经典，走向生活与通俗，在中国诗歌中是自古就存在的现象，但时至清代，从袁枚、龚自珍等开始，这一语言和体式的革新，与思想上的反传统相呼应，开启了近代诗学的进程。这一进程因黄遵宪、梁启超等新派诗的出现而达到高潮，并影响到"五四"白话诗。叙事传统促进了清诗"白话文言"的新变。大量反映现实与时事的作品，因其写作的背景、环境以及作者的身份、学养，都呈现出质实通俗的特征，新诗派的作品，也多为记时事、叙行迹的叙事之作。因叙事的内容丰满、充实，亦不必过多依赖典籍提供材料，且新时代、新气象为古籍中所未曾载，"我手写我口"成为可能和必须。

清代以来诗歌"白话文言"的新变，尤其是近代新诗派的"诗歌革命"，催生了"五四"新文学，成为"五四"文化人重要的文学和精神资源，从这个角度不妨说它们是新文学的先声。然而，"五四"只是诗歌"文言白话"演变的一个现实结果，并不意味着就是新文学的终点。新文学、现代汉语新诗，仍然是未完成的探索。对于现代汉诗而言，中晚清以来的诗歌变革以及"五四"白话诗，都是值得尊敬的传统。

第六章

近代论小说诗之创立
——以"题红诗"为中心

从清代中期开始，文学批评逐渐走向繁荣，产生了大量对中国文学的历史和理论进行总结的论作。近代文学批评论著无论在数量还是质量上都远远超过了以往的任何一个时代，出现了诸如梁启超《饮冰室诗话》、陈衍《石遗室诗话》之类的名著，也出现了诸如"题红诗"这样的新论文诗类型。《红楼梦》是古代小说中的翘楚，"题红诗"则是古代论小说诗中的冠冕。自《红楼梦》诞生的乾隆后期直至清末，品题、鉴赏与评论《红楼梦》的诗作大量涌现，同时被各种文集、诗话收录，或被作为佳话而声口相传。在诗歌创作与批评领域，题红诗都可视为一种新文学类型。从诗歌创作领域来看，它是论小说诗，拓展了诗歌叙事的功能与题材；从批评领域来看，它是诗体的文论，而非传统常规的文论。从题材来看，它是专为特定文学作品和文学形象立传，而非此前常见的写景纪事抒情。题红诗既有诗歌的基本特性，抒情言志并含蓄凝练；又有文论的主要特性，叙事批评而详略得体。题红诗对《红楼梦》的文献批评、人物批评与文学史批评，既是中国诗歌史上论文诗传统中的产物，又是近代诗坛抒情叙事传统中的新生事物，并为近代文学批评带来了新的内容、理念和方法。

第一节　程甲本之前的足本"《红楼梦》"情节述论

胡适等人早就注意到，乾隆间富察明义的诗集《绿烟琐窗集》里中有《题〈红楼梦〉》七言绝句二十首。明义字我斋，属满洲镶黄旗富察氏，傅恒二兄傅清之子、明仁胞弟，长期担任清代内务府上驷院侍卫。明义《题〈红楼梦〉》的诗学价值或许有限，但作为"现在已然发现的正面提到《红楼梦》的最早资料"①，对后世研究《红楼梦》的传播与批评甚为重要。

明义《题〈红楼梦〉》七言绝句二十首的主要文献价值在于：其问世时间早于程伟元、高鹗的排印本（以下简称"程高本"，含乾隆五十六年［1791］的"程甲本"及次年的"程乙本"），所题咏的人物情节有异于程高本《红楼梦》，或出于程高本《红楼梦》八十回后者。

该组诗中有关于书名的特殊信息。前有小序云：

曹子雪芹，出所撰《红楼梦》一部，备记风月繁华之盛。盖其先人为江宁织府。其所谓大观园者，即今之随园故址。惜其书未传，世鲜知者，余见其钞本焉。②

---

① 周汝昌：《"惭愧当年石季伦"——最早的题红诗》，周汝昌：《红楼梦新证》，人民文学出版社1976年版，第1067页。
② 富察明义：《题〈红楼梦〉》，朱一玄编：《红楼梦资料汇编》，南开大学出版社1985年版，第38—39页下引明义诗同此。

据该序所言，《红楼梦》为世袭江宁织造之后曹雪芹所撰；内容是"风月繁华"；大观园即随园；当时尚无刻本，明义所见为抄本。这些内容乃为古今人所熟知。但其中有特别之处，就是抄本的名称不是"《石头记》"，而是"《红楼梦》"。而我们一般的认识是，"《红楼梦》"之名出于程高本，而抄本皆题"《石头记》"。

该组诗中还有关于人物的特殊信息。明义《题〈红楼梦〉》中第八首得注意。其文曰："帘栊悄悄控金钩，不识多人何处游；留得小红独坐在，笑教开镜与梳头。"一般研究者都注意到，明义诗叙宝玉为独自守屋的小红篦头，而在今本《红楼梦》正文却换作麝月。学术界一般将"小红""麝月"之别视为误笔。而在笔者看来，这是大有意味的。曹雪芹自言先后五次增删《红楼梦》，脂砚斋评语谓雪芹死时尚未终稿[①]。笔者在这里提出一个假设：明义所读《红楼梦》抄本中确系小红而非麝月。该抄本应是曹雪芹"增删五次"之未定稿，只是未知是第几稿。小红本名红玉，与《红楼梦》中其他人名中含"玉"字者，都与宝黛这"两个玉儿"关系密切。有可能在《红楼梦》五稿之某稿中，小红是最终见证宝玉潦倒并安慰他

[①] 曹雪芹著，无名氏续，程伟元、高鹗整理《红楼梦》第一回正文道："后因曹雪芹于悼红轩中披阅十载，增删五次，纂成目录，分出章回。"北京：人民文学出版社，2012年，第6—7页。甲戌本《石头记》第一回有一则眉批："能解者方有辛酸之泪，哭成此书。壬午除夕，书未成，芹为泪尽而逝。余尝哭芹，泪亦待尽。每意觅青埂峰再问石兄，余不遇獭头和尚何？怅怅！"曹雪芹：《脂砚斋重评石头记（甲戌本）》，上海古籍出版社1994年版，第17页。

的人①，故特为预叙宝玉为之篦头事。而在曹雪芹后来的改本以及程高本中，麝月是在宝玉出家后与宝钗一起抚育其遗腹子的人，故特为预叙宝玉为之篦头事。

该组诗中还有一些关于八十回后故事情节的特殊信息。具体而言，这组《题〈红楼梦〉》绝句的后三首所咏人物情节多在今本八十回之后。

其第十八首云：

> 伤心一首《葬花词》，似谶成真自不知；安得返魂香一缕，起卿沉痼续红丝。

其中叙及林黛玉病死，贾宝玉凭吊，并忆及黛玉葬花词之谶。其事见于今本《红楼梦》第九十八回《苦绛珠魂归离恨天，病神瑛泪洒相思地》、《红楼梦》第二十七回《滴翠亭杨妃戏彩蝶，埋香冢飞燕泣残红》等。

其第十九首云：

> 莫问金姻与玉缘，聚如春梦散如烟；石归山下无灵气，

---

① 庚辰本《石头记》第二十回眉批："茜雪至《狱神庙》方呈正文。袭人正文标目曰《花袭人有始有终》，余只见有一次誊清时，与《狱神庙慰宝玉》等五、六稿被借阅者迷失。叹叹！丁亥夏，畸笏叟。"曹雪芹：《脂砚斋重评石头记（庚辰本）》，人民文学出版社1975年版，第440页。甲戌本二十六回眉批"《狱神庙》红玉、茜雪一大回文字，惜迷失无稿。"曹雪芹：《脂砚斋重评石头记（甲戌本）》，上海古籍出版社1994年版，第391页。庚辰本第二十六回眉批："《狱神庙》回有茜雪、红玉一大回文字，惜迷失无稿。叹叹！丁亥夏，畸笏叟。"曹雪芹：《脂砚斋重评石头记（庚辰本）》，人民文学出版社1975年版，第586页。

总使能言亦枉然。

其中叙及金玉姻缘离散，顽石复归青埂峰。其事见于今本《红楼梦》第一百十九回《中乡魁宝玉却尘缘，沐皇恩贾家延世泽》、第一百二十回《甄士隐详说太虚情，贾雨村归结红楼梦》等。

其第二十首云：

馔玉炊金未几春，王孙瘦损骨嶙峋；青蛾红粉归何处，惭愧当年石季伦。

其中叙及宝玉出家、众女失散的结局，似乎还隐含了对袭人出嫁蒋玉菡的讽刺。其事见于今本《红楼梦》第一百二十回《甄士隐详说太虚情，贾雨村归结红楼梦》等。

明义《题〈红楼梦〉》组诗出现的时间明确早于程高本。其证据之一是：明义《绿烟琐窗集》的刊行时间要早于程甲本出世的乾隆五十六年（1791）。周汝昌先生据明我斋所叙人事，推断《绿烟琐窗集》是"大致集中于乾隆三十五年至四十年（1770—1775）这一阶段的作品，而《题〈红楼梦〉》绝句就夹在这些诗中间"，推定"《题〈红楼梦〉》绝句，往早说，可能是乾隆三十五年或稍前的作品，往至晚说；也绝不会是四十六年以后的作品：离曹雪芹去世才不过五六年到十五六年之间的光景，下距程伟元、高鹗续书刊板（乾隆五十六、七年），却还有足足十年至二十年的光景"①。其证据之二是：袁枚《随园诗话》

---

① 周汝昌：《"惭愧当年石季伦"——最早的题红诗》，周汝昌：《红楼梦新证》附录之七（该文日期署为"一九五四年六月"），人民文学出版社1976年版，第1071—1072页。

卷二收录明义《绿烟琐窗集》的时间明确早于程高本。袁枚云：

> 康熙间，曹练亭为江宁织造……其子雪芹撰《红楼梦》一部，备记风月繁华之盛。明我斋读而羡之。当时《红楼》中有某校书尤艳。我斋题云："病容憔悴胜桃花，午汗潮回热转加。犹恐意中人看出，强言今日较差些。""威仪棣棣若山河，应把风流夺绮罗。不似小家拘束态，笑时偏少默时多。"①

韩进廉据袁氏《随园诗话》卷三"余年二十三，馆今相国稽公家，教其幼子承谦，今四十三年矣"的话推算，明义《题〈红楼梦〉》绝句至晚写于乾隆四十六年（1781）②。郑幸考定，《随园诗话》以北京大学图书馆所藏乾隆五十五年隋园家刻本为今存最早刊本，其"初刻初印本"则当更早出现③。这些证据表

---

① 袁枚著、顾学颉校点：《随园诗话》卷二，第二十二条，人民文学出版社1982年版，第42页。
② 韩进廉指出，袁枚生于康熙五十五年丙申（1716），二十三岁作馆时是乾隆三年（1738），四十三年后（即乾隆四十六年）编卷三时，明义的诗在卷二中即予编入，因而明义题诗之年不能晚于乾隆四十六年。参见韩进廉：《红学史稿》，《河北师范大学学报》1979年第2期。
③ 郑幸指出，"随园刻书活动主要集中在乾隆三十九年（1774）至嘉庆元年（1796）之间，共刻书十七种。其中可考得初刻时间的有十二种：……《随园诗话》（乾隆五十五年刻本，郑幸文中谓之甲本）、《随园诗话补遗》（乾隆五十七年刻本）"。郑幸又云："袁枚曾有《余所梓尺牍诗话被三省翻板近闻仓山全集亦有翻者戏作一首》，此诗作于乾隆五十六年（1791），其时《随园诗话》家刻本正编刻成不过一年，《补遗》部分甚至尚未开雕。而从诗歌标题看，《诗话》实际被翻刻的时间还要更早，很可能是家刻本甫一问世就遭到了坊间的翻刻。"参见郑幸：《从〈随园诗话〉早期家刻本看涉红史料真伪问题》，《红楼梦学刊》2013年第三辑。

第六章　近代论小说诗之创立——以"题红诗"为中心

明,在乾隆五十六年(1791)的程甲本之前,已有首尾完整、与今传程高本一百二十回本故事结局大体相近的《红楼梦》抄本,尽管尚不能确定是否为一百二十回。

在程甲本之前,还有一位女诗人宋鸣琼写过题红诗。鸣琼字婉仙,江西奉新人,为九江教授(府学学官)宋五仁之第三女,涂建萱之妻,卒于嘉庆七年(1802)。作《味雪轩诗草》一卷,最早有乾隆五十六年(1791)刊本,后又有嘉庆八年世思堂刊本、宋氏家刻《心铁石斋集》等本,蔡殿齐《国朝闺阁诗钞》第六册亦收录。其中收有《题〈红楼梦〉》四绝句,有云:

> 病躯那惜泪如珠,镇日颦眉付感吁。千载香魂随劫去,更无人觅葬花锄。
>
> 欲吐还茹恨与怜,随形逐影总非缘。自来独木无连理,甘露何曾洒大千?
>
> 幻境空空托幻身,傍徨无计渡迷津。断除只有鸳鸯剑,万缕千丝索解人。[①]

诗中所叙黛玉病死、宝黛缘空、宝玉出家等情节都在今本《红楼梦》八十回之后,主要见于第九十七回《林黛玉焚稿断痴情,薛宝钗出闺成大礼》、第一一九回《中乡魁宝玉却尘缘,沐皇恩贾家延世泽》等。而叙宝玉渡迷津遇尤三姐以生前所获柳湘莲订婚聘物鸳鸯剑斩断尘缘事,于今传《红楼梦》程甲本第一百十六回,写道:

[①] 宋鸣琼:《味雪轩诗草》,蔡殿齐《国朝闺阁诗钞》第六册第八卷,娜嬛别馆本,道光二十四年(1844)刊本,第37页。

宝玉只道是问别人,又怕被人追赶,只得踉跄而逃。正走时,只见一人手提宝剑迎面拦住说:"那里走!"唬得宝玉惊惶无措。仗着胆抬头一看,却不是别人,就是尤三姐。宝玉见了,略定些神,央告道:"姐姐,怎么你也来逼起我来了?"那人道:"你们弟兄没有一个好人:败人名节,破人婚姻。今儿你到这里,是不饶你的了!"宝玉听去话头不好,正自着急,只听后面有人叫道:"姐姐快快拦住,不要放他走了。"尤三姐道:"我奉妃子之命等候已久,今儿见了,必定要一剑斩断你的尘缘!"宝玉听了,益发着忙,又不懂这些话到底是什么意思,只得回头要跑。①

宋鸣琼诗与近于《红楼梦》尾声的第一百十六回都有"鸳鸯剑斩断尘缘"之文意。这表明,宋鸣琼所题咏之《红楼梦》是首尾完整的,接近于今传一百二十回本。

另有证据表明,在程高本之前已有一百二十回本《红楼梦》传世。乾隆间周春《阅〈红楼梦〉随笔》中的《〈红楼梦〉记》写道:

乾隆庚戌秋,杨畹耕语余云:"雁隅以重价购钞本两部:一为《石头记》,八十回;一为《红楼梦》,一百二十回。微有异同。……壬子冬,知吴门坊间已开雕矣。兹苕估以新刻本来,方阅其全。……"②

---

① 曹雪芹:《红楼梦》,乾隆五十六年辛亥(1791)萃文书屋木活字本(程甲本),第24册,第5—6页。
② 周春:《〈红楼梦〉记》,朱一玄编《红楼梦资料汇编》,南开大学出版社1985年版,第520页。

据此可知，雁隅（杨嗣曾）在庚戌（乾隆五十五年，1790）已购得一部一百廿回的《红楼梦》抄本，杨畹耕所见壬子（乾隆五十七年，1792）冬吴门坊间开雕者应即程高本。

半个世纪之前，周汝昌先生在《〈红楼梦〉新证》一书中已关注到富察明义、宋鸣琼的题红诗，但他心中存着后四十回为高鹗"伪续"[①]的先入之见，便不能正视这些诗歌的文献价值。本文则从正面理解这些题红诗所述《红楼梦》后四十回信息，并据此基本肯定程高本后四十回也大体出于曹雪芹原稿，只不知是曹雪芹"增删五次"之某稿。

第二节 题红诗中的人物与故事述论

题红诗有不同的文体分类。从形式上看，一类为单诗，一类为组诗。上引明义《题〈红楼梦〉》七言绝句二十首、宋鸣琼《题〈红楼梦〉》四绝句都是组诗。从内容上看，一类用于品题人物，一类用于品题事件或情节。而在事实上人物与事件是密不可分的。

上述乾隆中期明义《题〈红楼梦〉》七言绝句组诗二十首，吟咏《红楼梦》中多人，各占首数不同，对应今传《红楼梦》回目也不同。分别是：其三叙宝玉访潇湘馆问病（第五十七回）、其四咏宝钗扑蝶（第二十七回）、其五叙宝玉遣晴雯送帕（第三

---

① 周汝昌：《"试磨奚墨为刊删"——最早的题红诗之二》（该文完稿日期署为"一九六三年九月五日"），周汝昌：《红楼梦新证》，人民文学出版社1976年版，第1085页。

十四回）、其六咏宝玉踢袭人与晴雯撕扇子等事（第三十一回）、其七叙宝玉梦游"太虚幻境"与初进园时作《四时即景诗》等事（第五回、第二十三回）、其八写小红独自守屋宝玉为其篦头事（第二十四回，今本《红楼梦》正文中作麝月）、其九写袭人与宝玉换系"茜香罗"汗巾事（第二十八回）、其十写元夕宝玉回房闻鸳鸯、袭人谈心不忍进门打搅（第五十四回），第十一首叙金钏死后玉钏送莲叶羹（第三十五回）、第十二首写玉钏亲尝莲叶羹（第三十五回）、第十三首写"寿怡红群芳开夜宴"与芳官醉卧宝玉怀中事（第六十三回）、第十四首指黛玉题帕后发热面如桃花场景（第三十四回）、第十五首写凤姐（概叙王熙凤的性格情态，不指具体事件）、第十六首写晴雯屈死宝玉作《芙蓉女儿诔》（第七十八回）、第十七首追叙黛玉初进荣国府与宝玉同室而居（第三回）、第十八首写黛玉病死宝黛爱情幻灭并悟及黛玉葬花之谶（第七十八回、第二十七回）、第十九首写"金玉姻缘"离散而顽石复归青埂峰（第一百二十回）、第二十首写宝玉出家而众女失散（第一百二十回）。这组诗歌在情节上大体能够前后相贯，所咏基本是"风月繁华"之事，只有三首例外：其第十五首"威仪棣棣若山河，还把风流夺绮罗；不似小家拘束态，笑时偏少默时多"描述凤姐嬉笑怒骂显露于外，威仪风流胜过男子，这是对她一生行事的概括。还有开头两首诗分别题咏大观园和怡红院，其实也以人事描写为主。如第一首以"春风秋月总关情"为大观园写照，还特别事叙及贵妃省亲宝玉作"怡红快绿"诗；第二首题怡红院中"斗娇娥""笑语和"，也都更突出人事。总之，这二十首组诗寄寓了明义对《红楼梦》主要人物与经典情节的认识。其中咏宝玉的诗数量最多，其次是林黛玉，再次是宝钗、袭人、晴雯、玉钏等。所涉情节有：宝玉

第六章 近代论小说诗之创立——以"题红诗"为中心

梦游太虚幻境、黛玉葬花、宝钗扑蝶、晴雯赠帕、晴雯撕扇、玉钏尝羹、宝玉撰《芙蓉女儿诔》、黛玉病死、金玉缘散、宝玉出家等。如以人物事件出现的频率与来判定其重要性,明义诗以宝玉为最核心人物,其余人物的主次关系也大体符合今存一百二十回本《红楼梦》的倾向。

有的题红组诗,吟咏《红楼梦》中多人,人各占一首。嘉庆、道光之间,由杨翠岩首倡于前,何左卿、杨雪椒、曾少坡和之于后,撰成《〈红楼梦〉戏咏》律诗六十首就属此类。如何左卿咏《香菱》云:

> 早年掌上惜曹娥,不信来因落爱河。强系茑萝连理少,戏拈兰蕙并头多。北风语细飘裙带,夜月诗成逐睡魔。且伴小姑居处好,让他崔嫂占沙哥。①

该诗前两联概叙香菱因早年被拐而痛失父母之爱,成年后嫁与薛蟠为妾的人生经历;后两联叙香菱冬夜吟诗、受丈夫打骂、正妻妒恨而与小姑薛宝钗伴宿等重要情节。

杨雪椒咏《李纨》云:

> 大家风范出名门,一曲离鸾早断魂。花到老梅偏有韵,人如仙李总无言。春闱牛耳尊诗眼,夏课熊丸印泪痕。毕竟谢庭生玉树,书声灯影稻香邨。

---

① 杨翠岩等:《〈红楼梦〉戏咏》,转引自平步青:《霞外攟屑》卷八下《眠云舸酿说》(下),钱泳、黄汉、尹元炜、牛应之编:《笔记小说大观》第三十三编,第四册,江苏广陵古籍刻印社1983年版,第642—645页。下引何左卿、杨雪椒、曾少坡等人诗同此。

该诗前两联概叙李纨出生于名门之家，青春早寡，而晚年享福；后两联特叙李纨执春闺诗社之牛耳、夏夜课子、儿子苦读成才等事。

曾少坡咏《宝玉》云：

> 绝顶聪明绝等痴，生生死死一情丝。因缘幻处伤心易，粉黛丛中撒手迟。册记已窥无语秘，榜花犹折最高枝。卷单行脚从今去，忆否香闺说偈时。

该诗前两联概叙宝玉毕生痴情于黛玉，因黛玉亡故而姻缘成空；后两联特叙宝玉游太虚幻境看秘册、中举、出家，与黛玉说"立足境"偈等事。

《〈红楼梦〉戏咏》所咏内容还有湘云醉眠、王熙凤聪明误、晴雯断甲、宝钗成婚、黛玉焚稿、妙玉遭劫、鸳鸯拒婚并殉葬、平儿救巧姐、袭人嫁蒋玉菡等，大体代表了《红楼梦》中的重要人物及其典型事件。《〈红楼梦〉戏咏》律诗六十首流传甚广，有多种写本和单行本流传于世。平步青《霞外攟屑》收录其书，赞之"皆钩心斗角，脱手弹丸"，自称"尤爱少坡咏宝、黛、凤、妙、鸳、平、香、晴、袭九首之耐讽也"[①]。

有的题红组诗以事物为中心，乾隆道光之际湖北诗人刘珊（字海树）《〈红楼梦〉小说八韵诗》[②]即属此类。其中《断指甲》云：

---

① 平步青：《霞外攟屑》卷八下《眠云舸酿说》（下），钱泳、黄汉、尹元炜、牛应之编：《笔记小说大观》第三十三编，第四册，江苏广陵古籍刻印社1983年版，第645页。

② 刘珊，字海树，辛于道光四年即公元1824年，享年四十六岁。刘珊生平事迹详见贺亚先：《刘珊〈红楼梦小说八韵〉的写作年代及史料价值》，《黄冈师范学院学报》2002年第4期。

第六章 近代论小说诗之创立——以"题红诗"为中心

断筝银甲卸，残线翠裘孤。笋折麻姑爪，桃香细骨臞。鸾靴搔不着，鸿雪印全诬。

"断指甲"事见于今本《红楼梦》第七十七回，叙晴雯临死，见宝玉探望，卸甲相送。宝玉回想其病中手补雀金裘，颇感到人生之幻灭。海树《〈红楼梦〉小说八韵诗》中的其他诗，如《冷香丸》题薛宝钗冷香丸，并香菱受宝钗哥嫂嫉恨之事；《东风压西风》叙黛玉与袭人论妾妻之道，事见今本《红楼梦》第八十二回；《芙蓉女儿诔》叙宝玉悼念晴雯事，事见今本第七十八回。

陆继辂对刘珊诗评价甚高。其《合肥学舍札记》卷一摘录了数首刘珊《〈红楼梦〉小说八韵诗》，序云："海树诗，清于云伯，艳于梅史。尝以迎候长官，一夕成《〈红楼梦〉小说八韵诗》二十首。余惜其无可著录，为摘记数联。"① "云伯"或指陈文述，"梅史"或指查揆，并为当时诗坛名宿，陆继辂将三人类比，大有拔高海树之意。刘珊卒后，陆继辂为作《颍州知府刘君墓志铭》，可见两家交情之深。

还有把特定人物与事件相联系的组诗，即合人与事而题咏者。道光间女诗人张秀端的《〈红楼〉四咏》② 就是如此。如其《宝钗扑蝶》云：

沁芳桥畔好春光，莺自和鸣草自芳。高下蝶随飞絮舞，

---

① 陆继辂：《合肥学舍札记》卷一，《续修四库全书》第1157册，上海古籍出版社2002年版，第299页。
② 张秀端，字兰士，番禺人，生活于嘉庆道光年间。张维屏次女，钱邦彦之妻。有《碧梧楼诗词钞》。本节引用《〈红楼〉四咏》诗，转引自嶙峋：《阆苑奇葩》，华龄出版社2012年版，第454—455页。

223

娉婷人爱绕花忙。苔痕狼藉弓鞋湿,扇影轻盈宝串香。细语喃喃留小步,树阴浓翠欲沾裳。

描绘出鸟语花香,蝶随絮舞,人绕花行的美丽境界。再如《湘云眠茵》"上颊酒浓眉黛蹙,压肩香重鬓云偏",咏湘云醉卧花丛之美艳;《晴雯补裘》"灯畔容颜愁惨淡,眼前刀翦泪辛酸",咏晴雯病补雀裘之勇毅;《黛玉葬花》"未必红颜皆薄命,顿教黄土也生香",咏黛玉灵魂之高洁。

倪鸿《桐阴清话》揭示出张秀端《红楼四咏》乃诗社参赛作品,云:

蒲田吴氏,粤之盐商也。大开诗社,以《红楼梦》事分得四题。各以七律咏之,卷以万计。糊名易书,延番禺洪日崖孝廉应晃评阅,如乡会试之例。取得黄星洲学博等百余人,各酬以缣帛珍玩。先是,番禺张兰士女史卷已录第一。及开榜,主人以为女子压卷,恐招物议,遂以黄卷易之。其实黄诗本不及张也。[①]

《桐阴清话》记录了一次以《红楼梦》为题而规模庞大的诗歌比赛,参赛者有张秀端、黄星洲等优秀诗人,称得上是题红诗史乃至《红楼梦》传播史上的一大盛事。

综上,在清代乾隆、嘉庆时期,题红诗对《红楼梦》中心人物与经典情节的认识,与曹雪芹原文大体相符。但随着《红

---

① 倪鸿:《桐阴清话》卷八,王璇:《〈桐阴清话〉校注》,广西大学硕士学位论文(2003年),第200页。

第六章 近代论小说诗之创立——以"题红诗"为中心

楼梦》传播时间越久,题红诗逐渐出现一些微妙的变化,主要是对林黛玉的品题越来越多。特别是女性诗人更倾向于让林黛玉取代贾宝玉而成为最为核心的人物形象。

嘉道年间,孙荪意有《衍波词》二卷,有《贺新凉·题〈红楼梦〉传奇》云:

> 情到深于此。竟甘心,为他肠断,为他身死。梦醒红楼人不见,帘影摇风惊起。漫赢得,新愁如水。知有前身因果在,愿今生滴尽相思泪。频唤取,颦儿字。　潇湘馆外春余几。衬苔衣,残痕一片,断红紫零。飘泊东风怜薄命,多少惜花心事。忍重忆,"葬侬"句子。归去瑶台尘境杳,又争知,此恨能消未?怕依旧,锁峨翠。[①]

该词单题林黛玉,叙及其相思洒泪、撰葬花词、为情而死、香魂归真等情节。其情感深婉,声文浏亮,具有很高的艺术价值。

同光年间,苏州才女葛蕙生以《念奴娇》为其师邹弢(号"潇湘馆侍者")题《潇湘侍立图》云:

> 红尘小谪,恨今生,误了玉京仙宇。回首红楼当日梦,勾起柔情千缕。汲水浇花,添香拨火,十二钗曾聚。万竿修竹,潇湘风景如许。　我亦惋惜颦卿,《葬花》诗句,血泪拼红雨。名士多愁工寄托,拚为佳人辛苦。痴忆茫茫,

---

[①] 孙荪意:《贺新凉·题〈红楼梦〉传奇》,赵山林选注:《历代咏剧诗歌选注》,书目文献出版社1988年版,第502页。

> 空花草草，且自调鹦鹉。问谁相与？回肠转出凄楚。①

该词咏邹弢对《红楼梦》的痴爱与品评，单拈出林黛玉代表"十二钗"，涉及潇湘馆洒泪、葬花诗句等内容。

清末湖州女诗人徐畹兰有《偶书〈石头记〉后》七绝句，全部吟咏林黛玉，与"分人分事"有所不同。兹略摘两首：

> 情天同是谪仙人，两小无猜镇日亲。记否碧纱厨里事，欢呼卿字作颦颦。（其一）

> 梨花落尽不成春，梦里重来恐未真。漫道玉郎真薄倖，空门遁迹为何人？（其七）②

前诗叙宝黛两小无猜、同居一室的情景，后诗叙黛玉逝后，宝玉梦寻不遇，最终为她出家。

晚清题红诗越来越以林黛玉形象为中心，笔者认为这种现象可以概言之"林黛玉热"。有晚清诗人和批评家还明确关注过这一现象。邱炜萲（字菽园）受亡妻王阿玖《偶阅〈红楼梦〉有咏》的感发，撰《〈红楼梦〉分韵》绝句一百首，其中有咏黛玉二首，其一："天下谁不爱颦儿？忙杀曹家笔一枝。洛浦湘江均缥缈，感甄何地莫陈思。"③ 该诗不仅揭示出林黛玉形象受天

---

① 邹弢：《三借庐赘谭》卷三"诗余双璧"条，《续修四库全书》第1263册，上海古籍出版社2002年版，第647页。
② 徐畹兰：《鼛华室诗选》，虫天子：《香艳丛书》第六集，上海书店2014年版，第575页。
③ ［新加坡］邱菽园：《〈红楼梦〉绝句》，国家图书馆藏本。亦见载于［新加坡］王力坚《清代才媛红楼题咏的型态分类及其文化意涵》，《江西师范大学学报》2012年第5期；李奎：《新加坡〈星报〉〈天南新报〉所载"红学"资料述略》，《红楼梦学刊》2014年第2期。

下人的普遍喜爱的事实，还把她视为曹雪芹《红楼梦》中最重要的代表性人物[1]。

综上，题红诗对曹雪芹《红楼梦》人物情节的批评大致反映出一个倾向，即离《红楼梦》问世时间越近，其认识越接近于《红楼梦》原文；离《红楼梦》问世时间稍后，其认识便逐渐脱离《红楼梦》原文，主要表现是让林黛玉形象逐渐成为题红诗的焦点人物。

第三节 题红诗的思想艺术价值述论

（一）对《红楼梦》主题的认识

清代题红诗主要从以下几个方面概括了《红楼梦》主题。

一种是爱情悲剧论。这类作品一般都会首先肯定宝黛之至情至爱。乾隆诗人沈赤然曾撰《曹雪芹〈红楼梦〉题词》四首，其二云：

> 两小何曾割臂盟，几年怜我我怜卿。徒知漆已投胶固，岂料花偏接木生。心血吐干情未断，骨灰飞尽恨难平。痴

---

[1] 吴醒亚评清末民初女小说家喻血轮(1892—1966)也曾述及《红楼梦》读者对林黛玉的特别偏爱。在《林黛玉笔记》卷上开篇，吴醒亚批云："《红楼梦》，人人爱读之书也。而读《红楼梦》者，未有不爱惜林黛玉，盖黛玉实为书中第一可怜人也。"喻血轮著、吴醒亚批，石继昌，刘万朗点校：《林黛玉笔记》卷上，华文出版社1994年版，第3页。

>　　郎犹自寻前约,空馆萧萧竹叶声。①

该诗叙宝黛两小无猜却未谐连理,黛玉泪尽而亡,宝玉去潇湘馆凭吊,表达了宝黛对爱情的执着与坚贞。再如前引孙荪意《贺新凉·题〈红楼梦〉传奇》"情到深于此。竟甘心,为他肠断,为他身死。"歌咏了林黛玉超越生死之爱情。同光派重要诗人樊增祥作《石甫属题张梦晋〈山茶梅花卷子〉卷为伯熙所赠以石甫为梦晋后身也》,诗云:

>　　《石头记》里有情痴,梦绕红楼觉后疑。井水寻常行处有,最消魂是纳兰词。②

石甫即与樊增祥并称"两雄"的易顺鼎。梦晋是明朝张灵的字,少与祝允明、唐寅、文徵明齐名,并称"吴中四子"。易顺鼎自称张梦晋后身,或称贾宝玉化身,又曾以纳兰容若自方。樊增祥把易顺鼎比作贾宝玉,以"情痴"相形容,凸显了《红楼梦》深情之主旨。

　　自然而然地,诗人的目光随即会从"爱情"聚焦到"悲剧"上面。沈赤然《曹雪芹〈红楼梦〉题词》其三云:

>　　仙草神瑛事太奇,妄言妄听未须疑。如何骨出心摇日,

---

① 沈赤然:《五研斋诗钞》卷十三《青鞋集》,《清代诗文集汇编》第411册,上海古籍出版社2010年版,第274—275页。下引沈赤然诗同此。
② 樊增祥:《樊山续集》卷十二《西京酬唱集》,《清代诗文集汇编》第762册,上海古籍出版社2010年版,第597页。

第六章 近代论小说诗之创立——以"题红诗"为中心

永绝枝连蒂并时。独寝既教幽梦隔,游仙又见画帘垂。不知作者缘何恨,缺陷长留万古悲。

叙黛玉病死后,宝玉梦寻黛玉魂魄而未得(事见今本第一百○九回),重游太虚幻境寻访黛玉之灵仅得一见(事见今本第一百十六回),尾联突出了《红楼梦》作者对宝黛爱情幻灭的无限悲恨。沈赤然甚至不能接受宝黛爱情悲剧结局,表达了"重写"《红楼梦》的愿望。其四云:

月老红绳只笔间,试磨奚墨为刊删。良缘合让林先薛,国色难分燕与环。万里云霄春得意,一庭兰玉昼长闲。逍遥宝笈琅函侧,同蹑青鸾过海山。

他提出了特殊的钗黛优劣论。"良缘合让林先薛,国色难分燕与环",意思是说宝黛皆"国色",但良缘还该首选黛玉,看来诗人更倾向于让"有情人终成眷属"。

一种是"色空"观。

嘉道间张船山之妹张淑徵有"和次女采芝《读〈红楼梦〉偶作》韵"一首,诗云:

奇才有意惜风流,真假分明笔自由。色界原空终有尽,情魔不着本无愁。良缘仍照钗分股,妙谛应教石点头。梦短梦长浑是梦,几人如此读《红楼》。[①]

---

① 张淑徵:"和次女采芝《读〈红楼梦〉偶作》",转引自嶙峋:《阆苑奇葩》,华龄出版社 2012 年版,第 454 页。

语体新变：中国诗歌叙事传统的近代转型

诗中把宝黛爱情视为"情魔"，把《红楼梦》视为佛家主张"色界原空"的现身说法，具有如晋朝道生法师令顽石点头之"妙谛"，可知诗人怀着较为彻底的色空观念。诗人进一步突出人生如梦的虚幻感，引人置身"红楼"之外以观其"梦"，从而自觉保持对"良缘易散"的清醒态度。该诗艺术水平较高，流传较广，王蕴章谓之"拈花微笑，神在个中"①。

持"色空"观的诗人大都喜欢把《红楼梦》与禅宗相联系。晚清萧棣香有《题〈红楼梦〉百美词卷》诗四首，其一云：

新词合谱《满庭芳》，玉色金声各擅扬。箧里有花皆芍药，楼中无蝶不鸳鸯。描将眉影诗成史，领得头衔骨是香。试向禅宗参一转，未须四壁画《西厢》。②

该诗明确把《红楼梦》看成参禅悟道之书，强调不必如老僧"四壁画《西厢》"事③，通过《红楼梦》也可体悟禅机。

清末孙宝瑄曾作《戏题〈石头记〉绝句》云：

---

① 王蕴章：《然脂余韵》卷三，民国间刻本。张寅彭主编、王培军点校：《民国诗话丛编》第五册，上海书店2002年版，第85页。
② 萧棣香诗未见传本。该诗出自邹弢《三借庐赘谭》卷五"萧棣香"条，《续修四库全书》第1263册，上海古籍出版社2002年版，第667页。
③ 冯梦龙《古今谭概·佻达部》第十一"僧壁画《西厢》"条云："丘琼山过一寺，见四壁俱画《西厢》，曰：'空门安得有此？'僧曰：'老僧从此悟禅。'丘问：'何处悟？'答曰：'是"怎当他临去秋波那一转"。'"海峡文艺出版社1985年版，第360—361页。张岱《快园道古》卷四亦收录该故事，参见高学安、佘德余点校本，浙江古籍出版社1986年版，第49页。

第六章 近代论小说诗之创立——以"题红诗"为中心

读书观海几春秋,胜友相招最上头。从此华严开脑界,黄粱不梦梦红楼。①

该诗把《红楼梦》比作"华严经",倡导对"色空"的"顿悟"。孙宝瑄还把该诗录入其"日记"中,可见其重视程度。

不少题红诗倾向于将"情"与"空"并举。道、咸之间的一位满族女诗人扈斯哈里氏有题红诗数首。其《阅〈葬花词〉有感》谓"葬花人自具深情",突出了"情"的主题。其《观〈红楼梦〉有感》:"真假何须辩论详,斯言渺渺又茫茫。繁华好是云频幻,富贵无非梦一场。仙草多情成怨女,石头有幸作才郎。红楼未卜今何处?荒址寒烟怅夕阳。"②突出了"空"的主题。

咸同间湖北底层诗人汪引抚(字兰屏)有《养云山房诗存》一卷③,其中《读〈红楼梦〉》七律云:

珊珊瘦骨黯魂销,泪雨频生满镜潮。一寸柔肠千种恨,不堪长度可怜宵。回首红楼一梦中,者番长谢绮罗丛。凭

---

① 孙宝瑄:《忘山庐日记》"光绪二十八年(1902)十月十三日"条,上海古籍出版社1983年版,第591页。
② 扈斯哈里:《绣余小草·卷二》,光绪二十二年刊本,又光绪二十九年石印本,第6—7页。
③ 丁宿章在《湖北诗征传略》中介绍汪引抚云:"布衣蔬食,不求仕进,而嗜诗成癖,苦吟半世,名不出于乡里。求得遗稿数纸,即摘而录之。"丁宿章:《湖北诗征传略》卷十六,清光绪七年孝感丁氏泾北草堂刻本,第八册,第86页。

231

谁一喝当头棒？打破疑团色是空。①

该诗从黛玉泪尽而逝，宝玉被师父当头棒喝醒而出家，强化了"情"与"空"的双重意义。

（二）对《红楼梦》的文学史定位

《红楼梦》问世不久，就有诗人论为中国小说之翘楚。乾嘉文坛名家杨芳灿高度评价《红楼梦》，视之为当时小说的代表。其言见于清末著名经学家、文学家俞樾《偶于吴蔗农孝廉处借小书数种观之漫赋一律》②，诗云：

老去深知精力孱，旧时学业半从删。拼将暮史朝经力，都付南花北梦间。往日虚名真自误，异时俗论莫相讪。《骊山女纪》《文君传》，拟辟名山山外山。

俞樾在"南花北梦"句后注云："杨蓉裳以《天雨花弹词》《红楼梦平话》并称，谓之'南花北梦'。"蓉裳是杨芳灿的字，他把《天雨花弹词》《红楼梦平话》并称"南花北梦"，视为当时小说之代表作。今人一般认为，《红楼梦》是中国古代小说中最杰出的代表，比《天雨花》的文学价值显然更高。如此看来，杨芳灿的认识还略显保守，但他在《红楼梦》问世不久就高度肯定了它的文学价值，是很有文学史眼光的。该诗同时揭示了

---

① 汪引抚：《养云山房诗存》一卷，汉口利华印务局1932年刊本。
② 俞樾：《春在堂诗编·庚辛编》，《清代诗文集汇编》第684册，上海古籍出版社2010年版，第622页。

第六章 近代论小说诗之创立——以"题红诗"为中心

《红楼梦》对俞樾本人的影响。俞樾在诗后又注云:"余拟以《史》《汉》所载骊山女事为《骊山女纪》,即世传骊山老母也。又以今世祀梓潼文昌帝君,谓即高朕礼殿碑之梓潼文君,拟撰《梓潼文君传》。然亦徒存其说而已。"这就是说,正是以《天雨花》《红楼梦》为代表的优秀小说的流行,以及杨芳灿辈的推举,改变了俞樾本人的人生轨迹,促使他从专治经史转向小说创作,逐步从一个经学大师变为文学巨匠。

道光间江西女诗人范淑《题直侯所评〈红楼梦〉传奇》,中云:"说部可怜谁敢伍,庄、骚、左、史同千古!"① 范淑把说部中的《红楼梦》与经史诸子经典《庄子》《离骚》《左传》《史记》相提并论,其眼光已超越文学史,而放眼于整个中国文化史、学术史来探讨《红楼梦》的价值。明代自李贽以来,一些眼光新锐的文学批评家总拿小说戏曲中的杰作与经史子集中的经典相比附,旨在提升小说戏曲等通俗文学的价值。范淑在《红楼梦》传世未久便将其特别标举为中国小说之最高峰,在文学批评史上是颇值得关注的。

(三) 综合的批评

被梁启超誉为"诗界革命之巨子"的近代著名诗人丘逢甲(1864—1912),曾作《〈红楼梦〉绝句题词为菽园孝廉作》八首,是综合批评《红楼梦》的代表性诗作。"菽园孝廉"即丘菽园(1873—1941),自号星洲寓公,名炜萲,光绪举人。福建海澄县(今厦门)人,二十世纪前期新加坡的富侨、著名报人和诗人。其主要著作含诗集、笔记各两部:《丘菽园居士诗集》《啸

---

① 范淑:《忆秋轩诗续钞》,光绪十七年(1891)良乡县官廨刻本,第9页。

虹生诗钞》《菽园赘谈》《五百石洞天挥麈》。丘菽园是推动《红楼梦》传入新加坡的"主要领导者"[1]，他在1898年夏发表一组《〈红楼梦〉绝句》，一时和者甚众。丘逢甲八首和诗依次如下：

不是怡红是悼红，笔头点鬼论原公。美人香草湘累感，都付愁珠怨玉中。

假语村言事竟传，三生公案一情禅。石头路滑闲拈出，竖拂重开色界天。

判白批红彩笔忙，玉溪楚雨笑荒唐。楼台弹指分明见，又费词人梦一场。

补天无计奈情何，聊著闲评托艳歌。青埂峰头一方石，撩人儿女泪痕多。

离离芳草长愁根，残雪空林怆梦痕。唤起香魂听说法，满天花雨大观园。

传奇奇绝效颦难，绝世情文出稗官。付与才人同赞叹，人间休作谤书看。

次第香名费递排，春风消息透吟怀。虚无册子饶褒贬，重话金陵十二钗。

莫向痴人说假真，梦中幻境又翻新。五云捧出游仙笔，从此曹唐有替人。[2]

---

[1] 李奎：《〈红楼梦〉在新加坡的报刊传播浅析》，《华西语文学刊》第十一辑，2015年第1期。

[2] 丘逢甲：《岭云海日楼诗钞·选外集》，上海古籍出版社1982年版，第383页。该诗原载[新加坡]《天南新报》1898年7月16日。

第六章 近代论小说诗之创立——以"题红诗"为中心

该组绝句从多个方面对《红楼梦》作了分析和评价。在题材方面:"补天无计奈情何,聊著闲评托艳歌",指出《红楼梦》是专注于"情"的"艳歌",即爱情小说。在主题方面:"不是怡红是悼红""美人香草湘累感,都付愁珠怨玉中",突出了爱情悲剧论;"五云捧出游仙笔,从此曹唐有替人",突出了色空论。诗中把《红楼梦》比作"游仙诗",认为《红楼梦》的作者是晚唐著名游仙诗人曹唐的优秀继承人。而曹唐的游仙诗融入了浓厚的爱情色彩,暗寓《红楼梦》的"情"与"空"论。表达"色空"论的诗句还有:"假语村言事竟传,三生公案一情禅",把《红楼梦》中宝黛三世情缘喻为参禅;"唤起香魂听说法,满天花雨大观园",把大观园比喻为诸天为赞叹佛祖说法之功德而散花如雨之道场。在艺术方面:"虚无册子饶褒贬""莫向痴人说假真,梦中幻境又翻新",指出《红楼梦》在笔法上是真与幻、虚与实的结合。在文学史地位方面:"绝世情文出稗官",指出《红楼梦》是"情"与"文"的"双绝",是中国小说史上的最高峰,表达了对《红楼梦》思想艺术的高度称赞。此外,还有针对评点的题诗:"判白批红彩笔忙,玉溪楚雨笑荒唐。楼台弹指分明见,又费词人梦一场。"揭示了《红楼梦》评点的细致与明晰。

丘逢甲《岭云海日楼诗钞》在上述八首题红诗之后,附有其三弟丘崧甫同时所作诗一首云:

五十首诗如贯珠,二十五人如可呼。笔端有泪向公子,悲歌感慨倾城姝。眼中忽幻荣宁府,梦破情天石难补。开编如闻奈何许,吾为若歌若楚舞。潇湘妃子诚绝伦,化影疑作芙蓉神。就中乃有蘅芜君,令我太息颦儿颦。以玉为兄有弟植，宝妹妹尤秀而特。枕霞旧友蕉下客，红楼之才此极则。大观何必真有园，稻香何必真有村。借花葬影月葬魂，蒙蒙春梦留春痕。岂无册中屦名者，王邢以降风斯下。世间不少薄命人，安得君诗遍传写。娥眉谣诼古所伤，岂知遇合关彼苍。与君试窥作者意，绛珠还泪非荒唐。吁嗟乎！孝文好贤贾谊陨，光武中兴冯衍窘。屈平去国楚命短，韩渥辞朝唐祚尽。美人命薄才子同，古往今来皆梦中。英雄末路且仙佛，不独伤心是悼红[①]。

诗中前面大半为人物批评，"笔端有泪向公子，悲歌感慨倾城姝"，总叙《红楼梦》中青春儿女。"潇湘妃子诚绝伦，化影疑作芙蓉神。就中乃有蘅芜君，令我太息颦儿颦。以不为兄有弟植，宝妹妹尤秀而特。枕霞旧友蕉下客，红楼之才此极则。"对黛玉、宝钗、宝琴、湘云均予赞美，而又各有次第，侧重于黛玉之神、宝钗之杰、宝琴之秀、湘云之才。"大观何必真有园，稻香何必真有村"，"绛珠还泪非荒唐"，论《红楼梦》真幻虚实笔法的对立互补。"梦破情天石难补"把宝玉与补情天之石的意象联系起来，深刻揭示了《红楼梦》的爱情悲剧。这些意见与乃兄丘逢甲《〈红楼梦〉绝句题词为菽园孝廉作》八首的倾向大体相近。而其诗结句却突破了乃兄"不是怡红是悼红"的意见，写道："孝文好贤贾谊陨，光武中兴冯衍窘。屈平去国楚命短，韩渥辞朝唐祚尽。美人命薄才子同，古往今来皆梦中。英雄末路且仙佛，不独伤心是悼红。"丘崧甫指出，《红楼梦》

---

① 丘崧甫诗一首，《〈红楼梦〉绝句》后附录，丘逢甲：《岭云海日楼诗钞·选外集》，上海古籍出版社1982年版，第384页。

第六章 近代论小说诗之创立——以"题红诗"为中心

不仅是爱情悲剧,而是"古往今来""美人命薄""英雄末路"人生悲剧的写照。

综上,题红诗贯穿了从乾嘉汉学到现代学术史的历程,并创新了诗歌叙事的内容和价值。在版本方面,早于程甲本之前,乾隆间富察明义和宋鸣琼各已在诗歌中题咏过一个足本《红楼梦》。在人物与情节批评方面,离《红楼梦》问世时间越近的题红诗,其认识越接近于《红楼梦》原文;离《红楼梦》问世时间越远的题红诗,其认识便逐渐脱离《红楼梦》原文,譬如让林黛玉形象取代贾宝玉而成为《红楼梦》的核心人物。在文学史定位方面,道光间江西女诗人范淑不仅把《红楼梦》视为说部中翘楚,还从学术史角度肯定《红楼梦》与经史诸子经典《庄子》《离骚》《左传》《史记》具有同等价值;清末丘逢甲说《红楼梦》"绝世情文出稗官",已视之为中国小说史上的最高峰。这些批评意见包孕着现代小说批评的萌芽,也经得住现当代"红学"的检验,同时还从一个侧面显示了中国现代学术的民族根基。

近代大量作家参与了题红诗写作,其中不乏诗坛大家名家。题红诗在数量和声势上也超越了以往任何一种论诗诗、论文诗。在传统文学中,诗词与戏曲小说素有雅俗之辨,尊卑之别,高下之判。近代题红诗的大量涌现,不嫌以卑论尊,乃是文学史打破诗词与戏曲小说界限之标志,从中体现出全新的文学价值观。近代题红诗在叙事题材和内容、文学批评史价值、文学理论观念等方面都取得了重要突破和创新,与前文所谓"白话文言"一样,足称"五四"新文学的先声。

第七章

大文本视阈下的近代时事诗叙事[①]

大文本是指特定时空中众多作家针对某个事件或主题所写作品的文本汇集及其互文关联。重大事变频发而引起连锁效应，新式传媒发达并参与纪咏活动，这是近代时事诗大文本形成的必要条件。大文本叙事就是指大文本所承载的叙事行为。它包含体量大、指涉广、风势强三大特点，因而表现出独特的风神肌理。近代时事诗大文本叙事可从文本内、文本外两重视阈来观测：文本外，指向同一事件诗歌纪咏之多地联动，涉及创作主体、创作风势、传播方式等层面，呈现为最广泛的地域性和群体性；文本内，指向大量单篇时事诗之大文本组构，有平行文本、互补文本和衍生文本等组构形式，呈现为单个文本不断增聚的态势。大文本叙事的提出，既合乎近代时事诗创作撰集和编选传载的真实情状，又为近代时事诗研讨提供适用的概念术语和理论命题。

大文本叙事诗人阵容十分强大。不管是否自觉，近代诗人大多涉入了大文本叙事领域，且融合了新旧诗歌创作阵营。如参与鸦片战争大文本叙事者，既有道咸宋诗派骨干，也有被视

[①] 本文参见晁冬梅：《大文本视阈下的近代时事诗叙事》，《浙江学刊》2021年第1期。收入本书时有改动。

第七章　大文本视阈下的近代时事诗叙事

为新派诗前驱的魏源等人。参与庚子国变大文本叙事者，有王闿运、易顺鼎、樊增祥、范当世、皮锡瑞、陈宝琛等旧体诗人，也有中国近代改良派代表人物康有为以及明确标举"新派诗"大旗的黄遵宪等人。所以本部分是将新旧诗人乃至新旧诗歌叙事传统综合而论的。

第一节　近代时事诗及其大文本叙事属性

时事诗，顾名思义就是以当代社会所发生的重大事件为题材而创作的诗歌。与其他题材诗歌类型相比，时事诗因其对社会现实的高度关注而表现出强烈的现实主义美学精神。在中国古典诗歌的发展历程中，时事诗从诗歌产生之初便开始出现，并作为一种特定的诗歌题材被延续下来。一方面，由于引发诗歌创作活动的情志，总是产生于特定的时空与环境之中，所以现实社会的巨大变动是诗人情志的直接来源；且由于社会生活的共同性而使得这种"情志"超越个人兴会的狭窄空间，从而成为标举一个时代诗歌创作的风格体调。另一方面，源于《诗经》以来所形成的古典诗歌的"风雅精神"：既希冀诗歌创作能达到"美刺""规讽"的目的，又希望于世道人心有所裨益。在此后的发展中，这种风雅精神又与士大夫的淑世和忧患意识相结合，使时事诗的创作成为践行儒家理想人格的重要途径。

时事诗的内涵有广义狭义之分。广义的时事，包括当代所发生的一切事实，因其所具有的公共性而对较多民众产生影响；

狭义的时事①，则专指关系国家安危兴衰、关系国计民生的大事，特别是政治、经济、军事方面的重大事件。为了更好地聚焦研究对象，本文选取狭义时事。因此本文所指的时事诗，除了叙写事件发展过程本身的诗歌，还包括产生于此一事件影响之下的、笼罩在此事件氛围之内的叙写与这种影响有关的所有诗歌，包括对受其影响的社会各方面的叙写，不限题材、体裁和风格。

　　针对此一定义，有以下几点需要说明：（1）一个特定时事的发生，对社会生活各个方面都会造成一定的冲击和破坏。在此事件的影响之下，社会生活中会产生出一连串的连锁反应，这些连锁反应是从属于此时事的"下一级"事件。即，时事是唯一的主导的事件，下一级事件是时事的内容。（2）时事的发生有一个酝酿的过程。此事件发生的时间段，或者说此事件产生影响的时间段，还包括在其发生之前和之后的一段时间，在社会中形成一种连续性的影响。（3）当此事件停止，它在社会中产生的影响和氛围会慢慢消退；当影响和氛围完全消失时，关于此事件的时事诗创作也就停止。所以时事诗创作的消长取决于时事的消长。（4）时事诗的判定标准取决于时事这一大的主导的题材，即唯一的时事事件。它包括其属下的众多小题材，在微观层面上，时事诗不限题材、体裁和风格。

　　与历代时事诗创作相比较，近代时事诗呈现出自身鲜明的特点。一是诗歌的弥散性与丛聚性。近代时事诗数量巨大，题材庞杂，且诗歌往往以"诗歌串"的形式存在——或以组诗或

---

① 诸如不涉及政治、经济、军事的纯粹的自然灾害，本文将其归入广义的时事。因为狭义的时事，包括在此事件影响之下所产生的各类时艰民瘼。

第七章　大文本视阈下的近代时事诗叙事

以紧密衔接的单篇，与其他题材相近之作组成纪咏时事的"链条"；同时，处于不同方位的无数诗歌"链条"，又相互聚集而织成时事叙述的"网面"，从而覆盖了时事事件所辐射的社会生活各方面，亦即事件所造成的全部影响在当时人共同的诗性叙事中被呈现出来。二是诗歌创作的群体性。近代时事诗的创作风势是空前宏大的，它发动了最广大的创作群体，囊括了近代旧体诗派和新体诗派中的大部分成员。这造成诗歌作品中除了极少数刻意追求诗艺的经典之作外，还存在着相当大量的参差不齐的诗作。由于明清以来古典诗歌所面临的"去经典化"创作转向，我们似乎并不能以艺术的尺度而果断摒弃最广泛的群体创作，似乎应该另寻一种路径去合理阐释它们的价值。

法国文学理论家热拉尔·热奈特（Gérard Genette）在《广义文本之导论》一书中指出，"诗学的研究对象不是文本，而是广义文本——有助于挖掘广义文本的超验性。"[①] 他进一步解释道："广义文本无处不在，存在于文本之上、之下、周围，文本只有从这里或那里把自己的经纬与广义文本的网络联结在一起，才能编织它。"[②] 热奈特所认为的单个文本与其所属网络的广义文本之间的联系，在文本被创作之前已经存在，他是从文本生产的层面去联结单个文本与广义文本。那么当文本被创作之后，这种隶属与联结的关系还是必然存在的。此后，热奈特在《隐

[①]　[法]热拉尔·热奈特：《广义文本之导论》，[法]热拉尔·热奈特著，史忠义译：《热奈特论文选》，河南大学出版社2009年版，第55页。
[②]　[法]热拉尔·热奈特：《广义文本之导论》，[法]热拉尔·热奈特著，史忠义译：《热奈特论文选》，河南大学出版社2009年版，第54页。

迹稿本》中又再次把广义文本更广泛地称为"跨文本性"（transtextualité）：

> 诗学的对象不是具体文本（具体文本更多是批评的对象），而是广义文本，如果愿意的话，可说成文本的广义文本性（architextualité，正如有人所说的那样，这与"文学的文学性"差不多一样），亦即每个具体文本所隶属的全部一般类型或超验类型——如言语类型、陈述方式、文学体裁等。今天，我宁愿说得更广泛一些，即诗学的对象是跨文本性（transtextualité），或文本的超验性，我曾经粗略地把它定义为"所有使一文本与其他文本产生明显或潜在关系的因素"。跨文本性超越并包含广义文本性以及其他若干跨文本的关系类型。①

热奈特关于广义文本以及文本之间所具有的"跨文本性"（亦即"文本间性"②）的判断，为我们提供了观照近代时事诗的新的视角。重大"时事"对社会生活的影响是多方面的，它所造成的影响表现在由它而衍生出的纷繁复杂的事件、事态、事情、

---

① ［法］热拉尔·热奈特：《隐迹稿本》，［法］热拉尔·热奈特著，史忠义译：《热奈特论文选》，河南大学出版社2009年版，第56—57页。
② 热奈特的广义文本是一种具有实用主义色彩的结构主义，他将广义文本的历史性和社会性淡化为背景，从而关注文本的美学与形式层面，指向互文性的诗学形态路径。所以热奈特的"跨文本性"是对"文本间性"的一种狭义界定。可参看李玉平：《互文性：文学理论研究的新视野》，商务印书馆2014年版，第40页；赵毅：《复合间性理论与翻译学理论研究》，北京理工大学出版社2014年版，第106页。

事理①,这些隶属于重大时事的繁杂而具体之"事"对社会生活的影响,往往成为单个时事诗歌文本所纪咏的直接对象。因此,时事诗歌无疑是"诗中有事"的,即使抒情如七律《秋兴八首》,其字后也有言之凿凿的"事"的指向。这就是说,单篇诗歌可以凭借其诗内所指向之"事"而迅速找到其同类,进而聚合在一起,形成一个新的文本群;多个文本群依照其所指向之"事"再次联结而聚合,最后组成一个纪咏某特定时事的、覆盖此时事属下所有之"事"的"大文本"。

为此,与单篇诗歌文本相对立,我们提出了"大文本"的概念。

第二节 大文本叙事的概念及其适用性

此所谓"大文本",是指特定时空中众多作家针对某个事件或某一主题所写作品的文本汇集及其互文关联。近代是中国有史以来社会变局至巨至深的时期,许多天崩地裂、震撼人寰的大事件接连发生,这自当引起海内外作家的高度关注和倾情书写;而这一时期新式的交通、传媒方式兴起,使物流和资讯实现批量快速传布,这大有利于吸引众多作家参与对重大时事的题写赋咏,并能够迅速壮大文学接受人群的数量和层面;更兼

---

① 中国古典诗歌之叙"事",不同于西方叙事学所严格定义的"故事",而是一种"泛事"。即,既包括相对完整的事件,也包括片段式的事态;既可以叙述事物所处的某种现象、状态,也可以呈现某一事件情景中的相关景物和场景、甚至处于事件情景中的人物情绪、感受、思考等。可参看周剑之:《泛事观与中国古典诗歌的叙事传统》,《国学学刊》2013年第1期。

语体新变：中国诗歌叙事传统的近代转型

此类题写赋咏多能深切描述事件的过程与真相、省察祸变的根源与后果，以及痛思世道人心之崩坏，因而在不失抒情性的同时，又有凸出的叙事性特征。近代时事诗这一系列的艺术表征，共同呈现为它的大文本叙事现象。这种奇特的文学现象值得关注，其理论内涵、体格状貌和文学史识亦颇可探研玩味。

大文本概念的提出，是基于近代时事诗自身的特征。与历代题咏时事的诗歌创作相比，近代时事诗呈现出自身鲜明的表征：一是诗作的弥散与丛聚。近代时事诗数量巨大，题材庞杂。它往往以诗歌"串"的形式存在，或以组诗、联章组诗的形式出现，或为同题赋咏的多个单篇，并由相近题材的作品组成诗歌"链"，而众多诗歌"链"又相互聚集，编织成时事记述的"网面"[1]，从而覆盖该时事所影响的方方面面，并将该事件所关涉的众多人物容纳进来。二是创作活动的群体联动。近代时事诗的创作风势是空前宏大的，它发动了最广大的创作群体[2]，这造成诗歌作品的艺术水准参差不齐，除了极少数讲求诗艺的佳作之外，大多数作品艺术成就不高；若将此类作品置于明清以来诗歌"去经典化"的背景下，就不能轻率地因其不合某种艺术尺度而遭摒弃，应该从群体联动和创作风势的视角来解释其

---

[1] 重大时事包含众多下一级事件，如第一次鸦片战争中定海之战、广州之战、浙东之战等。这种局部战役亦包含下一级事件，如广州之战中虎门之役、三元里抗英；此类事件之下也包含下一级事件，如虎门之役中陈连陞、关天培壮烈殉国二事。近代时事诗的繁复琐细就表现在纪咏对象的层级错乱无序上，本文使用诗歌"串""链""网面"等概念，是为了方便指称不同主题的各层级诗歌集聚之情形，以此从题材上统领近代时事诗。

[2] 如庚子国变时期空前发动的创作人群，参见晁冬梅：《庚子国变的诗歌叙事》，《中国韵文学刊》2018 年第 3 期。

存在的合理性。

基于以上所界定的近代时事诗大文本概念，大文本叙事就是指大文本所承载的叙事行为。它包含体量大、指涉广、风势强三大特点：

（1）大文本叙事体量大。这是相对于单个诗文本叙事而言。近代时事诗大文本的多种形式，如诗歌"串"、诗歌"链"及诗歌"网面"等，都比单个诗文本篇幅体制更大、表意功能更强，因而其叙事性也比单个诗文本明显增强；甚而近代时事诗大文本的极致形态，是把近代中国所遭遇的所有事变看作一个"大事件"，将纪咏此"大事件"的全部诗作看成一个大文本。这样，针对近代时事的纪咏之作便联结为整体，进而总体把握近代时事诗的大文本叙事。

（2）大文本叙事指涉广。这是相对于直切时事的诗文本而言。近代时事诗大文本由众多单个文本聚合而成，单个诗文本有的直切时事本身，有的指涉时事背景或追踪事件余响，它们之间互相指涉、联为一体，形成多种形式的文本间性意涵。其间性意涵可以通过诗文本的相互关联来分析，也可以通过纪咏重大事变的诗歌总集编选来体现；还可以通过针对近代时事诗的话体论评来认知，甚至通过近代时事诗的刊载与传播方式来确认。这样，就有利于把握众多诗文本的相互指涉关系，从而对近代时事诗进行全景的立体的描述。

（3）大文本叙事风势强。这是相对于单个诗文本的生产行为而言。在文本生产层面，大文本概念关注的不是单个诗文本的创制，而关注纪咏某事件所有诗作的生产过程。其过程牵涉文学主体、创作情态、传播方式等因素，在近代大事变频发的背景下，这些因素又合成颇具规模的诗歌创作风势。其创作风势具体表现为多地联动,有多群体互动和多地域协同等情形。前者表征为打破群派性自守,即抱持不同创作主张和文学风尚的作家群体均卷入时事纪咏;后者表征为突破地域性封闭,即不论所居高卑远近,凡风闻事变的作家都倾心投入时事纪咏。

上述三大特点,使近代时事诗大文本叙事表现出独特的创作风貌,而与组诗、联章题咏、同题叙咏迥异。此种诗歌创作风貌及其所隐含的大文本概念,在当时或稍后出现的一些诗集中得到初步展示。这大略有两种情形:一是诗作者不自觉地引入大文本概念,创作针对某个事件的诗歌专集;二是编选者自觉地采用大文本概念,蒐辑有关同一时事的诗歌总集。

先看诗歌专集的情况。与早前历代时事诗创作相比,近代时事诗最突出的特点是作品数量庞大。纪咏某一事件的诗作已不能用"首"来衡量,而是以一卷或多卷本的诗歌专集指称。此即诗人摒弃了单篇的运思结撰,转而追求联章和组诗的诗集形式;这是因为,单篇诗歌无法容纳繁复琐细的时事,而须用更宏大的诗歌专集形式来铺叙之。如贝青乔《咄咄吟》纪咏道光二十一年(1841)扬威将军奕经驰赴宁波与英军交战时,其军幕之中所发生的咄咄怪事,有诗二卷120首[①];陆以湉《杭城纪难诗》纪咏庚申年(1860)太平军首次攻克杭州时,双方的军事战斗及城内

[①] 1841年10月英军攻占宁波后浙东失陷。道光帝即派大学士奕经为扬威将军驰赴浙江,收复失地。奕经途经苏州时,贝青乔投效军门并随其奔赴浙东战场。他亲临前线战斗并帮办军务,对军中内外机密十能言其七八。清廷议和后,贝青乔将其一载戎马所听睹所及,纪之以诗,并加以小注略述原委,题曰《咄咄吟》,言怪事也。参见贝青乔:《咄咄吟》,沈云龙主编:《近代中国史料丛刊》第二十三辑,第228—229册,文海出版社1968年版。

第七章　大文本视阈下的近代时事诗叙事

伤亡混乱景象,有诗一卷60首[1];张荫榘、吴淦《杭城辛酉纪事诗》纪咏辛酉年(1861)杭州再陷时太平军一路进逼之情形,守城将兵玩忽渎职、兵勇肆掠,以及围城二月米尽粮绝、饿莩载途之惨状,有诗一卷100首[2];许瑶光《蒿目集》则纪咏庚申、辛酉杭城被难时城中士绅的抵抗活动,并反思官兵渎职、军事布防之失等招致失败的原因,有诗一卷20首[3];胡思敬《驴背集》纪咏庚子国变时期义和团、慈禧等顽固派、八国联军各方的活动,以及城内烧杀抢掠、悲声载道的情状,有诗四卷138首[4];吴鲁

---

[1] 为解除江南大营对天京的军事包围,1860年初李秀成率领奇兵佯攻杭州,在成功诱出清军兵力后,立即弃城北走,一举攻破江南大营。此即庚申年杭城首次被难。城破之时陆氏正在城内,躬遇险难,幸得生还,便辞官告归。数月后太平军连克苏州、嘉兴,祸及桐乡,陆氏忆及百日以来躬遭种种,述之以诗,得六十首。参见陆以湉:《杭城纪难诗》,丁丙辑:《武林掌故丛编》第十八集,《庚辛泣杭录》卷十四上,清光绪二十一年钱塘丁氏嘉惠堂刊本。

[2] 1861年太平军再次攻克杭州,钱塘张荫榘、吴淦并罹此难。后间关险阻,流寓沪上,遂将所见所闻,作纪事诗百篇。参见张荫榘、吴淦:《杭城辛酉纪事诗》,丁丙辑:《武林掌故丛编》第十八集,《庚辛泣杭录》卷十五。另有稿本《杭城辛酉纪事诗原藁》(《近代中国史料丛刊续编》第九十八辑第980册),署名钱塘东郭子、杭州蒿目生,据卷末东郭子跋,此编为桐乡陆以湉于同治壬戌年(1862)重加删订、缮写而成。

[3] 庚申、辛酉年杭城被难时,许瑶光官浙,躬遇此二劫难,作《蒿目集》一卷;并于诗中反思省察军事失败之原因,寄寓对统兵将领和城中士绅的美刺褒贬。许瑶光:《蒿目集》,丁丙辑:《武林掌故丛编》第十八集,《庚辛泣杭录》卷十四下。

[4] 八国联军入京时,胡思敬随扈不及,挈室避居昌平。尝孤身跨寒驴微服入都,探问兵间消息,归则以笔记之,并系以小诗,题曰《驴背集》,毋忘在莒之意也。参见胡思敬:《驴背集》,沈云龙主编:《近代中国史料丛刊》第四十五辑,第445册,文海出版社1970年版。

247

《百哀诗》亦为纪咏庚子年（1900）京师所遭之巨大劫难，以及自身、同侪之窘迫境遇，有诗二卷128首[①]；刘成禺、张伯驹《洪宪纪事诗》系列，是纪咏袁世凯1915年复辟封建帝制的诗歌专集，有诗作三种共311首[②]。特别是《洪宪纪事诗本事簿注》，以史家笔法充分叙述袁世凯窃国乱政、复辟帝制及帝制夭亡的始末，同时保存了与此相关的人物活动。这九十八首诗

[①] 庚子年吴鲁居于北京南柳巷晋江会馆，六月中被任命为军务处总办，到差不久即天津失守，接着杨村、通州接连失守，联军进京。吴鲁听闻圣驾由西直门出狩，便立即徒步追随，至海淀附近被溃兵劫掠，只好重返京寓。直至次年春天，南北道路稍通，才趋赴西安行在。事变发生时，吴鲁被困都城，闻见之间有足哀者，愤时感事，成诗百余首。《百哀诗》二卷，吴鲁其子钟善曾于民国初年刊印线装铅字本。1964年《百哀诗》原稿本出现在泉州古旧书摊，1985年由福建省泉州志编纂委员会影印出版。今有吴鲁：《百哀诗》（与胡思敬《驴背集》合刊），北京古籍出版社1990年版。

[②] 此系列包括刘成禺《洪宪纪事诗》200首、上海《逸经》半月刊连载《洪宪纪事诗本事注》76首、《洪宪纪事诗本事簿注》98首，以及张伯驹《续洪宪纪事诗补注》103首。刘成禺依据友人建议于1918年完成《洪宪纪事诗》200首，至民国二十三年（1934）前后同《广州杂咏》一起，列为《禺生四唱》公开出版。发表后反响剧烈，于是将部分诗作作注，从1936年5月起，以"洪宪纪事诗本事注"之名陆续刊载于上海《逸经》半月刊，共发表76首。后在此基础上，另增加22首诗作及注文，以"洪宪纪事诗本事簿注"为名由京华印书馆刊行，共98首。其中，《逸经》半月刊与京华刊本同多出7首，不见于《禺生四唱》本；京华刊本又多出1首，不见于《禺生四唱》和《逸经》半月刊，因此刘成禺《洪宪纪事诗》实有208首。其后张伯驹另作103首洪宪纪事诗，题名《续洪宪纪事诗补注》。及至1983年，上海古籍出版社将《洪宪纪事诗》《洪宪纪事诗本事簿注》《续洪宪纪事诗补注》汇编为《洪宪纪事诗三种》出版（刘成禺、张伯驹：《洪宪纪事诗三种》，上海古籍出版社1983年版）。

第七章 大文本视阈下的近代时事诗叙事

作以严密的结构层次组成有机整体,将共维持八十三天的洪宪丑剧前后内外剥离殆尽。此大型组诗文本必经作者巧妙构思和精心结撰,诚可谓大文本概念在近代时事诗创作中的具体实验。

再看诗歌总集的情况。大文本概念除了表现在诗作者精心构撰大型文本外,还体现在诗作汇聚合成的总集编选行为中。编选者竭力搜辑有关同一时事的所有诗作,使大量诗作聚集成帙而直观呈现了大文本概念。如王震元《杭城纪难诗编》辑录杭州一地文人纪咏杭城庚申、辛酉两次劫难的诗作,共辑入38位诗人176首诗作[1];孔广德《普天忠愤集》辑录由甲午中日战争掀起的爱国诗潮之作,收入上自士大夫、下至平民布衣,以及泰西洋士、绣阁名媛共39位诗人226首诗作[2]。直至20世纪30年代,大文本诗歌总集的蒐辑活动仍方兴未艾。谢兴尧辑录《太平诗史》三卷[3],卷上为谢

---

[1] 杭城庚、辛被难时,王震元先后出走,均免于难。后闻人追述难中情事,悲愤塞胸,遂将所见他人诗作录辑一处,自言"积三十年,录一百六十余章"(自序)。王震元编:《杭城纪难诗编》,丁丙辑:《武林掌故丛编》第十八集,《庚辛泣杭录》卷十六。

[2] 曲阜鲁阳生孔广德愤感于甲午战争之败,广为采集其时"绪论有关时局者"(自序),编为《普天忠愤集》十四卷,分为章奏门、议论门、诗赋门,其中卷十一、卷十二为诗赋门。孔广德编:《普天忠愤集》,沈云龙主编:《近代中国史料丛刊续编》第二十三辑,第226—228册,文海出版社1984年版。

[3] 谢兴尧恒致力于搜集整理太平天国史料,曾于20世纪30年代选辑所藏中具有史料价值之稿本秘笈,汇为丛编《太平天国丛书十三种》,其中第三辑为《太平诗史》。谢兴尧辑:《太平天国丛书十三种》,沈云龙主编:《近代中国史料丛刊》第三十辑,第297—298册,文海出版社1968年版。

氏所辑《洪杨诗史选录》①，录辑各家吟咏而世少见者；卷中为何德润《武川寇难诗草》；卷下为于桓《金坛围城纪事诗》。与此同时阿英辑录《中国近代反侵略文学集》，包含《鸦片战争文学集》《中法战争文学集》《甲午中日战争文学集》《庚子事变文学集》《反美华工禁约文学集》。② 如此大规模地编撰有关某一事变的诗歌总集，编者显然有明确的大文本概念。

由上述专集与总集编撰情况可知，大文本概念已隐然存在且呼之欲出；今将之揭出，用以指称近代时事诗丛聚集合之现象，是为得体而适用的；因为它合乎近代时事诗创作撰集和编选传载的真实情状，又为近代时事诗研讨提供切实可行的概念术语和理论命题。

特别是，在当今中国文学研究全球化的背景下，大文本概念也可以找到西方学说的参照。法国结构主义理论批评家热拉尔·热奈特（Gérard Genette）在其《广义文本之导论》《隐迹稿本》中，有关于"广义文本性"（architextualité）和"跨文本

---

① 此卷以太平军的战事经过为序，共选录十四种：龙启瑞《记事诗》、海虞学钓翁《粤氛纪事诗》、魏厚庵《长叹歌》、汪少文《桂林独秀峰题壁诗》（以上记洪杨初起）；范子齐《太平天国战役诗八首》、李慎侯《太平天国史诗补》（以上记洪杨由湘至宁）；金和《痛定篇》、何绍基《金陵杂述三十二绝句》（以上记洪杨在金陵）；陈云章《劫灰集纪乱杂诗》、王正谊《舟中纪事十首》（以上记苏皖战事）；黄燮清《杭城纪事》及《武林后纪事诗》、张荫架与吴淦《杭城辛酉纪事诗选录》、丁葆和《归里杂诗》（以上记杭城两次被陷）。

② 此套丛书包括诗歌、小说、戏曲、散文等各体文学，为阿英从当时报刊及各家专集中分类辑出。分别为：《鸦片战争文学集》，古籍出版社1957年版；《中法战争文学集》，中华书局1957年版；《甲午中日战争文学集》，中华书局1958年版；《庚子事变文学集》，中华书局1959年版；《反美华工禁约文学集》，中华书局1960年版。

性"（transtextualité）的论断①。这为近代时事诗大文本叙事提供了理论资鉴。即是说，单个文本与其所属网络的广义文本之间隶属与联结的关系，在单个文本被生产之前就已存在，且单个文本与广义文本不可分离。以此衡之近代时事诗，对某事件的单篇纪咏与大文本叙事其实是同时并存的，不待各种时事诗专集、总集之编撰，不待今日大文本概念之提出，近代时事诗大文本就已然存在，不容忽视否弃。

第三节 近代时事诗大文本叙事之成形

以诗歌纪咏时事，在中国诗学是自成传统的。但能够形成时事诗的大文本，则是近代诗史的新鲜事物，不仅古昔未有，就是晚近亦无。而究其成因，需赖两项必要条件：

（1）重大事变频发，引起连锁效应，产生关切社会现实的诗歌创作倾向及理论主张。嘉道年间，社会危机全面爆发，今文经学逐渐兴起；在经世致用思潮的激荡下，龚自珍、魏源、张际亮等主张作诗要切时用，突破古典诗学温柔敦厚的传统，注入富有时代精神的新质；引导诗家痛切时病、干预危机，以叙写国难而鸣发忠愤。近代时事诗创作由此推向高潮，兴起众多作家群体与流派，涌现大批纪咏时事的诗家，生产出大量时事诗作品。其群体之盛、诗家之广和作品之多，为近代时事诗大文本叙事奠定基础。

---

① 参见［法］热拉尔·热奈特著，史忠义译：《热奈特论文选》，河南大学出版社2009年版，第54—57页。

（2）新式传媒发达，参与纪咏活动，助长时事诗创作风势并加速作品传播，壮大消费群体。文学生产传播总是依赖一定的物质条件，电讯、报刊等近代传播技术的发展，使讯息传递更加快捷便利，这对近代时事诗创作的影响是巨大的。

一方面，关于重大事变的资讯快速传达国内外各地，吸引居处各地的诗人参与时事纪咏，引发多地联动的创作现象。① 如1882年法国军队攻占河内后继续北上，中法战争迫在眉睫。《申报》聘用俄籍采访员，报道了中国黑旗军与法军交战的情况。1884年5月8日，《申报》馆又创办《点石斋画报》，用直观生动的图画形式，将读者关心的新闻迅速传递出去。② 近代传播媒介毫无休止地将创作的新原料，抛洒给具有创作能力的诗人，并持续鼓荡他们的内心，催生出一批批时事诗作品。

另一方面，近代传媒参与到诗歌创作中，号召更广泛的诗人群体，并扩大诗作的传播效应。如庚子事变后，宗仰上人乌目山僧感于庚子国耻，绘制《庚子纪念图》一幅，并自题《庚

---

① 到19世纪80年代，近代报刊形成自身的运作方式，以刊载关系国计民生的重大时事消息为主，并聘用专职随访记者，其能量辐射到全国所有重要城市。如上海《申报》就因为刊载大量时事新闻和清政府通报，而受到当时士绅的普遍关注。（参见杨扬：《社会文化结构的改变与作家生存方式的变化——近现代书报出版业对作家及其创作的影响》，《文学的年轮》，花山文艺出版社2002年版，第207页。）由于报刊需要依靠发行量来赢利，为了吸引读者，必须刊载与广大人群息息相关的重大事件新闻。这些重大新闻事件，就成为近代时事诗创作的原材料，这展示了近代传媒影响时事诗创作的一个面向。

② 杨扬：《社会文化结构的改变与作家生存方式的变化——近现代书报出版业对作家及其创作的影响》，《文学的年轮》，花山文艺出版社2002年版，第208页。

子纪念图》诗。同时他借助报刊来扩大题词的声势。1901年7月4日《同文消闲报》刊载《征题〈庚子纪念图〉》①一则。启事刊发后,四方时贤名流纷纷响应,寄来征题序文与诗作,共收到题词43家,序跋、题记类文章7篇。后经乌目山僧多方筹集,很快便将题词一卷②刊行于世。近代传媒在此充当了制造声势与扩大效应的角色,它使大文本得以呈现出轰动性的叙事效应。

具备了必要条件,近代时事诗大文本的形成就顺理成章,并有足够多的产量来支持大文本的存在。而今日可搜寻辑录的近代时事诗,其专集、总集以及散见的大量诗作,不仅呈现了近代时事诗创作的大文本构撰现象,而且在大文本视阈下确立了它的价值与地位。

由于近代中国遭遇的重大事变较多,又因时事诗界定一直较为模糊;所以围绕某一时事所得诗歌数量难以精确统计,近代时事诗的总量不可确考。但其诗作数量之悬疑,并不影响对本论题的研讨;因为近代时事诗大文本的规模是可估测的,其体貌性状也是可以描述勾勒的。比如,通过《续修四库全书》《清代诗文集汇编》所收晚清诗集,可以估测近代时事诗的大致数量③;通过大量的专集、总集和选集,可观测近代时事诗的大文本状貌。试以诸例实之④:

---

① 乌目山僧:《征题〈庚子纪念图〉》,《同文消闲报》1901年7月4日。此文自第419号起,连载至第450号止。参见沈潜、唐文权编:《宗仰上人集》,华中师范大学出版社2011年版,第5页。
② 释宗仰:《庚子纪念图》,清光绪间铅印本,复旦大学图书馆藏。
③ 如关于庚子事变诗歌数量,李柏霖称:"据笔者不完全统计,有160多位诗人创作了3 300余首庚子事变诗歌。"参见李柏霖:《晚清庚子事变的诗歌抒写》,《苏州大学学报》2017年第6期。
④ 由于篇幅所限,此处仅举列三大文本的诗歌专集(或总集)形式。

大文本一：叙写鸦片战争的时事诗。除此前所述贝青乔《咄咄吟》二卷外，沈筠所辑《乍浦集咏》卷六至卷十六收录乍浦一地文人的鸦片战争诗作①；林昌彝《射鹰楼诗话》②收录大量叙写英帝国主义殖民侵略以及中国人民抗击侵略的诗作；阿英《鸦片战争文学集》第一卷诗歌及补遗，收录叙写两次鸦片战争的 120 余位诗人诗作。此外，张应昌《清诗铎》、钱仲联《清诗纪事》也散见大量鸦片战争诗作。

大文本二：叙写太平天国运动的时事诗。除此前提到的专集、总集外，如吴家桢《金陵纪事杂咏》③一卷 40 首，叙写建都天京后太平军政权在南京城内的活动；马寿龄《金陵癸甲新乐府》④一卷 50 首，叙写太平军破城经过及入城后的破坏与建制活动，后附《金陵城外新乐府》30 首，讽刺城外清军的腐朽罪戾；署名海虞学钓翁《粤氛纪事诗》⑤一卷 40 首，从广西起事写到定都南京后捣毁佛像、掳民充军等事，同时揭露清军将官的畏葸仓惶；丁

---

① 乍浦是浙江省平湖县下辖的一处港口城镇，是鸦片战争的一个重要战场。道光二十二年(1842)夏四月英军自宁波撤兵，进攻乍浦，乍浦城遭遇了惨烈的战祸。沈筠一方面为志乘储材，另一方面为保存壬寅一役乍浦人所遭受的深重苦难，于是汇辑自明嘉靖以来诸家诗集中有关题咏乍浦一地的诗歌。参见沈筠辑：《乍浦集咏》，道光二十六年刻本。此书付梓当年即传入日本，后又有《乍浦集咏钞》问世。
② 林昌彝著，王镇远、林虞生标点：《射鹰楼诗话》，上海古籍出版社 1988 年版。
③ 吴家桢：《金陵纪事杂咏》，四川大学图书馆编：《中国野史集成》，巴蜀书社 1993 年版，第 45 册，第 383—384 页。
④ 马寿龄：《金陵癸甲新乐府》，《清代诗文集汇编》，上海古籍出版社 2010 年版，第 566 册，第 273—288 页。
⑤ 海虞学钓翁：《粤氛纪事诗》，谢兴尧辑：《太平天国丛书十三种》第三辑卷上，沈云龙主编：《近代中国史料丛刊》第三十辑，第 297—298 册，文海出版社 1968 年版，第 321—329 页。

葆和《归里杂诗》① 一卷 30 首,叙写庚辛之间杭城陷落后,太平军各王在杭伪馆的兴建与地址,以及太平军的语言文字服饰典制等;何德润《武川寇难诗草》② 一卷 60 首,叙写从 1861 年到 1863 年武义城被太平军攻占三年间所遭劫难的完整过程;于桓《金坛围城纪事诗》③ 一卷 24 首,叙写 1860 年太平军二破江南大营后李世贤部进取金坛史实以及双方的军事对峙。

大文本三:叙写庚子国变的时事诗。除此前所述专集外,再如延清《庚子都门纪事诗》④ 六卷 389 首,从庚子五月形势紧急写到年尾议和之事,述及围城中人艰难生活和危城中死难之士;郭则沄《庚子诗鉴》⑤ 四卷补一卷 500 余首,叙写义和团初起及在京活动、八国联军入京烧杀抢掠以及两宫西狩、启跸回銮等事;曒西复侬氏、青村杞庐氏合著《都门纪变百咏》⑥ 一卷 100 首,叙写从庚子三月传闻义和团入京到北京被八国联军占领其间的纷纭乱象。

---

① 丁葆和:《归里杂诗》,丁丙辑:《武林掌故丛编》第十八集,《庚辛泣杭录》卷十六《杭城纪难诗编》。
② 何德润:《武川寇难诗草》,谢兴尧辑:《太平天国丛书十三种》第三辑卷中,沈云龙主编:《近代中国史料丛刊》第三十辑,第 297—298 册,文海出版社 1968 年版,第 377—392 页。
③ 于桓:《金坛围城纪事诗》,谢兴尧辑:《太平天国丛书十三种》第三辑卷下,沈云龙主编:《近代中国史料丛刊》第三十辑,第 297—298 册,文海出版社 1968 年版,第 395—410 页。
④ 延清:《庚子都门纪事诗》,沈云龙主编:《近代中国史料丛刊续编》第十三辑,第 127 册,文海出版社 1984 年版。
⑤ 郭则沄:《庚子诗鉴》,蛰园刻本(1940—1941),中国书店 2008 年版。
⑥ 曒西复侬氏、青村杞庐氏:《都门纪变百咏》,光绪二十六年石印本,复旦大学图书馆藏。

第四节　近代时事诗大文本叙事之组构

作为近代诗歌中最荦荦大者，近代时事诗大文本叙事继承古典诗歌"诗史"传统，同时又提供了新异的质性；尤其是大文本组织结构，表现出独特的风神肌理。传世文献所见近代时事诗的一宗叙事大文本，通常包含多个组诗、联章、同题和众多单篇，同时还必定是宏大叙事，而又兼叙小事件小人物。如此庞杂繁复的大文本，并非零乱失序毫无章法，而是有自身的组织结构及文本间互文关系。其具体组构形式，兹论列并示例如下：

（1）平行文本之组构。近代时事诗中存在众多同题材之作，其所叙之事完全相同。此类同题文本构成并列平行关系，且因数量不断增聚而形成诗歌"串"；在这不断增聚的诗歌"串"中，因叙咏同一事件的频次累增积聚，就使所叙之事更为突出而广受关注，从而增强平行文本的叙事功能。

例如，第一次鸦片战争中英军进攻吴淞口一役，由于两江总督牛鉴等人临阵脱逃，造成江南提督陈化成腹背受敌，最终壮烈殉国。其时叙写陈化成殉国一事的诗作，即成一组平行文本。如朱琦《吴淞老将歌》、金和《陈忠愍公死事诗》、孙义钧《宝山行》、王友光《陈军门挽辞四首》、严鈖《吴淞口吊陈忠愍公》、王焘《吊陈元戎化成》、杨棨《陈忠愍公画像歌》、陆嵩《悲吴淞为陈将军化成作》、林直《陈将军歌》、吴嶰《吴淞口》、顾苕《哀陈军门》、褚维壃《书陈忠愍公画像》、张际亮《陈忠愍公死事诗》、许械《吴淞江口吊陈忠愍公》、姜皋《吴淞哀》、侯桢《吴淞行吊陈提军》、张金镛《江南提督陈公化成挽辞》、蒋敦复《颍川将军行为陈莲峰军门作》[①]等。

再如，庚子年八国联军攻入北京，慈禧携光绪帝仓皇西逃，临行前下令赐死德宗宠妃珍妃。此一事亦引发诗家竞相纪咏，如曾广钧《落叶词》七律12首、《落叶词》歌行1首，金兆蕃《宫井篇》歌行1首，迈园老人《宫井词》歌行1首，王蘋珊《落叶词》七律4首，恽毓鼎《落叶词》五律1首，鲍蘋侣《读宫井词有感》七律1首，李希圣《湘君》七律1首等。

如果把上列每组单篇看成一个诗歌"串"，就会发现此大文本与单篇相比叙事性明显增强。首先，诗歌"串"所成文本对事件的记叙更为详尽，对发展过程的铺叙更为完整，使事件中人物、细节、场景更清晰可感；其次，诗歌"串"使单篇之间形成特定的互文关系，呈现出大文本多角度多层次之立体叙事；再次，在诗歌"串"大文本观照下，单篇诗歌各在其位而整齐有序，使每篇诗歌成为大文本叙事中有机组成部分。

（2）互补文本之组构。通常来说，事件发生有特定的前因后果，有一段时间的发展过程，有许多人物和情节。这些细部内容为诗歌叙写，往往形成众多单篇诗作。但看似零乱纷杂的众多单篇并不是各自独立，而是彼此之间形成时空赓续和内容互补关系；并依托其赓续互补关系聚合成大文本，从总体上增强对该事件纪咏的叙事性。

如纪咏甲午中日战事，倪在田创作十八"望"诗，即《望旅顺》《望吉林》《望秦岛》《望威海》《望吴淞》《望舟山》《望三都》《望阊门》《望荇桥》《望胶州》《望九龙》《望广湾》《望

[①] 此处及下文所引诗题，若无特别注明，均引自阿英所编《中国近代反侵略文学集》，中华书局1957—1960年版。

琼州》《望台湾》《望蒙自》《望蛮暮》《望西藏》《望伊犁》,通过对十八处军事防地历史与现状的叙述,把中国被侵略的广度和深度全面表现出来。这十八篇诗作通过时空展开,形成彼此赓续联结的大文本。

基于这种赓续互补关系,还可超越单篇诗文本,而作更高级别的文本组构。太平天国定都天京后,叙写太平军在南京城内活动的诗集数量甚夥。如马寿龄《金陵癸甲新乐府》,叙写太平军破城经过及定都后的毁造与建制活动;陈庆甲《金陵纪事诗》①,叙写太平天国政权的宫殿、官制与各种管理措施。马寿龄曾于癸丑(1853)春陷于太平军,越甲寅(1854)之夏始得间关出走,后将一年中目所睹及悉数笔之于篇;陈庆甲则于壬戌(1862)四月被掳金陵城内,居于天王府附近,直至次年八月得间逃回,后将此一年闻见之间骇目伤心者录为纪事诗。此二人均受困于太平军统治下的南京城,他们有相似的经历和遭遇,又亲眼目睹天京城内实况,故作为纪咏对象的事件总体是相同的;但因各人的感想、视角和捕获细节不同,其所抒写的内容情感又有差异。这样,两种诗集就形成互补关系,组构为叙事功能更强的大文本。

(3) 衍生文本之组构。衍生文本是由诗歌原作引申派生出来的作品。它与诗歌原作共同组构成大文本,以显示比原作更强的叙事功能。它大略有三种类型:

其一,诗家所作时事诗进入消费环节,或见诸报端,或编

---

① 陈庆甲:《补愚诗存》卷二《金陵纪事诗》,《清代诗文集汇编》编纂委员会编:《清代诗文集汇编》,第741册,上海古籍出版社2010年版,第552—556页。

为别集，产生较大反响后，引起选家特别关注；选家按照某种意图，将有关某事件的诗作录辑一处，编为选集或总集，形成更集中更巨大的文本。此类大文本组构是综合式的，既有平行文本，又有互补文本，产生对某事件整体叙事和立体叙事之效果。如阿英所辑《中国近代反侵略文学集》各集中诗歌部分，均为从当时报纸书刊、各家专集和稀见传钞本中录辑而出，从而衍生出一个超大叙事文本。

其二，诗家所作时事诗传播开来，引发时人感怀并触发诗兴，产生诸多追和之作，而与原作构成衍生关系。如贝青乔《咄咄吟》二卷既成，即引发时人倾情题写，计有鹃红词客题词4首、无际盦主题词4首、鸥波老渔题词4首、炳烛子题词4首、莲花庵居士题词2首、看云僧题词4首。这些题作均与原诗所叙人事密切相关，使原诗衍生为一个更大叙事文本。

其三，诗家的时事诗创作问世，引起当时批评家的评议；其评议申述史实、阐发诗旨，增强叙事效果，而与原诗组构成大文本叙事。如郭则沄关于戊戌六君子纪咏的评议："唐照青推事烜，光绪时官刑部，目睹戊戌政变，痛六君子之骈僇，作纪事诗云……二杨皆照青同年，裴村同官久，尤契，故其诗有激而发。'丞相'谓刚子良，'乔公'谓茂萱提牢也。黄公度诗云：'金瓯亲卜比公卿，领取冰衔十日荣。东市朝衣真不测，南山铁案太无名。'洵堪痛哭！"[①]此类简短的评论文字，体现出对时事诗作的快速接受，使原诗的叙事功能得到阐扬和提升。

除上述三种主要组构形式外，近代时事诗大文本构造还有

[①] 郭则沄：《十朝诗乘》卷二二，张寅彭主编：《民国诗话丛编》，第4册，上海书店2002年版，第759—760页。

其他类型。比如，依托前代叙事诗题而出现大量拟作，使当代诗家之单篇拟作汇聚成大文本；再如，某一题材的时事诗与同题材其他文类形成互文关系，而产生特定的文本间性意涵，因以凸显时事诗原作的叙事性。诸如此类，尚可探求，限于篇幅，兹不具论。

以上对平行文本、互补文本、衍生文本的论列，大致厘清了近代时事诗大文本叙事的组构形式。这有助于分析近代时事诗大文本叙事的风神肌理，有助于认识近代时事诗大文本的叙事功能与特征。

综上所述，基于近代重大事变频发和新式交通传媒运用，近代时事诗具有显著的大文本叙事特征。此特征可从文本内、文本外两重视阈来观测：文本外，指向同一事件诗歌纪咏之多地联动，涉及创作主体、创作风势、传播方式等层面，呈现为最广泛的地域性和群体性；文本内，指向大量单篇时事诗之大文本组构，有平行文本、互补文本和衍生文本等组构形式，呈现为单个文本不断增聚的态势。此思理可用简明图式表述如下：

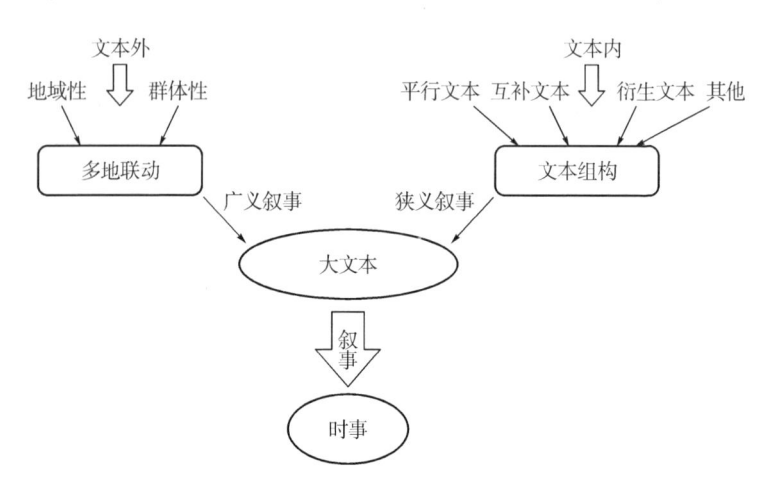

```
         文本外                              文本内
  地域性  ⇩  群体性              平行文本 互补文本 ⇩ 衍生文本 其他
      ↘  ↓  ↙                        ↘   ↓    ↓    ↙
     ┌─────────┐                    ┌─────────┐
     │ 多地联动 │                    │ 文本组构 │
     └─────────┘                    └─────────┘
              ╲ 广义叙事    狭义叙事 ╱
                     ╲         ╱
                    ╭─────────╮
                    │  大文本  │
                    ╰─────────╯
                         ⇩
                         叙事
                    ╭─────────╮
                    │  时事   │
                    ╰─────────╯
```

第八章

鸦片战争诗歌大文本叙事

鸦片战争是近代中国所遭受的第一次帝国主义侵略活动，它以签订丧权辱国的《南京条约》而告终，从此中国社会开始了苦难深重的近代历程。在鸦片战争所持续的两年多时间里，中国社会各个方面都因此而受到了巨大的冲击和破坏，并在全社会激扬起一种反抗帝国主义侵略、保家卫国的爱国主义情绪。作为对此种社会氛围的回应，晚清诗坛掀起一场声势浩大的诗歌创作活动，产生了数量庞大的鸦片战争诗歌。

第一节 鸦片战争诗歌大文本叙事创作风貌

中国古典诗歌发展到清代，所累积而成的一个突出现象是诗人数量众多，诗集卷帙浩繁。一方面，诗人诗歌创作活动异常频繁，诗歌创作趋于日常化，诗歌题材得到最大限度拓展；另一方面，诗人对于所作诗歌多不加删选，抱着"作以存"的目的进行创作。同时，由于鸦片战争历时达两年之久，发生战争的地域波及大半个中国，产生的史实、事件不胜枚举；而诗人的创作活动在战争结束后又持续了更长的时间。这些因素造成时事诗歌的创作发生在一个较长的时间和较广泛的空间之内，相对散乱而不集中。因此，关于鸦片战争的诗歌，散佚在数量庞大的清人诗集中，意欲蒐罗殆尽几乎不可能。好在晚清人编选了几部诗歌总集和选集，可供研究者翻检。此外，还有少数诗人别集和诗话著作，对于鸦片战争时期诗歌创作收录较多。

（一）总集与选集

清代的文人们不仅创作数量惊人，他们也异常热衷于书籍的编选和刊刻。清人编辑刊刻的本朝诗文总集和选集数量之多甚至超过了前代的总和，到了晚清也不例外。晚清人编选的诗文总集影响较大的有以下几部：张应昌《清诗铎》（原名《国朝诗铎》），孙雄《道咸同光四朝诗史》，徐世昌《晚晴簃诗汇》，陈衍《近代诗钞》。此外还有近人钱仲联所编选的《近代诗钞》和《清诗纪事》。由于编选目的和标准的不同，各选本所择取的诗人诗歌有极大差别。总体来说，在这些总集和选集中，纪事或时事诗歌所占比例最大的是张应昌《清诗铎》和钱仲联《清诗纪事》。此外，还有一种地方性诗歌总集《乍浦集咏》，录有鸦片战争时期乍浦一地的诗歌；而《鸦片战争文学集》则是关于鸦片战争的诗歌专集。

1.《清诗铎》

《清诗铎》，原名《国朝诗铎》，二十六卷，清张应昌编选。张应昌（1790—1874），字仲甫，号寄庵，浙江钱塘人。嘉庆十五年（1810）举人，官至内阁中书舍人，著有《春秋属辞辨例编》《彝寿轩诗钞》等。张应昌所处的时代是近代中国开始动荡混乱的时期，他经历了鸦片战争的炮火，见证了太平天国席卷多半个中国，英法联军攻入紫禁城，清政府与西方列强签订一

第八章　鸦片战争诗歌大文本叙事

个又一个丧权辱国的投降和约；中国百姓苦难深重，蒿目遍野。有感于此，他编选了这部广泛反映清代社会方方面面矛盾的诗歌总集，以供清朝统治者采铎，用以警世。基于这样的编选目的，他"爰于国朝诸诗家中，采其有关于得失美恶者，汇而颜之曰《诗铎》"①。至于所入选诗歌，"非关人心世道、吏治民生者不录"②。《清诗铎》编选的专门性，使其在反映清代社会现实的广泛性上超过了其时的其他诗歌选本。

《清诗铎》的编选从咸丰六年（1856）开始，同治八年（1869）成书，前后历时十四年之久。所收诗歌起自清初，包括明末遗民，下迄同治年间，共收录清代诗人九百余家，诗歌两千余首。全书共二十六卷，以类编排，按内容分为岁时、舆地、米谷、漕政、海运、钱法、河防、农政、催科、税敛、力役、兵卒等共152类。

《清诗铎》集中反映鸦片战争的诗作主要收录在卷十三"岛夷"类和卷二十六"鸦片烟"类中。"岛夷"类录有陈春晓《夷船来》、袁翼《鬼子街》、顾翰《俞家庄歌》、张维屏《三元里歌》、朱琦《感事》、黄燮清《甬江行》、吴嘉洤《行感四首》、张鸿基《有感》、周瀛遥《有感》、汤国泰《闻定海镇海乍浦宝山上海京口诸警并见夷帆逼金陵感赋》、赵函《哀虎门》《哀厦门》《哀舟山》《哀蛟门》《哀甬东》《哀乍浦》《哀吴淞》《哀沪渎》《哀京口》《哀金陵》《沧海》八首、何栻《鼓吹词》等诗

---

① 《清诗铎·王序》，张应昌编：《清诗铎》卷首，中华书局1960年版，第11页。
② 《清诗铎·应序》，张应昌编：《清诗铎》卷首，中华书局1960年版，第10页。

作。"鸦片烟"类目中主要收录鸦片给中国人民带来的深重苦难，如李光昭《阿芙蓉歌》、陈光绪《闲居杂诗》、乐钧《鸦片烟》、宋翔凤《鸦片馆》、陈文述《鸦片烟》、黄安涛《罂粟瘴》、王衍梅《鸦片行》、范元伟《鸦片》、阮文藻《鸦片烟叹》、梁绍壬《鸦片篇》、袁翼《相思土》、朱谷昌《谁氏子》、戴熙《哀瘘人》、胡琨《哀鸦片》、林寿春《罂粟花》、高望曾《鸦片鏖》、何春元《洋烟》、吴钟岳《戒洋烟诗》等。

此外，卷十一"兵事"类亦收录不少鸦片战争诗作，如汤贻汾《贼至呈诸将》、陈春晓《守城谣》、孙鼎臣《君不见》四首、夏尚志《奉符至定海追感辛丑八月失城事》、邹在衡《江南行》等。卷十二"将帅"类收有朱琦《老兵叹》、孔继鏄《哀舟山三总戎殉节诗》；同卷"兵卒"类采录夏之盛《残兵行》一诗。另外卷十三"军器"中亦有张淦《鬼子剑》等。由于张应昌所选诗歌意在"存事"，以类统诗，以诗存人，所以他所选录的诗人范围极广，包括了许多不甚引人瞩目的作家作品，并在卷首附录了《诗人名氏爵里著作目》，为我们保存了了解其时诗坛诗歌创作的珍贵史料。

2.《乍浦集咏》

《乍浦集咏》是乍浦人沈筠所编辑的关于乍浦一地文人的地域诗歌总集。沈筠（1802—1862），字实甫，号浪仙，浙江平湖人，著有《守经堂诗集》等。乍浦位于杭州湾北部，是浙江省平湖县下辖的一处港口城镇。乍浦是鸦片战争中的一个重要战场。道光二十二年（1842）夏四月英军自宁波撤兵，进攻乍浦。由于在城南天尊庙附近遭到清守卫军的袭击，于是攻下乍浦城后英军便迁怒于城中居民，大肆掠夺，烧杀奸淫。乍浦城遭遇了惨烈的战祸,乍浦水师副都统长喜、署乍浦海防同治韦逢甲等众多守备将士全部殉难,城中妇女为免于受辱而溺水殉节者不胜其数。

关于编辑此书的目的,一方面,沈筠感于"海上自遭兵燹,遗编近稿大半散佚"①,于是汇辑自明代嘉靖以来诸家诗集中有关题咏乍浦一地的诗歌,取之以备采择。另一方面也是有感于壬寅一役乍浦人民所遭受的深重苦难,有必要为经受的史事保存文献;张嘉钰在卷末跋语中说明此书的编辑还有感时伤世的哀悼之意。沈氏在卷一题下有段识语云:

前明海上,寇氛日炽,人鬼为邻,游展罕至。国朝设镇,尚武崇文,讲舍造士,戈船习军。安流鱼肥,繁柯花艳,歌咏太平,一时坛坫。妖鳄为患,壬寅夏初,文吊战场,词感园芜。事足征实,幽赖以阐,心赏手钞,积久成卷。决择既审,藏诸名山,志乘储材,以备采删。②

沈氏此编为我们保存了壬寅之役遭受战乱中的乍浦社会各方面情况。此书有道光二十六年(1846)刻本,卷首有桂林龙光甸序、乍浦朱壬林序、海盐朱昌颐序,卷末有张嘉钰跋。此书付梓当年即传入日本,后又有《乍浦集咏钞》问世。

《乍浦集咏》中,反映鸦片战争的诗作主要集中在卷六到卷十六中。包括卷六所收宋桩《庚子残夏闻乍浦警寄怀沈浪仙》;卷七所收姚清华《读黄鹤楼壬寅四月乍浦纪事乐府拟赋》二首、

---

① 沈筠辑:《乍浦集咏》例言,道光二十六年刻本。
② 沈筠辑:《乍浦集咏》卷一,道光二十六年刻本。

俞斯玉《壬寅四月闻乍浦警》《乍浦炮台》；卷八所收朱翀《乍浦被兵后寄沈浪仙》（壬寅五月）、蒋贇《读沈浪仙筼所撰壬寅乍浦殉难录中纪刘进女凤姑死事尤惨哀之以诗》《乍浦胡烈女》、诸葛槐《乍浦刘烈女》、柯汝霖《乍浦刘烈女井》、朱绪曾《韦司马逢甲哀诗次沈实甫韵》；卷九所收孙爕《感事》（壬寅秋作）二首、黄枢《乍浦感事》（壬寅）；卷十所收黄金台《唐湾战》《乍城陷》《弃婴孩》《焚海塘》《土匪乱》《山下鬼》、李渐磐《刘心葭茂才女七姑殉节诗》、高亮采《哀乍川》（壬寅夏日）、朱震《壬寅秋夜乍川寓楼读殉难录有感》、高如灿《乍浦水师副都统长公喜死事诗》《客窗杂感》（壬寅五月作）《署乍浦海防同知韦公逢甲死事诗》《刘进女凤姑节烈诗》；卷十一所收卜葆鈖《卢挥桥乍浦纪事诗题词》、陈廷璐《和曹澹秋镇定乍川纪事作》四首；卷十二所收黄宪清《海上杂诗》《吊关西卒》、伊佐圻《将抵里门感赋时壬寅四月》三首、刘惇福《壬寅殉难蒙古防御额穆斋特赫遗像》、俞鉎《纪事》（壬寅四月乍浦失守避兵竹啸村作）；卷十三所收龙启瑞《刘烈女》、计文瓒《吊天尊庙》、邵升熊《刘烈女》二首、沈瀹《纪壬寅四月初九日事》二首、钟步崧《吊唐家湾歌》、孙瀜《晤刘心葭闻述被兵颠末感怀海上诸子》二首、张邦宪《刘心葭丈女七姑殉节诗》；卷十四所收李善兰《书乍浦壬寅四月事》、胡止三《卢挥桥乍浦纪事题词》；卷十五所收顾佩芳《乍浦刘烈女》；卷十六下所收日人山亥吉《乍浦刘烈女》和日人刘吉甫《乍浦刘烈女》等诗。

3.《鸦片战争文学集》

20世纪二三十年代，中国人民仍旧陷落在反抗帝国主义列强入侵的水深火热之中。文学家阿英先生为激励民志，保存文献，遂开始从事于收集近代史料。20世纪30年代初，阿英先生在上海做地下工作时，先后编辑了多种《近百年中国国难文学集》，从散见于当时的报纸书刊和各家专集、甚至传抄本中，辑录出反对帝国主义侵略、反对屈辱求和的各体文学作品，后来在出版时改名为《中国近代反侵略文学集》。阿英原计划编集十一种，最后出版了五种，即《鸦片战争文学集》《中法战争文学集》《甲午中日战争文学集》《庚子事变文学集》和《反美华工禁约文学集》。初稿编成于民国二十六年（1937），1957年至1960年间陆续由中华书局出版。

《鸦片战争文学集》共分五卷，第一卷诗歌，第二卷小说，第三卷戏曲，第四、第五卷为散文，另有补遗一卷。诗歌部分共收录一百二十余位诗人诗作，还有少量佚名与无名氏之作，这其中包括第二次鸦片战争时期创作的二十余位诗人。该书收录诗人其姓名可考者将近百位，其中既包括道咸政坛的政府大员和封疆大吏，如程恩泽、祁寯藻和黄爵滋，也收录位居下僚的游幕诗人，如陆嵩和贝青乔，还有更多名不见经传的底层诗人，甚至包括普通民众所创作的民歌。

《鸦片战争文学集》是专门收录反映鸦片战争诗歌的诗集，它所收录的诗人跨越中国多个地域，分属不同的社会阶层、流派。这些人同时写作了反映或追怀鸦片战争的诗歌，并被阿英先生裒为一帙。由此，从炮灰纷飞的战场，到事后感怀的凭吊场所，所有这些场景被诗集还原，鸦片战争的各个细节被清晰地在后世读者面前展开。

此外，收录鸦片战争诗歌较多的诗歌总集还有钱仲联先生所编选的《清诗纪事》。《清诗纪事》旨在辑录反映清代政治、历史和社会生活方面的诗作；同时，记述有关清代各阶层人物活动与故事的诗歌题咏或一诗一联有本事可征者亦皆以采录。《清诗纪事》中收录的反映鸦片战争这一重大历史史实的诗作，与《鸦片战争文学集》相重复者甚多，亦有阿英所遗缺之诗人诗作，可与《鸦片战争文学集》相互参看。

（二）别集

《咄咄吟》二卷，贝青乔著。在所有叙写鸦片战争的诗歌中，以诗集《咄咄吟》叙事最为集中和全面。贝青乔（1810—1863），字子木，号无咎，又号木居士，江苏吴县人，诸生，著有《咄咄吟》二卷、《半行庵诗存稿》八卷。贝青乔出身贫寒，常以奔波游幕为生，道光十三年（1833）前后曾于江苏巡抚林则徐署中供职。鸦片战争爆发后，英军于 1841 年 10 月攻陷宁波及附近城镇，整个浙东沦陷。道光皇帝立即派大学士奕经为扬威将军驰赴浙江，收复失地。奕经道经苏州时，驻节在沧浪亭行馆。于是满怀爱国热情的贝青乔投效军门，随奕经奔赴浙江战场。贝青乔在鸦片战争中曾亲赴军营，亲自参与到前线战斗，他对军中大小之事和两军作战情况均知之甚详，并且目睹了奕经军中诸多荒唐、腐败的事实。不久清廷议和，他原本所希冀的建功立业化为泡影。一载戎马逶迤，独剩于军幕中所经历的各种咄咄怪事。自序云："军旅之中，听睹所及，有足长胆识者，暇辄纪以诗，积久得若干首，加以小注，略述原委，分为二卷，题曰《咄咄吟》，言怪事也。"[①]

《咄咄吟》共收七绝组诗一百二十首，分为二卷。每首诗下

[①] 贝青乔：《咄咄吟自序》，《贝青乔集（外一种）》，上海古籍出版社 2013 年版，第 180—181 页。

附有详细的极具文学意味的注文,解释诗歌本事。这些诗歌除了歌颂战争中英勇抗敌的少数将领士兵之外,更多的是揭露清政府官吏的昏聩与腐败、清朝军幕中的荒唐可笑之事。"不特思想性强,艺术性亦高。论其体制,宋人刘子翚《汴京纪事》、汪元量《湖州歌》等,无此伟观也。同时则龚定庵《己亥杂诗》亦其类。"①《咄咄吟》所叙写的诸多怪事,以下略举几端,以见其叙事特色。

奕经将军原定于除夕开兵,于是命其部下张应云为前营总理率兵拨赴曹娥江。军队开拔之前,将军详细部署了战略计划,当是时果有捷音传来,似乎战争胜利指日可待了。幕客王丹麓突然奋笔疾书,赶在元旦之时将一幅《指挥如意图》进呈奕经。此人工画山水、人物,笔法雅近北宋画院名手,将军自然颇爱惜之,于是遍嘱麾下之人纷纷题咏。可是长溪岭一战失败,诗画的下落也不得而知了。贝青乔诗云:

  春盘腊酒夜欢呼,铃阁喧传下虎符。好是画师能点笔,指挥如意献新图。②

将军幕下文墨之士颇多,不乏附庸风雅之事。如在开兵前十日,将军命拟作露布,共得三十三篇。后由奕经一一判定,推举人缪嘉谷为第一,同知何士祁第二,均洋洋大手笔也。贝青乔作诗刺云:

---

① 贝青乔:《贝青乔集(外一种)》,上海古籍出版社2013年版,第399页。
② 贝青乔:《咄咄吟》,《贝青乔集(外一种)》,上海古籍出版社2013年版,第195页。

> 放得文人出一头，挥成露布墨花浮。今朝又落孙山外，我自槐忙惯洒愁。①

贝青乔用诗勾勒了参战官军的腐败情景。慈溪至宁波间横隔一江，若军队撤兵至此，必须要事先备船。于是进兵之前，便命令吏目濮贻孙在丈亭和大西坝之间雇佣民船以备。不料濮贻孙等人闻败，已先期乘船逃走了。等到段永福率兵败走至此，难觅一艘船只渡江。于是英军舰船乘风直下，开炮直轰岸边被困的官军，创伤尤甚。官军前不能进，后又无法渡江，只好奔入大隐山。兵中勇悍者多劫夺村舍，而弱者往往粮绝饿死。贝青乔作诗刺云：

> 乱次三更走石矼，霜铤不复响铮鏦。舣舟相待无亭长，谁保残师济甬江？②

在段永福退兵被英军炮轰之时，作为后应军的张应云，却为烟瘾发作而不能视事。此前，张应云屯兵在骆驼桥，以作为前营两路军的后应。当日夜晚镇、宁两城火光烛天，炮声四起，其属下请张应云急赴前队助阵，可此时他突然烟瘾发作。直到翌日中午，镇海前队败回，傍晚宁波前队至，而段永福等已败入大隐山。此时英军忽又开炮逼近，可张应云仍长卧逍遥，云

---

① 贝青乔：《咄咄吟》，《贝青乔集（外一种）》，上海古籍出版社 2013 年版，第 195 页。

② 贝青乔：《咄咄吟》，《贝青乔集（外一种）》，上海古籍出版社 2013 年版，第 206 页。

雾吞吐，良久才踉跄逃走。贝青乔作诗刺云：

> 瘾到材官定若僧，当前一任泰山崩。铅丸如雨烟如墨，尸卧穹庐吸一镫。①

贝青乔同时也讴歌了少数英勇奋战的将领士兵。金华副将朱贵率兵扎营在大宝山，三日后英军来攻，朱贵所部首当其冲。当他率军顽强抵抗，几乎就要大胜之时，从旁协战的余步云临阵逃走，另一队军坐视观望，不肯助战。终于朱贵所部众寡不敌，与其子昭南、暄南一道殉难。贝青乔作诗颂云：

> 背嵬五百压云屯，阵脚如山屹不奔。臣自死忠儿死孝，九原挥泪拜君恩。②

发生在一场战争中的事件、事情是繁复而杂乱的，带给社会的影响也是多方面的。但这些事件所赖以生灭的主线还是战事本身，一旦战争停止，这种影响就会逐步减少、直到消歇。贝青乔《咄咄吟》产生于鸦片战争"影响"最为激烈的战斗前线，作为一种记叙奕经军幕的诗歌专集，加以高超的叙事技巧，集中地放大了战争中奕经军幕的各种细节，清晰地摹画出战争局部的叙事图像。

---

① 贝青乔:《咄咄吟》,《贝青乔集(外一种)》,上海古籍出版社2013年版,第207页。
② 贝青乔:《咄咄吟》,《贝青乔集(外一种)》,上海古籍出版社2013年版,第208页。

（三）诗话

林昌彝《射鹰楼诗话》在反映和保存鸦片战争诗歌与史料方面，具有不可替代的独特价值。林昌彝（1803—1876），字蕙常，又字芗溪，号茶叟、五虎山人等，福建侯官（今福州）人，道光十九年（1839）举人。林昌彝留心时务，关心时政，同时学问渊博，考据、经学和诗文兼长。鸦片战争爆发后，他曾作《破逆志》和《平夷十六策》，为林则徐所赞许。

射鹰，即"射英"。"余家有书屋，东北其户，屋有楼，楼对乌石山积翠寺，寺为饥鹰所穴。余目击心伤，思操强弓毒矢以射之。又恐镞□虚发，惟有张我弓而挟我矢而已。因绘《射鹰驱狼图》以见志，故名所居之楼曰'射鹰楼'。"①《射鹰楼诗话》乃林昌彝积十余年之力而成，是作者表达强烈的反帝爱国热情的一部力作，也是记录鸦片战争时期诗歌创作的重要文献。

《射鹰楼诗话》共二十四卷。集中前二卷专言时事，收录了大量反映英帝国主义殖民侵略以及中国人民抗击侵略战争的诗作，具有鲜明的现实主义特征和强烈的爱国热情；末卷以朱琦《新铙歌》四十九章作结。《射鹰楼诗话》在收录鸦片战争诗歌方面有三个特点：其一，所收诗人范围广泛。既收有魏源、林则徐、朱琦、张际亮、张维屏等著名诗人的诗作，还收录了名不见经传的布衣诗人，如张鸿基、孙鼎臣、吴钟岳等人的作品。这使得《诗话》在反映鸦片战争时期诗歌创作方面更为客观、全面。其二，《诗话》所收诗人诗作多半均为全诗照录，间或有

---

① 林昌彝著，王镇远、林虞生标点：《射鹰楼诗话》卷一，上海古籍出版社1988年版，第1页。

摘句。所以与同体裁其他著作相比,《诗话》具有保存鸦片战争时期诗歌与史料的诗史价值,如同一部反映鸦片战争诗歌创作活动的专题总集。其三,林昌彝在照录诗作的同时,还对所收诗歌进行评论。如他评价朱琦的两首长诗云:

> 侍御《感事》诗及《王刚节公家传书后》,为集中大篇。退之《书张中丞传后》、子厚《书段太尉逸事》,为马、班以还仅见之奇,宋、元以后治古文词者,无此巨制,不意于韵语中复睹雄笔。①

赞美朱琦在家国危机的紧迫之下,抒写出凌云健笔气概。再如他评张鸿基诗作:

> 集中《有感》及《读史》《咏史》诸作,愤时感事,悲天悯人,恻然心伤,深抱当世忧患,所谓古之伤心人也。诗境如悲笳吹月,哀雁呼霜;又如百战健儿,所向无敌。茂才故酒狂,目击疮痍,慷慨悲歌,几于一字一泪。②

揭示出张鸿基诗哀痛悱恻的创作风格。借助这些诗评文字,我们可以直观感受到其时诗坛对于这批诗歌创作的接受情况。这些最快速、真切的诗评文本,作为诗歌文献的附加文本存在,

---

① 林昌彝著,王镇远、林虞生标点:《射鹰楼诗话》卷一,上海古籍出版社1988年版,第9页。
② 林昌彝著,王镇远、林虞生标点:《射鹰楼诗话》卷一,上海古籍出版社1988年版,第18页。

与这批诗歌一起，共同成为研究鸦片战争时期诗歌创作活动的不可或缺的重要文本。

第二节　鸦片战争诗歌大文本叙事内涵

鸦片战争耗时多年，范围波及大半个南中国，给中国社会带来巨大的灾难性影响。战争对中国社会的破坏是全方位的，这批产生于鸦片战争事件之下的诗歌，承绪中国诗歌现实主义传统，响应经世派面向现实的诗歌理论，在自觉的叙事纪实中拓展了诗歌表现现实的范围，掀起爱国主义诗歌创作的高潮，共同摹画了战争蹂躏之下中国社会宏大广阔的诗史画卷。

（一）叙鸦片泛滥之害

关于鸦片战争的诗歌叙事，在战争开始之前便已经出现。在其时鸦片泛滥越来越烈的情势下，一批诗人拿起诗笔，大声疾呼，对鸦片流毒进行指责与批判。两浙地区作为鸦片战争的主要战场，早在开战之前便已被鸦片的无声烟雾侵蚀了坚固的乡土社会。"其初售价至贵，富家后生始为作俑，后乃乡间之间无不渐染……大家累世积储之业，化为乌有者不可胜数；而士风颓靡，细民失业，多由于此"[①]。不仅乡间之间，其时清朝统治官员、吏胥差役，以至军营幕府，都沉浸在鸦片的白烟之中。面对鸦片这一诡谲的舶来之物给中国社会带来的昏暗与腐朽，

[①]《光绪黄岩县志》卷三十一，转引自炎明主编：《浙江鸦片战争史料》，宁波出版社1997年版，第43页。

第八章 鸦片战争诗歌大文本叙事

当时的忧患之士借用诗歌,对这个瘴气乌烟的嗜瘾社会发出深重悠长的劝诫。如魏源《阿芙蓉》云:

> 阿芙蓉,阿芙蓉,产海西,来海东。不知何国香风过,醉我士女如醇醲。夜不见月与星兮,昼不见白日,自成长夜逍遥国。长夜国,莫愁湖,销金锅里乾坤无。涸六合,迷九有,上朱邸,下黔首。彼昏自痼何足言,藩决膏殚付谁守。语君勿咎阿芙蓉,有形无形朋则同。边臣之朋曰养痈,枢臣之朋曰中庸,儒臣鹦鹉巧学舌,库臣阳虎能窃弓。中朝但断大官朋,阿芙蓉烟可立尽。①

《阿芙蓉》是魏源效仿白香山体所作的新乐府诗歌,他用一种冷峻的笔调代替嘶声力竭的呐喊,让世人冷静下来反省现实:上自朱邸下到黔首,纷纷举起烟枪醉生梦死,弄坏自己身体暂且不言,藩境被敌人打破、财产被鸦片耗尽,危急之际我们还有什么人力财物可去守卫边境呢?

与魏源一样借"花草"鸦片警戒世人的还有李惺《罂粟吟》、黄霁青《罂粟瘴》(《潮州乐府》十章之一)、周乐《鸦片烟歌》、蒋敦复《芙蓉谣》。如周乐在《鸦片烟歌》中首先形象地叙写了嗜者食烟的景象,"截竹号为枪,周围金玉相,孤灯映氍毹,高枕睡鸳鸯。一吸香作兰桂馥,再吸味似醇醴熟,三吸四吸不得足,栩栩梦蝶互相逐";接着叙写鸦片的危害使人体变得极度病态,"初如蓝面卢,渐如骨立阮,口无亚夫纵理文,僵卧难复进餐饭";最后抒叙一介书生报国无门的苦闷,"抛掷黑

---

① 中华书局编辑部编:《魏源集》,中华书局1983年版,第673页。

土数十艘,换去黄金千万镒。使我壮者弱,富者贫,闾阎一旦杼柚空,缓急孰是可用人。书生恨无补天手,流毒眼看遍九有。家喻户晓亦徒然,独坐萧斋但搔首。"① 蒋敦复《芙蓉谣》有云:"花长颜色人长命,可那邻家罂粟多。"② 其中所表露的隐隐担忧,和黄霁青"田中罂粟尚可拔,番舶来时那可遏"③ 一道,对美艳花草毒害社会的现实发出先见者的沉痛哀叹。

陈鼎雯《鸦片烟新乐府》,题下自注"恶军士不用命也",详细刻画了军队中嗜食鸦片的将士不听军令、耽溺于烟的丑陋现象:

……黄金说与土同价,此时土比黄金贵万千。国法森严不能禁,竟致民穷财尽盗贼起烽烟。盗贼猖狂不怕死,我兵孱弱只要钱。但说将军不好武,那知战士多不前。岂无武臣勇矫矫,岂便谋士议便便。贼来侵晓惊豕突,万帐僵卧如蚕眠。军书旁午飞羽急,一灯连榻笔鸳肩。大帅出门呼上马,独立四顾无镫鞯。鞭起一兵一兵卧,但看流矢及屋响鸣弦。贵官身重走为上,其余士卒刈草无声焉。恍如睡生复梦死,有时头断气吸未下咽。似此百战无一胜,不如拥兵不动命听天。何况平民平日贪游惰,饮耽犹复费刀泉……④

---

① 周乐:《鸦片烟歌》,阿英编:《鸦片战争文学集》,中华书局1957年版,第198页。
② 蒋敦复:《芙蓉谣》,阿英编:《鸦片战争文学集》,中华书局1957年版,第945页。
③ 黄霁青:《罂粟瘴》,阿英编:《鸦片战争文学集》,中华书局1957年版,第197页。
④ 陈鼎文:《鸦片烟新乐府》,阿英编:《鸦片战争文学集》,中华书局1957年版,第966页。

第八章 鸦片战争诗歌大文本叙事

并在最后发出了天下苍生为鸦片所尽杀也应"天不怜"的讽刺之语。此外，时任江苏学政的祁寯藻，也作诗叙写了朝中众臣商议严禁鸦片的经过。

关于叙写鸦片泛滥及其危害的诗歌，还有一部分叙述了其时的禁烟运动。如谭莹《缴阿芙蓉诗》云：

> 兽舰嵯峨，独樯填波；海风腥黑，阿芙蓉多。狼机守护，锦帆当路；海日空明，阿芙蓉驻。互市督臣之所司，拒关谏臣之所知。大臣奉天子命，怀柔震叠靡不宜。汝英吉利，汝胡不逃？将军天下，雕旗银刀。汝英吉利，汝胡不死？幕府地遥，丛矛注矢。汝英吉利，汝胡不归？盖舳襜舻，岸合长围。汝英吉利，汝胡不返？水榭霞廊，厨空未饭。大臣之心，中外所钦；大臣之谕，颛愚可悟。大臣曰兵，雾阁星营；大臣曰属吏，绣鞍玉辔；大臣曰商，铁轴牙樯。不缴汝不能飞，不缴汝不能出。杀人者抵，杀亿万人者议遵何律？羁縻勿绝，敢沿其说。纤悉不留，亦复何求。鼓角哀，蛮酋来；高冠兮长剑，面色作死灰，釜鱼笼鸟吁可哈。燃犀相逼知多少，万八千箱排日了。羽檄催，关市开，郁林石压空船回。惊闻大臣又传令，罂粟香浓还未净，蠢尔西洋早倾听：巨浸茫茫独澳门，市舶先朝舶蠔镜。①

此诗在开头先叙写了鸦片泛滥给中国社会所造成的昏暗与乌烟，

---

① 谭莹：《缴阿芙蓉诗》，阿英编：《鸦片战争文学集》，中华书局1957年版，第108页。

用一种阴森恐怖的气氛为下文詈骂英吉利做出铺垫。接着叙写禁烟大臣的威武凛凛和禁烟的坚定决心。与之相对比，同时塑造了蛮酋的卑劣形象，最后叙写万千鸦片被焚烧以及驱逐英贩到海上、澳门等事。同时叙写禁烟运动的还有陆嵩《禁烟叹》等。此外，杭州人张应昌（1790—1874）所编选的《清诗铎》（原名《国朝诗铎》）中，在第二十六卷专辟一类"鸦片烟"，选录了李光昭《阿芙蓉歌》、乐钧《鸦片烟》、宋翔凤《鸦片馆》、陈文述《鸦片烟》、王衍梅《鸦片行》、阮文藻《鸦片烟叹》、梁绍壬《鸦片篇》等当时诗人叙写鸦片及其危害的诗歌共十九首。

（二）叙英军犯浙、定海失守

战争开始之初，由于林则徐在广州布防森严，英军无机可乘；同时为了避免挫伤军气，首战要尽量避开可能需要持久苦战的区域。所以英军绕开广州，沿福建沿海一直北上，把首战目标锁定在早已预谋已久的浙江定海。舟山岛地处中国海岸线的中部，是连接南北的缓冲地带，并且靠近长江，便于深入中国内陆腹地。当英舰开到定海海域之后，时任定海知县的姚怀祥以"守土职责"为任，随即登上英舰向英军发起质问。其时英将守令拿出事先拟好的照会，要求知县立即献城投降。姚怀祥大义凛然，用一番义正言辞的辩护表明要誓死捍卫国土。之后定海之战开始，总兵张朝发中弹，落水遇难；知县姚怀祥坐镇坚守，于次日英军攻破城门之后，投梵宫池为国殉难；典史全福被俘不屈，后被戕害。至此，定海城第一次陷入英军之手。

关于叙写定海首次陷落的诗歌，主要是歌颂知县姚怀祥、总兵张朝发和典史全福的殉难，也有对战争过程作简单勾勒的。其中，尤以翁心存所作《题姚履堂大令遗墨》一诗，最为详尽

第八章 鸦片战争诗歌大文本叙事

切实。诗下有序云：

> 君讳怀祥，福建侯官人。嘉庆戊午举于乡，浙江候补知县。历摄剧邑，皆著政声。道光庚子夏，权知定海县事。甫匝月，英夷犯顺，首寇定海。巨舶乘风，猝至城下。时承平日久，民不知兵，县治又孤悬海中，守备单弱。寇至，阖城惊窜。君慷慨登舶，谕以大义，不听。总兵张从龙帅师御之，中炮仆，师溃城陷。君朝服投水以殉。典史全君福大骂不屈，亦死之。时六月八日也……①

翁心存于道光乙未年（1835）典试浙江，其时与姚怀祥同为主考官，姚氏校阅明敏，德行出众，恂恂有儒者气象，翁氏对其极为钦佩。后闻其殉难，知其临危大节不损，则更赞美其仁者之勇。后逢武进谢兰生为姚大令手书征诗，遂写作了此诗，表达对姚氏殉难的惋惜与敬佩之情。

朱琦《定海纪哀》也叙写了此次战斗，并极度颂扬了知县姚怀祥的临危不惧和气节大义。诗云："定海地滨海，地瘠民又苦。县小无兵不可守，县中居民无千户。吏民劝官去，官曰死此土。虏来益众势仓黄，官投之水簧宫旁，如此好官我惨伤。问知侯官人，颇云能文章。一子予荫袭，我为纪其详，大书定海知县姚怀祥。"② 此外，孙衣言《定海二忠诗》、翁心存《闻道》、孙义钧

---

① 翁心存：《题姚履堂大令遗墨》，阿英编：《鸦片战争文学集》，中华书局1957年版，第84页。
② 朱琦：《定海纪哀》，阿英编：《鸦片战争文学集》，中华书局1957年版，第5页。

《前定海行》《定海姚大令怀祥殉英夷之变伊莘农节相哀之以诗次韵一首》、林直《闻定海警》《姚履堂怀祥明府哀辞》、汪仲洋《庚子六月闻舟山警》等诗，都详细叙述了定海第一次沦陷的情景，起到"以诗存史"的作用。

（三）叙广州之战与粤民抗英

英国侵略军在占据定海之后，继续分兵北上，不久即抵达大沽口外。惊慌失措的道光皇帝立即下令将林则徐革职，并派琦善南下与英军谈判。琦善初到广州之时，便采取一些"倒行逆施"的方式，企图通过部分投降活动来对英军进行"羁縻"，以最大程度地避免战争。他把先前林则徐所布防的战守设备大加裁撤，解散募集而来的数千兵丁、水勇，并且完全按照英军的意旨办理活动。由于琦善一味投降退让的态度，使英军不断增加能够获得更多利益的条约内容，同时还在积极布置军事进攻。琦善不敢正式签约，于是英军发动了再次进攻。道光二十年（1841）十二月英军在虎门外登陆，攻占了沙角炮台和大角炮台，副将陈连陞坚持战斗，后因胸部中弹而牺牲。

何仁山《陈都督父子挽诗》，叙写了陈连陞及其长子举鹏英勇牺牲的过程：

> 男儿事驰驱，许国期马革。忠孝殉两存，更足光史册。当公镇三江，红夷逞凶逆。虎门忽调守，设备仗筹画。那知纵敌者，掣肘弃奇策。遣儿儿不去，誓死守砦栅。地形敌已得，风驶闯番舶。火轮排山来，巨炮霹雳发。箭火急如雨，左右手亲格。血肉交纷飞，创里闻裂帛。方其地雷起，石裂惊划割。犬羊快轰击，尚期一当百。腹背奈不支，

烟焰迸忠魄。洪涛沸羹热，骨肉同一掷。虽无职可守，死孝乃其责。迄今原祸始，致寇咎谁职？长城既自坏，天险势逾逼。痛彼食肉人，安居环荣戟。闻敌畏如虎，鸟兽散纷绎。士气久不扬，何以固垒壁。嗟公谋勇全，反使陷锋镝。忠魂没不散，贼在臣能击。军门数见梦，上谒兵请调。试看虎门潮，溃洞余怒激。幸邀天鉴在，王言叠褒锡。继世大明禋，亘古表忠绩。犹有杞人忧，未见海氛息。桀骜恣狡诈，据险肆凭藉。沿海纷腥臊，天人怒交积。王师十万来，芟灭期荡涤。何当化为厉，群丑尽俘馘。[①]

何诗中首先赞扬了父子二人英勇牺牲的高风亮节。之后追述了陈连陞被调到虎门，筹划战事的事情。接着详细叙写了陈军门英勇献身的过程，塑造了一个可歌可泣的英雄形象。但众寡不敌，终于"腹背奈不支，烟焰迸忠魄"。诗中接下来质问以琦善为首的投降派一味退让的卖国行为，"长城既自坏"，"致寇咎谁职"？认为是投降派的卖国行为，导致了我们的英勇将领白白牺牲。最后叙写全军溃散，虎门城陷落。国土一点点被英军逐个攻破，造成这样的结果着实"天人怒交织"。全诗详细叙写了陈连陞父子的英勇阵亡，最后表达了诗人悲痛愤慨的爱国之情。

在歌颂陈连陞将领的诗歌中，有的还敷衍了一件奇异之事。在沙角、大角炮台失守，陈连陞英勇牺牲后，他的战马为英夷所得，却如人一样悲鸣不已。英夷觉得这是一匹有情义的良马，于是喂食以豆子，马不食，反怒踢夷兵，致使夷兵从马背上坠

[①] 何仁山：《陈都督父子挽诗》，阿英编：《鸦片战争文学集》，中华书局1957年版，第930—931页。

下。后英夷刀刃其背，弃诸野。这件事情传开之后，时人谓此马有大义，于是有人设法把马救回，最终仍不食而死。关于这匹义马，其时人纷纷作诗赞咏。欧阳错《义马行》云：

> 有马有马，公忠马忠。公心唯国，马心唯公。公歼群丑，马助公斗。群丑伤公，马驮公走。马悲马悲，公死安归。公死无归，马守公尸。贼牵马怒，贼饲马吐，贼骑马拒，贼弃马舞。公死留铃，马死留髁。死所死所，一公一马。①

此外，还有冯询《林桂楣司马出示义马行感而同作》等诗，都是叙写陈公义马的大义气节。

琦善在慌忙之下答应了英军《穿鼻草约》的内容。消息传到北京，道光帝痛惜失去的土地和黄金，于是琦善被革职，战争再度开始。虎门之战中，守将关天培与侵略者殊死作战，英勇牺牲。关于叙写虎门之战的诗歌，有孙衣言《哀虎门》、赵函《哀虎门》、彭春洲《辛丑广州纪事诗》、无名氏《枯杨词十八首》等。朱琦的《关将军挽歌》，是为关天培所作的一曲英雄赞歌。

虎门陷落之后，后方无险可守，于是英国侵略军便长驱直入，兵临广州城下。广州之战时，在清政府大员一味妥协退让、停战议和的同时，广州人民却进行了英勇无畏的抗英斗争，其中最为可歌可泣的是广州北郊三元里人民的抗击斗争。它表现

---

① 欧阳错：《义马行》，阿英编：《鸦片战争文学集》，中华书局1957年版，第970页。

第八章 鸦片战争诗歌大文本叙事

了中国人民不惧强暴、奋起反抗的顽强精神,他们给蛮横的英国侵略军当头一棒,最后不得不弃甲而逃。在叙写第一次鸦片战争的诗歌,其中最为光彩夺目的要数描叙三元里抗英斗争的诗歌,它的胜利振奋人心,更适宜用诗歌这一种文体去大加渲染、赞扬和传颂。

钟琦《记粤人败英夷于三元里》、何玉成《团练乡勇驻扎四方炮台等处纪事》、梁信芳《牛栏岗》、无名氏《三元里民歌》、张维屏《三元里》等诗歌,都是叙写三元里人民的抗英斗争。其中,尤以张维屏的《三元里》一诗在其时诗坛影响最大、传颂最广。诗云:

> 三元里前声若雷,千众万众同时来。因义生愤愤生勇,乡民合力强徒摧。家家田庐须保卫,不待鼓声群作气。妇女齐心亦健儿,犁锄在手皆兵器。乡分远近旗斑斓,什队百队沿溪山。众夷相视忽变色,黑旗死仗难生还。夷兵所恃惟枪炮,人心合处天心到。晴空骤雨忽倾盆,凶夷无所施其暴。岂特火器无所施,夷足不惯行滑泥。下者田塍苦踯躅,高者冈阜愁颠挤。中有夷酋貌尤丑,象皮作甲裹身厚。一戈已椿长狄喉,十日犹悬郅支首。纷然欲遁无双翅,歼厥渠魁真易事。不解何由巨网开,枯鱼竟得攸然逝。魏绛和戎且解忧,风人慷慨赋同仇。如何全盛金瓯日,却类金缯岁币谋?[①]

三元里抗英斗争的胜利是在清军全面溃败的灰暗阴影下迸发出

---

① 张维屏:《三元里》,阿英编:《鸦片战争文学集》,中华书局1957年版,第1页。

的一束亮光，这个事件本身便具有欢快愉悦鼓舞人心的性质。所以张维屏此诗写得光辉灿烂，把人们短暂胜利的喜悦和渴望打败侵略者的思想与感情，在娓娓而来的事件叙述中表露出来。

（四）叙定海再陷、浙东失守

英军围困广州之后，并没有就此停战，而是继续北上。待其攻下厦门，又一路向北进攻定海、镇海、宁波、余姚、慈溪、奉化、乍浦等城镇，最后整个浙东完全陷落。这是定海第二次遭受英军的蹂躏。此前一年定海首次陷落时，道光皇帝任命伊里布为钦差大臣，前往浙江收复定海，办理抗英事务。而伊里布惧怕敌人的坚船利炮，主张一味妥协。随后道光帝以伊里布擅自定约、懦弱无能为由将其革职，起用江苏巡抚裕谦任两江总督。而此时的定海，即由定海镇总兵葛云飞、寿春镇总兵王锡朋、处州镇总兵郑国鸿三队分兵把守。

当英舰到达舟山群岛洋面时，与前一年相比，英军看到的是极大增强的防御工事。葛云飞在城南兴建了镇远城，建造关山炮台。英军的首次袭击亦被郑国鸿击退。直到傍晚英军开始大举进攻，葛云飞率兵全力开炮，此后王锡朋兵、郑国鸿兵也遭遇了惨烈的战斗，终于众寡不敌，中弹阵亡。

在第二次定海保卫战惨烈进行的同时，其时众多诗人纷纷作诗叙写此次战斗。其中以周沐润《后海上行》和许棫《鏖舟山》叙事最为详尽。《后海上行》云：

> 海潮卷天作怒雪，番舶折潮如折铁。眼底久已无翁山，直射蛟门探虎穴。翁山留者三将军，王公葛公真异人。郑公虽老不怯敌，两战一守勇绝伦。八月十一海心凸，蝦蟆

上天吸明月。白鬼坐摇格泽竿,黑鬼猱猱臂相戛。巨雷轰山山欲开,土城跃地为飞骸。初看一线黑如蚁,渐若鲸鳄吞山来。王公戟髯目如电,乌皂红袍冲百战。只身陷阵阵益坚,十万雨星格流箭。葛公矫变龙之神,以布裹发发裹身。身裹此心心裹铁,一杀六日忘朝昏。寿州兵,勇于虎;处州兵,怯于鼠。寿兵退,处兵前,内溃顷刻成奔川。寿兵前,处兵退,引火自焚攻其背。将军一臂犹英雄,手拉鬼命如枯蓬。十鬼授首万鬼怒,抽刀环睨将军胸。葛将军杀怒涛涌,王将军禽临海动。怜他坚壁郑将军,一死能争泰山重。孤城坐据陀伽湾,乃遣奸谍舁尸还。回翔九日迟不发,一击便欲收孤鸢。右金鸡,左招宝,茫茫天险无人保。一将军遁如流星,一将军死如日瞰。两山壁立排天门,雄潮百丈怀山奔。大臣登陴望烽火,但见连艋巨炮直扑婴城军。婴城势孤知不守,去向宫墙九泥首。三军悲愤号冤魂,一命艰危厄群丑。夷乃长驱直入无人乡,将军走匿如亡羊。不令阵前斩此不忠首,君恩已觉天汪洋。世人论事看成败,大将戴头众兵怪。豺虎丛中誓不生,麒麟阁上羞同绘。我哀葛王皆将才,可惜将将无奇侅。更惜裕公尚年少,此才磨炼能安边。[1]

此诗可谓是对定海保卫战的全面摹画,它详细叙写了战斗中官军各方面的真实表现。首先叙写浴血奋战的葛、王、郑三将军。英夷犯定海之时,葛云飞、王锡朋率领寿州兵与之鏖战六天六

---

[1] 周沐润:《后海上行》,阿英编:《鸦片战争文学集》,中华书局1957年版,第88—89页。

夜，疲劳休顿。于是处州兵出敌。而此时英军猛力炮轰防御土城，黄沙漫天蔽野，城欲裂开。大势危急之时，葛、王二将复率寿州兵迎敌，奋勇击杀。而沙土蔽天，处州兵并不知奋力出前者乃寿州军，于是发火炮轰其背，寿兵死伤无算，敌军遂攻入定海城。葛将军一臂被斫，仍奋勇攫杀数十人，王、郑二将亦壮烈殉国。接着叙写了裕谦、余步云、谢朝恩等人。夷酋为了侦探官军营地，派遣当地奸民假装护送葛、郑二公尸体归还，而裕谦公并未发觉其中险诈，乃厚赏其人。不久，夷船便攻入镇海，宁波提督余步云弃招宝山而逃，总兵谢朝恩力御之，中炮而死。两江总督裕谦见金鸡、招宝两山失守，觉大势不可为，遂投泮池自尽。诗人在最后对牺牲的诸位将领发抒了极度赞颂之情，对临阵而逃的余步云极尽讽刺，而对总督裕谦表达了深富同情的惋惜无奈之情。

同时，许棫《鏖舟山》详细叙写了葛、王、郑三将军奋勇杀敌的经过，其诗云：

青天黑鬼摇红幡，落伽城外妖云环。突出猛虎当雄关，炮打不动岳家山。寿军猋勇一敌万，一虎坚壁二虎战。贼来多如林，我军勇愈沉。怒气压炸巨炮喑，贼来死战生者擒，六日六夜无一人生退心。鬼子遁矣，处军进矣，处军不前，火光淬海喷毒烟。土垣一裂，人头飞箸城楼边。寿军急出处军退，处军翻落寿军背。火枪齐举呼击贼，不击贼面，击寿军脊，遂使瞎巴三千横海碛。是时军败城已堕，臣心誓不令一鬼生回。一臂虽存一臂脱，一臂独麾矛丈八。浴血浑身大呼杀，生铁铸成一条葛。三出三入寿春公，炮飞血肉泥沙融。海水万丈缚生龙，生龙可缚死犹不敢婴其锋。郑公老矣守壁垒，耿耿忠肝同日死，芳名亦足光青史。噫嘘嘻！寿军健儿贼可吞，虎将况有三将军。弃之海岛援不进，是谓无策非无人。呜呼！是谓无策非无人！①

与《后海上行》不同，此诗把笔墨更多地放在叙述战斗的过程，所叙更为生动具体，塑造将军形象更为立体丰满。诗在最后同时对战斗的失败发出了诘问：我们有如此骁勇果敢的将领和士兵，失败的原因是朝中"无良策"啊。

张际亮在听闻定海之战时，作了《宁海道中闻定海之警》五律二首，叙写了听闻定海再陷后深重的忧患之情，为牺牲的将领感到悲痛。姚燮《闻定海城陷五章》同样借五言律诗的形式叙写定海陷落的史事。相似之作还有张际亮《定海哀》、孙衣言《哀舟山》、赵函《哀舟山》、许正绶《闻定海再陷》等。

此外，陆嵩《定海陷贼镇将葛云飞寿春镇王锡朋处州镇郑国鸿俱力战死王公尸未得归其死尤惨》，赞扬葛云飞、王锡朋等将领的英勇牺牲，发抒对战事屡屡惨败的无奈悲痛之情。与之相似的还有王焘《挽葛二总戎云飞》一诗。

在定海之后，镇海亦被英军攻破。两江总督裕谦见镇海不守，遂投泮池自尽，被兵丁救出之后逃至余姚，仰药而死。陆嵩作《惊闻四明失守督帅裕公殉难》七绝四首，对所牺牲的将领进行赞颂，同时表达了对战事、国事的担忧。此外还有许正绶《闻镇海被陷》七律四首、张际亮《镇海哀》、徐荣《招宝山放歌》等。许棫的《薯蓣门》，其所叙之事及所用诗笔，与《后

---

① 许棫：《鏖舟山》，阿英编：《鸦片战争文学集》，中华书局1957年版，第919—920页。

海上行》极为相似。诗人姚燮其时仍居住在镇海城内,他据亲身见闻写作一组新题乐府,《北村妇》《山阴兵》《太守门》《兵巡街》《官家儿》《弃妾行》《毁神庙》《瘦马引》《捉夫谣》共七首,叙写英军在镇海城内的破坏活动和镇海百姓的流离失所。

总兵谢朝恩在率兵坚守金鸡山炮台时,被敌军轰击坠海。但全军奋勇而出,和敌人短兵相接,战斗十分惨烈。姚燮作诗《金鸡山之战狼山镇总兵谢公朝恩死之》,对谢总兵的奋力御敌给予深切的哀悼。其诗云:"白日鸣鞭走地雷,隔江矗偃大行台。出关枭骑追云遁,入峡龙骧破浪来。猎后奔狼骄突寨,劫余封蚁感焚槐。九原自有全归乐,漫为将军致恸哀。"① 同时,姚燮还作有《镇海县丞李公向阳殉节诗》。

英军既占镇海,立即溯甬江而上,进攻宁波。而宁波的守城官员早已逃走,一郡文官武弁及守卫二营溃散一空。城门洞开,英军如入无人之境。这座拥有六十万人口的浙江第二大城,彻底被践踏在敌军的铁蹄之下。宁波的不战而陷,给当时诗人造成了极大的震撼,在这种悲愤的情绪之下产生了众多诗歌。许正绶作《闻宁波被陷》,孙义钧作《浙东王师失利志愤四首》,都表达了对失城的悲愤无奈之情,对弃城而逃的文官武弁进行大张挞伐。孙衣言《哀明州》一诗,同样斥责弃城的将领,同时还叙写了宁波城内的生灵涂炭:"母从子走妻求夫,我军已远空号呼。元帅仓卒亦死贼,草间老兵坐叹息。"② 朱琦《狼兵收

---

① 姚燮:《金鸡山之战狼山镇总兵谢公朝恩死之》,阿英编:《鸦片战争文学集》,中华书局1957年版,第856页。
② 孙衣言:《哀明州》,阿英编:《鸦片战争文学集》,中华书局1957年版,第57页。

宁波失利书愤》叙写狼兵企图收复宁波，经历惨烈的战斗后仍告失败的史事。张际亮先作一首《宁波哀》，怒斥不守城而溃逃的宁波守将和士兵；后又作《后宁波哀》，叙写他在城内见到的逃兵面若死灰，闻夷丧胆；叙写城内百姓仓皇出逃、奔走流离的惨状，蒿目时艰，触目伤怀。

徐时栋《八月湖水平》叙写了鄞县县令在城陷之后殉难月湖未果一事，诗前有序云："《八月湖水平》，哀鄞令王青甫鼎勋也。辛丑八月，城陷于西夷。是月晦日，令将殉难月湖，既而不果。湖在吾家门外，家人亲见之。夫殉之而不果，其事无足道也。然而是役也，令君其硕果也。其事可惜，而其志抑可哀也。故为新乐府以存其人也。"[①] 诗中首先描述了一种战败失城的悲鸣氛围，接着叙写县官与宾客及家人的绝别，与宾客"点头不能语"，与家人"顿足泪如雨"，写出了一城之令誓死卫城的决心。然后叙写县官不顾奴子阻拦，毅然举身投赴清泉。随后县官被救起，再入，再被救起，最后发抒了对县官誓死殉城的赞颂之情。

英军攻下宁波之后，在城内烧杀抢掠，他们获得了"可供两年之用的谷和十二万元左右的现金和纹银，堆着大堆大堆的钱，其价值当不可胜数"[②]。英军在城内肆意妄为，并着手对宁波实施殖民统治。随军行动的传教士郭士立被任命在宁波掌管行政，充当县官发令安民，并受理词讼。徐时栋《临高台》叙

---

① 徐时栋：《八月湖水平》，阿英编：《鸦片战争文学集》，中华书局1957年版，第23页。
② 《英军在华作战记》，中国史学会主编：《中国近代史资料丛刊·鸦片战争》，上海人民出版社1957年版，第5册，第275页。

语体新变：中国诗歌叙事传统的近代转型

写了郭士立办案的荒唐无稽，诗云：

> 临高台，郭爷来，尔有事，觑缕开。枉事为尔超白，难事为尔安排。口通华语，眼识华字，郭爷真奇才。大事一牛，小事一鸡，为尔判断笔如飞。南山可动此案不可移。台上肃肃，台下簇簇，衙无胥，案无牍。自来官府断事不如郭爷速。台下边，呼奇冤，不知何来男子到家横索钱。郭爷闻之更不言，携杖下台走蹁跹。俄顷牵来缚台前，袒其背，五十鞭。呼冤人，心喜欢，归家缚得双鸡献青天……①

面对侵略军在城中的胡作非为，虽然清军无力驱赶夷敌，但宁波人民没有放弃抵抗，他们一直在从事着暗自捕杀夷人的抗击活动。徐时栋在其诗歌中叙写了"偷儿""乞儿"的击贼活动。《鬼头谣》序云："辛丑八月，西夷据郡城，明年四月去之，则偷儿夜窃鬼头之力也。其术奇幻不测，已详余所为《偷头记》中。作《鬼头谣》。"② 诗人不仅叙写了"偷儿"夜袭夷军的活动，甚至认为英军退出宁波城均系"偷儿"之力也。此外还有"乞儿"的功劳。《乞儿曲》序云："西夷据郡城积七八月，郡中乞儿益穷饿，于是纷起向夷人索钱米。由城逮乡村，洎旁郡、他县，与余姚流丐之向在郡乞食者，男妇杂沓，携持保抱，入

---

① 徐时栋：《临高台》，阿英编：《鸦片战争文学集》，中华书局1957年版，第24页。
② 徐时栋：《鬼头谣》，阿英编：《鸦片战争文学集》，中华书局1957年版，第24—25页。

城中呼号啼笑。日益众，多至于数千。此时夷方以偷儿有戒心，见此愈惊，恐疑中国有阴谋，将仓卒袭取之者，始决计舍城去。是役也，偷儿之功什六七，乞儿之功什二三，是皆不可无作也。古者兵行凯旋，则有《铙歌》《鼓吹》之曲以鸣得意，故拟新乐府，以备甬上凯歌。作《乞儿曲》。"①

既占宁波之后，英军开始以宁波城为中心向周围进行侵略活动。自从余步云在镇海之战弃城逃跑之后，清军将领屡屡不战而逃。就在这种守城将领闻风丧胆的情势下，英军一举攻破了余姚、慈溪、奉化等城，进入城内抢夺焚掠。诗人张际亮作有《奉化县》《自奉化至嵊县口号八首》《日铸岭》《东阳县》等诗，叙写此一时期浙东各城的萧索景象。

英军从宁波溯流而上，进攻慈溪。其时副将朱贵正率兵扎营在慈溪城外大宝山。英军发动进攻时，朱贵首当其冲，"亲执大旗，麾所部迎击，枪炮并发，夷兵再却再进，我军无不以一当百，自辰至申，饥不得食，渴不得饮，誓死格斗"②。"迨火药既竭，贵右臂为夷炮击断，犹以左臂擎红旗，招其下以短兵接战。及咽喉为火箭所中，始坠马而亡。其子昭南、暐南，复取其旗指挥众军，旋亦中夷炮死"③。朱琦《朱副将战殁他镇兵遂溃诗以哀之》叙写了在大帅总督纷纷逃跑的情况下，朱副将率其子其兵奋勇杀敌及壮烈殉国的过程。徐荣《十九日大宝山吊

---

① 徐时栋：《乞儿曲》，阿英编：《鸦片战争文学集》，中华书局1957年版，第25页。
② 《海疆殉难记》，中国史学会主编：《中国近代史资料丛刊·鸦片战争》上海人民出版社1957年版，第4册，第667页。
③ 贝青乔：《咄咄吟》，《贝青乔集（外一种）》，上海古籍出版社2013年版，第209页。

金华副将朱将军贵》也叙写了朱贵父子殉国的经过以及对朱将军的高度颂扬。

（五）叙乍浦、吴淞、镇江之陷

浙东彻底沦陷之后，英军便开始大举入侵长江中下游，这是侵略者蓄谋已久的作战计划。而进军长江中下游的主要目的是要控制镇江。镇江作为长江与运河的交叉点，位于中国南北交通运输的咽喉之处。占领镇江，英军就可以挟持清政府，以便达成一个利益最大化的停战条约。侵略军所心怀的这种诡计，其时的中国知识分子亦早有预见，如著名的经世学家包世臣就在《致陈军门阶平书》中指出了这一点。但昏庸的道光帝与清政府官员毫无察觉，还企图一味满足英军的既得利益而求取短暂和平局面。他们把全部防御力量放在守卫北京城，长江的防御被完全忽视。

从浙东进攻长江中下游，英军把首要作战目标选在了乍浦。乍浦位于杭州湾北部，从明朝开始就成为江浙两省的海防重镇。当时的乍浦驻有重兵，储藏大量军火，并建有火药厂、铸造厂等军事防御设施。但乍浦全城对英军的突然袭击毫无一点准备，在敌军的全力进攻之下，乍浦城陷落。

在乍浦城陷的过程中，位于城南三里之外的天尊庙发生了惨烈的抗英斗争。佐领隆福率领满洲驻防营兵二百余人向英军发起了英勇的抗击。天尊庙之战是乍浦战役中最为壮烈的一次战斗，守卫军奋勇杀敌，前后鏖战达三小时之久，它严重挫伤了英军屡战屡胜的锐气。然而，英军在占领乍浦城之后，便迁怒于城中居民，肆意烧杀奸淫。"城中已有数处遭到轰击。我军撤出以前，城的大部分被毁坏，大雨倾注，但大雨并没有扑灭火焰之效。"① 乍浦城内百姓一时慌乱流离，惨不忍睹。关于乍浦陷落时的诗作，平湖沈筠辑有《乍浦集咏》，其中卷六到卷十六录有大量叙写壬寅四月乍浦失陷的诗歌。

关于叙写乍浦陷落的诗歌，烈女殉难的诗作非常之多。有刘烈女，系乍城刘东藩之女，性娴雅，读书明大义，字同里王生，未嫁。壬寅乍浦陷落时，全家离散，刘女被藏于邻家，后泣告其母不忍受辱，遂坠井死。赞颂刘烈女之诗成一时之盛，如许正绥《乍浦刘烈女诗》、褚维壒《烈女刘凤姑歌》《烈女刘七姑歌》、张金镛《刘烈女诗》、蒋赟《读沈浪仙筠所撰壬寅乍浦殉难录中纪刘进女凤姑死事尤惨哀之以诗》、诸葛槐《乍浦刘烈女》、柯汝霖《乍浦刘烈女井》、李渐磐《刘心葭茂才女七姑殉节诗》、高如灿《刘进女凤姑节烈诗》、龙启瑞《刘烈女》、邵升熊《刘烈女》二首、张邦宪《刘心葭丈女七姑殉节诗》、顾佩芳《乍浦刘烈女》等。褚维壒《烈女刘七姑歌》详细叙述了烈女坠井的经过，其诗曰：

楼船百道王师过，檄报乍川坚城破。风波澒洞岛烟昏，烈烈英声闺阁播。金闺有女性幽娴，翰墨书林具夙缘。鸳机巧夺天孙锦，柳絮工裁道韫笺。平生志节心心许，慷慨家庭常共语。不随时世斗华妆，却待齐眉梁案举。/滨海烽烟动地来，蛟鲸拔浪奔如雷。是谁羽扇挥军府，坐令崖疆一旦摧？昔年海警尚传说，已分红颜甘引决。况今毒焰卷门闾，亲见干戈溅腥血。野哭仓皇井里空，倭奴搜括遍西

---

① 《英军在华作战记》，中国史学会主编：《中国近代史资料丛刊·鸦片战争》，上海人民出版社1957年版，第5册，第295页。

东。掠将囊橐资财饱,掳作军俘少妇充。/满路荒凉插荆棘,女独贞心抱铁石。偷生忍辱更何堪,走匿比邻岂长策?父兄生死杳莫知,阿母忾离安所之?全家骨肉如星散,欲别高堂恨转迟。高堂永诀添悲哽,趋赴石阑旧汲井。当时修绠转辘轳,今日寒泉浸形影。/井泉洁素流涓涓,白璧沉埋剧可怜。秋深风雨鸣孤鹄,月落梧桐泣杜鹃。吁嗟兵火遭劫运,死不沉渊亦锋刃。岂独涧底坠明珠,万井萧条叹灰烬。愿取一勺井泉寒,持献军门洒泪看。好为生灵雪仇耻,急飞长剑斩楼兰。①

此诗采用七言歌行的体裁,以每六句为一节,共分为四节。第一节开头叙写了乍城失陷,接着叙写刘女自小的闺阁生活。第二节写城破之后侵略军在城内犯下的残暴罪行。第三节叙述刘女坚贞赴死的决心,和诀别父母时的心理活动。第四节叙刘女坠井,并最后希望守卫军能报国雪耻,赶走侵略者。

乍浦陷落之后,朝中的投降派大臣更以此为由为投降妥协辩解,于是伊里布再次被派往浙江与英军进行"羁縻"。正当伊里布等人为讨好英军积极筹划的时候,侵略者已离开乍浦,准备进攻下一个军事目标。吴淞位于黄浦江口,是从浙东进入长江中下游的必经之处。吴淞要塞布有很长的防线,沿线筑有炮台。于是英军发起进攻时,吴淞守军立即予以回击,战斗十分惨烈。同时领导这场战斗的两江总督牛鉴和徐州总兵、参将等人临阵脱逃,只剩江南提督陈化成率兵孤军奋战。他们用长矛

---

① 褚维壇:《烈女刘七姑歌》,阿英编:《鸦片战争文学集》,中华书局1957年版,第878—879页。

和英军的长枪进行肉搏,"公掬药纳子,炮震伤手,血流至胫,旋有巨炮冲陷土牛,击公仆地,细子中股,纷如雨点。贼见公手执红旗不偃,药子已竭,炮热炙手……而公拔佩刀接仗,枪亦洞腹。"[1] 陈化成壮烈殉国,吴淞失守,宝山知县及守兵一时溃散,英军进入宝山城。

吴淞之战的惨烈及陈化成的壮烈牺牲,引起其时众多诗人纷纷作诗纪事抒怀。如朱琦作《吴淞老将歌》,金和作《陈忠愍公死事诗》,孙义钧作《宝山行》,王友光作《陈军门挽辞四首》,严籾作《吴淞口吊陈忠愍公》,王焘作《吊陈元戎化成》,杨棨作《陈忠愍公画像歌》,陆嵩作《悲吴淞为陈将军化成作》,林直作《陈将军歌》,吴嵰作《吴淞口》,顾苕作《哀陈军门》,赵起作《满江红》,褚维埙作《书陈忠愍公画像》,张际亮作《陈忠愍公死事诗》,许棫作《吴淞江口吊陈忠愍公化成》,姜皋作《得吴淞陷耗》《吴淞哀》,蒋敦复作《颍川将军行为陈莲峰军门作》《吴淞失守有死事甚烈者逃溃文武亦众书以志愤》,侯桢作《吴淞行吊陈提军》,张金镛作《江南提督陈公化成挽辞》。此外,许棫有词作《永遇乐》(登丹凤楼望黄浦江怀陈忠愍公化成),曹骥亦有词作《金缕曲》(陈忠愍公殉难吴淞)。

金和《陈忠愍公死事诗》详细叙写了将军牺牲的过程,并最后发出"臣功在生不在死"的哀叹。其诗云:

  千声万声敌火急,火光照海海水赤,将军一人当火立。众人争请将军行,将军竟行谁守城,弃城而去何颜生。此

---

[1] 《江南提督陈忠愍公殉节略》,中国史学会主编:《中国近代史资料丛刊·鸦片战争》,上海书店出版社2000年版,第6册,第290页。

时欲战兵已溃，敌则能进不能退，除死以外更无计。一火忽中将军肩，崇台百尺灰飞烟，英魂烈魄上九天。将军虽死抱余耻，杀敌方能报天子，臣功在生不在死。今以一死蒙恩深，褒忠犹自烦纶音，是臣之节非臣心。①

许棫的词作《永遇乐》则是他在战后登上丹凤楼远望黄埔江面时，为陈将军所作的感怀之作。

英军在上海赚得盆盈钵满，随即向镇江进攻。由于大炮、火药等军事武器都早已运往吴淞加强防御，从长江口到镇江一路防线简直如同虚设，"见诸险全未设备，而近水可以设伏之丛沟荻港，皆虚无兵炮"②。英军如入无人之境，长驱直到镇江城下。夷军入城，大肆屠戮，镇江城一片废墟。罗焮作《壬寅夏纪事竹枝词》，叙写从吴淞到镇江一路城镇百姓流离失所，蒿目遍野。另有《京口驿题壁》十八首、《京口夷乱竹枝词》五十四首均系无名氏之作。此时有两首讽刺小诗，叙写了镇江城陷时清朝官员的作态。朱琦《镇江小吏》云：

吴淞破，逼镇江，镇江小吏来约降。约降持何物，比户括缯玉。鬼奴拍手笑，小吏相向哭，米粟既尽供，纵啖牛羊肉。小吏低首持牒归，沿江杉板来如飞。官家和戎非得已，明年及早修战垒。③

---

① 金和：《陈忠愍公死事诗》，阿英编：《鸦片战争文学集》，中华书局1957年版，第41页。
② 梁廷枏：《夷氛闻记》卷四，中华书局1959年版，第117页。
③ 朱琦：《镇江小吏》，阿英编：《鸦片战争文学集》，中华书局1957年版，第8页。

此诗叙写城破后官吏派手下吏胥贿赂英军商量和议的事情。全诗白描，用吏胥的口吻叙写其时清政府官员的不堪之状。张履《丹阳生》则叙写了镇江城破后太守藏到丹阳县衙求生，被丹阳生斥骂一事。其诗云：

> 京口陷，何仓黄，满城官吏趋丹阳。卑卑县丞署，改作太守堂。有生突入哗不止：太守已殉节，安得犹在此？守闻怒，令为谢：是生有狂疾，幸公忽深过。乌呼京口要郡岂无兵，拥旄大帅先奔走，守独不幸逢此丹阳生。①

此诗可谓极尽讽刺之能事，将城破之时守官贪生怕死的丑陋嘴脸刻画了出来。这些诗歌为我们保存了其时混乱情势下的众生面相。

（六）叙金陵之围与城下之盟

1842年8月4日，英军舰队驶入南京下关海面，随后从燕子矶登陆，并扬言要炮轰南京城。南京背负钟山，面临长江，作为龙盘虎踞的险要之地，却并无一处设防。侵略军兵临城下之时，南京城完全没有迎战的准备。因为大势至此，朝中投降派表面的"羁縻"实则已是在积极投降了。随后在8月29日，清政府完全接受英军提出的和议条款，双方签订中英《南京条约》。其时诗人听闻和议有成后，纷纷作诗纪事感怀。如许棫《哀金陵》、蒋敦复《闻款夷议成大帅班师作》、陆嵩《金陵围》

---

① 张履：《丹阳生》，阿英编：《鸦片战争文学集》，中华书局1957年版，第934页。

《闻和议有成夷船将出江去感而有作》《金陵》、吴嶦《金陵感事》六首等。许棫《哀金陵》叙写了清军将兵不抵抗夷敌、不战而逃的事实,并抒发了对投降将领和英军的愤慨之情。其诗云:

> 大江落日悲歌来,酒醒独上金陵台。台边战舰足摧敌,不见一舻横蒿莱。天堑古称龙虎壮,徐图福狼兀相向。夹江炮位不击贼,兵尽逃兵将逃将。彼敢深入悬军孤,一炬实足歼丑徒。岂知封疆大臣怯骄虏,恫喝入奏幸以全其躯。此辈犬羊但嗜利,保无汉奸怀异志。因夷或酿东南忧,九死何堪报皇帝。石城荡荡秋风号,怒涛突过千橹高。花门本为中国用,今者夷驵窥天朝。吁嗟乎!人心郁怒终一快,尔曹莫恃皇恩大。金陵铁骑如山邱,岂无长刀大戟撞其舟,提出血肉生酋头?鼎查义律鼠辈不足献太庙,江天一掷清九州。①

在英军还未到达之前,南京城内已是一片骚乱,传言横飞,守将和百姓惊慌失措。诗人金和其时正在城内,他据见闻写作了一组《围城纪事六咏》,叙写其时南京城内的混乱景象。《围城纪事六咏》包括《守陴》《避城》《募兵》《警奸》《盟夷》《说鬼》。《守陴》叙写英军还未攻陷镇江时,南京城内就传言当夜三更英军要至南京。于是其时南京守将德珠布下令关闭九所城门,而城内富户正纷纷逃往乡间,一时"入城出城两不得,道

---

① 许棫:《哀金陵》,阿英编:《鸦片战争文学集》,中华书局1957年版,第918页。

旁颇有露宿儿"。而知道传言不实时又命令打开城门,其间百姓"沸如蝇集轰如雷。土囊万个左右堆,羊肠小径通车才。老翁腰间被劫财,脚下蹴死几幼孩。村妇住往踣堕胎,柳棺摧拉遗尸骸。摩肩拥背步方踬,关吏一呼门又锁"①。《避城》叙写城中传言英夷对于男丁不甚虐待,唯独对于妇女非常残暴。于是一时间城中女儿纷纷谋求藏身之处,甚至还有半夜急嫁西家男者。《募兵》叙写为加强防卫,城内招募分守城门的兵丁一事。《说鬼》叙写三大臣和议归来之后,其随身侍从亲眼看到夷酋的面目,于是在城内纷纷传说夷鬼的相貌仪态等。在《围城纪事六咏》中,《警奸》和《盟夷》叙事最为突出。《警奸》诗云:

  西北诸山火星堕,都说城中有夷伙,中夜能为夷放火。大吏责成县令拿,县令责成里长查。何人野宿蹲如蛙,搜身偏落铁药沙。逻者见之喜且哗,侵晨缚送县令衙。县令大怒棒乱挝,根追欲泛河源槎。叩头妄指仇人家,一时冤狱延蔓瓜。从此里巷纷如麻,人人切齿嗔朝鸦。平日但有微疵瑕,比来尽作虺与蛇,往往当路横要遮,道旁三老私叹嗟。平原独无董事耻,昨日亦获瘦男子,大抵窃鸡者贼是。②

就在城内一片惊慌失措、自相惊扰的气氛中,又有人传言城内

---

① 金和著,胡露校点:《秋蟪吟馆诗钞》卷一,上海古籍出版社2009年版,第21页。
② 金和著,胡露校点:《秋蟪吟馆诗钞》卷一,上海古籍出版社2009年版,第23页。

有汉奸，专为英夷通风报信。于是大吏责令全城缉拿汉奸。接着叙写办差者由于催逼甚紧，为了交差，就绑缚了一个野宿之人送往县衙。而在棍棒相加之下，被缚者妄指自己的仇家顶罪，于是全城开始人心惶惶。最后在道旁人口中听到，昨日又抓获了一个偷鸡贼。

《盟夷》是一首讽刺诗，诗人对清政府与英方代表签订《南京条约》表示极大的愤慨，于是写作这首诗讽刺签约的投降派代表。

> 城头野风吹白旗，十丈大书中堂伊。天潢宫保飞马至，奉旨金陵句当事。总督太牢喑不鸣，吴淞车偾原余生。九拜夷舟十不耻，黄侯自分已身死。十万居民空献芹，香花迎跽诸将军。将军掩泪默无语，周自请盟郑不许。声言架炮钟山巅，严城倾刻灰飞烟。不则尽决后湖水，灌入青溪六十里。最后许以七马头，浙江更有羁縻州。白金二千一百万，三年分偿先削券。券书首请帝玺丹，大臣同署全权官。冒死入奏得帝命，江水汪汪和议定。①

诗歌前四句叙写清政府投降一事。"中堂伊"是讽刺伊里布，此前他曾在浙江与英军进行所谓的"羁縻"活动，积极投降，深受英军欢迎，这次又被派往南京筹办议和；"总督太牢"是叙写牛鉴，他曾在吴淞口一役临阵脱逃，被敌军炮弹吓得魂飞魄散，仓皇逃窜中靴帽尽失；"九拜夷舟"是叙写江宁布政使黄恩彤，他曾被派往英舰求和，卑躬屈膝，百般讨好夷敌。"将

---

① 金和著，胡露校点：《秋蟪吟馆诗钞》卷一，上海古籍出版社 2009 年版，第 23—24 页。

第八章　鸦片战争诗歌大文本叙事

军掩泪"接着叙写签约时的场景，他们答应了英军所有要求。英军曾经扬言要在钟山巅架炮炮轰南京城，还要引决玄武湖湖水，以此作为威胁。最终三大臣全权代表签署了条约，战争结束，只留得江水滔滔日夜东流。

在英军包围南京之际，南京城全无迎战的准备，诗人陆嵩写作了一首《金陵围》，以讽刺其时积极投降、企图赎城换取和平的投降行为：

> 金陵围，城不开，居民依旧纷往来。吁嗟居民尔何恃，喻贼皇皇书一纸，誓不食言有如水。争城杀人古或然，知贼今来不为此。君不见，邗江城接京江城，一苇可至贼不争，贼船只向瓜州横。何不金钱亟争酿，赎城早令贼船去？①

时隔三年之后，陆嵩再次路过南京，目睹眼前这个战火消歇的雄伟城市，回忆起鸦片战争种种，无限感慨，为之而赋《金陵》七律一首，诗云：

> 崔巍雉堞尚前朝，形胜东南第一标。惊见羽书传昨夜，忽闻和议出崇朝。秦淮花柳添憔悴，玄武旌旗空寂寥。往事何人更愤切，不堪呜咽独江潮。②

---

① 陆嵩：《金陵围》，阿英编：《鸦片战争文学集》，中华书局1957年版，第145页。
② 陆嵩：《金陵》，阿英编：《鸦片战争文学集》，中华书局1957年版，第150页。

诗人首先叙写了南京城气势高俊、雄伟坚固，接着叙写三年前战争形势的紧急和清政府投降之速，接着叙写秦淮两岸和玄武湖战后的萧索景象，最后叙写回忆往事仍然使诗人无限愤慨，故而赋此诗感怀。

  通过以上对鸦片战争时期诗歌创作进行叙事分析，我们发现，这些数量庞大的时事诗歌表现出三个重要特征：其一，在微观叙事上，这些诗歌形成互补或者组合的关系，它们共同摹画了纷繁复杂的全息的战争图景。其二，在宏观创作上，这些诗歌以一个个单独的小文本，因各种不同的联结关系，而组合成一个更高一级的大文本。这个大文本的直接叙写对象是鸦片战争。其三，在创作方式上，这些诗歌是被不同地域、不同阶级、阶层的诗人在同一时间集群体之力创作而成：在群体性上，创作方式表现为，针对同一事件空前发动；在地域性上，创作方式表现为，在同一时间多地联动。我们把"大文本"叙事理论引入到阅读、评析鸦片战争诗歌中去，我们可以更加清晰地看到鸦片战争诗歌所取得的巨大的叙事成就。即，它的叙事成就不仅包括叙事艺术高超的单篇诗歌，还包括以量的优势而聚合、汇合在一起的诗歌文本所展示出的宏大的叙事行为，这些诗歌因其内部天然的联结关系而聚合成一个大文本，共同发挥着诗歌"大文本"的宏大叙事功能。

第九章

庚子国变诗歌大文本叙事[①]

随着西方帝国主义侵略的逐步加剧,近代中国社会所产生的各种矛盾层出不穷。甲午战后中日《马关条约》的签订,更加刺激了西方列强企图吞并中国的侵略野心。在政治和经济控制的同时,西方列强纷纷利用天主教向中国进行宗教渗透。由于教民和普通民众杂居相处,官府袒护教民,欺压百姓,以至于不法教民肆意妄为,导致民众与教民、教会的矛盾冲突愈演愈烈,捣毁教堂、杀害传教士的"教案"不断发生。就在这种民教互仇的形势之下,原本借练拳棒自保的团民,组成了专以仇教为事、杀戮洋人的义和团。慈禧欲借义和团之力打击西方列强,承认其合法性。但1900年8月14日英法等八国联军以保护使馆为名攻入北京城,慈禧太后携光绪帝仓皇出逃,都城由联军占领。慈禧在西逃路上下罪己诏,同时下令剿团,并派李鸿章与联军议和。最后清政府与八国联军签订了《辛丑条约》,这一系列事件发生在庚子年,史称"庚子国变"。

事变发生之后,其时以庚子国变为内容或背景而产生的各

[①] 本章部分内容,参见晁冬梅:《庚子国变的诗歌叙事》,《中国韵文学刊》2018年第3期。本书有所改动。

体文学,数量奇多。仅就诗歌而言,在庚子国变时期创作的诗歌比此前任一次对外、对内战争都要多。在此次事变中,各地域、各阶层的众多诗人纷纷拿起诗笔,记述他们所经历的变乱事实,描摹其时乱象丛生的社会图景。这些诗歌在记叙变乱的同时,表现出了独特的叙事特质。

第一节　空前广泛的创作群体

　　庚子年是光绪二十六年（1900）。这一年义和团兴起,京师接连遭遇了不虞之患。先是义和团进城,大设神坛；接着八国联军攻入北京,烧杀劫掠；最后慈禧携光绪帝仓皇西逃。庚子一年京城的混乱,直到和约议成、签订《辛丑条约》才告结束。庚子国变是近代中国遭遇的一次大劫难,它给国人带来极大的创伤,同时也刺激文人词客的心灵,催生了空前的诗歌创作高潮。

　　关于庚子国变的诗歌创作,比此前任一次对外、对内战争时期都要繁荣,产生了数量巨大的"庚子诗作"。城陷后两宫西狩,其时未能随扈的京官贵族,有的以身殉国,有的避难南还,有的坐困危城。而坐困京城者,是庚子国变诗歌创作的主体,他们创作了大量诗歌。如吴鲁（1845—1912）,福建晋江人,庚子年困处都城,"闻见之间,有足哀者,愤时感事"[①],成《百哀诗》一卷；于齐庆（1856—1919）,江苏江都人,"庚子之乱,

---

① 吴鲁:《百哀诗》卷上,吴鲁、胡思敬:《〈百哀诗〉〈驴背集〉》,北京古籍出版社1990年版,第25页。

君居京师，与同辈以忠节相砥砺，寄乱讽谕，惓惓君国"[①]，作《纪事诗一百六十韵》《后纪事诗一百韵》；何藻翔（1865—1930），广东顺德人，庚子年在京任职，城陷后与妻留京不出，作《庚子围城中杂感》十六首；胡思敬（1870—1922），江西新昌人，因随扈不及，挈室避昌平，每日孤身跨蹇驴，微服入都，探问兵间消息，返则用笔记之，又系以小诗，成《驴背集》四卷；延清（生卒年不详），蒙古镶白旗人，两宫西狩时未能追赶，悲愤交并，有《庚子都门纪事诗》六卷；富察敦崇（1855—1926），满洲镶黄旗人，庚子年身居北京，每有所见闻，皆以诗记录，有《都门纪变三十首绝句》；恽毓鼎（1862—1917），时任翰林院侍讲学士，有《落叶词》一首。庚子年朝官留京者，几乎人人有诗，少则一首，多则数卷。

在朝京官之外，因故滞留京城的各阶层文士，亦多有诗作。如郭则沄（1882—1947），福建侯官人，庚子年尚为诸生，因义和团入京而辍学。乱作时，郭氏未及南归而滞留京师，有《庚子诗鉴》四卷；嚁西复侬氏、青村杞庐氏，名姓籍贯不详，庚子三月同游宣南，继而坐困危城，遂就以所闻，作《都门纪变百咏》。综上，庚子年坐困京师者，无论身份、阶层，都是庚子国变的躬逢者，是庚子国变诗歌创作的主体。

京城之外，各地方文士贤达亦参与到庚子国变诗歌的创作中。当国变发生时，由于东南互保条约的签订，南方各省并未受到大的冲击。但南方文士的纪咏风势，却并未因远离京城而减弱。今见文廷式、缪荃孙、王闿运、易顺鼎、樊增祥、范当

[①] 王式通：《清故资政大夫署理广东提学使于君墓志铭》，钱仲联编：《广清碑传集》卷十七，苏州大学出版社1999年版，第1164页。

世、皮锡瑞、陈宝琛、叶昌炽等文人别集中，均有缘于庚子国变的诗作。在两广地区，如黄遵宪，自戊戌归居后，本一心闭门著书，然亦未能远身事外，"庚子之变，欲为一空前未有之长篇古诗，名曰《拳团篇》，长拟万言，材料已搜集，惜未成篇"①。其国变诗见录于《人境庐诗草》卷十、卷十一。甚至远在边疆、海外的诗人，也有不少纪咏之作。如志锐（1853—1912），满洲正红旗人，珍、瑾两妃之兄，甲午年因两妃之故，降授乌里雅苏台参赞大臣；光绪二十五年（1899）调任伊犁索伦营领队大臣，"守边庭踰十稔"②。惊闻庚子国变，他奋笔作诗《闻武卫军败绩》《读史》二首。又如康有为，戊戌变法后流亡海外，庚子年避地新加坡，虽羁留海外，而心系国变，有《自星坡移居槟榔屿京师大乱乘舆出狩起师勤王北望感怀十三首》《阅报闻禁中皆成茂草矣》《庚子八月五日阅报录京变事》《闻祭酒王懿荣熙元吉甫编修寿富殉节皆故人也感而赋之》等诗。总之可以说，在庚子国变时期晚清文坛掀起了一场空前膨胀的诗歌创作高潮。

第二节　空前繁荣的创作成果

纪咏庚子国变的诗作数量之多，有文献可征。北京失陷后，

---

① 钱仲联：《梦苕庵诗话》，黄遵宪著，钱仲联笺注：《人境庐诗草笺注》下册，上海古籍出版社1981年版，第1293页。
② 赵尔巽等撰：《清史稿·志锐传》，《清史稿》卷四百七十，中华书局1977年版，第12797、12798页。

仅纪咏京城之围的诗歌，专集就有多种：吴鲁《百哀诗》两卷，胡思敬《驴背集》四卷，延清《庚子都门纪事诗》六卷、补编一卷，郭则沄《庚子诗鉴》四卷、补一卷，富察敦崇《都门纪变三十首绝句》一卷，高树《金銮琐记》一卷，嚓西复侬氏、青村杞庐氏合著《都门纪变百咏》一卷，无名氏《庚子时事杂咏》一卷，乌目山僧等《庚子纪念图题词》一卷，王鹏运、朱祖谋、刘福姚合著《庚子秋词》二卷、《春蛰吟》一卷。而文人别集中的纪咏篇什，更是不计胜数。如周绍昌《霖叔诗文稿》中有《庚子都门纪事》一百首，于齐庆《小寻畅楼诗钞》中有《纪事诗一百六十韵》《后纪事诗一百韵》，李宝琛《味古斋诗钞》中有《纪事诗四十首》（自庚子五月至辛丑正月）、《后纪事诗十首》，黄遵宪《人境庐诗草》中有《初闻京师义和团事感赋》三首、《述闻》八首、《再述》五首、《七月二十一日外国联军入犯京师》《闻驻跸太原》《闻车驾又幸西安》《天津纪乱十二首》《京乱补述六首》《京师》《聂将军歌》《奉谕改于八月廿四日回銮感赋》《和议成志感》《启銮喜赋》《车驾驻开封府》等，倪在田《枯生松斋集》中有《北直隶》十四首、《巨鱼篇》《独漉篇》《津沽》《大沽行》三首、《帝京篇》等，蒋楷《那处诗钞》中有《书愤四首》《哀天津》《悲杨村》《乌夜啼》《固关》《悲秋八首》等。至于与国变相关的"秋兴""书愤""杂感""咏史"之作，更是无从计数。

以下就几种重要的庚子诗作专集作简要论述，以窥见其时"庚子诗作"的创作概貌。

（一）《庚子都门纪事诗》

六卷，延清撰。延清，字子澄，一字紫丞，号铁君，蒙古镶白旗人。同治十三年（1874）进士，改庶吉士，授工部主事，官至侍讲学士。著有《庚子都门纪事诗》《奉使车臣汗纪程诗》《锦官堂诗草》等。庚子年八国联军入侵北京，延清身处危城，"独能遇变不惊，颠沛之中，不辍吟咏"[①]。及清廷与联军议和，延清幸免于难，他将这一年于危城之中所作诗歌辑为《巴里客余生草》，由其子石印出版。光绪二十八年（1902）其友马子昭重印此书时，易名为《庚子都门纪事诗》。

全书共六卷，录诗三百八十九首，内附同人诗一百六十九首。卷首叙四篇，集评十一则，卷末跋五篇。卷一《虎口集》录诗五十八首，叙写从庚子年五月起，京城形势日益紧急，自身如在虎口之中；卷二《鸿毛集》录诗五十八首，主要叙写围城之中居民生活的艰难不易，人命轻如鸿毛；卷三《蛇足集》录诗六十八首，主要是同处危城之中的同人唱和诗，作于十一月前后；卷四《鲂尾集》录诗九十七首，主要叙写年尾议和之事，所作之诗从十二月十六日立春日起；卷五《豹皮集》录诗四十一首，主要是纪念危城中死难之士的诗作，其中多数为作者的知交旧友；卷六《狐腋集》录诗六十七首，是这一年中作者用集唐诗形式所作的诗歌。

由于延清身处城中，亲眼目睹了事变发生的始末和危城中人民的艰难生活，并用自己的诗笔记录下来，以至于《庚子都门纪事诗》刊行之时，时人争相题词作序，目之为"诗史"。而曹福元所作之序不仅认为延清之作"事核词哀，独抒忠爱，论者以杜少陵诗史、白香山新乐府例之，诚哉无忝"，他更进一步

[①] 陆钟琦：《庚子都门纪事诗集评》，沈云龙主编：《近代中国史料丛刊续编》第十三辑，文海出版社1975年版，第15页。

第九章　庚子国变诗歌大文本叙事

指出，"余度紫丞意，盖欲使读是编者亦如目击惨毒景象，知危知惧，振奋精神，靖内绥外，以佐吾国家中兴之业，而不复以茫茫世运，概诿诸昆明劫灰，而犹是酣嬉耽毒也"①。曹福元此处的评论深得诗人创作之旨，这个更深的意旨，大概才是诗人以诗纪事、创作诗史的更重要的目的。

（二）《驴背集》

四卷，胡思敬撰。胡思敬（1870—1922），字漱唐，号退庐，江西新昌（今宜丰）人。光绪十九年（1893）举人，次年成进士，选庶吉士，授吏部主事，以荐补辽沈道监察御史，转掌广东道。入民国，以遗老自居。后刻《豫章丛书》行世。著有《退庐诗集》《驴背集》《退庐疏稿》《戊戌履霜录》等。事变发生时，胡思敬随扈不及，遂携妻室避居昌平。《驴背集》就是在昌平避居时期写作而成的。由于心忧国难，虽然身处僻郊，诗人每日孤身跨一蹇驴，微服入都打探兵间消息。等到返家之后便立即用笔记录下来，并且系一首小诗，均为实录都中形势。随后作者将这一年间所收集到的时事、掌故汇辑一编，共四卷，题名曰《驴背集》。其自序云："昔人言诗思在驴子背上，予此诗多于驴背上得之，意境适与之同。"②作者进一步表明身逢战乱，所作之诗非是附庸前贤风雅，而是痛定思痛，为了不忘"在莒之意"也。

---

① 曹福元：《庚子都门纪事诗序》，沈云龙主编：《近代中国史料丛刊续编》第十三辑，文海出版社1975年版，第12页。
② 胡思敬：《驴背集》自序，吴鲁、胡思敬：《〈百哀诗〉〈驴背集〉》，北京古籍出版社1990年版，第107页。

《驴背集》四卷，卷首有自序，共收七绝一百三十余首。每首诗下均详细注明所涉史事，所作之诗从光绪二十六年（1900）义和团运动开始，直到二十七年（1901）《辛丑条约》签订为止。所涉及的史事包括刚毅、赵舒翘等往河北抚团；义和团在京设坛；开战前慈禧召开御前会议；义和团与清军联合抗击联军；袁昶、许景澄被杀；东南地区签订互保条约以及联军入都之后大肆抢劫掠杀、人民生活苦不堪言等等各方面情况。

（三）《庚子诗鉴》

四卷，补一卷，郭则沄撰。郭则沄（1882—1947），字啸麓，号蛰园，又号龙顾山人，福建侯官（今闽侯）人。光绪二十九年（1903）进士，改庶吉士。曾任浙江温处道。民国三年起，先后任北洋政府政事堂参议、铨叙局局长、署国务院秘书长、侨务局总裁，民国十一年去职，后任铁路学院名誉校董。著有《十朝诗乘》《清词玉屑》《龙顾山房全集》《遁圃詹言》《灵洞小志》等。

庚子年事变发生之时，郭则沄尚为诸生，"义和团运动兴起，啸麓公辍学。不久，义和团入北京，啸麓公南归，经湖北乘船沿江而下上海，经苏州入浙"[1]。他是在六月初离京南下的，所以当庚子五月事变初起之时，在京亲身经历了变乱。他在《〈庚子诗鉴〉书后》说明了写作此书的原因：

> 余旧史也，又及睹庚子惨劫，系感于家国者至深，乃

---

[1] 《郭则沄传略》，北京市政协文史资料委员会编：《北京文史资料》第57辑，北京出版社1998年版，第136页。

第九章 庚子国变诗歌大文本叙事

撮咏其事,为《庚子诗鉴》,凡七言截句五百首。鉴者鉴于既往之谓。其时余为诸生,名不挂朝,籍固无与于鉴,然亦鉴中人也。鉴影尘尘,举所谓罪首功人者,瞥然俱往。天若独使衰朽子遗悬眼于华离崩析之世,以观其究竟者,岂无意哉,岂无意哉![1]

作者写作《庚子诗鉴》是为了以史为鉴,作为事变的亲历者,希冀能从惨痛的历史中汲取教训。同时写作另有一个原因,则缘于变乱之后都人征集庚子故事。郭则沄创作《庚子诗鉴》及其补编,并不是一时纯粹的个人行为,而是其时整座京城之人都在痛定思痛,征集刚刚发生过的惨痛的变乱史事,以期作为历史的借鉴,《庚子诗鉴》的成书正处于这样一种全城追怀的背景之下。

《诗鉴》四卷、补编一卷,全书采用以诗撰史的形式,以诗系事,并在诗下加上详细的注释,说明诗歌所系之事。《庚子诗鉴》所叙之事亦十分广泛,包括义和团初起和入京之后的活动情况;慈禧对团民剿抚不定的态度;八国联军入京之后的烧杀劫掠以及两宫西狩、启跸回銮等事。这些诗歌所叙之事一部分为作者亲身经历,还有一些得自传闻或从各家笔记中撷拾而出,再系以小诗存录。《庚子诗鉴》成书在民国年间,四卷本于庚辰年(1940)秋季刊刻,补编一卷于辛巳年(1941)仲春续刊,共收诗作五百余首。

---

[1] 郭则沄:《庚子诗鉴书后》,转引自中国社会科学院近代史研究所《近代史资料》编译室主编:《近代史资料专刊:义和团史料》(上),知识产权出版社2013年版,第154页。

（四）《百哀诗》

两卷，吴鲁撰。吴鲁（1845—1912），字肃堂，号且园，晚号老迟，又号白华庵主，福建晋江人。光绪十六年（1890）进士，殿试一甲一名，改翰林院编修。二十六年（1900）充军务处总办，八国联军入京，困处危城数月，后趋赴西安。宣统三年（1911）辞归，逾年卒于故里。著有《百哀诗》《读礼纂录》《蒙学初编》《兵学经学史学讲义》等。

庚子年吴鲁居住在北京南柳巷晋江会馆。五月以后接连发生杀害德使、攻打教堂等事件，其时战祸已经大启。六月中吴鲁被任命为军务处总办，到差不久即遇天津失守，有马玉昆部飞报军情，吴鲁代为裁答。不久杨村、通州接连失守，联军进京。吴鲁听闻圣驾由西直门出狩，便立即徒步追随。但到海淀时被溃兵劫掠，不得已只好重回京寓。直到第二年春天，南北道路稍通之后，才趋赴西安行在。所以事变发生之时，吴鲁被困都城，"闻见之间，有足哀者，愤时感事，成诗百余首，命曰《百哀诗》"[1]。

《百哀诗》的成书乃在三年之后。甲辰年（1904）吴鲁视学滇南，在巡试之余偶尔翻检旧稿，才重新找出此诗，并汇为一帙。吴鲁作此编的意图亦在于"以志当日艰窘情形，犹是不忘在莒之意焉。后之览者，亦将有感于斯诗"[2]。

---

[1] 吴鲁：《百哀诗》卷上，吴鲁、胡思敬：《〈百哀诗〉〈驴背集〉》，北京古籍出版社1990年版，第25页。

[2] 吴鲁：《百哀诗》卷上，吴鲁、胡思敬：《〈百哀诗〉〈驴背集〉》，北京古籍出版社1990年版，第25页。

第九章 庚子国变诗歌大文本叙事

《百哀诗》分上下两卷，采用纪事诗的形式，详细叙写了事变发生之时北京城内各方面的情况，他记叙了义和团在京津地区拆铁路、毁教堂、围攻使馆等活动，八国联军在北京城内烧杀洗劫，以及慈禧西逃、李鸿章奉命议和等重要史实。由于吴鲁身居要职，了解清政府内情，又亲身经历变乱，所以《百哀诗》真实客观地再现了其时京城的变乱；同时这些诗歌也反映出吴鲁对帝国主义野蛮侵略活动的抗议、对清政府内部腐败昏聩的批判，对百姓流离失所的深切同情，表现出浓厚的诗史意味。

（五）《都门纪变百咏》

一卷，曒西复侬氏、青村杞庐氏撰。曒西复侬氏与青村杞庐氏在庚子年三月同游宣南。正当他们耽于遇旧友、话知之时，忽然遇到义和团与天主教民冲突之事。不久八国联军便进军北京，都城瞬间变成了战场。作者其时寓居在紫禁城偏东地区，距离东交民巷只有一里。据曒西复侬氏《都门纪变百咏自叙》所言，他每天傍晚的时候，都要经历两军相持，作者被困在这样惊险恐怖的环境之中，"旅馆孤灯，转侧不寐"；可时间久了，也能"积久遂惯，坦然黑甜"，只是"晨起理衾，时得遗弹"。于是在战乱的围困之中，作者索性杜门息交，与杞庐氏每日以所见所闻作小诗自娱。积一月之久，便得绝句百余首。于是略加诠次，编成《都门纪变百咏》一卷。诗成之后，作者遂寄往南中，"俾故乡人士，得悉危城近况，天涯游子，亦藉以作平安之报也"[①]。

---

① 曒西复侬氏：《都门纪变百咏自叙》，杨米人著，路工编选：《清代北京竹枝词　十三种》，北京古籍出版社1982年版，第107页。

《都门纪变百咏》共收诗一百二十首。诗叙从光绪二十六年（1900）三月传闻义和团入京到六月间八国联军占领北京后的乱象。所叙之事包括义和团拆毁铁路、电线杆；清廷派刚毅、赵舒翘招抚团民；义和团在京城大设神坛，令城内居民烧香供水；清军在大沽、天津一带的战事；聂士成英勇牺牲；以及联军在城内烧杀劫掠、李鸿章受命议和等等。关于此书的写作目的，青村杞庐氏在跋语中自叙云："则是诗也，非梁伯鸾之噫而出关，实杜少陵之饭不忘君。"①

（六）《金銮琐记》

一卷，高树撰。高树（1848—?），字蔚然，号珠岩山人，四川泸州人。光绪八年（1882）举人，十五年（1889）进士。十八年任职兵部郎中，后历任军机章京、兵部司员、御史、锦州知府等职务。诗文皆擅时名，工书画。著有《金銮琐记》《鸽原录》《思子轩传奇》等。由于高树久居京官之职，深悉内廷情况以及朝野纪闻、里巷琐谈，于是以纪事诗加注文的形式记录其在内廷供职时的所见所闻，得绝句一百三十余首，辑成《金銮琐记》一卷。

高树在《金銮琐记叙》中云："癸亥（1923）冬，病中无聊。信手作俚句，记录往事，加以小注。至乙丑（1925）三月，命内侄与钟儿写出，又删汰之。合计有绝句百三十余首，或劝排印，以就正四方友朋，名之曰《金銮琐记》云。"② 而"信手

---

① 青村杞庐氏：《都门纪变百咏自跋》，广雅出版有限公司编辑部编著：《庚子事变文学集》，广雅出版有限公司1982年版，第200页。
② 高树：《金銮琐记叙》，吴士鉴等著：《清宫词》，北京古籍出版社1986年版，第103页。

第九章　庚子国变诗歌大文本叙事

作俚句"的起因，高树在卷下第一首诗中做了说明：

> 戎部分曹重本兵，传宣簪笔侍承明。邓翁笑索金銮记，颦效成都胡砚生。①

诗下自注云："老友邓守瑕曰：胡砚生有'长安宫词'，君独无'金銮记'耶。予乃随笔追记，以资谈柄。师丹老而善忘，遗漏多矣。"② 可知高树追记《金銮琐记》大有效仿胡延《长安宫词》之意。

《金銮琐记》所追记的内廷见闻十分广泛，包括变法失败后光绪帝的处境、义和团进京的活动、联军侵略以及袁世凯的活动等，极具史料价值。其中关于庚子事变，则记录了义和团被召入宫大列八卦阵、刚毅赵舒翘等人误国殃民、开战前召开御前会议、联军抢掠京中之物、两宫西狩、联军统率瓦德西与赛金花之事以及围城中居民无米无炊的凄惨生活等。诗中记载均系作者耳闻目睹和亲身经历，所叙诗歌具有较高的史料价值。

（七）《庚子纪念图题词》

一卷，乌目山僧编。乌目山僧（1865—1921），俗名黄浩舜，法名印楞，法号宗仰，别号乌目山僧、楞伽小隐等，江苏常熟人。幼年从三峰清凉寺药龛和尚披剃，于镇江金山寺受戒，精究释典，

---

① 高树：《金銮琐记》卷下，吴士鉴等著：《清宫词》：北京古籍出版社1986年版，第104页。
② 高树：《金銮琐记》卷下，吴士鉴等著：《清宫词》，北京古籍出版社1986年版，第104页。

工诗文、绘画，旁及中西政治各书。光绪二十六年（1900），八国联军攻陷北京，一时家国劫难，海内骚然，山僧慨然有献身济世之志。闻《辛丑条约》签订之后，愤于国耻，绘《庚子纪念图》，意在唤起麻木的国民毋忘国耻。图成之后，又向全国征集诗文。

1901年7月4日《同文消闲报》刊登了一则《征题〈庚子纪念图〉》的启事，署名乌目山僧，表达了绘制《庚子纪念图》之宗旨在于以图纪庚子之难，并通过报刊征集题诗，意欲借助报刊的形式将此"警醒之语"流布天下，唤醒麻木之中的国人。他在图后自题诗作七首，并直言是效仿枚乘作《七发》以"疗疾"，"盖七数属阳，欲其启阳明而消阴翳也。衲自题《庚子纪念图》诗，亦以七为数，犹是志耳"①。他所要治疗之"疾"就是国人麻木不仁、支离罔觉的痼疾。国难之后绘图题诗以纪事，就是基于这样的目的。启事刊出之后得到四方响应，各地时贤名流纷纷寄来征题诗作。随后经乌目山僧多方筹集，很快将此题诗一卷刊行于世。今有光绪二十七年（1901）铅印本，除了乌目山僧本人的自题诗、自序、自跋外，共录有各家题诗四十三篇，其他序跋、题记类文章共七篇。

第三节　庚子国变诗歌大文本叙事内涵

庚子国变是20世纪初中华民族遭遇的一场大劫难。别有用心的朝廷顽固派载漪、刚毅等人，凭借慈禧为后盾，利用义和

---

① 乌目山僧：《庚子纪念图》自叙，转引自沈潜、唐文权编：《宗仰上人集》，华中师范大学出版社2011年版，第6页。

团,挑起衅端,终致引狼入室,酿成巨大的民族惨剧。它引起一个感时愤世、悲怆激昂的诗歌创作高潮,产生了数量巨大的诗作,众声混响,万籁齐鸣,共同描绘了全息的国变图景。除了义和团、清廷、八国联军、各营官兵等当事主体,甚至也把梨园优伶、草野细民等下层人事囊括在诗歌叙述之中。可以说,庚子国变诗歌叙述了广阔的社会图景。

(一)叙义和团之乱

庚子国变始酿于义和团的发展壮大。随着天灾频发,山东、河北一带大旱,民情浮动。大量饥民遂盲目从团,乘机捣毁教堂,抢掠教民财物。这使得团民身份开始变质,混入较多肆意妄为的伪团民。团民认为北方数省大旱,原因在于洋人在中国传教、修铁路、设电线而触怒天神,因此开始拆铁路、毁电线、烧洋货,进京之后尤为疯狂。而之后被刚毅等朝内顽固派代表利用,才真正使得义和团以燃烧的势焰膨胀开来。

1. 初起及延至直隶京畿

庚子国变之纪咏诗始于义和团的初起。郭则沄在《庚子诗鉴》中详细记述了义和团初起时的状况。曹州民风素悍,有教民强奸民女激起众愤,当地百姓遂拆毁教堂。事后政府处理以惩凶、赔款、割让青岛而结束。这更加激起民愤,于是义和团开始起事。康熙雍正之时传教有禁,道咸以来由于国威屡挫,被迫开始订通商传教之约。这导致地方政府被教会挟持,而不法教民更加有恃无恐,鱼肉良民,百姓与之蓄愤已久。于是义和团专以仇教为帜,所到之处必要杀洋人,焚其屋,妇稚不免。郭则沄《教案如山》诗云:"教案如山总不平,一朝制梃恣横行。二毛擒取非无辨，十字摩西额上明。"①

写义和团发迹之初，《都门纪变百咏》有诗云："初起山东号义民，忽延保定忽天津。俄惊辇下纷纷遍，真似神仙会驾云。"② 义和团初起时，团众均头裹红巾，扎红带，缸靠色裤，双脸鞋，头巾上书字"协天大帝"，见人则举一手为礼，自言怀中揣着青钱四百，随用随满，总如其数。郭则沄诗云："土花衣上曳红巾，诃子当心镜护身。怀里青蚨飞不断，错疑大帝是钱神。"③ 习拳时拳民面向东南方，口持咒语三诵三揖，既而昏厥于地。然后一跃而起，手舞足蹈，问其名则曰武松、孙悟空、黄天霸之类戏剧中之人物。团民所供之神亦不一，有洪钧老祖、西楚霸王、太公、关帝等，亦不伦不类。又有诗云："密咒迎神卧地昏，恚然噫气起夔轩。黎邱变相知谁是，打虎儿郎弼马温。"④ 然而团民所用之兵器，有金箍棒、九莲挂飞刀、降魔杵、捆仙绳、火扇子种种，亦全为附会之物。又有诗云："法器宁容肉眼看，莲花舌底妙翻澜。捆仙绳与降魔杵，搬弄无非出稗官。"⑤

---

① 郭则沄：《庚子诗鉴》卷一"教案如山"，中国社会科学院近代史研究所《近代史资料》编译室主编：《近代史资料专刊：义和团史料》（上），知识产权出版社2013年版，第36页。

② 嶜西复侬氏、青村杞庐氏：《都门纪变百咏》"初起山东"，辜鸿铭、孟森等：《清代野史》第二卷，巴蜀书社1998年版，第722页。

③ 郭则沄：《庚子诗鉴》卷一"土花衣上"，中国社会科学院近代史研究所《近代史资料》编译室主编：《近代史资料专刊：义和团史料》（上），知识产权出版社2013年版，第36页。

④ 郭则沄：《庚子诗鉴》卷一"密咒迎神"，中国社会科学院近代史研究所《近代史资料》编译室主编：《近代史资料专刊：义和团史料》（上），知识产权出版社2013年版，第36页。

⑤ 郭则沄：《庚子诗鉴》卷一"法器宁容"，中国社会科学院近代史研究所《近代史资料》编译室主编：《近代史资料专刊：义和团史料》（上），知识产权出版社2013年版，第36页。

第九章　庚子国变诗歌大文本叙事

此后拳民由山东蔓延至直隶，及涞水教案发生后，揭竿而起者数千人。团民开始拆铁路、焚电线，大掠至霸州通州一带，造成京畿数十里居民惊恐万分。胡思敬诗云："烽火连天澈夜明，一伸左臂碍神京。相公高枕沉沉睡，误听雷声作釜鸣。"① 在宝坻县东南有一大辛庄，居民数十户，原本皆务农为业。当年三月乡里突来数十拳师，称其首领为黄天霸，兄弟六人皆住于麦花山，于是一乡之人皆从团信奉。嘤西复侬氏、青村杞庐氏诗云："传言宝坻大辛庄，拳法相师总姓黄。兄弟六人分领袖，麦花山下是家乡。"② 拳众讳言"洋"字，一切与"洋"有关的物品都要改名。洋灯改为亮灯，洋布为宽细布。拳众每杀洋人必要烂如肉糜乃止。郭则沄有诗云："口头戒律讳重洋，十字红披喜气扬。搜得亮灯宽细布，此中直眼定潜藏。"③ 至于义和团在琉璃河、长辛店一带拆铁路、焚电线，也在诗中有沉痛的描述。嘤西复侬氏、青村杞庐氏诗云："洋气须教一例除，先烧电线火轮车。琉璃河接长辛店，此是鹏程发轫初。"④

义和团中有习红灯照者，皆为十余龄女子，着红衣裤，一手持巾，一手提灯。郭则沄赋诗描绘云："一色红妆照眼明，健

---

① 胡思敬：《驴背集》卷一"烽火连天"，吴鲁、胡思敬：《〈百哀诗〉〈驴背集〉》，北京古籍出版社1990年版，第110页。
② 嘤西复侬氏、青村杞庐氏：《都门纪变百咏》"传言宝坻"，辜鸿铭、孟森等：《清代野史》第二卷，巴蜀书社1998年版，第725页。
③ 郭则沄：《庚子诗鉴》卷一"口头戒律"，中国社会科学院近代史研究所《近代史资料》编译室主编：《近代史资料专刊：义和团史料》（上），知识产权出版社2013年版，第37页。
④ 嘤西复侬氏、青村杞庐氏：《都门纪变百咏》"洋气须教"，辜鸿铭、孟森等：《清代野史》第二卷，巴蜀书社1998年版，第722页。

儿左右拥倾城。帐中昨夜神人降，不是梨花定桂英。"① 红灯照于室中，室中祀有九逵道人，用铜盘贮水供奉在神前，自言练习四十八日便可飞行于空中。每人各燃灯一盏，用红纱笼罩之，悬挂在门外。她们均奉天津林黑儿为师，而林黑儿自幼生长在水滨，本船家女也。胡思敬诗云："掌上云英未嫁身，雪肤疑是藐姑神。游仙暮入碧虚去，一片云罗生袜尘。"② 关于红灯照的叙写，吴鲁有长诗云："红灯照，垂髫弱女年少小。吞符念咒一身轻，恍到方壶历圆峤。蚩蚩罗拜中庭中，中庭尽日设斋醮。红灯照，闪烁空中一星曜。腾云驾雾高复低，睁睁万目齐瞻眺。红灯照，依传神符靖边徼。神符能护义和团，百万神兵任侬调。吁嗟乎！妖术厉禁原森严，红灯胡为肆聚啸。古来妖孽由人兴，家国祸机皆自召。"③

此外还有两首长诗叙写了义和团初起及其壮大的情势。吴鲁《义和团》诗云：

圣皇御宸极，太岁次庚子。邪教倡山东，妖氛遍涞水。巨祸谁酿成？大官夫已氏。畿辅牧民流，食肉半猥鄙。民怨相沸腾，凡事有缘始。昏蒙涞水令，虐民等犬豕。赳赳雄一方，讼庭冤莫理。负屈心不甘，昕夕思雪耻。策骑山

---

① 郭则沄：《庚子诗鉴》卷一"一色红妆"，中国社会科学院近代史研究所《近代史资料》编译室主编：《近代史资料专刊：义和团史料》（上），知识产权出版社2013年版，第37页。
② 胡思敬：《驴背集》卷一"掌上云英"，吴鲁、胡思敬：《〈百哀诗〉〈驴背集〉》，北京古籍出版社1990年版，第116页。
③ 吴鲁：《百哀诗》卷上《红灯照》，吴鲁、胡思敬：《〈百哀诗〉〈驴背集〉》，北京古籍出版社1990年版，第26页。

第九章　庚子国变诗歌大文本叙事

东来，登坛习拳技。归来煽谣言，应者遂四起。村民愚无知，联络为臂指。星星致燎原，萌芽基诸此。始念在仇官，鼠窜伏闾里。狒狒游手徒，慑服供役使。转希意外危，恃众肆谲诡。咒语喃喃传，神兵阴符侈。离卦为主张，祝融任驱驶。煜煜树旌麾，灭洋标宗旨。设坛奉拳神，薰香日缠缠。蔓延遍畿疆，昏迷入骨髓。尊为师父兄，道途肃拜跪。须臾举国狂，无分遐与迩。来势日益横，贻害伊胡底。搔首问穹苍，世运丁极否？①

此诗详细叙写了义和团初起于山东，由于山东巡抚毓贤纵民传习拳术，以至团民势力壮大，一直蔓延到直隶涞水县。后因涞水教案而起事，义和团终呈燎原之势四向散开。其时民间亦有乐府民歌《义和拳》，叙写了作为白莲教余孽的义和团②，从山东发迹直到进京烧杀的过程。诗云：

　　白莲余孽死灰然，山东乃有义和拳。仇教灭洋好题目，焚符诵咒夸神权。大师兄，恣强梁。弱女子，逞奇诡。白刃交加人头落，红灯高照鬼愁生。蔓延津沽及畿辅，围攻使馆烧京城。尸之者谁西太后，王公大臣相左右。堂堂中国倚匪徒，明诏褒嘉殊可丑。③

---

① 吴鲁：《百哀诗》卷上《义和团》，吴鲁、胡思敬：《〈百哀诗〉〈驴背集〉》，北京古籍出版社1990年版，第25页。
② 义和团并非源于白莲教，可参看戴玄之：《义和团研究》第一章《义和团的源流》，北京大学出版社2010年版。
③ 乐府民歌：《义和拳》，阿英编：《庚子事变文学集》，中华书局1959年版，第146页。

321

2. 入京之后

早在庚子年三月，北京城内已有人开始习拳，到了四月中，大街小巷亦纷纷传习，而慈禧对此并不置可否。等到拳民大队集中于涿州一带，慈禧仍然意犹未定，遂派遣大学士刚毅和军机大臣赵舒翘前往探查。大学士刚毅是朝内顽固派大臣代表，他们希冀通过义和团的力量打击帝国主义。胡思敬因此事而作小诗云："枢使联翩出国门，怀中密诏语微温。吞胡自是平生志，老悖须知念子孙。"刚毅在赶赴保定的沿途，遍召拳民渠首，对其奖励备至，团民由此而成为"奉旨团民"。嚁西复侬氏、青村杞庐氏有诗云："使相巡行历保阳，空名墨敕散千张。城乡一夕标黄纛，奉旨团民字几行。"①

拳众就抚之后，其衣饰装扮亦与以往不同。其帽如戏剧中黄天霸之状，著青色号坎，两肩前有"奉旨"字样，前后圆月书有"团勇"两字。在京津者多著快靴，在其乡仍著朱履。团众就抚之后，气焰便更加膨胀起来。有诗叙写天津团首张德成等四人进谒裕制军时，身坐黄色肩舆，武弁一律跪迎，气焰颇薰灼。嚁西复侬氏、青村杞庐氏诗云："黄色肩舆力士扶，辕门投谒竞传呼。将军揖客今重见，仪注翻新会典无。"②

义和团进京之后，在京师遍设神坛，坛旁刀戟林立。胡思敬有诗云："万戟森严拥百神，神言箕尾是前身。谁知篝火狐鸣

---

① 嚁西复侬氏、青村杞庐氏：《都门纪变百咏》"使相巡行"，辜鸿铭、孟森等：《清代野史》第二卷，巴蜀书社1998年版，第722页。

② 嚁西复侬氏、青村杞庐氏：《都门纪变百咏》"黄色肩舆"，辜鸿铭、孟森等：《清代野史》第二卷，巴蜀书社1998年版，第725页。

事,夥涉沉沉诳楚人。"① 甚至诸王贝勒府第亦开始设坛,门前高建大纛,写着"替天行道奉旨义和团"等字样。一旦遇有疑似教民者,必捉拿到府第烧香焚表。嘐西复佽氏、青村杞庐氏有诗云:"王府门前大纛高,黄巾夹路怒提刀。神仙符箓无凭准,误把京官当二毛。"② 关于庄、澜两府设坛,郭则沄又有诗云:"是时京辇尚粗安,但惴宫廷有变端。一夕妖氛盈九陌,纷纷朱邸设神坛。"③ 而京中王府设坛的始作俑者仍是端王,吴鲁也在诗中叙写了端王府登坛拜将的情形,并给予极端的讽刺。

除了设坛,团民亦极大地干扰了京城正常的生活秩序。他们随意发令禁止。先是规定五月十六日起,夜分时刻每户必须烧香供水。于是每至夜分,团民便满街喊声大作,气势汹涌使居民大为惊惧。嘐西复佽氏、青村杞庐氏有诗云:"烧香供水喊连天,白混青皮一气联。吓杀人家小儿女,纷纷罗拜大门前。"④ 团民还规定七月初七、八月十五、九月初九等日,居民一律不准举火。嘐西复佽氏、青村杞庐氏有诗云:"家家寒食问何为,一纸纷传禁火期。七夕中秋与重九,古来几个介子推。"⑤ 甚

---

① 胡思敬:《驴背集》卷一"万戟森严",吴鲁、胡思敬:《〈百哀诗〉〈驴背集〉》,北京古籍出版社1990年版,第111页。
② 嘐西复佽氏、青村杞庐氏:《都门纪变百咏》"王府门前",辜鸿铭、孟森等:《清代野史》第二卷,巴蜀书社1998年版,第723页。
③ 郭则沄:《庚子诗鉴》卷一"是时京辇",中国社会科学院近代史研究所《近代史资料》编译室主编:《近代史资料专刊:义和团史料》(上),知识产权出版社2013年版,第40页。
④ 嘐西复佽氏、青村杞庐氏:《都门纪变百咏》"烧香供水",辜鸿铭、孟森等:《清代野史》第二卷,巴蜀书社1998年版,第722页。
⑤ 嘐西复佽氏、青村杞庐氏:《都门纪变百咏》"家家寒食",辜鸿铭、孟森等:《清代野史》第二卷,巴蜀书社1998年版,第733页。

至还规定居民铺户,每户在其门外悬一红布,六月十四日夜满街多挂红灯,但旋即此令又被禁止。又有诗云:"尺方绛布挂门前,道是仙坛敕令宣。入夜红灯齐照眼,依稀万寿太平年。"①

由于团众气焰正盛,都中亦讳言"洋"字。所有店铺招牌一律改换,洋布改作粗布,洋药改作土药,西文书籍也趁着夜黑全部抛掷沟井之中。拳民搜索行旅之人,凡携带有舶来之物者皆怒目斥之,以至于京师官宅均将洋货毁弃殆尽,甚至官译署也不敢贴其门封。只有洋人钱币不在禁例,拳众搜得便欣然纳入囊中。郭则沄有诗云:"谈瀛更莫侈麟洲,典属门封一旦收。除是金钱无界限,罽宾王面不相雠。"② 甚至学堂肄业的学生,也被拳众谓为二毛子,经人指出者往往遇害,北洋诸生所受残害最多。郭则沄有诗云:"解读旁行即祸胎,只除武校小排豗。皆山楼上西河涕,断送人间几俊才。"③

有诗叙写拳民焚毁教堂的情景,即先暗地里用煤油浇之,次日率领拳民一众前往,发枪遥击,枪声落地火势便蔓延开来。郭则沄有诗云:"石油暗洒伏飞灾,海鸟无机了不猜。金弹一鸣

---

① 嘐西复侬氏、青村杞庐氏:《都门纪变百咏》"尺方绛布",辜鸿铭、孟森等:《清代野史》第二卷,巴蜀书社1998年版,第724页。
② 郭则沄:《庚子诗鉴》卷一"谈瀛更莫",中国社会科学院近代史研究所《近代史资料》编译室主编:《近代史资料专刊:义和团史料》(上),知识产权出版社2013年版,第41页。
③ 郭则沄:《庚子诗鉴》卷二"解读旁行",中国社会科学院近代史研究所《近代史资料》编译室主编:《近代史资料专刊:义和团史料》(上),知识产权出版社2013年版,第75页。

第九章 庚子国变诗歌大文本叙事

看火起,群儿拍手道神来。"[1] 吴鲁此时在京城目睹了拳民的作为,写作《毁教堂》和《杀教民》,叙述更为详尽。其《毁教堂》云:

> 云窗雾牖楼上楼,西教遍传东南洲。得气多方肆恫喝,辇毂之下狐鼪游。豪民仗势挟官长,耶稣天主甘饵投。黠狐假威蓄众怒,狒狸肆虐为民仇。一朝失势皆鼠窜,空堂阒寂阴霾稠。怨家攘臂图泄愤,赤帜一扫蒸烰烰。五城经堂数百座,楼灰屋烬无人收。汹汹群情势莫遏,熮爈白昼喧雷桴。堂皇大官饰聋瞆,坐视未能展一筹。[2]

首先叙写了教民教会依权仗势,欺压百姓,激起强烈的民教矛盾;接着叙写义和团事起,教民窜如贼鼠,也不能免于被拳众烧杀。最后叙写了拳民在京烧毁教堂的情状,数百座教堂被毁,灰烬遍地。而官府面对拳民的泄愤,亦无所作为,一筹莫展。吴鲁的《杀教民》一诗则如实反映了其时民教矛盾激烈到了何种程度。

从五月之初拳众便开始搜索市肆,搜到大栅栏老德记药房时,称其中藏有洋货,于是放火烧之。火势蔓延不止,拳众却称此乃天火,不得施救。于是火势愈加蔓延开来。胡思敬诗云:

---

[1] 郭则沄:《庚子诗鉴》卷一"石油暗伏",中国社会科学院近代史研究所《近代史资料》编译室主编:《近代史资料专刊:义和团史料》(上),知识产权出版社2013年版,第38页。
[2] 吴鲁:《百哀诗》卷上《毁教堂》,吴鲁、胡思敬:《〈百哀诗〉〈驴背集〉》,北京古籍出版社1990年版,第29页。

"拔帜登坛气便骄,春灯谜语杂歌谣。可怜一炬成焦土,使相登楼拜火妖。"① 并自注云:"五月二十日,焚正阳门外中西药房,北风骤起,延烧二千八百余家,火及城楼。西自观音寺至大栅栏,南自煤市街至西河沿,俱成灰烬。九城同日闭市,交易不通,商户官宅一日数迁。"② 霎时全街俱为火海,火势灼及正阳门城楼。大栅栏的大金店炉房毁灭殆尽,导致京城银源顿竭,钱铺典肆一律关闭,市面的萧索景象前所未有。嵾西复侬氏、青村杞庐氏诗云:"祝融虐焰上干霄,金店银炉一例烧。百万商民齐束手,市廛景象太萧条。"③ 都中所谓"四大恒"者为钱业巨擘,在此次焚烧之中同时辍业,致使人心惶惶。其时京尹陈庸庵奏请颁户部帑银分借四大恒,助其尽快复业,由是而转危为安。郭则沄有诗云:"金市银炉劫烬余,凤城阛阓日肖疏。深宫诏许颁官帑,四大恒看复业初。"④ 嵾西复侬氏、青村杞庐氏有诗云:"深宫不忍苦吾民,百万新颁内帑银。传谕四恒齐复业,大家借给要均匀。"⑤ 关于此次纵火焚烧,更有题为《毁正阳门外大栅栏西河沿等处民房铺户三千余家》的长诗,叙写了

---

① 胡思敬:《驴背集》卷一"拔帜登坛",吴鲁、胡思敬:《〈百哀诗〉〈驴背集〉》,北京古籍出版社1990年版,第112页。

② 胡思敬:《驴背集》卷一,吴鲁、胡思敬:《〈百哀诗〉〈驴背集〉》,北京古籍出版社1990年版,第112页。

③ 嵾西复侬氏、青村杞庐氏:《都门纪变百咏》"祝融虐焰",辜鸿铭、孟森等:《清代野史》第二卷,巴蜀书社1998年版,第732页。

④ 郭则沄:《庚子诗鉴》卷一"金市银炉",中国社会科学院近代史研究所《近代史资料》编译室主编:《近代史资料专刊:义和团史料》(上),知识产权出版社2013年版,第49页。

⑤ 嵾西复侬氏、青村杞庐氏:《都门纪变百咏》"深宫不忍",辜鸿铭、孟森等:《清代野史》第二卷,巴蜀书社1998年版,第732页。

拳众纵火的详细过程，读来令人痛心，并在最后讽刺了昏庸愚顽的王公大臣。

（二）叙廷议与下诏宣战

刚毅与赵舒翘等人从直隶还朝，遂向慈禧覆奏了义和团的汹涌气势。他们蓄意含混的陈奏使慈禧误以为拳民可以攻击洋人，于是次日即谕令载漪掌管总理各国事务衙门，主战派大臣因此掌握了主管外交的事务衙门。随后日本公使馆书记生杉山彬被董福祥军所杀；同日数以万计的拳民涌入京城，大书"奉旨团民""替天行道"字样。拳众在城内杀洋人、焚教堂、烧洋货，京师几陷于疯狂的境地。

日本公使听闻英军提督西摩尔率兵三千人赴京救援，于是派遣书记生杉山彬出城探问虚实。杉山彬走到永定门附近时，被甘军和拳民杀害。胡思敬诗云："杉山记室自翩翩，惨死殊方亦可怜。大道横尸收不得，下愁蝼蚁上乌鸢。"[①] 杉山彬出城时假著汉官的衣帽翎顶和辫发，企图混出永定门，被甘军查出后交给董福祥，其盘问数语之后即令杀毙。吴鲁有诗云："黠胡幻相沐猴冠，驰出都门独据鞍。黑发满头貂续尾，花翎双眼雀飞翰。重关严诘师难漏，合刃交挥体不完。为问妖氛谁首祸？甘军偏袒义和团。"[②]

就在拳民肆意烧杀的情况之下，慈禧从五月二十日起连续

---

① 胡思敬：《驴背集》卷一"杉山记室"，吴鲁、胡思敬：《〈百哀诗〉〈驴背集〉》，北京古籍出版社1990年版，第115页。
② 吴鲁：《百哀诗》卷上《日本书记遇害》，吴鲁、胡思敬：《〈百哀诗〉〈驴背集〉》，北京古籍出版社1990年版，第28页。

召开四次御前会议，筹议和战的问题。就在此次会议中，朝内顽固派和新派大臣之间产生了激烈的矛盾冲突，以至于顽固派借势将袁昶、许景澄等新派大臣杀害。胡思敬在《驴背集》中记录下了御前会议上新旧两派的矛盾争执。载漪进言曰："拳民出死力为国宣难，入京以来，秋毫无犯，心迹坦白可知。夷兵所恃者火器，神拳复能制之。此天赞我也，必收用之。"① 兵部尚书徐用仪反驳其不应信奉神鬼，不能先开兵衅，许景澄亦言一国不足以敌八国，不可开战。但随即受到徐桐、刚毅等守旧大臣的斥责。廷上其他人亦嗫嗫不敢进言。于是慈禧派遣董福祥招抚团民，编为一军。在慈禧招抚拳民之后，袁昶与许景澄连上三疏，奏请勿开兵衅，勿攻使馆，杀害公使势必会遭到八国联合攻击。胡思敬有诗云："报国何人捋虎须，渐西忠愤世间无。谏章直挟风霆走，血面朝天一恸呼。"② 由于袁昶、许景澄等人在廷议时与守旧派大臣立异，因此而遭到守旧派的仇杀。廷议后不久载漪听闻天津陷落，便扬言许景澄、袁昶已经降敌，并为联军作内应，于是将此二人暗地里监禁，次日捆赴西市受刑。胡思敬有诗云："吏部清朣对奉常，九原携手见先皇。衔冤更比金陀惨，合葬西湖配岳王。"③ 关于宣战前的廷议，高树的《金銮琐记》亦有一诗叙写廷议时内阁学士朱祖谋进言缓攻使馆，遭到太后、端王的怒视，险遭不测。其诗云："天潢虎视怒

---

① 吴鲁、胡思敬：《〈百哀诗〉〈驴背集〉》，北京古籍出版社1990年版，第112页。

② 胡思敬：《驴背集》卷二"报国何人"，吴鲁、胡思敬：《〈百哀诗〉〈驴背集〉》，北京古籍出版社1990年版，第126页。

③ 胡思敬：《驴背集》卷二"吏部清朣"，吴鲁、胡思敬：《〈百哀诗〉〈驴背集〉》，北京古籍出版社1990年版，第127页。

第九章 庚子国变诗歌大文本叙事

如雷，裕叟三言亦可哀。流涕歔欷朱学士，森罗殿上脱身来。"①

廷议之后，载漪等人又伪造照会，激怒慈禧。于是太后遂下宣战诏，要求各国公使即刻离京。在与各国使馆交涉的时候，德国公使克林德被杀。情势愈加紧急，慈禧便正式对外宣战，同时谕令各省督抚，召集义和团与清军共同御敌。

在慈禧召集九卿紧急廷议之时，英军首领西摩尔率兵正从大沽奔赴北京。天津地区战事已开。五月二十一日大沽陷落，而直隶方面伪奏天津开战拳民获胜，于是慈禧谕令嘉奖，赏银四万两；接着五月二十五日又赏赐武卫中军、甘军、神机营神虎营以及义和团各十万两。曒西复侬氏、青村杞庐氏有诗云："捷书夜半到甘泉，百万优颁内府钱。前敌军民齐感奋，温纶贡自九重天。"② 在照会各国公使时，德使克林德被神机营兵所杀，胡思敬有诗云："弩末徒争一日强，井蛙坐啸亦堪伤。相如叱咤千人废，颈血居然溅大王。"③ 紧接五月二十四日慈禧下宣战诏，认为与其苟且图存受人挟制，不如大张挞伐一决雌雄。曒西复侬氏、青村杞庐氏有诗云："不堪忍辱再图存，天语咨嗟国体尊。率土人民齐下泪，几行明诏比兴元。"④ 既已宣战，慈禧派英年、载澜会同刚毅办理义和团事宜。京津一带团民由载勋和

---

① 高树：《金銮琐记》"天潢虎视"，吴士鉴等：《清宫词》，北京古籍出版社1986年版，第128页。

② 曒西复侬氏、青村杞庐氏：《都门纪变百咏》"捷书夜半"，辜鸿铭、孟森等：《清代野史》第二卷，巴蜀书社1998年版，第727页。

③ 胡思敬：《驴背集》卷一"弩末徒争"，吴鲁、胡思敬：《〈百哀诗〉〈驴背集〉》，北京古籍出版社1990年版，第116页。

④ 曒西复侬氏、青村杞庐氏：《都门纪变百咏》"不堪忍辱"，辜鸿铭、孟森等：《清代野史》第二卷，巴蜀书社1998年版，第727页。

刚毅统率，并在庄王府设立总坛，令周围五城团民以及新从团者，皆来王府报名注册，均由公帑赡养。胡思敬有诗云："八王贵宅锦城边，傅粉簪花酒中眠。忽报黑山飞燕起，自开军府弄兵权。"①

五月二十四日奉慈禧之命，清军及义和团开始围攻使馆及西什库教堂。当时防守使馆的卫兵仅四百余人，所使用之武器也极其简单，但清军和义和团围攻达两月之久而始终未克。原因在于荣禄对使馆的暗中保护。荣禄本也反对宣战及围攻使馆，但慈禧一意孤行不纳其谏。荣禄虽不敢抗旨，便阳奉阴违，暗中使力以期竭力挽回。其时叙写围攻使馆的诗作颇多。东交民巷使馆驻有十一国兵，团民围攻一个月，洋兵尽力抵御，但不少已经竖起白旗。嘤西复侬氏、青村杞庐氏诗云："蛮邸峨峨十一邦，半无墙壁半无窗。枪林炮雨相持苦，白斾曾无一卒降。"②董福祥军围攻交民巷，炮火轰天，血肉狼藉。甘军素精锐，但伤亡至二千余人。嘤西复侬氏、青村杞庐氏又诗云："骏乌西匿阵云开，上将麾旄拥众来。可惜甘凉诸健卒，枉将血肉委尘埃。"③吴鲁《百哀诗》有《甘军围攻东交民巷各国使馆》也叙写了甘军围攻东交民巷的混乱景象。

董福祥军与义和团奉旨围攻使馆，但使馆暗地里受到荣禄的保护。有法国兵斗胆越界去探看中国军情，心甚惶恐。不料

---

① 胡思敬:《驴背集》卷一"八王贵宅"，吴鲁、胡思敬:《〈百哀诗〉〈驴背集〉》，北京古籍出版社1990年版，第114页。
② 嘤西复侬氏、青村杞庐氏:《都门纪变百咏》"蛮邸峨峨"，辜鸿铭、孟森等:《清代野史》第二卷，巴蜀书社1998年版，第726页。
③ 嘤西复侬氏、青村杞庐氏:《都门纪变百咏》"骏乌西匿"，辜鸿铭、孟森等:《清代野史》第二卷，巴蜀书社1998年版，第726页。

第九章 庚子国变诗歌大文本叙事

被带至中国军营,遭到统将的优待,以糕点佳茗款之。接着荣禄详细询问了使馆粮食是否充足、死伤多少,法兵答曰没有别的苦处,只是天气炎热缺少冰果而已。于是荣禄立取桃子装入其背囊,又赠以西瓜使之携归。郭则沄有诗云:"健儿犯险尚心寒,不料兵间汉网宽。袖得瓜桃归缓缓,相公传语问平安。"[1] 天津失守以后,端王等人恐大局难支,于是命令董福祥军停攻使馆,并派庆邸奕劻赴总署慰问各国使馆。吴鲁诗云:"本期釜底逐游魂,谁料巍峨使馆存。怒气挥拳徐相国,冲锋烂额董军门。暂消京国兵戈气,幸沐中朝雨露恩。寄语天骄蠲夙怨,从兹睦谊愿同敦。"[2] 于是在二十三日,庆邸奕劻携瓜果十二车往使馆馈谢各国使臣。吴鲁又有诗叙云:

> 天道有错午,坦荡之中多险阻。敌人意气同骄云,一朝失势等囚房。胡女灰其颜,胡儿慄其股。虐火扬洪铲,危机伏强弩。妖神驱魅难脱逃,有如市中狙猛虎。暴雨忽住天开晴,雷光收敛雷无声。网罟开一面,应幸死中生。畴料碧眼者,故态更横行。和戎有藩邸,玉帛化戈兵。有瓜有瓜,有果有果。车声辚辚炙其轵,为恩为怨亦恒情。无诈无虞惟尔我,藉以联邦交,藉以弭巨祸。惟彼有恒性,变诈本无常。倔强俗所尚,何有肝与肠?养恶如养鹰,饥附饱则飏。援兵犹未至,旦暮且徜徉。转瞬胡尘入京国,

---

[1] 郭则沄:《庚子诗鉴》卷二"健儿犯险",中国社会科学院近代史研究所《近代史资料》编译室主编:《近代史资料专刊:义和团史料》(上),知识产权出版社2013年版,第58页。

[2] 吴鲁:《百哀诗》卷上《停攻使馆》,吴鲁、胡思敬:《〈百哀诗〉〈驴背集〉》,北京古籍出版社1990年版,第39页。

331

语体新变：中国诗歌叙事传统的近代转型

有如天马脱勒争腾骧。①

在围攻使馆的同时，官军与全民亦合力攻打西什库教堂。炮声不绝于耳，但始终未能攻克。民间传言荣禄与法教士有旧交，因此暗自命令军队勿纵攻，以保全之。自义和团入京之后，京中教堂几乎被焚毁殆尽，唯独西什库教堂坚而不破。于是坊间便有传言，说教堂内以人皮为阵，故能辟除枪炮。军机某章京遂献克制之法，言杀黑狗取其血，装入喷筒遥射之，便可立破。畷西复侬氏、青村杞庐氏诗云："天主堂高遍地烧，无如西什库坚牢。讹言中有人皮阵，破法须将狗血漂。"②

（三）叙津沽之战与北京陷落

义和团发展到京畿一带时，更加肆无忌惮地焚毁教堂、杀害洋人。这造成京中各国使馆人心惶惶，于是他们请求增派援兵进京。五月十四日英国海军司令西摩尔率领英、德、俄、法、美、日、意、奥八国联军两千余人，从天津进逼北京。联军一路修理铁路前进，沿途时常遭遇拳民的进攻。五月十九日，在杨村、廊坊之间联军遭到围困，前后铁路均被毁坏，进退维谷。于是各国海军司令共同商议，决定占领大沽和塘沽车站。他们当晚即通牒于大沽守将罗荣光，令其将炮台交予联军收管；之后便开始部署兵力，做好进攻大沽炮台的准备。最后清军四艘

---

① 吴鲁：《百哀诗》卷上《送瓜果》，吴鲁、胡思敬：《〈百哀诗〉〈驴背集〉》，北京古籍出版社1990年版，第39页。
② 畷西复侬氏、青村杞庐氏：《都门纪变百咏》"天主堂高"，辜鸿铭、孟森等：《清代野史》第二卷，巴蜀书社1998年版，第726页。

巡洋舰被俘,大沽陷落。

联军到达大沽口时,提督罗荣光率兵御守炮台,战败后他先捏报击坏敌舰,直隶总督遂据以奏陈。不久罗军溃败,罗荣光逃至天津自杀。郭则沄有诗云:"飞渡艨艟气已骄,封章讳败亦无聊。铙歌传遍兰陵曲,似为将军唱大招。"① 惊闻大沽陷落后,邓毓怡作诗《闻大沽陷》,叙写对拳民及其朝中党羽的愤恨之情。

大沽陷落的消息传到天津,直隶总督裕禄以"衅自彼开",遂率军及拳民围攻天津紫竹林租界。时大沽联军急速增援天津,双方数次交火,最后援军进入天津租界。西摩尔率军向天津撤退,途中遭到聂士成率军猛攻。此时登陆联军已达一万四千余人,而在津华军仅聂士成部、马玉昆部和部分拳民。大敌当前,聂士成与马玉昆部终日与联军开战,拳民则"始犹出阵,继以数受创,乃不敢往,常作壁上观,反四处焚掠"②。聂士成治军多效西法,所部军队战斗力极强。西人亦谓:"自与中国交战以来,从未遇此勇悍之兵。"③ 所以在大沽失守以后,天津地区战事得以维持一月之久、天津没有立即陷落的原因,在于聂家军的力战。但随后官军与拳民之间出现内讧,未几便出现聂家为拳民所劫、练军助拳民枪击聂军等事。最后在八里台一战,聂军门躬冒炮火猛击,身中数炮,血肉糜烂,死事极为壮烈。

---

① 郭则沄:《庚子诗鉴》卷二"飞渡艨艟",中国社会科学院近代史研究所《近代史资料》编译室主编:《近代史资料专刊:义和团史料》(上),知识产权出版社2013年版,第73页。
② 《直隶提督聂军门死事记》,佚名:《西巡回銮始末记》卷二,《庚子国变记拳变余闻西巡回銮始末记》,神州国光社1946年版,第151页。
③ 《直隶提督聂军门死事记》,佚名:《西巡回銮始末记》卷二,《庚子国变记拳变余闻西巡回銮始末记》,神州国光社1946年版,第151页。

叙八里台一役聂士成悍勇，聂家军力战，无名氏《庚子时事杂咏》有诗云："细柳军成建节旄，软裘快马人之豪。岳飞有恨戈空枕，李广无功剑怒号。壮士突围犹裹血，男儿报国只横刀。诛奸独惜奇谋少，顿失戎机愧六韬。"①叙聂士成以死报国，吴鲁有诗云："胡骑纵横陷八沟，羽书入告至尊忧。危星竟中飞枪陨，警电遥传急火流。独旅无援空感喟，前愆追咎太苛求。昭昭功罪非难定，究与偷生胜一筹。"②

写聂军门于八里台与联军鏖战阵亡，嶜西复侬氏、青村杞庐氏有诗云："沙场裹革此身轻，枉练前军三十营。死敌死民同一死，可怜到底未分明。"③写聂士成衣冠立于南大桥上指挥督战，中炮身亡，郭则沄有诗云："桥头飞炮大星沉，自坏长城寇始深。生理已穷求死所，侧身铃阁几沉吟。"④聂军门阵亡后，麾下部将在浮尸一片之中觅得军门遗体，护送其南归。途经沧州，时拳坛林立，险遭不测。又诗云："破阵龙骧霸气横，忠骸收得凛如生。堂堂战死犹蒙诟，潮咽芦台有恨声。"⑤

---

① 无名氏：《庚子时事杂咏》不分卷《聂军死绥》，广雅出版有限公司编辑部编著：《庚子事变文学集》，广雅出版有限公司1982年版，第222页。
② 吴鲁：《百哀诗》卷上《统带武卫前军提督聂士成在天津八沟殉难》，吴鲁、胡思敬：《〈百哀诗〉〈驴背集〉》，北京古籍出版社1990年版，第37页。
③ 嶜西复侬氏、青村杞庐氏：《都门纪变百咏》"沙场裹革"，辜鸿铭、孟森等：《清代野史》第二卷，巴蜀书社1998年版，第729页。
④ 郭则沄：《庚子诗鉴》卷二"桥头飞炮"，中国社会科学院近代史研究所《近代史资料》编译室主编：《近代史资料专刊：义和团史料》（上），知识产权出版社2013年版，第74页。
⑤ 郭则沄：《庚子诗鉴》卷二"破阵龙骧"，中国社会科学院近代史研究所《近代史资料》编译室主编：《近代史资料专刊：义和团史料》（上），知识产权出版社2013年版，第74页。

第九章 庚子国变诗歌大文本叙事

听闻聂士成以死报国,其时诗人创作了大量赞颂之作。蒋兰畲愤而作《挽聂宫亭军门》一首,在短短八句之中刻画出了聂士成内外受敌、以死报国的悲剧形象。在叙写聂士成悲剧形象的诗作中,最杰出者要数黄遵宪《聂将军歌》。全诗以一句"聂将军,名高天下闻"起始,然后转入对将军已有功绩的追述。由于清廷对于义和团亦剿亦抚,造成将军击杀义和团之事经历诸多曲折和无奈。接着叙写将军与义和团的矛盾、将军在天津八里台战场壮烈身亡,最后叙写将军母亲与妻子的悲痛欲绝。全诗展现出壮美的艺术风格,叙写将军以死报国一段尤为壮烈:

外有虎豹内豺狼,謷謷犬吠牙强梁,一身众敌何可当?今日除死无可望,非战之罪乃天亡。天苍苍,野茫茫,八里台,作战场。赤日行空飞沙黄,今日被发归大荒。左右搀扶出裹疮,一弹掠肩血滂滂,一弹洞胸胸流肠,将军危坐死不僵。白衣素冠黑裲裆,几人泣送将军丧,从此津城无人防。将军母,年八十,白发萧骚何处泣?将军妻,是封君,其存其殁家莫闻。麻衣草屦色憔悴,路人道是将军子,欲将马革裹父尸,万骨如山堆战垒。①

此段在叙事上将心理独白和人物形象刻画结合在一起,并通过叙写家眷和路人,从侧面烘托出将军身亡的悲剧色调。

聂军门战殁之后,谕令马玉昆迅速驰津助战。瞵西复侬氏、青村杞庐氏有诗云:"靴刀首帕出京门,健将如飞马玉昆。行近

---

① 黄遵宪:《聂将军歌》,黄遵宪著,钱仲联笺注:《人境庐诗草笺注》,上海古籍出版社1981年版,第1045页。

大沽三百里，可能夺得旧营屯？"① 马玉昆到达天津之后，立即迫令张德成、曹福田等率团民奔赴前敌。张、曹等人以时机未至而借口推脱，于是马玉昆强迫其率拳民万余人当前锋，马军自后督战。不久即指挥官军痛击拳民，死伤千余。天津陷落之后，各军对拳民恨之刺骨，见之必杀，张、曹二拳首也悄然逃遁。郭则沄有诗云："团众前驱后队俄，阵旗稍却即挥戈。津桥一战群魔尽，辣手终推马伏波。"②

聂士成牺牲之后，清军战斗力大减，士气低落。联军遂一拥而入，攻下天津城。联军入城后枪炮并作，城内居民纷纷逃亡，一时间死伤众多，从城内鼓楼到北门外积尸数里。天津陷落后，其时诗人写作了大量诗作，如倪在田《津沽》《大沽行》三首、蒋楷《哀天津》、吴恭亨《闻天津警二首》、邓毓怡《哀天津》、黄遵宪《天津纪乱十二首》等诗作。

联军攻陷天津时从城东南二门入，急于逃难的百姓遂纷纷涌向西北二门。一时间拥堵万分，蹴压踩死者千余人。能雇来舟船的人，却因河道狭窄而滞留于河面，舳舻相接；至于无舟可渡的男女老幼，只能沿着河岸踉跄而行。郭则沄有诗云："东南劫急避罾飞，万众躜泥未脱围。莫怨危舟风不度，浮家儿女且相依。"③

---

① 嶧西复侬氏、青村杞庐氏：《都门纪变百咏》"靴刀首帕"，辜鸿铭、孟森等：《清代野史》第二卷，巴蜀书社1998年版，第727页。
② 郭则沄：《庚子诗鉴》卷二"团众前驱"，中国社会科学院近代史研究所《近代史资料》编译室主编：《近代史资料专刊：义和团史料》（上），知识产权出版社2013年版，第75页。
③ 郭则沄：《庚子诗鉴》卷二"东南劫急"，中国社会科学院近代史研究所《近代史资料》编译室主编：《近代史资料专刊：义和团史料》（上），知识产权出版社2013年版，第75页。

其时拳首张德成、曹福田早已秘密逃遁。张德成家位于容城白沟河，处于水路要冲，廛市极盛。依镇而居的百姓有数万户，却因为张德成的缘故，为联军所屠，顿成赤地。又有诗云："村墟鸡犬荫桑麻，幻化都成劫后沙。抄蔓岂徒夷十族，白沟河畔万千家。"①

占领天津三周之后，联军开始向北京进攻。七月十一日，联军到达北仓杨村一带，与布防在此的宋庆、马玉昆军发生大战。官军因兵力不支而溃败，北仓失守。次日联军占领杨村，直隶总督裕禄兵败自杀。此时朝中派李秉衡、张春发等人各率所部出京援助，次日与联军相遇，各军不战即溃。官军闻敌则四下溃散，反将所过村镇劫掠一空。联军随即进入通州，抢掠军械粮饷甚多。几日后攻进北京城，都城遂为联军占有，各国分区管制。慈禧携光绪帝仓皇西逃，德将瓦德西入居西苑仪鸾殿。联军以剿义和团为名，派兵四出，大肆烧杀淫掠，极尽残暴之能事。

一月之内天津、北京接连陷落，这给其时诗人带来了极大震撼。倪在田创作《北直隶》十四首，集中叙写联军从天津到达北京一路所攻陷的各个地方，包括《天津》《杨村》《通州》《张家湾》《良乡》《山海关》《保定》《河间》《密云》《大名》《井陉》《易州》《尚阳》《永平》。蒋楷《悲杨村》叙写杨村战败及其对官军和拳民的愤怒之情。天津失守以后，官军退守北仓，并无险可据；而联军修复塘沽铁路，军火运输源源不断，官军军械亦被联军夺去。因此北仓失陷后，联军长驱直入，造成死

---

① 郭则沄：《庚子诗鉴》卷四"村墟鸡犬"，阿英编：《庚子事变文学集》，中华书局1959年版，第109页。

伤者四五万人。胡思敬有诗云："六国连兵问罪来，大沽门户几时开。自哀战骨成京观，白昼犹闻鬼哭哀。"① 联军到达通州、良乡时，因其地为拳民之巢穴，于是发巨炮轰之，死伤良民无算。又诗云："幽州西望古桑乾，呜咽河声骨未寒。莫恨长平坑赵卒，他年报怨在新安。"②

惊闻北京失陷，黄遵宪愤而作《七月二十一日外国联军入犯京师》，诗云：

> 压城云黑饿鸱鸣，齐作吹唇沸地声。莫问空拳驱市战，余闻扈跸六军惊。波臣守辙还无恙，日驭挥戈岂有名。闻道重臣方受节，料应城下再寻盟。③

这是一首极具讽刺意味的时事诗。先写城陷后满城笼罩着阴森的氛围，接着叙写义和团自恃"空拳"的自不量力以及慈禧西逃、六军惊诧的滑稽场面；而联军不费吹灰之力攻下城池，清朝政权又在慌于缔结城下之盟了。接着黄遵宪又写作了《闻车驾西狩感赋》，此后又接连写作了《中秋夜月》《读七月廿五日行在所发罪己诏书泣赋》《谕剿义和团感赋》《闻驻跸太原》《闻车驾又幸西安》《三哀诗》《奉谕改于八月廿四日回銮感赋》等一批诗歌。

---

① 胡思敬：《驴背集》卷二"六国连兵"，吴鲁、胡思敬：《〈百哀诗〉〈驴背集〉》，北京古籍出版社1990年版，第130页。
② 胡思敬：《驴背集》卷三"幽州西望"，吴鲁、胡思敬：《〈百哀诗〉〈驴背集〉》，北京古籍出版社1990年版，第159页。
③ 黄遵宪：《七月二十一日外国联军入犯京师》，黄遵宪著，钱仲联笺注：《人境庐诗草笺注》，上海古籍出版社1981年版，第939页。

关于两宫仓皇西狩时的景况，胡思敬在《驴背集》中做了详细叙写。七月二十一日，太后刚刚晨起未及栉发，便惊闻联军入城的噩耗。于是携光绪帝微服登车，由载澜护送出德胜门，随从亲王及大臣凡十余人。宋庆和马玉昆残部随后于半途追至，适逢大雨，滂沱难行，日暮抵达贯市。胡思敬诗云："鹳鹆来巢帝出奔，啼鸟飞集延秋门。宫车夜逐萤光走，五百射生无一存。"① 在贯市招募了二十健儿，各给守备衔，令他们护送前进。两宫抵怀来时，得到怀来县令吴永的悉心接待，吴永妻进棉衣于太后御寒，两宫暂脱狼狈凄惶的处境。胡思敬又诗云："万叶霜凄旅雁哀，寒衣原是妾亲裁。一丝未足将筐篚，独恨无人补衮来。"② 从怀来再出发后，便一直奔往西安。自从京师沦陷，两宫被迫西逃至此，慈禧对义和团恨之入骨，于是在西行途中下令剿团。指斥先前所封之"义民"为"拳匪"，命梅东益剿匪于沧州，吕本元剿匪于河间一带。胡思敬又诗云："一局苍黄棋劫死，官家养贼成骄子。琅琊驿上闻铃声，射杀妖狐血痕紫。"③ 两宫到达西安之后，众人皆言宜下诏罪己。负责草拟诏书的枢臣并不敢归咎于太后，于是只言祸乱至此亦非朝夕，大小臣工惯于泄沓偷安、无公忠之心，由此才酿出如此巨祸。胡思敬又诗云："轮台遗恨古今同，六事何曾肯责躬。读到奉天哀痛诏，令人翘望陆宣公。"

---

① 胡思敬：《驴背集》卷三"鹳鹆来巢"，吴鲁、胡思敬：《〈百哀诗〉〈驴背集〉》，北京古籍出版社1990年版，第146页。
② 胡思敬：《驴背集》卷三"万叶霜凄"，吴鲁、胡思敬：《〈百哀诗〉〈驴背集〉》，北京古籍出版社1990年版，第146页。
③ 胡思敬：《驴背集》卷三"一局苍黄"，吴鲁、胡思敬：《〈百哀诗〉〈驴背集〉》，北京古籍出版社1990年版，第159页。

语体新变：中国诗歌叙事传统的近代转型

在《宝天彝斋清史乐府》中有乐府诗《西幸陕》，叙写了两宫西狩一路上的景况，诗云：

> 庚子七月廿一日，联军蓦地入燕京。太后挈帝避寇去，乘舆西幸太仓皇。寒透葛衣怯单薄，饥求豆粥谁奉盛？三晋云山皆惨淡，二陵风雨益凄凉。回首都城见尘雾，风声鹤唳苦频惊。红巾十万今安在？扈军只余五百名。追原祸始嗟何及？罪己诏书墨数行。最是令人肠断处，魂召妃子鬼无灵。①

此诗从城陷后两宫仓皇出京开始，一直叙写到抵达西安行在后下诏罪己，中间几笔把两宫西逃途中的凄惶忧惧勾勒了出来。最后诗笔聚焦到远在京城的宫井，珍妃年轻的生命永远地随着庚子年这场闹剧一同结束了。

慈禧在出奔之前，将光绪帝的宠妃珍妃赐死。在这一场政治闹剧中珍妃的无辜殒命，成为其时诗人争相吟诵的诗歌主题。有诗记载慈禧西逃之前，珍妃本欲跟随，而太后不许，并命其自裁，于是珍妃投井而死。胡思敬诗云："珍妃幽怨比湘娥，一片贞魂井不波。忍使玉颜憔悴死，马前谁与和虞歌。"② 其时诗人叙写珍妃之死的诗作数量颇多。曾广钧作《落叶词》七律十二首、《落叶词》七言歌行一首，金兆蕃作《宫井篇》长篇歌行一首，迈园老人作《宫井词》长篇歌行一首，王蘋珊作《落叶

---

① 阿英编：《庚子事变文学集》，中华书局1959年版，第146页。
② 胡思敬：《驴背集》卷三"珍妃幽怨"，吴鲁、胡思敬：《〈百哀诗〉〈驴背集〉》，北京古籍出版社1990年版，第148页。

词》七律四首,恽毓鼎作《落叶词》一首,李亦元作《湘君》一首,此外,鲍蘋侣、王小航、毕一拂、李汝稷、吴絅斋等人,均作有纪咏珍妃之作。

在天津北京接连陷落之时,众多京朝官纷纷南下避难。由于京津铁路在变乱中被阻断,因此朝官南下或由陆路而行,或沿潞河先达天津,再沿运河南下。一路上拳氛遍地。拳民势力在沧州、独流之间尤为最盛,南下官员一旦被拳民捉到,即立刻被拥入神坛焚香上表,最终往往全家俱尽。郭则沄有诗云:"胆落朝官唱董逃,征途处处法坛高。伤心杨柳青边路,多少冤磷没野蒿。"[1] 嘐西复侬氏、青村杞庐氏的《都门纪变百咏》中记载某相国移眷出京,竟派遣所部官军沿途护送。其诗云:"健儿拥护出京都,鹤子梅妻又橘奴。都道相公移眷属,原来小事不糊涂。"[2] 由于南下官员众多,以至于京城开战时各部院司官已多数回籍。于是谕令分别请假与未请假,一律严予处分。又有诗云:"曹部郎官散如云,谁将案牍理纷纷。漫云请假循常例,严旨全教予处分。"[3]

(四) 叙联军暴行与危城困苦

八国联军从大沽口登陆之时,名义上是为"解救公使",实

---

[1] 郭则沄:《庚子诗鉴》卷二"胆落朝官",中国社会科学院近代史研究所《近代史资料》编译室主编:《近代史资料专刊:义和团史料》(上),知识产权出版社2013年版,第61页。

[2] 嘐西复侬氏、青村杞庐氏:《都门纪变百咏》"健儿拥护",辜鸿铭、孟森等:《清代野史》第二卷,巴蜀书社1998年版,第730页。

[3] 嘐西复侬氏、青村杞庐氏:《都门纪变百咏》"曹部郎官",辜鸿铭、孟森等:《清代野史》第二卷,巴蜀书社1998年版,第732页。

则为"奉命复仇"而来。早在义和团开始杀戮洋人时,西方列强就准备开展军事行动,把北京踏为平地;及听闻使臣被杀之后,他们遂立即决定报复斯仇。于是以联军统率瓦德西为首的各国军队,一踏进城内便开始肆无忌惮地疯狂地烧杀掠夺,奸淫妇女,北京城瞬间变成了强盗的世界。

联军以报复之名入京,京师遭遇了复仇者的洗劫。抢掠、烧杀、奸淫,寻滋复仇,无恶不作。联军占据紫禁城后,开始疯狂抢夺宫物。颐和园在西直门外三十里,宫殿楼阁,雕梁画栋,历朝宝物皆贮其中。联军入园后便搜括所有宝物,用骆驼不断运往天津,累月不尽。胡思敬有诗云:"曲槛临湖面面开,内官惊看骆驼来。琳琅百宝都输尽,不抵澄怀一炬灾。"① 甚至紫光阁功臣画像也被联军窃去。直到各国撤兵之时,俄兵仍在忙于运输宫物,数日不绝于道。高树有诗云:"书币西通大国俄,合肥奉使主联和。如何捆载宫庭物,城内朝朝走橐驼。"②

除了抢劫宫物,民间亦遭厄难。肃亲王府临近英国使馆,所珍藏的金石、书画、古籍为都下首屈一指,被洋兵掠夺之后,付之一炬。嚛西复依氏、青村杞庐氏有诗云:"巍巍肃邸富收藏,劫火销为瓦砾场。骨董图书尽抛却,窖金千万剩空坑。"③ 同时,徐中堂、孙中堂、曾袭侯等宅,也在同日被劫一空。嚛西复依氏、青村杞庐氏又诗云:"第宅连云美奂轮,贵官气象迈

---

① 胡思敬:《驴背集》卷三"曲槛临湖",吴鲁、胡思敬:《〈百哀诗〉〈驴背集〉》,北京古籍出版社1990年版,第147页。
② 高树:《金銮琐记》"书币西通",吴士鉴等:《清宫词》,北京古籍出版社1986年版,第115页。
③ 嚛西复依氏、青村杞庐氏:《都门纪变百咏》"巍巍肃邸",辜鸿铭、孟森等:《清代野史》第二卷,巴蜀书社1998年版,第729页。

群伦。不图暴民垂涎久，白昼挥刀不避人。"① 对于普通民宅，西兵也不肯放过，每入一户即索牛羊鸡鸭。抢到最后，变为开门之户就此放过，闭门者必要强入而搜索之。郭则沄诗云："斗酒输将敢告疲，闭门翻惹海鸥疑。避兵漫倚平安帖，答凤鞭鸾又一时。"②

联军抢掠官宅之后，将所劫之物堆于前门外销赃。承平之时，京中衣冠贵族争以奢侈相尚，但凡四方珍奇宝物均不惜劳力运往京中。但遭到西兵劫掠之后，各种珍宝彝鼎图书，均物无所主，杂乱地堆积在市面上。有人出极低的价格便买得某相国家一紫貂。胡思敬诗云："国祚将移必有妖，尊前流涕听童谣。百年文物销沉尽，相宅凄凉卖赐貂。"③ 城东城北各座巨宅遭联军劫掠殆尽，各种珍服宝器散落街市间，到处贱卖，甚至有乞丐专为营运此事而瞬间骤富。郭则沄有诗云："豪门剽掠散云烟，珠翠貂貍不值钱。惆怅冷宫空手返，迫人富贵让卑田。"④

联军禁止民间私藏兵器，于是纵兵大索十余日，搜出兵器者一概杀无赦。胡思敬有诗云："祖龙销尽咸阳铁，大索还因博浪椎。父老苦秦苛法久，收京日夜盼王师。"⑤ 联军借口搜查兵

---

① 嘐西复侬氏、青村杞庐氏：《都门纪变百咏》"第宅连云"，辜鸿铭、孟森等：《清代野史》第二卷，巴蜀书社1998年版，第731页。
② 郭则沄：《庚子诗鉴》卷四"斗酒输将"，郭则沄著，马忠文、张求会整理：《中国近现代稀见史料丛刊》第五辑，知识产权出版社2018年版，第179页。
③ 胡思敬：《驴背集》卷三"国祚将移"，吴鲁、胡思敬：《〈百哀诗〉〈驴背集〉》，北京古籍出版社1990年版，第155页。
④ 郭则沄：《庚子诗鉴》卷三"豪门剽掠"，郭则沄著，马忠文、张求会整理：《中国近现代稀见史料丛刊》第五辑，知识产权出版社2018年版，第177页。
⑤ 胡思敬：《驴背集》卷三"祖龙销尽"，吴鲁、胡思敬：《〈百哀诗〉〈驴背集〉》，北京古籍出版社1990年版，第154页。

器，强入各家抢夺劫掠。敌军每入一室，各户女眷均蓬头垢面自毁其形，以防不测。又有诗云："美人深坐郁金堂，瘦尽蘼芜草不香。生怕妒花风信紧，容光消减带啼妆。"①

联军在城内滥杀无辜。王五素来慷慨狭义，却遭联军毒手。"王五字子宾，慨慷负气好任侠……拳匪初起，都人避乱南归者，多赖其保护，世皆称其好义。子宾既为世所重，有故人献策攻交民巷，附子宾名，留其稿于家，为敌兵所得，遂击杀之。"②胡思敬诗叙其事云："朱家结客散黄金，酒后论交一片心。末路惨遭文字祸，空余一剑作龙吟。"③联军的残暴不止于此，甚至杀害以礼款待的迎降官。西兵劫掠到保定时，廷劢民率同各官出迎，极具宾主之礼遇，但寻而被杀。郭则沄有诗云："骑兵四出恣虔刘，雪愤谁能问主谋。甲仗道迎前日事，宁知廷尉望山头。"④

联军入北京后，各国划区占领管制，布列森罗，让人哀叹。富察敦崇有诗云："联兵结队到京畿，红白参差各有旗。暗把吾疆分八面，临风一望总歔欷。"⑤法国领区内令居民夜晚燃灯，

---

① 胡思敬：《驴背集》卷三"美人深坐"，吴鲁、胡思敬：《〈百哀诗〉〈驴背集〉》，北京古籍出版社1990年版，第154页。
② 胡思敬：《驴背集》卷三，吴鲁、胡思敬：《〈百哀诗〉〈驴背集〉》，北京古籍出版社1990年版，第154页。
③ 胡思敬：《驴背集》卷三"朱家结客"，吴鲁、胡思敬：《〈百哀诗〉〈驴背集〉》，北京古籍出版社1990年版，第154页。
④ 郭则沄：《庚子诗鉴》卷四"骑兵四出"，郭则沄著，马忠文、张求会整理：《中国近现代稀见史料丛刊》第五辑，知识产权出版社2018年版，第179页。
⑤ 富察敦崇：《都门纪变三十首绝句》不分卷《分疆界》，潘超、丘良任、孙忠铨等主编：《中华竹枝词全编》第一册，北京出版社2007年版，第196页。

第九章　庚子国变诗歌大文本叙事

天明乃灭。还令各户门前洒水除尘，稍有懈怠则鞭扑之；美国官兵居虎坊桥，多酒馆，洋车往来如织。胡思敬有诗云："万家灯火散楼台，拥篲迎门事可哀。沽尽虎坊桥畔酒，东洋车子疾如雷。"① 七月廿一日洋兵攻破京城，焚烧劫掠，惨无天日。各国随即在廿五日商议分区管辖的范围，并出示安民。其时吴鲁在京城目睹了各国辖区内的管制情景，并写诗记录下来：

> 胡尘滚滚扬腥风，狼心兽行天理穷。搜仓掘窖倾盎缶，驱男挞女鞭疲癃。赤橐一炬地维裂，满城磷火绿不红。敌酋惨目亦心悔，犬羊忽发人心公。出示安民悬厉禁，墨书朱印中朝同。敌酋巡街跨青骢，入夜两役提灯笼。千门万户烧高烛，涤垢除秽删髼鬆。鸷忍枭雄执矛戟，势如吃狗声如狌。瞋目戟指张馋吻，富室寒门一扫空。②

吴鲁其时寓居于晋江会馆，亲身经历了西兵到处捉人做苦工一事。德兵每日巳刻开始捉人，或让挑水，或让擦炮，或让拉车，直至申刻才会释放。吴鲁等三人每听闻敲门声，便速速躲进后院草丛中，才得幸免。他又有诗云："由来天道多屈伸，兵劫最惨是胡尘。未遭杀戮亦云幸，漫怨天心太不仁。空城白昼绝烟爨，城破自分鬼为邻。谁知夺命兵戈际，劫掳日日罹艰辛。中夜搥床恨不死，晓来转复苍昊嗔。蜷伏薓茸等饿虱，败衲何处

---

① 胡思敬：《驴背集》卷三"万家灯火"，吴鲁、胡思敬：《〈百哀诗〉〈驴背集〉》，北京古籍出版社1990年版，第155页。
② 吴鲁：《百哀诗》卷下《分段管辖》，吴鲁、胡思敬：《〈百哀诗〉〈驴背集〉》，北京古籍出版社1990年版，第50页。

堪藏身。"①

联军在城内烧杀劫掠，劫后又到处销赃，结果弄得街市萧条，商业凋敝，昔日的荟萃之区繁华之所，在变乱中瞬间变成了战场。富察敦崇有诗云："长安门外御河桥，轿马纷驰事早朝。不料皇居冠盖地，炮台高筑欲凌霄。"②

庚子国变纪咏还叙述了都市秩序所遭到的破坏，以及都中人民的困苦生活。从三四月间红黄拳民穿梭往来，到七月红白洋旗插遍京师，短短数日即弄得都市近于瘫痪。义和团纵火烧毁大栅栏、正阳门一带，九城闭市；洋兵入京后，烧抢官邸民宅，都人流离失所，混乱触目惊心。都中人受困，不久即无米无炊，饥民载道，顺天府请发仓米万石，在京城内外及通州一带设局平粜。嶙西复侬氏、青村杞庐氏有诗云："发棠乞请允群臣，红票源源指百囷。门榜大书平粜局，禁城内外潞河滨。"③ 未乱时，京中原有茶园七所，各乐部逐日奏技；及乱起，茶园被毁，梨园子弟零落无归。胡思敬有诗云："胡服翩翩宴碧池，金樽檀板不胜悲。白头老监谈天宝，太液凄凉罢水嬉。"④

---

① 吴鲁：《百哀诗》卷下《藏身》，吴鲁、胡思敬：《〈百哀诗〉〈驴背集〉》，北京古籍出版社1990年版，第51页。
② 富察敦崇：《都门纪变三十首绝句》不分卷《御河桥》，潘超、丘良任、孙忠铨等主编：《中华竹枝词全编》第一册，北京出版社2007年版，第196页。
③ 嶙西复侬氏、青村杞庐氏：《都门纪变百咏》"发棠乞请"，辜鸿铭、孟森等：《清代野史》第二卷，巴蜀书社1998年版，第732页。
④ 胡思敬：《驴背集》卷三"胡服翩翩"，吴鲁、胡思敬：《〈百哀诗〉〈驴背集〉》，北京古籍出版社1990年版，第156页。

第九章 庚子国变诗歌大文本叙事

苦心经营三载、已略具规模的京师大学堂，在变乱中被迫闭门。学堂经费存于道胜银行，由于该银行被毁，经费无着，于是专管大臣遂有裁撤学堂之请，常规例行的乡试也被迫停止，典试一律召回，嶨西复侬氏、青村杞庐氏有诗云："揆文奋武两难兼，郡国新停举孝廉。多少星轺驰驿路，邯郸枕上梦初甜。"①吴鲁诗云："狞狞天狗侵紫薇，武曲星掩文昌辉。疆臣戢翼保吴楚，胡虏联队攻京畿。初张妖焰毁词馆，复然余灰焚棘闱。文人手无尺寸柄，毕竟此罪将安归。"②

京城寺庙也在变乱中遭受厄运。起初拳众正盛时，京中寺院古刹多为拳民所据。西兵对拳民炮火攻击，众多寺院建筑遭到摧残。城南龙树院和西郊五塔寺均毁于此次战火，旃檀寺的佛像也悉数尽毁。崇效寺旧藏的青松红杏卷，亦于战乱中丢失，后由城中某京卿得到，才得以归还寺。郭则沄有诗云："僧寺王城遍设坛，飞灰难觅旧旃檀。劫余重返青松卷，却恨毗庐佛阁寒。"③

最后慈禧太后命李鸿章议和，诏许便宜行事，与联军缔结城下之盟。无名氏《庚子时事杂咏》有诗云："尽卷阴霾见日星，九天霹雳下雷霆。金缯未暇酬邻国，斧钺由来懔阙廷。不为懿亲援议贵，非因媚敌始明刑。请盟何事多要索，又遣藩王

---

① 嶨西复侬氏、青村杞庐氏：《都门纪变百咏》"揆文奋武"，辜鸿铭、孟森等：《清代野史》第二卷，巴蜀书社1998年版，第732页。
② 吴鲁：《百哀诗》卷上《谕旨停止乡试并饬各省试差回京》，吴鲁、胡思敬：《〈百哀诗〉〈驴背集〉》，北京古籍出版社1990年版，第40页。
③ 郭则沄：《庚子诗鉴》卷四"僧寺王城"，郭则沄著，马忠文、张求会整理：《中国近现代稀见史料丛刊》第五辑，知识产权出版社2018年版，第181页。

赴柏灵。"① 在庚子事变中，中国政府的财产损失远远不止赔款的数目。西兵进宫之后搜括内府全部帑银，随后火烧其署；又在城内搜索各王公邸第，全部搜刮一空；至于联军劫掠百姓私宅所抢得的数目，实百倍于公帑。而各省大吏所赔偿的教堂产业，亦不下千万。胡思敬有诗云："封椿库毁散钱刀，郿坞灯寒验董逃。又括金缯充岁币，孔桑言利析秋毫。"②

目睹庚子事变中混乱的战火场景以及悲苦的众生面相，其时诗人感慨而作的纪咏之作不胜枚举。以"纪事""感事""书愤""秋兴""述闻""感赋"等为题的诗作充斥在时人的别集之中。如黄遵宪作《述闻》八首、《再述》五首、《天津纪乱十二首》《京乱补述六首》，周绍昌作《庚子都门纪事》一百首，于齐庆作《纪事诗一百六十韵》《后纪事诗一百韵》，李宝琛作《纪事诗四十首》《后纪事诗十首》。

诗人延清其时被困京城，躬逢了国变始末，作《庚子都门纪事诗》六卷，后补一卷。其中《危城五首》《都门杂咏二十七首》叙写城陷后的众生面相和危城生活的困苦不堪。樊增祥亦于此时作了《庚子五月都门纪事》八首、《闻都门消息》五首等诗歌。庚子年春樊增祥仍在京师。不久拳乱起，京师骚扰，樊氏携家眷提前出都赶往陕西，后协助端方在西安预备迎驾事宜。樊樊山西行之后仍然心系都城，写作了诸多纪咏国变的诗歌，此组诗即为其中一首。诗人依据听闻叙写了京城陷落

---

① 无名氏：《庚子时事杂咏》不分卷《下诏定罪》，广雅出版有限公司编辑部编著：《庚子事变文学集》，广雅出版有限公司1982年版，第227页。
② 胡思敬：《驴背集》卷四"封椿库毁"，吴鲁、胡思敬：《〈百哀诗〉〈驴背集〉》，北京古籍出版社1990年版，第174页。

后城市的混乱景象：王公府第相继被劫，妇女被掳掠，孤儿委于虫沙，武卫军不堪一击，整座城市惨不忍睹。如《闻都门消息》其三云：

  百年乔木委秋风，三月铜街火尚红。崇恺珊瑚兵子手，宋元书画冷摊中。金华学士羁僧寺，玉雪儿郎杂酒佣。闻得圆明双鹤语，庚申庚子再相逢。①

皇家园林在战火中被彻底毁弃，园中珍藏的宝物被联军掠去，书画古帙零落一地，仿佛庚申年的灾祸又在庚子年里重演。诗人在听闻都门景况后，那种骤然而起的悲愤无奈之情，除了赋诗，也别无纾解之途了。

以上通过引入"大文本"诗歌叙事理论，我们可以更清晰直观地感受到庚子事变诗歌的创作概貌，同时，这种理论分析也有助于我们更加清楚地认识近代时事诗的创作价值。即，它不仅表现在数量众多的诗歌作品、叙事艺术手法高超的名家诗作，还表现在宏大的叙事规模；它还发动了最广泛的创作群体。庚子国变时期参与诗歌创作的诗人群体阵容庞大，产生了数量巨大、题材繁多的"庚子诗作"，形成一个宏大的叙事规模。诗歌叙事内涵更加宽广深厚，扩展了诗歌表现时事的界域，摹绘了更广阔的国变图景，增强了诗歌的叙事功能。同时，诗歌也

---

① 樊增祥：《闻都门消息》，《樊山续集》卷十二《闻都门消息》其三，《清代诗文集汇编》编纂委员会编：《清代诗文集汇编》第762册，上海古籍出版社2010年版，第595页。

追求叙事艺术的创变出新。近代诗歌取得的巨大成就,是对诗歌叙事传统的一次拓展和深化。总之,近代诗歌的叙事实践不仅对提高诗歌创作成就有重大意义,更是中国诗歌叙事传统中的重要一环。

结　语

本部分总结诗歌叙事传统在理论、创作与研究三个维度的近代呈现。

诗歌的抒情、叙事两大传统从上古萌芽形成以来，不断发展演变，直到近代，一以贯之地存在、壮大，并在互动博弈中融合和变化着。时至近代（约起自1840年前后，暂不作明确划定），诗歌叙事传统在承续既往的基础上呈现出一些新的特征和面貌，而其核心则仍在于近代人的叙事观念。这可以从理论表述、创作实践和研究运用三个方面来进行观察和分析。首先，理论表述方面，以刘熙载《艺概·诗概》对抒情、叙事二者与诗、歌的关系阐释得最为明晰，从中可见近代学者对抒情和叙事概念的理解运用已与今人基本相同。而刘熙载之前（如叶燮）、之后（从陈寅恪到钱仲联、严迪昌），学者们对诗歌叙事及其传统之意义价值的深刻认识，则既是一脉相承，而又有所发展新变，已在事实上达到将一部文学史视为抒叙两大传统比翼齐飞的认识。其次，创作实践方面。在近代，由于时代因素的刺激，无论是大众性通俗性创作（如竹枝词、弹词说唱），还是文化精英们高雅、专业的创作（突出的如晚清国族危亡时期各类文人的歌吟），诗歌叙事传统都存在深入发展和繁衍扩大的趋势。这与整个文学界因应社会变迁而发生的种种演变，特别是城市文化、新闻报道及小说戏剧的繁荣,完全是同步呼应,且是相互促进的。再者,研究运用方面,叙事观念的传承发展除体现于创作外,必然还要落实于此。在这方面最突出的表现是诗歌研究中"诗史互证"法的广泛流行和深入人心。中国自古以来诗与史就关系密切,且为人们所熟知。诗史互证从来就是诗歌研究的基本方法。这个方法得以成立,关键就在于诗与史二者都与叙事有关,叙事是历史叙述的根本,也是诗歌创作的必要依据。史与诗均与一定的历史事实有关,又均离不开某种形式的叙事,但它们的叙事方式和结果又有种种不同。正因为这样,研究者才既有参透诗史之关系和辨析诗史表现异同的必要,亦有其可能;"诗史互证"之法才会产生并不断发展。叙事观念在近代的呈现,是叙事传统中承上启下的一个重要环节,值得我们细致深入探索。

一 从理论表述的角度观察

从中国诗歌的历史实际出发,不难发现从源头说来,诗歌与述史纪实是有关联的。而从一般原理言之,诗歌创作总是与一定的人事有关。人因事的触动而心有所感,当内蕴的感情充溢迸发,形之于言,便有了诗。分析这个诗的内在构成,则有事、情、理等种种成分,而其中最基本的乃是事与情两种成分。正是由这两种基本成分酝酿发展,才形成了诗歌的叙事传统与抒情传统。这两种传统从一开始就是共生互益、互动相长的。这些认知很早就在古人的言论中有所反映。可是古来确也存在着强调情感为诗歌创作之本源,甚或是唯一本源的说法,而且后来发展得势力很大。被说成是中国诗歌开山纲领的,就是所谓的"诗言志",后来又衍生出"诗缘情",两相结合形成影响深远的"情志说"。汉代的《诗大序》对诗歌创作过程和本质有这样的描绘:"诗者,志之所也。在心为志,发言为诗。情动于中而形于言,言之不足故嗟叹之,嗟叹之不足故永歌之,永歌之不足,不知手之舞之,足之蹈之也。"① 这句话的影响是如此巨大而深刻,以至于历代有些人竟然有意无意忽略了紧接在下面就说到的诗(风雅)与"事"的关系:"是以一国之事,系一人之本,谓之风;言天下之事,形四方之风谓之雅。雅者正也,言王政之所由废兴也。政有大小,故有小雅焉,有大雅焉。"② 明明无论风雅,都与一人之本(事)、一国之事,乃至天下之事相关,这些客观的社会之事都会影响到某些个人或群体的"情志",甚至转化为他们的"情志"而被宣泄抒发出来,诗歌其实就是这种客观之"事"与主观之"情志"相融汇而化成的。那么倘只强调或只重视"诗言志""诗缘情"而忽略或贬低"诗叙事",岂不片面偏颇?

当然,事情还有另一方面。在此后的诗歌评论和研究中,诸多论家对诗歌成分的辨析日益细致清晰,他们已认识到诗歌内容的组成,无非是事、情、景、理诸端。③ 而"叙事"一词或

---

① 《毛诗序》,《毛诗正义》卷一,阮元刻:《十三经注疏》上册,中华书局1980年版,第269—270页。
② 同上。
③ 此点至明清近代更为清晰,如明末清初的黄生(1622—1696)"诗之五言八句犹文之四股八比……中二联非写景,即叙事,或述意三种。"(《一木堂诗麈》卷一,《清诗话》三编第一册,上海古籍出版社2014年版,第78页)叶燮(1627—1703)"原夫作诗者之肇端,而有事乎此也,必先有所触以兴起其意,而后措诸辞,属为句,敷之而成章。""苟于情、于事、于景、于理,随在有得,而不庋乎风人永言之旨则就其诗论工拙可耳,何得以一定之程格之,而抗言风雅哉!"(《原诗》内篇上)

"叙""述""记""纪"等同义词更逐步在文史研究、包括诗歌评论中广泛应用。

叙事二字成词是远在上古的事。那时,"叙事"(亦写作"序事",义同)的含义主要还是跟祭祀、礼仪的秩序有关,其与言语或文本的"叙述事情"之含义是在后来的演变中逐渐形成并突出起来的。① 但至迟到《文心雕龙》的作者刘勰,因曾遍研各种文体,就已初步建立了自己的叙事观。在《文心雕龙》多篇文体论,特别是对史传碑志哀诔等文体的论述中,都提及了叙事问题。钟嵘也在《诗品序》中把诗歌创作的"物感说"推进至更具体而确切的"事感说",使"事"与"情"成为构成诗歌内容的两个最大支柱。作为史论家,唐人刘知几自然更加重视叙述的功能和作用,其平生心血凝聚的著作《史通》总结唐前史学传统,特列《叙事》专章,详论历史叙事的目的、要求、规范、避忌以及评价优劣的标准(求真、尚简、用晦、避讳)等等,实际上也就是梳理总结了唐前的叙事传统。刘知几的叙事观对唐以后的史学和文学,包括诗歌创作都产生了重要影响。叙事在宋以后的文学写作和诗歌评论中已是一个常见的重要话题,真德秀《文章正宗》将选录的文章分为四类,"叙事"就占了其一。宋诗叙事现象的丰富多样,也大有超越唐人之势。② 宋人诗话中用到"叙事"一类词语的明显增多。③ 到了

---

① 请参谭帆:《"叙事"语义源流考》,《文学遗产》2018年第3期。
② 参周剑之:《宋诗叙事性研究》,中国社会科学出版社2013年版。
③ 如《石林诗话》评杜甫《北征》:"长篇最难,晋魏以前,诗无过十韵者,初不以叙事倾尽为工,至老杜《述怀》《北征》诸篇,穷极笔力如太史公纪传,此固古今绝唱也。"《蔡宽夫诗话》评杜甫《兵车行》:"因事自出己意,立题略不更蹈前人陈迹。"

明清近代，诗歌"叙事"则更几乎成了论者常用的概念术语，而且他们的叙事观和运用此叙事观所进行的诗艺分析，也显然比前人更为精细清晰而深入。这里试以几位名家对杜甫诗的注释为例，略作说明。

明许学夷《诗源辩体》评杜甫《哀王孙》《哀江头》有云"虽稍入叙事，而气象浑涵，更无有相类者。"① 清张谦宜《絸斋诗谈》也称赞二诗"叙事骤括，不烦不简，有骏马跳涧之势。"② 这是肯定它们的叙事，并强调了其叙事的简洁有力。至清翁方纲《石洲诗话》引《渔洋评杜摘记》更补充了杜甫诗抒中含叙和抒叙融混的特色："（《哀江头》）乱离事只叙得两句，'清渭'以下以唱叹出之，笔力高不可攀，……即两句亦是唱叹，不是实叙。"③ 这里的"两句"指"明眸皓齿今何在，血污游魂归不得"，唱叹即是抒情——把杨贵妃在马嵬事件中被处死的事情，用抒情的方式加以叙述，取得既简括明了又饱含同情的效果。这就说明了抒叙不但不能分，而且可以互补的道理，也说明这种论证对抒叙关系的理解是辩证的而不是对立的。

杜甫的"三吏""三别"既是名作，叙事性又强，评论者尤多，而且大都抓住其叙事特征来论。如浦起龙云"'三吏'夹带问答叙事，'三别'纯托送者、行者之词"，这是对六首诗叙述方法的总论，"问答叙事"是浦氏对诗歌叙事对话现象的概括，

---

① 许学夷：《诗源辩体》卷19，第5则，人民文学出版社1987年版，第211页。
② 郭绍虞编：《清诗话续编》第二册，上海古籍出版社1983年版，第830页。
③ 翁方纲：《石洲诗话》，郭绍虞编：《清诗话续编》第三册，上海古籍出版社1983年版，第1363—1382页。

一个新创的名词。评《新安吏》指出"统言点兵之事,是首章体",认为此章有带头之意,以下各篇"则各举一事为言矣。"下又云"《石壕》之妇以智脱其夫,《垂老》之翁以愤舍其家,其为苦则均。……(《垂老》)首段叙出门,用直起法,开首即点。'子孙'二句抵《石壕》中十六句。中段叙别妻,忽而永诀,忽而相慰,忽而自奋,千曲百折。末段又推开解譬,作死心塌地语,犹云无一寸干净地,愈益悲痛",这是将《垂老别》与《石壕吏》的叙事作对比分析,以进一步揭示各自的特色。至《无家别》又指出"通首只是一片,起八句追叙无家之由。'久行'六句,阊里无家之景。'宿鸟'以下始入自己,反踢'别'字。……'远行'八句,本身无家之情,其前四极曲,言远去固艰于近行,然总是无家,亦不论远近矣。翻进一层作意",这是从章法角度,即叙事结构来分析。对"三别"的叙事技巧,浦起龙还有一个总论:"'三别'体相类,其法又各别:一比起,一直起,一追叙起;一比体结,一别意结,一点题结。又《新婚》妇语夫,《垂老》夫语妇,《无家》似自语,亦似语客。"这里浦起龙不但采用了一些新的叙事术语,结合前引,还表现出他已经注意到叙事体诗歌之作者、叙述者与受述者,以及不同叙述视角等等问题。

古人的叙事观念有其开放的、非常实事求是的一面。如杜甫《高都护骢马行》"安西都护胡青骢,声价欻然来向东。此马临阵久无敌,与人一心成大功。功成惠养随所致,飘飘远自流沙至。雄姿未受伏枥恩,猛气犹思战场利。腕促蹄高如踣铁,交河几蹴曾冰裂。五花散作云满身,万里方看汗流血。长安壮儿不敢骑,走过掣电倾城知。青丝络头为君老,何由却出横门道!"这是杜甫许多题咏骏马诗的一首,向来很得好评。今仅从

结　语

叙事角度论之。清浦起龙《读杜心解》已点出其起头四句和"功成"四句用"叙"的手法，方东树《昭昧詹言》说得更加具体："直叙起，三、四夹叙夹议顿住，却皆是虚叙，第四伏结。'功成'四句，实叙其老闲，而以'猛气'句再伏结。'腕促'四句写，'长安'二句起棱，'青丝'二句入今，别一意作收。妙能双收人马。"他们都看出了题咏诗，或称咏物诗，同样可以运用叙事手法来写得活灵活现。这样的例子在清人对杜甫咏物诗的评论中可以找到不少，可见他们叙事观开阔的侧面。

　　值得注意的是，近代人对"叙事"的理解并不拘泥于"事"，他们的评论还涉及"叙情"，即诗歌中不但"事"可以叙，而且"情"也是叙出来的，此处之"叙"实等同于"抒"，抒叙本皆表述传达之谓。诗歌之所叙者，无非情与事，或在情与事之间。许学夷《诗源辩体》评杜甫《新安吏》等诗有"叙情若诉"的话。同是明人的邢昉，编《唐风定》，对《石壕吏》诸篇也有"述情陈事，琐屑近俚，翻极高古"之评。[①] 所谓"叙情""述情"，其实就是抒情，与叙事（陈事）属于诗歌表现法的两翼双轮。对此他们心中是很清楚的。

　　到了清代，注杜名家仇兆鳌更是屡用"叙情"之名，如其《杜诗详注》谓《前出塞九首》"首章叙初发时辞别室家之情""二章叙在道时轻生自奋之语"等，又谓《新婚别》是"叙室家别离之情"，《同谷七歌其二》是"叙骨肉之情也"，等等。

　　而贺裳《载酒园诗话又编》则更有了"叙景"的说法，其评《前出塞九章其七》"驱马天雨雪，军行入高山。径危抱寒

[①]　转引自陈伯海主编：《唐诗汇评》上册，浙江教育出版社1995年版，第973页。

石，指落层冰间。……"云："此章言筑城事，叙景处不仅本'载途雨雪'，兼从'渐渐之石'章来。"① 可见在贺裳看来，"言事""叙景"与抒情、感慨、议论，实际上都是作诗手段，构成了诗的必要成分，巧妙不同，功能有异，而目标宗旨则一。

至晚清近代，王闿运（1833—1916）从李白研究中梳理出"叙情长篇"的概念及其发展概况："李白始为叙情长篇，杜甫亟称之，而更扩之，然犹不入议论。韩愈入议论矣，苦无才思，不足运动，又往往凑韵，取妍钓奇，其品益卑，骎骎乎苏、黄矣。"② 虽然王氏是在论"七言歌行流品"时说了这些话，但实际上，王氏所指，是包括整个五七言歌行的一种创作现象。在唐代，歌行体的述事叙情之作五七言皆有，而且五言古体实比七言歌行为多。李白名作除《忆旧游寄谯郡元参军》《答王十二寒夜独酌有怀》是七言外，《书情题蔡舍人雄》《送王屋山人魏万还王屋》《赠韦秘书子春》《赠清漳明府侄聿》《经乱离后天恩流夜郎忆旧游书怀赠江夏韦太守良宰》《赠张相镐二首》《叙旧赠江阳宰陆调》等等就都是五言。杜甫的名篇《自京赴奉先县咏怀五百字》《北征》《昔游》《遣怀》等也都是五古。这些作品基本上都带有一定忆旧和自传的性质，或讲述家世，或缕诉遭际。至于同类的韩愈《县斋有怀》和杜牧《郡斋独酌》，也都是五言歌行的体裁。倒是李商隐除《戏题枢言草阁三十二韵》用五言外，还写过几首很显才气的七言歌行体叙情之作，那就是

---

① 郭绍虞编：《清诗话续编》第一册，上海古籍出版社1983年版，第320页。
② 王闿运：《论七言歌行流品答完夫问》，马积高主编：《湘绮楼诗文集·湘绮楼说诗（三）》，岳麓书社1996年版，第537页。

结　语

《安平公诗》和《偶成转韵七十二句赠四同舍》。① 综观这些诗，首先一个显眼的特点是篇幅曼长。其次，说它们是叙情（抒情），其实叙事的意味亦很重，是在叙事的大背景大框架下倾诉感情，在诗歌修辞上有明显的抒情性操作。以前读者一般将其视为抒情诗，现在也并不干脆就说它们是叙事诗。道理似乎就在于：这些诗抒情色彩极为浓郁，超越了一般叙事诗（一般叙事诗也是含有抒情成分的）所惯见的，而称其为"叙情"，则能引人注意，令人马上感到它与叙事有关，但与通常的抒情叙事都有所不同，它们应被视为一种独特的诗歌品类。论抒情，它们不是一般简单的抒情；论叙事，也不是一般典型的叙事，而且作者的动机显然也并不仅仅在于叙事。它们是把抒和叙二者融汇得更加和谐、更加熨帖、更加难分难解的诗篇。这个名词的出现和采用，是近代人叙事观念丰富而又愈益清晰的一个标志，他们既明白抒叙的表现功能是有所不同的，又明白抒叙二者是可以并且应该融合统一起来的。

在诗歌抒情叙事关系的近代论述上，刘熙载（1813—1881）的《艺概·诗概》因其系统深入而值得特别注意。《诗概》以中国诗歌史为论述的背景和基础，涉及理论，则从诗的本质谈起，论作法，论功能，评骘辨析历代诗人诗作的优劣特色，其中便有不少言论与叙事观有关。

如谓"李陵赠苏武五言但叙别愁，无一语及于事实，而言外无穷，使人黯然不可为怀"。这里的"叙别愁，无一语及于事

---

① 我们注意到，与唐代叙情诗情况不同，近代诗歌中的叙情之作，比较多地采用七言歌行体裁，如王闿运本人所作的《圆明园词》、王国维的《颐和园词》和杨圻的《哀南溟》等皆如此。

实"就是指苏李诗属"叙情"而未曾具体叙事之意，用我们的话说，就是苏李赠别之诗乃属于"事在诗外"或"抒中叙"的情况。

又如谓"左太冲《咏史》似论体，颜延年《五君咏》似传体"，左、颜之作同是咏叹古人古事，但在刘熙载看来却一似论一似传，其理何在？那是因为前者侧重议论抒情，后者则以传述叙事为主，这就指出了它们的区别乃在诗之构成与抒叙比重的差异。

在论述唐诗时，《诗概》着重比较李杜，谓："李诗凿空而道，归趣难穷，由风多于雅，兴多于赋也。""杜陵五七古叙事，节次波澜，离合断续，从《史记》得来，而苍莽雄直之气，亦逼近之。"这既指明了李杜诗歌的不同，又承王渔洋之说重申了杜甫诗史精神的渊源和杜诗富于史性的特点，从而勾勒了叙事传统的线索。在论到杜甫、元结、白居易都有"代匹夫匹妇言"的诗，指出此类诗颇难作，而他们却能"不但如身入间阎，目击其事，直与疾病之在身者无异。颂其诗，顾可不知其人乎！"这里已触及叙事伦理问题。叙事伦理要求作者端正身份位置，深入社会生活，对人民的苦乐感同身受，刘熙载据此要求读者对诗人知人论世，不仅欣赏其艺术技巧，尤应重视其思想品格和创作观念。

《诗概》论及诗歌载体五七言的差别："字少者含蓄，字多者发扬也。是则五言七言，消息自有别矣。"在一连串的细辨后，论道："七言讲音节者，出于汉《郊祀》诸乐府，罗事实者，出于《柏梁诗》。"这就涉及七言歌行与叙事传统的问题，把汉武帝时的《柏梁台诗》当作了叙事传统发展的一个节点。结合下面论到的"唐初七古节次多而情韵婉，咏叹取之；盛唐七古，节次少而魄力雄，铺陈尚之"，"伏应转接，夹叙夹议，开阖尽变，古诗之法，近体亦俱有之，唯古诗波澜较为壮阔耳"，可以看到刘熙载对七古叙事的具体见解。这当然是个很值得重视的观点。

刘熙载还注意到诗歌表达方式不同所导致的功能差异。他说："赋不歌而诵，乐府歌而不诵，诗兼歌诵，而以时出之。"这里他区分了赋和诵两种不同的诗歌表达方法。赋是朗诵，歌是咏唱。赋诗，是用朗诵的调子把诗吟出，但不形成歌唱。歌与赋不同，像乐府诗，那是要靠演唱而不是诵读来表达的。把歌唱与朗诵相结合的则是诗，诗既有音调，又有语辞，二者根据需要而结合变化，形式非常多样。然后，刘熙载对《诗》（《诗经》之诗）再作详解，指出《诗经》之诗基本有两种情况，一种用于歌唱，一种用于朗诵。并由《诗经》传统延伸至《楚辞》的《九歌》《九章》和唐诗的李杜，认为《九歌》和李白诗更重声情，宜乎歌唱，《九章》和杜甫诗重内容和事义，宜于朗诵：

> 《诗》，一种是歌，"君子作歌"是也。一种是诵，"吉甫作诵"是也。《楚辞》有《九歌》与《惜诵》，其音节可辨而知。《九歌》，歌也；《九章》，诵也。诗如少陵近《九章》，太白近《九歌》。

于是进一步引申曰：

> 诵显而歌微，故长篇诵，短篇歌，叙事诵，抒情歌。诗以意法胜者宜诵，以声情胜者宜歌。古人之诗，疑若千

> 支万派,然曾有出于歌、诵外者乎!……长篇宜横铺,不然则力单;短篇宜纡折,不然则味薄。……长篇以叙事,短篇以写意,七言以浩歌,五言以穆诵。此皆题实司之,非人所能与。①

这不就是用极为明确的语言作出古今诗歌非抒情即叙事的论断,以及对抒叙不同要求和功能的辨析吗?这是刘熙载论诗歌表现手法的总结性言论。值得注意的是,他清楚地运用抒情、叙事两个概念,把它们与古今诗歌现象相联系,并将二者作为非此即彼的"对垒"来用,这是空前的、富于创造性的。同时代或后来学者对此有所补充发挥,但首先还是接受和认同。如夏敬观(1875—1953)说:"长篇不止叙事一种,亦有写意、写景、写情,或参错于其间,或专写意、写景、写情。短篇不止于写意一种,亦有用之叙事者;情景二种尤多。七古不特浩歌一派,偏于浩歌,嫌太放。五古亦不止穆诵一派,偏于穆诵嫌太庄。'题实为之'一语则颠扑不破,相题而施,各得其妙。"② 此论将刘熙载的观点细化了,但基本大意仍旧。后来闻一多《歌与诗》一文论诗歌抒叙传统的形成演变,很醒目地强调抒叙二者的对垒性,则似乎更无保留地吸收了刘熙载的观点。③

我们审视中国文学史、诗歌史,只要态度客观,实事求是,

---

① 此节所引刘熙载语,均见于《艺概》(王国安标点本),上海古籍出版社1978年版,第49—79页。
② 夏敬观:《刘融斋诗概诠说》,王气中《艺概笺注》之附录,贵州人民出版社1986年版,第497页。
③ 闻一多:《歌与诗》,《闻一多全集》(据开明版重印)第一册,生活·读书·新知三联书店1982年版,第181—192页。

就自然会看到并承认抒叙两大传统的存在，进一步观察研究，则会发现它们互益互动和互竞博弈的情况。可是当抒叙传统产生之后，历史上也一直有人对它们并不一视同仁。偏持"诗歌情志说"的人们，一般都比较强调抒情而轻视叙事，有人甚至刻意渲染抒情与叙事的对立对抗，在审美评价上抬高抒情而贬低叙事，同时也就尊崇抒情传统而贬抑叙事传统，并予大力宣扬。久之，这种偏颇之见反而成为诗学的主流观点和一般常识。

这里，宋代苏辙的言论颇有影响，他在《诗病五事》（之二）中从《诗经·大雅·绵》的叙事说起，引出一个结论："事不接，文不属，如连山断岭，虽相去绝远，而气象联络，观者知其脉理之为一也。盖附离不以凿枘，此最为文之高致耳。"意谓诗歌叙事应该简洁，抓住主脉，避免琐碎，为此不妨跳跃、省略、断续不连而以脉理暗通。这方面，《诗经·大雅》是最高典范，杜甫是后世楷模，而白居易就等而下之了。以杜甫《哀江头》为例，苏辙说："予爱其词气如百金战马，注坡蓦涧，如履平地，得诗人之遗法。如白乐天诗，词虽工，然拙于纪事，寸步不遗，犹恐失之。此所以望老杜之藩垣而不及也。"[①] 此观点赞杜贬白，理由就在杜诗叙事简洁，笔力粗犷豪放，而白诗的叙述就显得琐细啰嗦，比杜诗差之远甚。其实，举杜甫《哀江头》与白居易叙事诗（苏辙未提具体篇名，很大可能是指白氏《长恨歌》《琵琶行》）相比，未必等伦得当。但苏辙此说一出，不断为后人重复，凡有意无意欲贬抑诗歌叙事者，往往以此为说辞。更有甚者，连老杜也捎带被非议。像宋张戒《岁寒

---

① 苏辙：《诗病五事》，苏辙撰、曾枣庄等点校：《栾城第三集》卷八，上海古籍出版社1987年版，第1553页。

堂诗话》认为《哀江头》之叙事远胜于《长恨歌》《连昌宫词》，"元、白数十百言，竭力摹写，不若子美一句"。这还仅是褒杜贬白，到得明胡应麟，就说杜诗《北征》《述怀》："皆长篇叙事，然高者尚有汉人遗意，平者遂为元白滥觞。"已将杜诗叙事与白诗弊病挂钩。再到清之《蠖斋诗话》评"三吏""三别"就给了"妙在痛快，亦伤太尽"的考语。① 直到晚清近代，苏辙之语的影响仍然很大，就连对诗歌抒叙关系有清晰认识的刘熙载都未能免俗，其《诗概》云："尊老杜者病香山，谓其'拙于纪事，寸步不移，犹恐失之'，不及杜之'注坡蓦涧'，似也。"对苏辙语表示认可，仅于下文对杜牧攻击白居易诗"纤艳不逞"有所保留，可见苏辙观点影响之深巨。我们揭示此点，就是要说明叙事传统与抒情传统的互惠博弈，的确是在这种不平等条件下发生的，直到近代并无根本改变。但即便如此，诗歌叙事传统的发展壮大依然不可阻挡。这是我们在研究诗歌史和文学史时须要注意到，并予以揭橥倡明的。

二 从创作实践来体察叙事观

作为文学表现手法，抒叙两大传统的互补与博弈是始终存在的。抒叙博弈首先存在于创作过程之中，主要由作者从构思

---

① 此处张戒语，《岁寒堂诗话》卷上，丁福保辑：《历代诗话续编》上册，中华书局1983年版，第457页；胡应麟语，《诗薮》内编卷二，上海古籍出版社1979年版，第34页；《蠖斋诗话》系清施闰章著，《清诗话》，上海古籍出版社1978年版，第406页。

酝酿到命笔写作的整个运作来体现。抒叙博弈也表现于读者人群对作品体性风格的审美选择倾向之中——他们是更喜欢抒情性作品，还是更喜欢叙事性作品呢？这就与文体发生了关系。于是，文体的演变更替及其在整个文学领域所占份额的多寡升降也就成了一种社会性的文学现象。文学史上所谓的"一代有一代之胜"，如胡小石所引焦循《易馀籥录》所云"夫一代有一代之所胜，舍其所胜，以就其所不盛，皆寄人篱下者耳。余尝欲自楚骚以下，至明八股，撰为一集，汉则专取其赋，魏晋六朝至隋则专录其五言诗，唐则专录其律诗，宋专录其词，元专录其曲，明专录其八股，一代还其一代之所胜"[1]，或如王国维所云"凡一代有一代之文学，楚之骚，汉之赋，六代之骈语，唐之诗，宋之词，元之曲，皆所谓一代之文学，而后世莫能继焉者也"[2]，其实就落实在文体荣衰的变换上。如果加上明清近代，则一代文学应该还有小说戏曲二者。而这也可以说是一定程度地反映了抒叙传统博弈的整体状况。揭示分析这种状况的变化态势和轨迹，探寻其内在原因和机制，也就能发现在其深层，在现象的背后，实际上便与抒情、叙事观念的演变相关。

时至近代，中国文学已明显呈现出叙事性作品市场日益增大，影响日益扩张的情况。从文学体裁言之，就是小说戏剧在文学艺术领域所占份额迅速上升，小说戏剧的作者、读者、观众从数量到人员所涉社会阶层都大为增多且扩展，出现一片大

---

[1] 胡小石：《中国文学史讲稿》第一章《通论》，《胡小石论文集续编》，上海古籍出版社1991年版，第4页。
[2] 王国维：《宋元戏曲史》之《序》，华东师范大学出版社1995年版，第1页。

众化、通俗化的热闹景象，形成对照的，是诗词文赋之类传统主流文学形式的作者读者圈子逐渐缩小，慢慢成为部分高端精英、文化贵族享用的专利。虽然这类创作的数量依然可观，但艺术质量却无可奈何地呈现平庸、下降、衰减的基本趋势，社会影响力随之逐渐降低缩小而无力振起。

这个情况当然并不始自近代，最早的苗头隐伏于诗词繁盛的唐宋，至元明清而渐显、至晚清近代而尤剧。1840年鸦片战争之后，帝国主义列强以坚船利炮入侵，欲殖民化中国，封闭的中国被打开，社会变化加速。一方面华夏之邦日益滑向半封建半殖民地的困境，一方面古老的中国社会被动地走上近代化变革之路。生产力在缓慢发展，农业国本色未变，城市，特别是港口城市纷纷崛起，租界出现，成为西方政治经济文化的展览窗口，人民的生活方式、价值观念和思维方式开始发生剧烈变化。西方的科学技术、思想观念、物质文明、宗教教义、文学作品与艺术情趣大量而迅速地输入，所谓"欧风美雨"，既铺天盖地、批头劈脑，又细大不捐，无孔不入。大的方面暂不说，仅与文学艺术有关者，如印刷业、造纸业、出版业被开发，新闻传媒业兴起，报纸杂志出现，西方文学作品传入，翻译编辑技巧和水平提高，市场效应增扩，市场竞争加剧，对城市居民，特别是青年学生影响巨大深远，或为救国，或为谋身，出洋留学成风。于是，引发文人观念改变，诗歌、小说的社会作用被认识被鼓吹，"诗界革命""小说界革命"的口号被提出，文学的演化与社会的变革相结合，相呼应，相促进，传统的、主要供自娱自乐的诗文创作影响缩小，通俗的、民间色彩浓郁的文化兴起繁盛。文学商品化了，参与文学创作、阅读、欣赏，乃至以为生计的人群扩大，人员所属的阶级阶层降低。就我们所关注的诗歌叙事的实践活动而言，也出现了一些值得注意的现象。

一个值得注意的现象是新时代《竹枝词》创作的兴起。

《竹枝词》源起很早，其影响之扩大可追溯到唐代刘禹锡。唐贞元、元和年间，刘禹锡被贬西南远州，学习当地民歌形式和风格，创作了《竹枝词九首》等作品，给诗坛带来一股新鲜空气，这种民歌体的短诗体裁从此流传开来。《竹枝词》本是民间口唱的歌谣，记录下来，与七言绝句很像，七言四句，二十八字，句尾押韵，便于吟唱，但句中平仄格式不严，无粘对之说。① 它的根本特点，一是地方色彩浓厚，二是记事色彩浓重，特别是文人创作的竹枝词，可以一首述一事，也可以数首乃至数十首合记一事。事的范围很广，可以是日常生活琐事，也可以是民情风俗季节礼数之事或社会新闻时事，乃至某些国族大事，或者历史上著名的故事等等。总之，记事是《竹枝词》这种民歌的一种主要功能，在具有诗史意识的文人创作中尤其被突显出来。《竹枝词》作为诗歌，当然也抒情，但其抒情总是渗透在叙事之中。哪怕四句都属抒情，这抒情也是在一定的背景、情境之下进行，而且这背景和情境总是清楚明朗、一目了然的。也就是说，在其背后必有某个事件或故事，《竹枝词》的唱词实类似于传统戏曲中的唱段，连缀起来便是一出有场景、有人物活动的小戏。

---

① 清王士禛《带经堂诗话》卷二十九："《竹枝》咏风土，琐细诙谐皆可入，大抵以风趣为主，与绝句迥别。"按：此所谓"迥别"，正在于《竹枝词》多具体叙事，而于叙事中抒情，即"叙中抒"，而绝句在王士禛这样的诗人手中，往往仅以抒发个人情绪为主，追求清空虚灵的艺术风格，与《竹枝词》关注客观外界情事，多实录白描迥不相同。

由于文人的积极参与，《竹枝词》的创作至近代更加自觉，其发达程度超越往古，其范围遍及全国各地城乡，尤其集中在社会状况变化较大较快的地方，如某些新兴城市，广州、上海等地。因为在这些地方新鲜事物多，生活节奏快，变化大，最适合用形式简便通俗的竹枝词予以及时表现。创作这种《竹枝词》，不需要作者有多高的文学修养，大抵一定的观察力，一定的事实积累，带有新闻性、时事性，或具民俗性质，乃至猎奇意味，用浅近的口语白话来表达，达到反映迅速，传播广泛的目的，即可参与创作。往古曾有统治者派盲瞽之人搜求、演唱民间歌谣以为了解民情及行政参考的传说。历史也有记载："自孝武立乐府而采歌谣，于是有代、赵之讴，秦楚之风，皆感于哀乐，缘事而发，亦可以观风俗，知薄厚云。"[①] 近代虽无这套体制设施，但有新的搜求和传播方式，有报纸杂志可供发表（如著名的上海《申报》、天津《益世报》），还有一些文人一边热心创作，一边注意搜集并整理出版，虽不是专门献给乐府机关的，却更鼓励了创作，也便于流传扩散。对后世而言，以诗见史、留史、证史的性质和功用，与古代风谣亦有几分相似。翁方纲认为刘禹锡"以《竹枝》歌谣之调，而造老杜'诗史'之地位"，[②] 这话用来评价近代《竹枝词》也颇合适。

我们从近代《竹枝词》可以了解中国各地的自然风光、历史名胜、乡土特产，了解各地一年四季的民情风俗，从饮食起

---

① 班固：《汉书·艺文志·诗赋略论》，班固《汉书》卷三十，第六册，中华书局1983年版，第1756页。

② 翁方纲：《石洲诗话》，郭绍虞编：《清诗话续编》第三册，上海古籍出版社1983年版，第1363页。

居的特色到婚丧嫁娶、年时节日的礼数，特别是乡人、妇女、儿童和少数民族生活的种种方面，这些内容把历代"正史"一向疏忽的人群和他们的生活状态推到舞台的中央，用近代民众自己的语言讲述他们生活的具体情况，使《竹枝词》成为杂史、方志，尤其是新历史学了解下层民众生活状况、开拓历史研究新领域的重要资料。

《竹枝词》也涉及重大的题材，比如它们写到帝国主义列强对我国的侵略，写到西方经济、文化的涌入以及由此引起的中国社会的变化。例如《沪游竹枝词》写到鸦片战争：

> 吴淞口子犬牙排，防海当年筑炮台。一自通商都撤去，随波轻送火轮来。①

秦荣光《上海县竹枝词》也有对鸦片战争的记载：

> 道光夷祸在中年，进口先来英国船。观海塘游城市遍，留下测探计昭然。（原注："道光五年②，有英吉利商船突进吴淞口，登岸纵观海塘，入黄浦，遍游城市，盖测量海道，并探情形也。"）
>
> 浙洋延忧及苏洋，我仗长城万里防。剧恨太宰无胆略，轻于进退误戎行。（原注："道光二十年六月，英兵船攻陷

---

① 见《申报》1874年6月11日第3版。
② 英国商船驶入吴淞江并测量海道事，时为道光十二年五月。熊月之编，马学强著：《上海通史》第2卷，上海人民出版社1999年版，第353页。

定海，明年四月复陷乍浦，提督陈化成亲驻吴淞炮台守御。五月初八，英船直扑炮台，总督牛鉴骤出宝山城，英炮狙击，惊走，兵遂大溃。"）

老将登坛出御边，炮台铃柝守三年。大星一夜东南陨，五口商轮纵泊船。（原注："以上夷祸。化成老于行军，抵任甫七日，策西兵必至，即驻炮台，昼查夜巡，寒暑无间者凡三载。自化成殉难而长江不守，五口通商遂成。"）①

《广州竹枝词》《沪上竹枝词》等都写到租界、洋商洋货洋机器洋科技和洋文化的种种表现，如：

番舶来时集贾胡，紫髯碧眼语喑呜。十三行畔搬洋货，如看波斯进宝图。

金碧辉煌建鬼楼，夕阳无事爱遨游。男男女女双携手，俗称红毛与白头。（原注："夷楼，在西关临河，曰'十三行'。"）

行前泊下火轮船，疍民摇船避两边。远听鬼奴说鬼话，又传各鬼一筒烟。

租界鱼鳞列国分，洋房楼阁入氤氲。地皮万丈原无尽，填取申江一片云。

租界高悬电气灯，照人浑讶月华生。天工巧被人工夺，到此城宜不夜称。

杵急钟楼报祝融，赤衣光夺满场红。腾空百道飞泉泻，

---

① 秦荣光：《上海县竹枝词》，顾炳权：《上海历代竹枝词》，上海书店出版社2001年版，第274页。

机器新成灭火龙。

  消息通遍异等闲，巧凭电线露机关。不须山海嫌修阻，千里音书一瞬还。①

  《竹枝词》的作者多在民间，他们往往视角开阔，观察细致，选择题材不避琐屑，所以《竹枝词》能够成为了解社会状况，特别是下层民众生活和心理的有用资料，从而把观照范围扩充到所谓"正史"未及的广大领域。其作用价值，正如当时人已意识到的："《诗》三百篇，大都里巷歌谣之什，今日尊之为'经'矣。《竹枝词》歌咏时事，搜奇揽胜，发潜阐幽，采而辑之，于以补志乘之缺，又何尝无裨世教也耶？"以致《海上竹枝词》《海上光复竹枝词》《沪城岁事衢歌》之类作品出版后，获得如此评价："前编可当清末稗史读，后编可当民国纪年之野乘读。""上海自五口通商以后，风气日新，旧俗日汰，不有此作，后将何征？"② 而在我们看来，这正显示了中国诗歌与史述关系密切的深厚传统，也就是我们所说的诗歌叙事传统之一种重要内涵。从文学史演变的角度，则可作这样的表述："近代文学市场的形成对文学作品的内部变革提出了新的要求，文学体裁的选择开始发生偏转，从古代文学以诗文为中心转变以小说

---

① 以上各首竹枝词，分见朱树轩《广州十三行竹枝词》、熊为霖《羊城竹枝》、《沪北西人竹枝词》、浙西惜红生《沪上竹枝词》、古润招隐山人《申江纪游六十首》等，皆转引自全亚兰博士论文《近代竹枝词转型与都市文化研究》（上海师范大学，2015年），并参朱易安《竹枝词及其近代转型研究》（上海古籍出版社2020年版）。

② 此节所引述，陈祁《清风泾竹枝词自序》，万回儒《海上光复竹枝词序》及《沪城岁事衢歌跋》。皆转引自全亚兰博士论文（见上）。

为中心。在诗歌写作内部，则体现为以抒情写意为主向叙事抒情并重、甚至向以叙事为主转变。文学与现实生活的关系被提到重要的位置，文学的写实性、叙事性得到重视。小说取代诗歌成为现代文学的中心是一个漫长而复杂的过程，新型小说尚未登场，单纯抒情写意的诗歌又不能适应社会发展对文学的要求……竹枝词这一历代相对边缘化的诗歌形成，却与散文、杂论一起成为出现频率最高的文学样式。"[1]

《竹枝词》的作者和读者未必十分关注这些，但他们的实际行动却充分显示出叙事观念在近代的继承与发扬。叙事传统的发扬，使诗歌的现实与历史价值都有所提高。后人无论写文学史还是一般历史著作，往往会把这些叙事性强的诗歌选为自己论述的重要资料，因为它们不像那些笼统狭隘的个人抒情往往抽象空洞，而多是反映某些现实问题或时代现象，更为具体切实，能够充当历史叙述的参证和依据，至少是补充某些依据。

近代小说繁荣，是文人与民众艺术趣味愈益向叙事倾斜的重要标志。而诗歌渗入小说，则是自古以来叙事抒情两大传统互动互益的一个重要侧面。近代《竹枝词》与小说的关系同样十分密切，小说家们不但为渲染气氛或塑造人物而在小说作品中有意插入《竹枝词》之类诗歌，而且有时干脆单独写作和发表《竹枝词》，如著名的小说家李伯元就是如此。梁启超也写过不少《竹枝词》，甚至一些满族或蒙古族的地方官员也写过此类

---

[1] 朱易安：《竹枝词及其近代转型研究》，上海古籍出版社2020年版，第384页。并请参陈伯海、袁进主编：《上海近代文学史》，上海人民出版社1993年版；唐振常主编：《上海史》，上海人民出版社1989年版。

作品。①

　《竹枝词》还与图像叙事相结合。近代著名的《点石斋画报》，图文并茂，反映时事非常迅速，原由上海《申报》附印附送，后来影响扩大，一时风靡，几乎无人不晓。这个画报每幅都描叙一桩事件或一个故事，画幅上面题有标题，有文字说明，有时也用竹枝词体，解说画面的内容。这些文字和诗歌，与古代的题画诗文有点类似，但叙事性更强，大体就是一篇新闻稿或小故事，因其内容新鲜及时，文字浅显通俗，所以很受欢迎。

　《竹枝词》这种诗歌叙事形式。再发展下去，就有长篇说唱作品，即所谓"弹词七字唱"的兴起。弹词说唱的起源也很早，其传统可谓历史悠久。从唐代佛道的唱经、变文到说话，到宋元话本、瓦舍勾栏的表演，鼓子词，著名的如金董解元《弦索西厢》，即《西厢记诸宫调》，再到近代的民间说唱弹词、子弟书、木鱼书之类，更有所谓"大书小书"之分②。少数民族地区则有长篇史诗存在，如《格萨尔》《江格尔》《玛纳斯》，其演唱影响一直留存至今。这一切都可以说明叙事的观念和趣味的确是深入人心，且随着时代变化而愈益昌盛而牢固。

　近代弹词作品颇多，比较著名的长篇，有《天雨花》《玉钏缘》《合欢图》《笔生花》等，而以《再生缘》最为杰出③。用陈

---

① 李伯元曾在《申报》发表许多《竹枝词》。另中国近现代稀见史料丛刊第七辑所收《洗俗斋诗草》（作者蒙古族果勒敏，生于1834年，卒于1900年）亦有《广州土俗竹枝词》之作，记述其在广州任职时的新鲜见闻。凤凰出版社2020年版，第175—187页。
② 所谓大书，指评话，艺人的表演以说话为主。小书则说唱兼备，叙述情节多用说（亦可用唱），抒发感情、发表议论多用唱，艺术风格更为细腻委婉。
③ 请参谭正璧、谭寻编著：《弹词叙录》，上海古籍出版社1981年版，第154页。

寅恪先生的话说，《再生缘》"乃一叙事言情七言排律之长篇巨制"，"以寅恪所知，要以《再生缘》为弹词中第一部书也"。的确，《再生缘》这部长篇叙事诗歌，在晚清近代曾风靡一时，流传甚广。原因何在？首先是它出于一位女作家（陈端生）之手。其次，它的主角也是一位女子，而且这位主角、女扮男装的孟丽君，智慧超群，文武全才，在朝廷和官场传奇式地所向披靡大出风头，因而彻底打翻男尊女卑观念而使人心大快、兴趣盎然。陈寅恪论其思想价值说："端生心中于吾国当日奉为金科玉律之君夫父三纲，皆欲藉此等描写以摧破之也。端生此等自由及自尊即独立之思想，在当日及其后百馀年间，俱足惊世骇俗。"这评价不可谓不高。而在形式上，它又通俗易懂，朗朗上口，当日为读者听众所喜闻乐见。

陈寅恪先生晚年著长文《论再生缘》，考订其作者、创作时间及本事背景等，给其很高评价。值得注意的是，此文开篇即叙他本人喜读小说的经验，文末又云"寅恪四十年前常读希腊梵文诸史，颇怪其文体与弹词不异"，总之是首尾一贯地认为中国的弹词七字唱与西方史诗名著堪可一比，"绝不可以桐城古文义法及江西诗派句律绳之者"。① 此言对于研究古代文学而不知不觉为正统主流观念所束缚、因而难免偏嗜高雅清空之抒情而轻视通俗质实之叙事的人来说，是极具启发和警戒意义的。

更有意思的是，陈寅恪先生系统考订《再生缘》作者陈端生的家世和教养，特意摘引其祖父陈兆崙（号句山）的《才女

---

① 此上所引陈寅恪语，均见其《论再生缘》，陈寅恪：《寒柳堂集》，《陈寅恪文集》，上海古籍出版社1980年版。以下引述，引陈氏语，亦皆出此文，不另注。

说略》（见陈氏《紫竹山房诗文集》卷七）对女子也应施以正统诗文之教而避免坊间杂学的主张，然后写了下面那样的一大段文字：

> 寅恪案，句山此文殊可注意，吾国昔时社会惑于"女子无才便是德"之谬说，虽士大夫之家，亦不多教女子以文字。今观端生、长生姊妹，俱以才华文学著闻当世，则句山家教之力也。句山所谓"娴文事，享富贵"者，长生庶几近之。至若端生，则竟不幸如世论所谓"女子不可以才名，凡有才名者，往往福薄"。悲夫！句山虽主以诗教女子，然深鄙弹词之体。此老迂腐之见囿于时代，可不深论。所可笑者，端生乘其回杭州之际，暗中偷撰《再生缘》弹词。逮句山返京时，端生已挟其稿往登州以去。此老不久病没，遂终身不获见此奇书矣。即使此老三数年后，犹复健在，孙女辈日侍其侧者，而端生亦必不敢使其祖得知其有撰著村姑野媪所惑溺之弹词之事也。不意人事终变，"天道能还"，《紫竹山房诗文集》（按：句山所著、为其家族极为重视的个人专集）若存若亡，仅束置图书馆之高阁，博雅之目录学者，或略知其名，而《再生缘》一书，百余年来吟诵于闺帏绣闼之间，演唱于书摊舞台之上。近岁以来虽稍衰歇，不如前此之流行，然若一取较其祖之诗文，显著隐晦，实有天渊之别，斯岂句山当日作才女说痛斥弹词之时所能料及者哉！

这段按语写得风趣而犀利，通过对比，揭示了近代以来正统诗文日渐衰朽、关注者少而通俗叙事文学影响日益扩大的历史事实。我们当然不必就此完全无视或否认某些古人诗文集的价值，但冷静思之，确可促使我们认识到叙事观念和诗歌叙事传统在近代的存在和发展，实乃不可抗拒的时代潮流。

事实上，民间的诗歌实践和对诗歌叙事的热烈欢迎，自会曲折地渗透和反映到文人的诗歌创作之中。浏览近代文学史，我们看到文人创作的长篇叙事诗歌真是不少，以组诗组词形式纪事述史的情况也颇见增多。这里既可看到文学史叙事传统的继承与发展变化，也呈现出对当代文学思潮之刺激有意无意的回应和吸收。下面试稍作论列。

1993年，钱仲联先生出版《近代诗钞》三册[1]，其自撰《前言》简洁扼要地论述了近代诗歌的特质、发展概况和代表作家。给人印象尤深的，是他既肯定多种题材、多种诗风，又特别表彰某些具有史诗性质的诗作和诗人。如说到与龚自珍并称的魏源："他的诗与龚自珍狂飙捲地的风格迥异，他更多地注重实际，以诗写史，写作了不少反映鸦片战争史实的作品。"[2] 说到福建诗人张际亮："他的作品大多反映他在浪迹江湖期间目睹的封建社会的黑暗和腐朽，百姓的灾难和心声，抒写郁勃不平的怀抱，表达变革现状的思想。"接着说到"鸦片战争的风暴，使诗坛发生了强烈的震荡。不少诗人亲身经历了战争的洗礼……跳出了个人生活的狭隘天地，改变了以往吟风弄月、应对酬唱的无聊诗风，写出了深刻反映这一时期历史现实的一代史诗"，具体举出了四位诗人。浙东诗人姚燮，"鸦片战争中，他的家乡被

---

[1] 钱仲联：《近代诗钞》，全三册，江苏古籍出版社1993年版。
[2] 同上书，第3页。以下所引钱仲联语均见此《前言》，见该书第1页至第27页，不另注。

英军侵占,他亲历战祸,目睹了英军的暴行,因而写下了大量史诗式的作品"。广东诗人朱琦"是当时朝廷颇有影响的爱国官员,他的《怡志堂诗稿》,其中不少诗,反映浙东战争,或一诗一事,或一诗一人,吸取了中国纪传文学记事写人的表现手法,情节安排逶迤曲折,刻画人物形象栩栩如生,凝聚了诗人深厚的感情,饱和着风雷激荡的气势,堪称抗英英雄谱"。江苏诗人鲁一同:"鸦片战争中,他以史入诗,写作了不少堪称史诗的巨制,鞭挞投降派琦善诸人的误国,余步云等辈的不战而逃,歌颂关天培的英勇抗敌,壮烈殉国,痛惜林则徐的遣戍伊犁,魄力沉雄,苍凉盘鬱,大笔淋漓。连目空一切的李慈铭也不能不称这些诗'气象雄阔''浩荡之势,独来独往''传之将来,足当诗史'。"另一江苏诗人贝青乔"是同时写有关鸦片战争题材的诗歌数量最多的诗人。……激昂的爱国正气使他写出了像《咄咄吟》这样由一百一十余首七绝组成的叙事组诗"。说到原本受旧诗风影响很深的张维屏、金和等人,也着力刻画现实教育如何使他们诗风发生改变。张维屏写出了"中国诗史上第一次正面歌颂中国人民奋起反抗外国侵略者的正义斗争的光辉诗篇"《三元里》。金和则写出反映南京被英军围困的《围城纪事六咏》和小说意味颇浓的叙事长诗《兰陵女儿行》《烈女行纪黄婉梨事》等作品。至于诗界革命的代表黄遵宪,《前言》也是突出其"以诗写史,写下了一系列记录当时国内外重大事件的叙事长诗"和另一类"出游海外时和归国后补写的作品",它们是以记述国际风云、异域风情和新鲜事物为主要内容。写到台湾诗人丘逢甲,则指出"他也像黄遵宪一样,写过不少反映新事物的长篇古体"。写到诗界革命后劲的金天羽,更有"国际自第一次世界大战至第二次世界大战,国内自第一次中日战争至第二次中日战争（八年抗战），六十年间的历史面貌，都在他的诗歌中得到了艺术的再现"。这样的评价倾向，即使在叙述宋诗派、同光体以及其他宗派的诗人，如陈衍、沈瑜庆、林旭、陈三立、范当世、王闿运、刘光第、杨圻等人时，也充分表现出来。《前言》既客观介绍各派的思想倾向、诗学趣尚，又在评介创作成就时，提及他们有"不少反映重大事件的名篇，描绘历史风云"。

作为老一辈学者，钱仲联先生深知中国诗歌历来强调"诗从情生"的原理，他当然懂得并尊重诗歌的抒情性特征和抒情传统，可是他在《前言》中评述近代诗却如此高度地评价和突出其时诗歌的诗史品质、意义和价值，实际上也就是重视诗歌叙事载史的作用和价值。他从创作个性的角度进行论述，说："同是鸦片战争时期的作家作品，古文功力深厚的鲁一同、朱琦和受小说影响较深的金和，兼受小说戏曲影响较深的姚燮便不相同，鲁、朱之间也各不相同，金、姚之间更不相同，如金受《儒林外史》尖锐讽刺的影响特深，而姚受荒幻故事的影响较显，从而又形成他们之间的不同个性。""同是大型七绝组诗，龚自珍《己亥杂诗》，突出这一传奇式人物叱咤风雷的个性，既和同时贝青乔《咄咄吟》的亲身经历鸦片战争，鞭挞现实丑恶，体现愤怒呼天的个性不同，也和后来黄遵宪同以《己亥杂诗》为题的个性不同。黄从事当时资本主义改革和长期外交工作，他的务实精神，是他最突出的个性，而这组诗，便是体现这一个性的自传。"这实际上就不但涉及了抒叙两大传统的继承发扬与诗人个性与生活经历的关系，而且说明了抒叙结合、抒叙的平衡互利和博弈互竞在诗歌创作中的客观性、重要性——虽然钱仲联先生写此《前言》时，中国诗歌抒叙两大传统的关系尚未成为学术界关心讨论的中心问题。①

钱仲联《前言》在回顾近代诗歌选编的学术史时,既充分肯定了陈衍《近代诗钞》,②又对此书提出了中肯的批评。批评集中在选目"眼光的偏隘"上,主要是陈衍过于偏爱宋诗派同光体,而对具有进步意义的诗界革命、南社诗歌等则忽略无视,关注不够。作为一个老式文人,陈衍的审美情趣还停留在诗歌只是个人怡情之具,应追求清空高蹈虚灵之风格而不必多所考虑创作的社会意义这样的观念之上。"(梁启超)《朝鲜哀词》五律二十四首,《台湾逸民林默堂兼简其从子幼春》,《南海先生游欧美载渡日本国居须磨浦之双涛阁述旧抒怀敬呈一百韵》,都是煌煌巨篇,不朽史诗,康有为手评,屡以杜甫相比,而《近代诗钞》都不选入","姚燮的作品,正是这一时代的巨大史诗,……而陈衍却视若无睹"。即使在同光体诗人中,陈衍也只选那些符合他审美观的作品,而不选思想艺术俱佳之作:"如同光体的陈三立诗,大量庚子以来爱国主义精神强烈、艺术风格独创的作品,也没有选入,而强调陈诗'荒寒萧索之景,人所不道,写之独觉逼肖'。"③

---

① 钱仲联先生《近代诗钞·前言》结尾记明作于1990年12月,具体执笔当在20世纪80年代中,其时旅美学者陈世骧的"中国文学就是一个抒情传统"的观点在海外和台湾正风靡一时,台湾和大陆学者对之提出质疑是在新世纪的第一个十年中。钱仲联先生的论述实际上支持了后起的中国文学抒叙两大传统并存互动观点,可谓早得风气之先。钱先生重视诗史关系,更有巨著《清诗纪事》为证,此不一一。
② 据钱仲联《前言》,陈衍《近代诗钞》凡二十四册,收录诗人三百七十家,1933年出版。
③ 钱仲联:《近代诗钞》之《前言》,江苏古籍出版社1993年版,第24页。

语体新变：中国诗歌叙事传统的近代转型

钱仲联先生重视的作品，我们从《前言》的叙述中已可看到，他提出表彰的主要是那些叙事性较强，因而"史性"更为浓厚突出，比较合乎"诗史"要求的作品。近代是我国整个国家和社会发生巨变的时代，诗歌作品若要思想艺术俱佳，离开对时代的反映，即没有一定的史性素质是不行的，当然还要把史性与诗性和谐结合。这方面钱仲联先生与陈衍由于所生活的时代不同，观念也多少有所差异，钱先生无疑更加关注作品的内容和思想性。钱先生这个选本成书于20世纪80年代，《前言》说到他编这部《近代诗钞》是"接受了近代文学开封会议上同志们的委托"，可能这些对他的具体工作有影响，使他格外慎重对待所选诗作的内容和思想倾向，因而不免另有时代烙印和某些偏倚。事实上，任何古诗选本总会这样那样地体现选家的想法和偏好，绝对的公允无争议很难做到。然而，如果要选出足以代表一个时代的诗作，让后世读者借以准确深切地领略把握那个时代的精神实质，那么确实需要介绍那些较多反映当时现实、具有历史认识意义的作品，此类作品无疑是要强于那些仅仅描叙个人生活、抒泄个人之情而与时代现实、国家命运、人民生活距离较远的作品的。钱仲联先生从思想艺术均衡的标准选录近代诗歌，选出现在这个样子，应该说是很自然的——倘若近代诗歌中不存在这么多的史性浓郁、叙事性强的大作品，钱先生又岂能凭空去表彰它们？

能够表明诗歌叙事传统传承不绝、近代文人叙事观念增强的诗歌创作，并不仅限于钱仲联《近代诗钞》选入和提到的那些作品。[①]

[①] 《近代诗钞》所选叙事、叙情长篇之作除上面举出的那些，还有不少，如梁启超《二十世纪太平洋歌》《秋风断藤曲》、王闿运《圆明园词》、王国维《颐和园词》等等。

结　语

创作时间与这部《近代诗钞》约略相近或之后，从清末民初直到今天，仍然有不少文人创作的长篇叙事诗歌值得我们注意。如记述赛金花故事的，就有樊增祥的前后《彩云曲》（后曲《近代诗钞》已选）、王甲荣的同名作，女诗人薛绍徽的《老妓行》，与之相涉的小说则有曾朴的《孽海花》。咏太监李莲英故事的有《宁寿宫词》（孙景贤）、咏光绪珍妃的有《宫井篇》（金兆蕃）、咏张勋复辟的有《纥干山歌》（曾广钧）、咏袁世凯称帝的有《洪宪纪事诗》（刘成禺，包括其自撰的《洪宪纪事诗簿注》，即此诗的本事注释）、咏清末民初菊坛人物和节目的有《红毹纪梦诗注》（张伯驹），张伯驹还为《洪宪纪事诗》作了续作和补注①。此外，唐玉虬《国声集》《入蜀稿》中讴歌抗战的一系列七言歌行，乃至钱仲联本人所作的前后两首《胡蝶曲》（咏当时电影明星胡蝶）、孔凡章先生咏京剧大师梅兰芳的《芳华曲》和咏词人、学者沈祖棻的《涉江曲》，也颇著名。② 至于每当国难临头、战争败绩、民族危亡之际，总有许多文人诗家挥笔记录史实，以儆后来。中国诗歌叙事传统实在根深蒂固，其代表性的五七言歌行体、乐府体，特别是擅长纪事述史的杜工部体、长庆体、梅村体的脉络由近代延续而来，至今未断。

客观的事实是，在近代，无论大众还是文人，均有叙事意识觉醒与提高的表现，不但表现在他们对文学体裁的喜爱

---

① 刘成禺、张伯驹：《洪宪纪事诗三种》，上海古籍出版社1983年版。
② 请参刘梦芙：《七言长篇歌行之古今演变——近百年名家七言歌行的重大成就与诗史意义》，见首届"中华诗词古今演变研究学术研讨会论文集"，2015年。

381

语体新变：中国诗歌叙事传统的近代转型

偏向，也表现于他们的诗歌创作实践之中，这些是无可置疑的。

如果我们把视线放得更宽远些，那么可以说，近代叙事观念的加强实在是由来已久，其发展是与前时一脉相承的。严迪昌《清诗史》所写时段，紧接钱仲联《近代诗钞》之前。这部近年清诗研究的力作花了很大篇幅绍介论述明末遗民的诗歌——此书四编，遗民诗占第一编全部及第二编之半，而至第四编已是"风雨飘摇时的苍茫心声"，下接钱仲联《近代诗钞》之始了。严氏《清代诗史》第一、二编从著名的黄宗羲、顾炎武、王夫之、钱谦益、吴伟业、傅山、屈大均，到名气较小的各地（宁镇、淮扬、皖江、浙东西、吴中、秦晋、湘粤）遗民诗群，所涉达数百人，而给人最突出鲜明的印象，不仅有"'梅村体'的'诗史'意义和艺术成就"这样的篇章，更有他对遗民诗诗史价值的反复强调和推崇。而从我们的观察角度视之，实即对诗歌叙事传统的具体描述。

> 遗民诗群的哀苦之篇，不但表现了那个时空间的爱国志士的泣血心态，如鹃啼，如猿哭，如寒蛩之幽鸣，而且记录有大量为史籍所漏缺的湮没了的历史事件，具备一种特为珍贵的"补"史功能。[①]

严先生从诗歌所涉"事"与"情"两个方面来论说，无论遗民所抒之情，还是所记之事，都具有深刻的时代意义，也就是历史价值。这就在实际上把诗歌抒情传统和叙事传统融会

---

① 严迪昌：《清诗史》，人民文学出版社2011年版，第60页。

起来。而所记之事往往还有直接的"补史"价值——是"补史"而不仅是"证史"——这又是对"以诗证史"的提高和超越。

另一值得注意的是,严迪昌先生的论述具有古今通观的特色,他有意把明遗民诗与前代遗民作品相联系,使诗歌叙事传统更为完整系统:

> 诗当然不是史,也不应是史。然而,史原本是"人"所演进,同代之人则正是那时世的历史见证者。而诗又是乃"人"之心声,当其身处国破家亡,或存没于干戈之际,或行吟在山野之中,凡惊离吊往、访死问生、流徙转辗,目击心感,无非史事之一端,遗民之逸迹,于是必亦与"史"相沟通。南宋末年文天祥《指南录》《集杜诗》就是关涉当时八闽粤东一线抗元之史实,汪元量《湖山类稿》(又称《水云集》)则备载亡国宗室北迁为俘之苦情,诗足补史。明末清初史事多赖"亡国之人物"哀唱苦吟而不致湮没,更属数量可观。[①]

这样的论述不但打通了诗歌抒叙两大传统,而且把这种传统的古今传承贯串起来了。《清诗史》的叙述,虽然没有明确说出,但已令读者完全可以得出中国诗歌(文学)始终贯彻叙事抒情两大传统的结论。

---

① 严迪昌:《清诗史》,人民文学出版社2011年版,第61页。

三 从研究应用观察叙事观的深化

诗歌抒叙两大传统的互动博弈，特别是叙事观的传承与深化，也体现在诗歌的评论和研究上，在这方面担任主角的，不一定是诗人，主要是一些学者。

古代自秦汉以来《诗经》成为学者的研究对象之后，诗歌作品阐释研究的一个最重要方向，便是发掘、考察、查验和论证诗与史的关系——也就是诗（文学）与事（历史）的关系。无论是《毛诗》小序，无论是齐鲁韩三家的《诗》说，也无论是东汉郑玄的《毛诗传笺》《诗谱》，乃至唐孔颖达的《毛诗正义》等，都沿着这个思路和方向前行。之所以会形成这样一种研究格局和传统，根本原因当然是在于许多古代诗歌本来就同一定的历史事实相关，使后人不得不首先考虑（考证）其真实的本事与背景究竟如何，这是人类正常思维的合理路径。这种研究应该是倾向实证性的。实证是为了寻求与诗歌有关的史证，以便较正确地理解诗歌内容和背景。对于距离诗歌产生年代已远的研究者，这种为说解诗旨而做的考证，颇似于根据现有材料侦破陈旧案件；有的破解得确切可信，有的差为近似，有的未免令人狐疑。史证未必尽存，更未必尽可得，所以解读诗歌本事，除实证之外，还须参以想象、推测和假设等等，以补充史证之不足。这样，实际进行起来就不仅像是破案，而且显得颇像在猜谜或探险。因为既不可能事事皆获坚牢实证，个人想象也绝难相同，许多结论往往产生歧见，各持理据，各展才思，不能一致。唐人努力做出五经正义（《毛诗正义》是其中之一）后，试图把不同意见统一起来，成为一种官方的、国家的文本，用来作为科举考试的标准,让举子们有所依循。可是到了宋代,学术发展了,对于《诗经》作品产生了许多新的理解新的看法,前人的说法不断受到质疑,甚至被动摇推翻。然而,不管怎么质疑,不管如何新见迭出,世人解说前代诗歌作品,总会致力于探求作品所写内容与历史事实的关联,这样一种思路和方向,是始终不变的。这也就是中国诗学早就确立且传承至今的"知人论世""以意逆志"二法。而这种思路和研究方向之所以能够成立,从根本来说,就因为以下这些观念的存在:诗固与情有关,甚至可说由情而生,但情从何来?任何人的情动必须由事触酝而生,实质上只能是事在情先,无事不会生情,也就不会生出诗歌,事乃诗之真正根本、真正内核,诗歌创作必与一定的事有关,但这事既可表现于诗内,亦可存在于诗外而并不表现于诗内;就是写入诗内,也有千百种不同的表现方法,可明可暗,可直可曲,可正可侧,可多可少。然而无论怎样施展比兴、变化腾挪,隐晦曲折,诗歌总须这样那样地涉事叙事,这又是研究者绝不动摇的信念,探究并论证作品内容与事的关联,由此深入挖掘诗旨和创作动机,则是诗歌研究者无可摆脱的心愿,也是他们自认的职责所在。叙事观念愈明确愈强大,则研究者对诗事关系的探究也就愈执著、愈深入。

这就导致了历代诗歌注释笺解者对叙事现象进行探索揭示的必然性。从宋人对杜甫诗歌的注释(如赵次公注、郭知达注,乃至已散佚而仍部分可见的黄鹤集注、蔡梦弼校正的《集千家注杜工部诗史补遗》之类),[①] 直到清人注释诸朝文学名家文集,如王琦之注李白,赵殿成之注王维,钱谦益、仇兆鳌、浦起龙、

---

① 请参万曼:《唐集叙录》,中华书局1980年版。

杨伦之注杜甫，冯浩之注李商隐诗、钱振伦兄弟之注樊南文等等，总之从他们的研究实践来看，考据诗文创作的时间地点和背景，探寻作品的本事，特别是揭示诗歌所包含的事实，确实是所有注家致力的方向。他们根据诗歌的标题、小序、自注和本文所涉时地风物景象，以及其他相关材料（如同时人唱和之作），尽量对作品进行编年，借以了解作者的行踪、交游情况、创作时的生活和心绪，乃至具体的创作动机，实际上都是在努力地"知人论世"，即弄清历史事实的基础上，去理解诗人、阐释诗意。也就在这个基础上编出诗人的年谱，从而为诗人写出详传（少不了修订补正原有史传的某些讹误），这就把文学研究推进到史学领域之中了。更多的情况是考查史实与解说诗意乃至作艺术分析交叉进行，文史相互促进。由此产生许多古代作家诗文集的笺解注释的名著。这些古代学者，无论是否真正明白促使他们这样做的根源和依据在于他们脑中实际存在的叙事观念，但他们的行为和成果却足以证明：每首诗歌都与某种事情有关，若要准确理解不能不于此多加关注并以之为切入口。这已是众所周知、众所遵循的共识。

　　古人如此，近代人也是如此，延续到今人，凡研究诗歌，为诗歌作笺注的，也无不如此，且只能如此，如若仅仅注出一些名物词语典故，而毫不触及作者创作的背景、本事和动机（即使有的可能尚属推测或假设），那是不会令人满意的。[1]

---

[1] 如冯浩《玉谿生诗集笺注》对李商隐诗的诗意及创作背景、本事颇多考辨论定，其编年与解说虽不乏悬拟臆测，属一家之言，后人对其多有商榷，但并不影响其学术价值，总体评价很高。但其子冯集梧《樊川诗集注》仅注杜牧诗字句典故，对诗人创作背景本事则未涉及，谨慎有馀，探索精神不足，给予读者的启发就少得多，故引来批评虽少，但总体评价远不如乃父之书。

结 语

  比如今人程千帆为其亡妻沈祖棻的词《涉江词稿》作笺注，主要就是注明每首诗词的创作时地、背景和本事，揭示其诗词所用隐语和比喻的真实所指，读者藉其帮助乃能更好理解沈氏词作的意义。如《涉江词乙稿》有《浣溪沙十首》，作者有短序说明创作旨意，但笺者仍觉不够，于是进一步点明："此十首皆咏时事。"然后继续解析词的"比兴之辞"，按首道来，"此第一首，谓中华民族反对日本帝国主义侵略之正义战争终于爆发，希望长期抗战，终能转败为胜也。""此第二首，咏汪精卫叛变。""此第三首，写日本发动侵华战争后陷入困境也。""此第四首，写一九四一年春在重庆召开国民参政会时国共两党之矛盾也。""此第五首，慨当时苏联态度变幻莫测，令人迷惘也。"……[①]仅此即可知，沈氏之词内容确系当时重大时事，但因词体艺术追求要眇宜修，委婉曲折，故多用比兴，用语含蓄。而千帆先生之笺则以明确简洁的文字直揭其底蕴。又如《涉江词丙稿》有《霜花腴》一首：

  角声乍歇，压乱烽、高楼乍理吟筋。愁到囊萸，泪飘丛菊，登临万感殊乡。旧游断肠，更有谁、杯酒能狂？正消凝、满目山河，忍教风雨做重阳。　　凄断十年心事，纵尘笺强拂，梦与秋凉。吴苑烟空，秦淮波老，江流不送归航。雁鸿渺茫，叹客程、空换流光。飐茶烟，鬓影萧疏，自羞簪晚香。

  作者原题仅四个字："壬午九日"，记明作于1942年重阳节，此外即无任何叙述。而程千帆笺注则是一篇纪事，详细记

[①] 沈祖棻著、程千帆笺、张春晓编：《涉江诗词集》，河北教育出版社2000年版，第41—45页。

述了这首词的创作经过及与其有关的故事:"壬午九日词,作者八人,限《霜花腴》调。庞石帚先生首唱,用阳韵,和者多依之。"接着就将庞石帚原唱写出,并依次列出白敦仁、陈孝章、刘君惠、萧印唐、高石斋及程千帆本人的和作。最后记曰:"金陵大学于战时内迁成都,一九四二年秋,余夫妇亦应聘自乐山移居其地。先在光华街与刘君惠兄为邻,后又赁庑小福建营李哲生先生宅。旅寓三年极平生唱和之乐。壬午九日之作,其一事也。"① 这个笺注完全是叙事,既说明了抗日战争相持阶段知识分子漂泊大西南的境况,也描写了他们在这种情形下的文化生活和复杂心情。有此笺注,八首以比兴手法、曲折语言抒情述慨的词作,其丰富内涵就得到了清晰的揭示。笺注的叙事实为读词所不可缺少的重要补充,二者合读,理解效果自然更佳。这也昭示诗词叙事的观念在创作者与注释者之间是心领神会、完全相通的。沈氏原题只用四字,她深知后人若来研读,必会探寻其本事,一旦发现是八人唱和,又必将搜罗诸作合看比较。今此事由参与当日活动的千帆先生亲自来做,则可谓最是理想。经验告诉我们,后来读者读前人诗词作品,必然会自觉想到:首先需要了解或必须了解的就是它的本事和背景,以及诗词语句中的比兴含义,否则或根本读不懂,或更理解得南辕北辙。沈词程笺的价值于此尽显。这样的例子太多,无须一一列举。

由前述可知,所谓"诗史互证法"虽是近人常常采用并加以标榜的名称,却是自古以来就存在着,且被运用着的。其渊

---

① 沈祖棻著、程千帆笺、张春晓编:《涉江诗词集》,河北教育出版社2000年版,第56页。

结　语

源之古远深厚，传统之悠久绵长，既无可怀疑，更无法动摇。之所以如此，其根本缘由就在于诗、史二事，即文学与历史两家，是从源头直到当下，且将永远无可分割，即使发展成两大学科之后，两家尽管已各立门户、家族繁衍，且已形成各自的模样和规范，仿佛可以无需多所往来似的。其实，文史两家关系根深蒂固，终始纠结，彼此根本无从分开，其奥秘就在于两家谁都离不开叙事，谁都需要叙事、借重叙事——无叙事则无史，无叙事亦将无文，既然都要叙事，就难免会有一些共同的东西，从而造成文中有史，史中有文的情况。不过，需要指出：文史虽然相互渗透，但又确属两家。虽皆与叙事有关，但具体的叙事方法却有种种差异，叙事的结果也颇不相同。历史叙述与诗歌小说的叙述，哪怕说的是同一件事，也必有种种的不同，文史叙事应该而且必须有所区分。若从各自的传统言之，与叙事传统合为双足双翼而贯穿于诗歌（文学）的，是抒情传统；而与历史叙事传统合为双足双翼而贯穿于史学领域的，则是议论传统。抒情传统与议论传统与各自的对垒方（文或史）叙事传统互动互惠，二者本身也是既有相似相通之处，亦有各自的特点，各有所长，也各有所用。以叙事观念为深层底蕴的"诗史互证法"恰好把二者的所长、所用加以联系沟通，并在实践中操作运用，对于文史二学的进步、发展，可谓功莫大焉。近代以至当下的学术史，充分地证实了这一点。[①] 而文史叙事的

[①] 对"诗史互证法"也有所诟病，或以文学作品本体研究为其对立面者，这是近现代学术史上的一大有争议问题，需要进行系统深入的研究分析，此处无法详论。讨论此问题的论文颇多，近年可注意者，有王水照：《钱锺书的学术人生》一书之《自序：走进"钱学"——兼谈钱锺书与陈寅恪

（转下页）

异同与关系,又还是一个有待文史两界深入探讨的绝佳而重要的课题。

　　以上从三个方面对叙事观念在近代的呈现作了简略回顾。历史证明,叙事观念与实践,以及由此产生的叙事传统,自其与同源的抒情观念、抒情传统共生共长以来,从数千年前的古代到一百多年前进入的近代,直到我们每天经历度过的当下,一直是互动互益而又博弈互竞地存在着,发展着,并随着时代的变化,表现出许多不同特征和面貌。归根到底,正是叙事和抒情(或议论)两大传统贯穿于文史两科,也正是两大传统的互惠博弈形成了文史两科本身波澜壮阔、精彩纷呈的历史风貌。任何偏于一个传统而渺视忽略甚至贬低另一传统的观点或做法,都是不可取的。

(接上页注)　学术交集之意义》,中华书局 2020 年版;董乃斌《从诗史名实说到叙事传统》,《华东师范大学学报(哲社版)》2019 年第 1 期;胡晓明:《陈寅恪与钱锺书:一个隐含的诗学范式之争》,《华东师范大学学报(哲社版)》1998 年第 1 期;胡晓明:《发现人类情感心理的深层语法——"后五四"时代中国文论如何更上层楼》,《南国学术》2020 年第 3 期;等等。此外,文史叙事虽有根本的共同点,但亦有种种区别。此种区别亦值得重视和研究。本文着重申述二者之同,而析其异者,当俟诸来日。

参考文献

一、文献资料类

（一）清及近代别集

[1] 黄宗仰著，沈潜、唐文权编《宗仰上人集》，武汉：华中师范大学出版社，2011年。

[2] 袁枚撰、周本淳标点《小仓山房诗文集》，上海：上海古籍出版社，1988年。

[3] 翁方纲著《复初斋文集》，《近代中国史料丛刊》，台北：文海出版社，1966年。

[4] 邓显鹤撰，弘征校点《南村草堂诗钞》，长沙：岳麓书社，2008年。

[5] 姚莹著《东溟文集》，《续修四库全书》，影印湖北省图书馆藏清同治六年姚濬昌安福县署刻中复堂全集本，集部第1512—1513册，上海：上海古籍出版社，2002年。

[6] 林则徐著《林则徐集》，北京：中华书局，1965年。

[7] 陈沆撰《简学斋诗存》，《续修四库全书》，影印湖北省图书馆藏清咸丰二年陈廷经刻本，集部第1512册，上海：上海古籍出版社，2002年。

[8] 程恩泽著《程侍郎遗集》，北京：中华书局，1985年。

[9] 程恩泽著《程侍郎遗集》，《续修四库全书》，影印清咸丰五年伍氏刻

粤雅堂丛书二编本，集部第 1511 册，上海：上海古籍出版社，2002 年。

[10] 梅增亮著《柏枧山房全集》，《续修四库全书》，影印清咸丰六年杨以增杨绍谷等刻民国七年蒋国榜补修本，集部第 1513—1514 册，上海：上海古籍出版社，2002 年。

[11] 龚自珍撰《定庵文集》，北京：商务印书馆，1929 年。

[12] 龚自珍著《龚定庵全集》，《续修四库全书》，上海：上海古籍出版社，2002 年。

[13] 祁寯藻著《馤䖵亭集馤䖵亭后集》，《续修四库全书》，影印南京图书馆藏清咸丰刻本，集部第 1521—1522 册，上海：上海古籍出版社，2002 年。

[14] 魏源撰《古微堂诗集》，《续修四库全书》，影印浙江图书馆藏清同治九年长沙宝庆郡馆刻本，集部第 1522 册，上海：上海古籍出版社，2002 年。

[15] 魏源著《魏源全集》，第四册，长沙：岳麓书社，2004 年。

[16] 张际亮撰《思伯子堂诗集》，《续修四库全书》，影印上海图书馆藏清刻本，集部第 1526—1527 册，上海：上海古籍出版社，2002 年。

[17] 何绍基著，龙震球、何书置校点《何绍基诗文集》，长沙：岳麓书社，1992 年。

[18] 何绍基撰《东洲草堂文钞》，《续修四库全书》，影印辽宁省图书馆藏清光绪刻本，集部第 1529 册，上海：上海古籍出版社，2002 年。

[19] 汤鹏撰《海秋诗集》，《续修四库全书》，影印华东师大图书馆藏清道光十八年刻本，集部第 1529 册，上海：上海古籍出版社，2002 年。

[20] 谭莹撰《乐志堂诗集》，《续修四库全书》，影印复旦大学图书馆藏清咸丰九年吏隐园刻本，集部第 1528 册，上海：上海古籍出版社，2002 年。

[21] 林昌彝撰《衣䙝山房诗集》，《续修四库全书》，影印上海图书馆藏清

参考文献

同治二年广州刻本，集部第1530册，上海：上海古籍出版社，2002年。

[22] 姚燮撰《复庄诗问》，《续修四库全书》，影印上海辞书出版社图书馆藏清道光姚氏刻大梅山馆集本，集部第1532—1533册，上海：上海古籍出版社，2002年。

[23] 郑珍著，王锳等点校《郑珍集·文集》，贵阳：贵州人民出版社，1994年。

[24] 郑珍撰、白敦仁笺注《巢经巢诗钞笺注》，成都：巴蜀书社，1996年。

[25] 郑珍撰《巢经巢诗集后集》，《续修四库全书》，影印浙江图书馆藏民国三年花近楼刻遵义郑征君遗着本，集部第1534册，上海：上海古籍出版社，2002年。

[26] 贝青乔撰《咄咄吟二卷附录一卷》，《续修四库全书》，影印民国三年嘉业堂丛书本，集部第1536册，上海：上海古籍出版社，2002年。

[27] 贝青乔撰《半行庵诗存稿》，《续修四库全书》，影印上海辞书出版社图书馆藏清同治五年叶廷管等刻本，集部第1537册，上海：上海古籍出版社，2002年。

[28] 莫友芝撰《邵亭遗诗》，《续修四库全书》，影印上海辞书出版社图书馆藏清光绪刻本，集部第1537册，上海：上海古籍出版社，2002年。

[29] 莫友芝著，张剑、张燕婴整理《莫友芝全集》，北京：中华书局，2017年。

[30] 曾国藩著《曾国藩全集》，长沙：岳麓书社，1987年。

[31] 曾国藩撰《曾文正公诗集》，《续修四库全书》，影印上海图书馆藏清同治十三年传忠书局刻本，集部第1537册，上海：上海古籍出版社，2002年。

[32] 刘熙载撰《昨非集》，《续修四库全书》，影印上海辞书出版社图书馆藏清刻古桐书屋六种本，集部第1543册，上海：上海古籍出版社，2002年。

[33] 许瑶光撰《雪门诗草》，《续修四库全书》，影印上海辞书出版社图书

馆藏清同治十三年刻本，集部第 1546 册，上海：上海古籍出版社，2002 年。

[34] 金和撰《秋蟪吟馆诗钞》，上海：上海古籍出版社，2009 年。

[35] 郭嵩焘撰《养知书屋诗集》，《续修四库全书》，影印上海辞书出版社图书馆藏清光绪十八年刻本，集部第 1547 册，上海：上海古籍出版社，2002 年。

[36] 俞樾著《春在堂诗编》，《续修四库全书》，影印上海辞书出版社图书馆藏清光绪二十五年刻春在堂全书本，集部第 1550—1551 册，上海：上海古籍出版社，2002 年。

[37] 俞樾著《春在堂全书》，南京：凤凰出版社，2010 年。

[38] 李慈铭撰《越缦堂诗续集》，《续修四库全书》，影印民国二十四年上海商务印书馆铅印本，集部第 1559 册，上海：上海古籍出版社，2002 年。

[39] 王闿运著，马积高主编，谭承耕、陶先淮副主编《湘绮楼诗文集》，长沙：岳麓书社，1996 年。

[40] 王闿运著《湘绮楼全集》，《续修四库全书》，影印光绪三十三年墨庄刘氏长沙刻本，集部第 1568—1569 册，上海：上海古籍出版社，2002 年。

[41] 张之洞著《张文襄公全集》《奏议·卷四十八》，北京：中国书店，1990 年。

[42] 宝廷撰《偶斋诗草》，《续修四库全书》，影印中国科学院图书馆藏清光绪二十一年方家澍刻本，集部第 1562—1563 册，上海：上海古籍出版社，2002 年。

[43] 王先谦撰《虚受堂诗存》，《续修四库全书》，影印上海图书馆藏清光绪二十八年苏氏刻增修本，集部第 1570 册，上海：上海古籍出版社，2002 年。

[44] 袁昶撰《渐西村人初集》，《续修四库全书》，影印清光绪刻本，集部第 1565 册，上海：上海古籍出版社，2002 年。

参考文献

[45] 袁昶撰《于湖小集》，《续修四库全书》，影印清光绪袁氏水明楼刻本，集部第 1565 册，上海：上海古籍出版社，2002 年。

[46] 樊增祥著《樊山集》《樊山续集》，《续修四库全书》，影印清光绪十九年渭南县署刻本，集部第 1574 册，上海：上海古籍出版社，2002 年。

[47] 陈宝琛著，刘永翔、许全胜校点《沧趣楼诗文集》，上海：上海古籍出版社，2006 年。

[48] 黄遵宪撰，钱仲联笺注《人境庐诗草笺注》，上海：上海古籍出版社，1981 年。

[49] 黄遵宪著，吴振清、徐勇、王家祥编校整理《黄遵宪集》，天津：天津人民出版社，2003 年。

[50] 黄遵宪著《黄遵宪全集》，北京：中华书局，2005 年。

[51] 叶昌炽撰《奇觚庼诗集》，《续修四库全书》，影印上海图书馆藏民国十五年刻本，集部第 1575 册，上海：上海古籍出版社，2002 年。

[52] 沈曾植著，钱仲联校注《沈曾植集校注》，北京：中华书局，2001 年。

[53] 释敬安撰《八指头陀诗集》，《续修四库全书》，影印华东师大图书馆藏民国八年北京法源寺刻本，集部第 1575 册，上海：上海古籍出版社，2002 年。

[54] 张謇撰《张季子诗录》，《续修四库全书》，影印华东师大图书馆藏民国三年铅印本，集部第 1575 册，上海：上海古籍出版社，2002 年。

[55] 陈三立撰《散原精舍诗》，《续修四库全书》，影印天津图书馆藏清宣统上海商务印书馆铅印本，集部第 1576 册，上海：上海古籍出版社，2002 年。

[56] 陈三立著，李开军校点《散原精舍诗文集》，下卷，上海：上海古籍出版社，2003 年。

[57] 郑孝胥撰，黄珅、杨晓波校点《海藏楼诗集》，上海：上海古籍出版社，2003 年。

[58] 范当世撰《范伯子诗集》，《续修四库全书》，影印中国科学院图书馆藏清末铅印本，集部第 1568 册，上海：上海古籍出版社，2002 年。

[59] 金蓉镜撰《滮湖遗老集》，1928年刻本。
[60] 文廷式撰《文道希先生遗诗》，《续修四库全书》，影印上海图书馆藏民国十八年叶恭绰铅印本，集部第1568册，上海：上海古籍出版社，2002年。
[61] 延清撰《庚子都门纪事诗》，《近代中国史料丛刊续编》本，台湾：文海出版社，1977年。
[62] 沈瑜庆著《涛园集》，庚申（1920）年刊本。
[63] 陈衍著，陈步编《陈石遗集》，福州：福建人民出版社，2001年
[64] 陈衍撰《石遗室诗集》，《续修四库全书》，影印清刻本，集部第1576册，上海：上海古籍出版社，2002年。
[65] 敦崇撰《紫藤馆诗草》，《清代诗文集汇编》，第780册，上海：上海古籍出版社，2010年。
[66] 文廷式撰《云起轩词钞》，《清代诗文集汇编》，第781册，上海：上海古籍出版社，2010年。
[67] 郑文焯撰《大鹤山人诗稿》，《清代诗文集汇编》，第782册，上海：上海古籍出版社，2010年。
[68] 康有为撰《南海诗集》，《清代诗文集汇编》，第786册，上海：上海古籍出版社，2010年。
[69] 易顺鼎撰《霭园诗事叙》，见易顺鼎《琴志楼诗集》附录二《序跋题辞》，上海：上海古籍出版社，2004年。
[70] 况周颐撰《蕙风词》，《清代诗文集汇编》，第787册，上海：上海古籍出版社，2010年。
[71] 王照撰《方家园杂咏纪事》，《清代诗文集汇编》，第787册，上海：上海古籍出版社，2010年。
[72] 胡延撰《长安宫词》，《清代诗文集汇编》，第788册，上海：上海古籍出版社，2010年。
[73] 郑孝胥撰，黄珅、杨晓波校点《海藏楼诗集》，上海：上海古籍出版社，2003年。

[74] 恽毓鼎撰《澄斋诗钞》,《清代诗文集汇编》,第789册,上海:上海古籍出版社,2010年。

[75] 丘逢甲撰《岭云海日楼诗钞》,《续修四库全书》,影印复旦大学图书馆藏民国铅印本,集部第1576册,上海:上海古籍出版社,2002年。

[76] 谭嗣同著《谭嗣同全集》,北京:生活·读书·新知三联书店,1954年。

[77] 薛绍徽撰《黛韵楼遗集》,《清代诗文集汇编》,第791册,上海:上海古籍出版社,2010年。

[78] 曾广钧撰《环天室古近体诗类选》,《清代诗文集汇编》,第791册,上海:上海古籍出版社,2010年。

[79] 曾广钧撰《环天室续刊诗集》,《清代诗文集汇编》,第791册,上海:上海古籍出版社,2010年。

[80] 胡思敬著《退庐全集》,《近代中国史料丛刊》,台湾:文海出版社,1966年。

[81] 欧阳渐著《欧阳竟无集》,北京:中国社会科学出版社,1995年。

[82] 林旭著《晚翠轩集》,《清代诗文集汇编》,第793册,上海:上海古籍出版社,2010年。

[83] 梁启超著,付祥喜、陈淑婷编《梁启超集》,广州:广东人民出版社,2018年。

[84] 杨度著,刘晴波主编《杨度集》,长沙:湖南长沙出版社,1985年

[85] 秋瑾撰,刘玉来注释《秋瑾诗词注释》,银川:宁夏人民出版社,1983年。

[86] 王国维著《王国维先生全集》,台湾:大通书局,1976年。

[87] 陈曾寿著《苍虬阁诗》,《近代中国史料丛刊续编》,台湾:文海出版社,1977年。

(二) 清代及近代总集

[1] 张应昌编《清诗铎》,北京:中华书局,1960年。

［2］沈筠辑《乍浦集咏》，道光二十六年刻本。

［3］东郭子、蒿目生著《杭城辛酉纪事诗原稿》，《近代中国史料丛刊续编》本，台北：文海出版社，1977年。

［4］徐世昌编《晚晴簃诗汇》，北京：中国书店，1988年。

［5］陈衍编《近代诗钞》，上海：商务印书馆，1935年

［6］阿英《鸦片战争文学集》，北京：中华书局，1957年。

［7］阿英编《中法战争文学集》，北京：中华书局，1957年。

［8］阿英编《甲午中日战争文学集》，北京：中华书局，1958年。

［9］阿英编《庚子事变文学集》，北京：中华书局，1959年。

［10］罗邕等编《太平天国诗文钞》，《近代中国史料丛刊》，台湾：文海出版社，1966年。

［11］孔广德编《普天忠愤集》，《近代中国史料丛刊续编》，台湾：文海出版社，1975年。

［12］刘成禺、张伯驹著《洪宪纪事诗三种》，上海：上海古籍出版社，1983年。

［13］钱仲联著《近代诗钞》，南京：江苏古籍出版社，1993年。

［14］钱仲联主编《清诗纪事》，南京：凤凰出版社，2004年。

(三) 诗文评

［1］《毛诗序》，《毛诗正义》卷一，阮元刻《十三经注疏》，北京：中华书局，影印本，上卷，1980年。

［2］杜甫著，钱谦益笺注《钱注杜诗》，上海：上海古籍出版社，1979年。

［3］杜甫著，仇兆鳌注《杜诗详注》，北京：中华书局，1979年。

［4］许学夷著，杜维漠校点《诗源辩体》，北京：人民文学出版社，1987年。

［5］黄生著《一木堂诗麈》，《清诗话》三编，第一册，上海：上海古籍出版社，2014年。

［6］叶燮撰《原诗》，南京：凤凰出版社，2010年。

［7］浦起龙撰《读杜心解》，北京：中华书局，2010年。

［8］袁枚著《随园诗话》，北京：人民文学出版社，1982年。

［9］何文焕编《历代诗话》，北京：中华书局，1981年。

［10］方东树著《昭昧詹言》，北京：人民文学出版社，1961年。

［11］林昌彝著《射鹰楼诗话》，上海：上海古籍出版社，1988年。

［12］刘熙载著《艺概》，上海：上海古籍出版社，1978年。

［13］刘熙载著，王气中笺注《艺概笺注》，贵阳：贵州人民出版社，1980年。

［14］陈廷焯著《白雨斋词话》，北京：人民文学出版社，1959年。

［15］陈衍著，郑朝宗、石文英校点《石遗室诗话》，北京：人民文学出版社，2004年。

［16］陈衍撰，钱仲联编校《陈衍诗论合集》，福州：福建人民出版社，1999年。

［17］况周颐著《蕙风词话》，北京：人民文学出版社，1960年。

［18］丁福保辑《清诗话》，上海：上海古籍出版社，1978年。

［19］丁福保编《历代诗话续编》，北京：中华书局，1983年。

［20］夏敬观著《唐诗说》，台北：河洛图书出版社，1975年。

［21］由云龙著《定庵诗话》，载张寅彭编《民国诗话丛编》，上海：上海书店出版社，2002年

［22］梁启超著《饮冰室诗话》，北京：人民文学出版社，1959年。

［23］王国维著《人间词话》，北京：人民文学出版社，1960年。

［24］郭绍虞编选，富寿荪校点《清诗话续编》，上海：上海古籍出版社，1983年。

［25］陈声聪著《兼于阁诗话》，上海：上海古籍出版社，1985年。

［26］王蘧常著《国耻诗话》，上海：上海古籍出版社，1981年

［27］钱仲联著《梦苕庵诗话》，载张寅彭主编，张寅彭等点校《民国诗话丛编》，第六册，上海：上海书店出版社，2002年。

［28］王水照编《历代文话》，上海：复旦大学出版社，2007年。

[29] 张寅彭编《民国诗话丛编》，上海：上海书店出版社，2002年。
[30] 张寅彭编《清诗话三编》，上海：上海古籍出版社，2015年。
[31] 王侃等著，王培军、庄际虹辑校《校辑近代诗话九种》，上海：上海古籍出版社，2013年。

二、史料类

[1] 梁启超著《戊戌政变记》，北京：中华书局，1927年。
[2] 欧阳兆熊、金安清著《水窗春呓》，北京：中华书局，1984年。
[3] 张集馨著《道咸宦海见闻录》，北京：中华书局，1981年。
[4] 丁丙编《庚辛泣杭录》，《近代中国史料丛刊》本，台北：文海出版社，1966年。
[5] 黎庶昌编《曾文正公年谱》，《近代中国史料丛刊》本，台北：文海出版社，1966年。
[6] 高树著《珠岩山人三种》，《近代中国史料丛刊》本，台北：文海出版社，1966年。
[7] 康有为著《康南海自编年谱》，《近代中国史料丛刊》本，台北：文海出版社，1966年。
[8] 李岳瑞著《春冰室野乘》，《近代中国史料丛刊》本，台北：文海出版社，1966年。
[9] 胡思敬著《驴背集》，《近代中国史料丛刊》本，台北：文海出版社，1966年。
[10] 梁启超著《戊戌政变记》，北京：中华书局，1954年。
[11] 梁廷枏著《夷氛闻记》，北京：中华书局，1959年。
[12] 王镜航编《庚辛之际月表》，《近代中国史料丛刊》本，台北：文海出版社，1966年。
[13] 赵尔巽等撰《清史稿》，北京：中华书局，1977年。

［14］翁同龢撰，陈义杰整理《翁同龢日记》，北京：中华书局，1989年。
［15］袁昶著《渐西村人未刊稿》，载陈左高《历代日记丛谈》，上海：上海画报出版社，2004年
［16］郑孝胥撰，劳祖德整理《郑孝胥日记》，北京：中华书局，1993年。
［17］卢前编《太平天国文艺三种》，上海：会文堂新记书局，1934年。
［18］徐一士著，孙安邦点校《一士类稿》，太原：山西古籍出版社，2007年。
［19］中国历史研究社编辑《庚子国变记拳变余闻西巡回銮始末记》，上海：神州国光社，1946年。
［20］中国史学会主编《鸦片战争》（一），《中国近代史资料丛刊》，上海：神州国光社，1954年。
［21］中国史学会主编《鸦片战争》（二），《中国近代史资料丛刊》，上海：神州国光社，1954年。
［22］中国史学会主编《鸦片战争》（三），《中国近代史资料丛刊》，上海：神州国光社，1954年。
［23］中国史学会主编《鸦片战争》（四），《中国近代史资料丛刊》，上海：神州国光社，1954年。
［24］中国史学会主编《鸦片战争》（五），《中国近代史资料丛刊》，上海：神州国光社，1954年。
［25］中国史学会主编《鸦片战争》（六），《中国近代史资料丛刊》，上海：神州国光社，1954年。
［26］谢兴尧编《太平天国丛书十三种》，《近代中国史料丛刊》，台北：文海出版社，1966年。
［27］吴天任编《何翙高先生年谱》，《近代中国史料丛刊》，台北：文海出版社，1966年。
［28］胡钧著《张文襄公年谱》，《近代中国史料丛刊》，台北：文海出版社，1966年。
［29］汤志钧编《戊戌变法人物传稿》，《近代中国史料丛刊续编》，台北：

文海出版社,1976年。
[30] 王钟翰点校《清史列传》,北京:中华书局,1987年。
[31] 宁波市社会科学界联合会、中国第一历史档案馆编《浙江鸦片战争史料》,宁波:宁波出版社,1997年。
[32] 北京市政协文史资料委员会编《北京文史资料》第57辑,北京:北京出版社,1998年。
[33] 钱仲联编《广清碑传集》,苏州:苏州大学出版社,1999年。
[34] 王绍曾编《清史稿艺文志拾遗》,北京:中华书局,2000年。
[35] 郑逸梅著《芸编指痕》,哈尔滨:北方文艺出版社,2009年。
[36] 王国平主编《杭州文献集成》第九册,杭州:杭州出版社,2014年。

三、现代学术著作类

[1] 梁启超著《清代学术概论》,北京:东方出版社,1996年。
[2] 梁启超著《中国近三百年学术史》,北京:东方出版社,2004年。
[3] 王国维著《宋元戏曲史》,上海:华东师范大学出版社,1995年。
[4] 陈独秀撰《文学革命论》,载《独秀文存》,合肥:安徽人民出版社,1987年版。
[5] 鲁迅著《鲁迅全集》,第4卷,北京:人民文学出版社,1973年。
[6] 周作人著《中国新文学的源流》,上海:华东师范大学出版社,1996年。
[7] 汪辟疆著《汪辟疆说近代诗》,上海:上海古籍出版社,2001年。
[8] 汪辟疆著,王培军笺证《光宣诗坛点将录笺证》,北京:中华书局,2008年。钱基博著《近百年湖南学风》,长沙:岳麓书社,2010年。
[9] 钱基博著《现代中国文学史》,长春:吉林人民出版社,2013年。
[10] 胡小石著《中国文学史讲稿》,《胡小石论文集续编》,上海:上海古籍出版社,1991年。

[11] 吴芳吉著《吴芳吉全集》，上册，上海：华东师范大学出版社，2014年。
[12] 陈寅恪著《寒柳堂集》，《陈寅恪文集》，上海：上海古籍出版社，1980年。
[13] 陈寅恪著《寒柳堂集》，《陈寅恪全集》，上海：生活·读书·新知三联书店，2015年。
[14] 陈寅恪著《金明馆丛稿二编》，《陈寅恪全集》，上海：生活·读书·新知三联书店，2015年。
[15] 胡适著《五十年来中国之文学》，载《胡适文存二集》，北京：首都经济贸易大学出版社，2013年。
[16] 胡适著《白话文学史》，上海：上海古籍出版社，1999年。
[17] 郭绍虞编《中国文学批评史》，上海：上海古籍出版社，1979年。
[18] 范文澜著《中国近代史》，上海：生活·读书·新知上海联合发行所，1938年。
[19] 罗尔纲著《太平天国史料辨伪集》，北京：三联书店，1955年。
[20] 郑振铎著《插图本中国文学史》，北京：人民文学出版社，1957年。
[21] 钱仲联著《当代学者自选文库·钱仲联卷》，合肥：安徽教育出版社，1999年。
[22] 沈祖棻撰，程千帆笺、张春晓编《涉江诗词集》，石家庄：河北教育出版社，2000年。
[23] 顾长声著《传教士与近代中国》，上海：上海人民出版社，1981年。
[24] 谭正璧、谭寻编著《弹词叙录》，上海：上海古籍出版社，1981年。
[25] 王运熙、顾易生主编《中国文学批评史》，上海：上海古籍出版社，1985年。
[26] 陈旭麓主编《中国近代史》，北京：高等教育出版社，1988年。
[27] 张寅德撰《叙述学研究》，北京：中国社会科学出版社，1989年。
[28] 黄万机著《郑珍评传》，成都：巴蜀书社，1989年。
[29] [法] 热拉尔·热奈特著，王文融译《叙事话语·新叙事话语》，北

京：中国社会科学出版社，1990年。

[30] 赵毅衡著《文学符号学》，北京：中国文联出版公司1990年。

[31] 任访秋主编《中国近代文学大系》，上海：上海书店出版社，1991年。

[32] 葛荣晋主编《中日实学史研究》，北京：中国社会科学出版社，1992年。

[33] [法] 阿兰·佩雷菲特著，王国卿等译《停滞的帝国：两个世界的撞击》，北京：三联书店，1993年。

[34] 陈伯海、袁进主编《上海近代文学史》，上海：上海人民出版社，1993年。

[35] 徐中玉主编《中国近代文学大系·文学理论卷》，上海：上海书店出版社，1994年。

[36] 王筱云等主编《中国古典文学名著分类集成·文论》，天津：百花文艺出版社，1994年。

[37] 董乃斌著《中国古典小说的文体独立》，北京：中国社会科学出版社，1994年。

[38] 陈伯海主编《唐诗汇评》，杭州：浙江教育出版社，1995年。

[39] 邬国平、王镇远著《中国文学批评通史·清代卷》，上海：上海古籍出版社，1995年。

[40] 黄霖著《中国文学批评通史·近代卷》，上海：上海古籍出版社，1996年。

[41] 张仲谋著《清代宋诗师承论》，苏州大学博士学位论文，1997年。

[42] 杨义著《中国叙事学》，北京：人民出版社，1998年。

[43] 浦安迪编《中国叙事学》，北京：北京大学出版社，1998年。

[44] 申丹著《叙述学与小说文体学研究》，北京：北京大学出版社，1998年，2019年第四版。

[45] 申丹、韩加明、王丽亚著《英美小说叙事理论研究》，北京：北京大学出版社，2005年，2013年第4次印刷，2018再版。

[46] 支伟成著《清代朴学大师列传》，长沙：岳麓书社，1998年。

[47] 傅修延编《先秦叙事研究——关于中国叙事传统的形成》，北京：东方出版社，1999年。
[48] 袁行霈主编《中国文学史》，北京：高等教育出版社，1999年。
[49] 顾炳权著《上海历代竹枝词》，上海：上海书店出版社，2001年。
[50] 程相占著《中国古代叙事诗研究》，桂林：广西师范大学出版社，2002年。
[51] 王尔敏著《近代文化生态及其变迁》，南昌：百花洲文艺出版社，2002年。
[52] 杨扬著《上海新批评文丛·文学的年轮》，石家庄：花山文艺出版社，2002年。
[53] 吴世昌著，吴令华编《吴世昌全集》，石家庄：河北教育出版社，2003年。
[54] 刘世南著《清诗流派史》，北京：人民文学出版社，2004年。
[55] 陈玉兰著《清代嘉道时期江南寒士诗群与闺阁诗侣研究》，北京：人民文学出版社，2004年。
[56] 章培恒、骆玉明主编《中国文学史》，下卷，上海：复旦大学出版社，2005年。
[57] 蒋寅著《清诗话考》，北京：中华书局，2005年。
[58] 夏晓虹著《阅读梁启超》，北京：生活·读书·新知三联书店，2006年。
[59] 侯长生著《同光体派的宋诗学》，西安：陕西人民出版社，2008年。
[60] 赵炎秋主编《中国古代叙事思想研究》，长沙：湖南师范大学出版社，2010年。
[61] 王向远等编《中国百年国难文学史：1840—1937》，上海：上海人民出版社，2010年。
[62] 马卫中、董俊珏著《陈三立年谱》，苏州：苏州大学出版社，2010年。
[63] 严迪昌著《清诗史》，北京：人民文学出版社，2011年。
[64] 马亚中著《中国近代诗歌史》，上海：复旦大学出版社，2011年。

[65] 董乃斌著《中国文学叙事传统研究》，北京：中华书局，2012年。
[66] 周剑之著《宋诗叙事性研究》，北京：中国社会科学出版社，2013年。
[67] 钟祥财著《中国土地思想史稿》，上海：上海人民出版社，2014年。
[68] 马光仁主编《上海新闻史（1850—1949）》，上海：复旦大学出版社，2014年。
[69] 杨绪容编撰《王实甫〈西厢记〉汇评》，北京：人民出版社，2014年。
[70] 李亚峰著《近代叙事诗研究》，北京：中国社会科学出版社，2015年。
[71] 王水照著《钱锺书的学术人生》，北京：中华书局，2020年。

四、期刊论文类

[1] 裘延梁：《论白话为维新之本》，《苏报》1897年。
[2] 邵祖平：《论新旧道德与文艺》，《学衡》1922年第七期。
[3] 朱光潜：《从研究歌谣后我对于诗的形式问题意见的变迁》，《歌谣》周刊第二卷第2期，1935年4月11日，上海：上海文艺出版社，1962年影印版。
[4] 夏晓虹：《但开风气不为师——论梁启超的文学史地位》，《文艺研究》1990年第3期。
[5] 刘世南：《论王闿运诗的摹拟》，《江西师范大学学报》1994年第3期。
[6] 周裕锴：《自持与自适：宋人论诗的心理功能》，《文学遗产》1995年第6期。
[7] 胡晓明：《陈寅恪与钱锺书：一个隐含的诗学范式之争》，载《华东师范大学学报》1998年第1期。
[8] 阎纯德：《20世纪中国女性文学的发展》，载《文学评论》1998年第4期。
[9] 刘纳：《陈三立：最后的古典诗人》，《文学遗产》1999年第6期。
[10] 郭延礼：《阿英与中国近代文学研究》，《东岳论丛》2002年第6期。

[11] 李瑞明:《字重光坚:沈曾植的"以经发诗"观念》,《古代文学理论研究》第二十一辑,华东师范大学出版社,2003年。

[12] 黄世民:《传统题材下的开拓与创新——论王闿运七夕诗的艺术创新》,《文史博览》2005年12月。

[13] 陈正宏:《新发现的陈三立早年诗稿及黄遵宪手书批语》,《文学遗产》2007年第2期。

[14] 蒋寅:《郑珍诗学刍议》,《中国文化》2008年第1期。

[15] 曹旭:《论何绍基诗歌美学创变》,《文学评论》2008年第5期。

[16] 杜桂萍:《论袁枚与乾嘉戏曲作家的交往》,《学习与探索》2009年第6期。

[17] 董乃斌:《古典诗词研究的叙事视角》,《文学评论》2010年第1期。

[18] 董乃斌:《李商隐诗的叙事分析》,《文学遗产》2010年第1期,第33—46页。

[19] 董乃斌:《〈文心雕龙〉与中国文学的叙事传统》,《陕西师范大学学报》2011年第3期。

[20] 董乃斌:《〈艺概·诗概〉的诗歌叙事理论》,《文学遗产》2012年第4期。

[21] 董乃斌:《建构基于中国叙事传统的本土叙事学》,《中国社会科学报》2012年9月14日。

[22] 董乃斌:《从诗史名实说到叙事传统》,《华东师范大学学报》2019年第1期。

[23] 李孝弟:《古典诗歌的叙事批评论——以诗话为中心》,《齐鲁学刊》2012年第4期。

[24] 罗时进:《迭合延展中的抒情与叙事——论唐代组诗的表达功能》,《文学评论》2012年第3期。

[25] 陈伯海:《"感事写意"说杜诗——论唐诗意象艺术转型之肇端》,《上海师范大学学报》2014年第2期。

[26] 孙之梅:《程恩泽、祁寯藻诗学异同》,《文学与文化》2014年第2期。

[27] 孙学堂、林宗正:《"诗家夫子"的聚焦"魔镜"——王昌龄乐府七绝的叙事学观察》,《南开学报》2015年第1期。

[28] 周剑之:《论古典诗学中的"事境说"》,《上海大学学报》2015年第1期。

[29] 周剑之:《从"意象"到"事象":叙事视野中的唐宋诗转型》,《复旦学报》2015年第3期。

[30] 谭帆:《"叙事"语义源流考——兼论中国古代小说的叙事传统》,《文学遗产》2018年第3期。

[31] 李翰:《叙事抒情演进与五言诗体新变》,《文艺理论研究》2019年第1期。

[32] 李成晴:《从〈白香山诗集〉未刊批点看梁启超诗学思想的转向》,《文艺研究》2019年第4期。

[33] 罗时进:《基于典型事件的清代诗史建构》,《江海学刊》2020年第6期。

[34] 罗时进:《清代自然灾难事件的诗体叙事》,《文学遗产》2021年第1期。

[35] 晁冬梅:《大文本视阈下的近代时事诗叙事》,《浙江学刊》2021年第1期。

[36] 胡晓明:《发现人类情感心理的深层语法——"后五四"时代中国文论如何更上层楼》,《南国学术》2020年第3期。

后　记

原本对小说戏曲兴趣浓厚的晁冬梅博士，欣然受命，转而研究国家社会科学重大项目"中国诗歌叙事传统"中的近代部分，作为博士论文。在她三年的博士学习过程中，我每次见到她都略显疲态，问及论文进展情况她都无言以对。师生之间，急切之情状可知，而我则一向保留对她的信任。到第三年，她给我一本近十五万字的博士论文"《近代时事诗大文本叙事研究》"，其理论深度使我感到震撼，后在博士答辩时也受到答辩专家们的赞扬。本书收录其中三章：第七章《大文本视阈下的近代时事诗叙事》、第八章《鸦片战争诗歌大文本叙事》、第九章《庚子国变诗歌大文本叙事》。转眼数年，晁冬梅博士已成为一名近代诗歌研究领域的年轻学者，想来她一定会感谢该课题组对她的启发与磨砺吧。

我本人具体负责撰写了本书中《绪论》以及第一章《郑珍的儒者情怀与乡土叙事》、第二章《王闿运对"诗史"叙事传统的继承与创新》、第三章《陈三立的家国叙事及其现代性意蕴》、第四章《黄遵宪的"新体诗"及其叙事艺术》、第六章《近代论小说诗之创立——以"题红诗"为中心》。我本人对近代诗歌叙事传统的认识和研究，应与晁冬梅博士有着相同之感受。日日月月，字字句句，无不是呕心沥血而为之。我十分感谢总课题组的信任，使我得以参与该课题。在压力和动力的双重作用下，我之前从小说跨越到戏曲，如今再涉入诗词领域。我虽不能期待可以登堂入室，但确实把每次跨越视为一种契机，而积极迎接挑战。我们尽管尽力去把握一些近代诗歌叙事研究领域的核心问题，描述其隐曲幽微之处，但受时间精力学养所限难免有所不足，需要多多接受总课题组成员及全体学术界同仁的指导和检验。

本书是一个集体成果。该重大项目总负责人董乃斌老师，不仅无数次指导本子项目成员修订目录提纲，调整章节内容，完善文字表达，还亲自写定一篇宏文《诗歌叙事传统近代呈现的三点观察》来规范统领全书。该文既对近代诗歌叙事观念研究进行了总结，又是对现代诗歌叙事传统研究做出了引导。该重大项目中另几位子项目负责人都十分关心本子项目的进展。李翰教授为本书撰写了第五章《新文学的先声：中晚清"白话文言"与叙事传统》。此外，饶龙隼、姜玉琴等教授对本子项目的前后衔接问题提出了诸多有益的建议；青年教师张玉梅博士和郑如琴硕士部分参与了本书的资料搜集工作；上海大学文学院博士生伊崇喆和田晓婧参与了本书初稿的校对工作。在此一一表示感谢。

我作为本书统稿人，凡有不足之处，自当虚心受教。是为记。

杨绪容
二○二三年十月六日